NAME: Justus Jonas
FUNKTION: Erster Detektiv
FRAGEZEICHENFARBE: weiß
BESONDERE MERKMALE: das Superhirn der drei ???; Meister der Analyse und Wortakrobatik; erstaunlich schneller Schwimmer; zu Hause auf dem Schrottplatz von Tante Mathilda und Onkel Titus; zupft beim Nachdenken an seiner Unterlippe
IST FAN VON: Tante Mathildas Kirschkuchen und Denksport aller Art

NAME: Peter Shaw
FUNKTION: Zweiter Detektiv
FRAGEZEICHENFARBE: blau
BESONDERE MERKMALE: für körperliche Herausforderungen immer zu haben, dafür kein Ass in der Schule; großer Tierfreund; Spezialist für Schlösser aller Art, die seinem Dietrichset einfach nicht standhalten können; neigt zu Vorsicht und Aberglauben
IST FAN VON: schnellen Autos (insbesondere seinem MG), der südkalifornischen Sonne, so ziemlich jeder Sportart

Die drei ???®
Zeit der Bestien

Kosmos

Umschlagillustration von Silvia Christoph, Berlin
Umschlaggestaltung von eStudio Calamar, Girona, auf der Grundlage der Gestaltung von Aiga Rasch (9. Juli 1941 – 24. Dezember 2009)

FSC www.fsc.org
MIX
Papier aus verantwortungsvollen Quellen
FSC® C014496

Gedruckt auf chlorfrei gebleichtem Papier

Based on characters by Robert Arthur

ISBN: 978-3-440-14662-0
Redaktion: Annemarie Chiappetta
Produktion: DOPPELPUNKT, Stuttgart
Printed in Germany/Imprimé en Allemagne

Die drei ???®
Zeit der Bestien

Die drei ???®
Der schwarze Skorpion 5

Die drei ???®
Gift per E-Mail 131

Die drei ???®
Stadt der Vampire 259

Die drei ???®

Der schwarze Skorpion

erzählt von Marco Sonnleitner

Die drei ???®

Der schwarze Skorpion

Der Tod im Sand	7
Held wider Willen	15
Parabuthus transvaalicus	23
Die Kammer des Schreckens	32
Justus nimmt die Fährte auf	42
Kräuterkunde	50
Schlangenfutter	56
Eine Leiche verschwindet	62
Im Reich der lebenden Socken	69
Ungebetener Besuch	76
Die Lage spitzt sich zu	85
M. M.	95
Monsieur Superhirn und sein Chauffeur	104
Gefährlicher Deal	110
Der Drachentöter	121

Der Tod im Sand

»Wahnsinn! Einfach Wahnsinn!« Peter griff sich fassungslos an den Kopf. »Habt ihr diesen gnadenlosen Schmetterschlag gesehen? Der kam ja fast senkrecht hinterm Netz wieder runter! Wahnsinn!«

»Der Typ kann einfach abartig hoch springen.« Bob zeigte auf den braun gebrannten Spieler, der sich eben mit seinem Partner abklatschte. »Deswegen kommt er mit der Hand so gut über den Ball.«

»Ja, wie 'n Flummi.« Peter hatte sich noch immer nicht beruhigt. »Der muss Sprungfedern in den Beinen haben.«

»Jetzt wird's eng für die Brasilianer!«

»Die sind fertig!« Peter nickte zuversichtlich. »Wirst schon sehen! Die kommen nicht mehr zurück!«

Justus folgte dem Treiben auf dem sandigen Spielfeld genauso wenig wie der Unterhaltung seiner beiden Freunde. Ihm war einfach nur heiß, unsäglich heiß.

Die Bilder und Farben verschwammen allmählich vor seinen Augen, und er glaubte förmlich riechen zu können, wie die Sonne seine Haut verbrannte. Überall trat ihm der Schweiß aus den Poren, floss in schmalen Rinnsalen den Rücken hinab oder über die kleinen Speckröllchen an seinem Bauch und versickerte schließlich im Bund seiner Badehose.

Und außerdem war es ihm hier viel zu eng – und zu laut. Hunderte halb nackter Körper saßen dicht gedrängt hinter der Absperrung im Sand und brüllten sich die Seele aus dem Leib, um ihre Favoriten anzufeuern. Und weil alle den Stars dieser Beachvolleyball-Weltmeisterschaft möglichst nahe sein wollten, quetschten sie sich immer weiter nach vorn und schoben sich dabei mehr und mehr zusammen.

Wie die Ölsardinen, dachte der Erste Detektiv, *nur dass Ölsardinen nicht so schreien.*

»… und einen nicht dauernd anrempeln!«, fauchte er plötzlich und drehte sich um. Dort hatte sich ihm gerade zum wiederholten Male ein Knie schmerzhaft in den Rücken gebohrt.

»Neunzehn zu zwölf!« Der Besitzer des aufdringlichen Knies strahlte Justus begeistert an. »Noch zwei Punkte und wir sind eine Runde weiter!«

»Das ist zwar sehr erfreulich«, erwiderte Justus gereizt, »aber noch lange kein Grund, mir andauernd Ihr Knie –«

»Time-out!«, rief Peter in diesem Moment und packte Justus an der Schulter. »Die beiden Brasilianer nehmen ihr letztes Time-out!«

»Bitte?« Justus drehte sich wieder herum.

»Verdammt!«, fuhr Justus' Hintermann auf und rammte ihm noch einmal sein Knie in den Rücken. »Die Kerle wollen uns aus dem Rhythmus bringen!«

Justus stöhnte entnervt und verdrehte die Augen. Es war sinnlos, einfach sinnlos. Dieser Kniequäler hinter ihm würde es nie kapieren.

»Geht's dir gut?« Peter sah Justus fragend an, weil er nicht wusste, wie er dessen leidende Miene deuten sollte.

»Alles bestens.« Justus lächelte dünn. »Mordsstimmung, schön warm, nette Leute – einfach fantastisch hier.«

»Nicht wahr?« Peter war im Moment viel zu aufgedreht, um den ironischen Unterton in Justus' Stimme zu bemerken. »Hier geht die Post ab! War wirklich eine prima Idee von euch, hierherzukommen, echt toll! Danke noch mal!«

»Nichts zu danken«, antwortete Bob.

»Gern geschehen.« Noch einmal zwang sich der Erste Detektiv zu einem Lächeln. Aber das mit der prima Idee sah er inzwischen doch etwas anders.

Bob und er hatten nach einem Geburtstagsgeschenk für Peter gesucht und waren dabei in der Zeitung auf dieses Turnier gestoßen. Ein Beachvolleyball-Weltmeisterschaftsturnier hier in Rocky Beach! Beiden war sofort klar gewesen, dass sie das passende Geschenk für ihr Sportass gefunden hatten – eine Eintrittskarte für eines der Spiele! Und natürlich wollten sie für sich auch Karten besorgen, damit sie alle drei zusammen hingehen konnten.
Doch leider waren die Spiele an den Finaltagen schon ausverkauft gewesen, deswegen hatten sie nur noch Karten für ein Vorrundenmatch bekommen. Aber Justus und Bob waren sich sicher gewesen, dass Peter auch an so einem Spiel seinen Spaß haben würde.
Und so war es dann auch gewesen. Peter hatte sich irrsinnig gefreut über das Geschenk und dem Tag entgegengefiebert. Glücklicherweise hatten Justus und Bob auch noch drei Tickets für ein Spiel der amerikanischen Titelverteidiger Ken Parker und John Trevis ergattert. Sie mussten gegen die Brasilianer da Silva und Carlos antreten, gegen die sie sogar mehr Schwierigkeiten hatten als erwartet, weswegen es bisher ein heiß umkämpftes Match war.
Peter hatte die Begegnung von Anfang an in ihren Bann gezogen. Er kommentierte jeden Spielzug, feuerte die Amerikaner lautstark an, ärgerte sich über Punkte der Gegner und steigerte sich immer mehr in die Partie hinein.
Doch sosehr sich Justus darüber freute, dass ihr Geschenk bei Peter gut ankam, so sehr bereute er es schon, dass er sich das alles überhaupt angetan hatte. Er war nun einmal keine Sportskanone. Nur im Wasser, und da auch nur im Brustschwimmen, machte er zur Überraschung aller eine einigermaßen gute Figur. Ansonsten hatte er jedoch zum Sport ein eher gespanntes Verhältnis, und es interessierte ihn im Gegen-

satz zu Peter und Bob auch nicht sonderlich, wer wie weit hüpfte, warf, lief, schwamm und so fort.
Und es interessierte ihn daher auch überhaupt nicht, wer wie oft diesen weißen Ball in den Boden hämmerte. Schlimm genug, sagte sich Justus, dass erwachsene Menschen unter sengender Sonne bis zur Erschöpfung durch den Sand hechteten. Dass das ungesund war, wusste doch jedes Kind. Aber deswegen musste er sich hier doch nicht grillen, anbrüllen und von fremden Knien foltern lassen!
Doch Justus riss sich zusammen. Er wollte Peter den Tag nicht verderben. Es war sein Tag.
»Und warum hören die jetzt auf?«, fragte er ihn daher möglichst interessiert und deutete zu den Spielern, die mittlerweile auf ihren Bänken am Rande des Spielfelds Platz genommen hatten. Mit dem Rücken zu den drei ??? saßen die vier durchtrainierten Sportler keine zehn Meter von ihnen entfernt – unter Sonnenschirmen!
»Die hören nicht auf«, antwortete Peter. »Die Brasilianer nehmen sich nur ihre letzte Auszeit in der Hoffnung, dass sie Parker und Trevis damit ein wenig aus dem Konzept bringen können. Die beiden haben ihnen ja in den letzten Minuten die Bälle nur so um die Ohren geschlagen.«
»Aber wenn du mich fragst«, meldete sich Bob zu Wort, »dann hilft ihnen das auch nichts mehr. Drei, vier Spielzüge und das Match ist im Sack.«
Und wir können endlich nach Hause gehen, dachte sich Justus erleichtert. Peter und Bob bekamen allerdings nur ein »Na, dann hoffen wir mal das Beste« zu hören.
Der Erste Detektiv ließ seinen Blick durch die Zuschauermengen schweifen. Auf der gegenüberliegenden Haupttribüne versuchte man gerade, eine La-Ola-Welle in Gang zu bringen, die aber schon in der rechten Seitentribüne wieder

abebbte, weil dort die brasilianischen Fans standen. Und die hatten im Moment verständlicherweise keine Lust auf La Ola. *Gott sei Dank*, sagte sich Justus, der schon befürchtet hatte, dass *er* sich jetzt hier auch noch körperlich betätigen müsse. Dann griff er nach seiner Sporttasche. Sie waren vor dem Spiel noch schwimmen gewesen, und in der blauen Tasche befanden sich sein Badezeug, ein Pullover und eine Jeans für die Fahrt nach Hause.

Er stopfte sich die Tasche gerade in den Rücken, um es sich die letzten paar Minuten etwas bequemer zu machen, als ihm eine ruckartige Bewegung eines der amerikanischen Spieler ins Auge fiel. Es war Trevis gewesen, der Größere der beiden. Er hatte eben etwas getrunken, als er urplötzlich von seinem Partner weggerückt war, so als hätte ihn eine gewaltige Faust gepackt und zur Seite gezogen.

Im nächsten Moment schnellte er auf, warf die Trinkflasche in hohem Bogen davon und sprang mit einem unglaublichen Satz ein paar Meter nach vorn. Irgendetwas schrie er dabei, etwas, das Justus nicht verstehen konnte, und kaum dass er gelandet war, wirbelte er wieder herum und starrte mit weit aufgerissenen Augen zur Bank.

Das alles hatte sich in nur zwei oder drei Sekunden abgespielt, aber inzwischen hatten auch einige andere Zuschauer sowie Peter und Bob gemerkt, dass da vorn etwas nicht stimmte. Neugierig reckten sie die Hälse, um besser sehen zu können.

Parker hingegen, der andere Spieler, saß immer noch auf seiner Bank und schaute Trevis verwundert an. Er hob sogar beide Hände, so als wollte er ihn fragen: »Was ist denn los?«

Trevis zeigte wie verrückt auf oder unter die Bank und brüllte: »Da! Da! Sieh doch!«

Und dann ging alles ganz schnell. In dem Augenblick, in dem die drei ??? das krabbelnde, grünlich-schwarze Etwas zu Füßen

Parkers ausgemacht hatten, stieß der schon einen entsetzten Schrei aus und hechtete zur Seite.
»Was ist das?«, fragte Bob aufgeregt und sprang auf. »Könnt ihr das erkennen?«
»Nein!«, sagte Peter und kam ebenfalls auf die Füße. »Ich habe nur irgendetwas Schwarzes gesehen, das krabbelt.«
»Parker! Seht doch, was mit Parker ist!«, rief Justus und deutete auf den Spieler, der sich wenige Meter von ihnen entfernt schreiend im Sand wälzte und sich seinen linken Unterschenkel hielt.
»Ein Skorpion!«, kreischte in diesem Augenblick ein Zuschauer, der ganz vorn stand. »Es ist ein riesiger Skorpion!«
»Ein Skorpion!« – »Skorpion!«, gellten andere Schreie durch die Luft. »Ein Skorpion hat Parker erwischt!«
»Ein Skorpion?« Bob sah seine Freunde entgeistert an. »Verdammt, wie kommt so ein Vieh hierher an den Strand? Ich dachte, die wären –«
»Der kommt auf uns zu!«, unterbrach ihn in diesem Moment ein anderer entsetzter Fan. »Der kriecht unter der Absperrung durch! Lasst mich raus! Ich will raus! Platz da!«
Von einer Sekunde auf die andere verwandelte sich die Zuschauermenge in ein kreischendes, schiebendes und flüchtendes Meer von Armen und Beinen. Jeder wollte nur noch weg von dem giftigen Tier und bahnte sich rücksichtslos seinen Weg durch die Massen. Dabei hatten nur noch einige andere das gefährliche Spinnentier aus nächster Nähe gesehen, aber den meisten reichten die panischen Rufe, um so schnell wie möglich das Weite zu suchen.
»Lauft, Leute! Die trampeln uns nieder!«, rief Peter noch, dann wurde er schon von den ersten Flüchtenden grob vorwärtsgestoßen.
Auch Bob erging es nicht sehr viel besser. Er bekam einen

Ellenbogen gegen den Kopf und sah kurzzeitig Sternchen, schaffte es aber dann doch, sich in der drängenden Menschenwoge zu behaupten.
»Wartet!«, rief Justus. Aber er hatte sich noch nicht ganz aufgerappelt, als ihn einer der Flüchtenden schon wieder zu Boden warf. Laut fluchend kippte der Erste Detektiv vorwärts in den Sand. Im nächsten Moment trat ihm ein anderer auf die Hand und kickte seine Sporttasche davon.
»Aua!«, rief Justus. »Pass doch auf, wo du hintrittst.«
»Justus!«, brüllte Peter von irgendwoher. »Wo bleibst du denn?«
»Ich genieße die Aussicht!«, gab Justus ärgerlich zurück.
»Mach, dass du da wegkommst!«, rief Bob.
»Das versuche ich ja! Aber die lassen mich nicht mal aufstehen!« Justus kroch ein paar Meter, um seine Sporttasche wiederzubekommen, auf der die panisch flüchtenden Zuschauer achtlos herumtrampelten.
Er wollte sich eben erneut aufrichten, als er unter seinen Achseln hindurch einen Mann mit hochrotem Gesicht auf sich zurasen sah. Instinktiv rollte er sich zusammen und brachte gerade noch seine Sporttasche unter den Körper, als der Mann auch schon über ihn hinwegsetzte.
»Justus!«, schrie Peter noch einmal.
»Ich kann nicht!«, stieß Justus keuchend hervor.
Wie eine Horde wilder Büffel jagte auch der Rest der Zuschauer an Justus vorbei, der keine andere Möglichkeit hatte, als zusammengekauert im Sand liegen zu bleiben und die Hände über den Kopf zu legen. Hin und wieder traf ihn ein Fuß, und eine Frau fiel sogar über ihn, aber am Ende überstand er das Chaos doch einigermaßen unbeschadet. Es dauerte jedoch fast eine Minute, bis der Spuk vorbei war und Justus gefahrlos den Kopf heben konnte. Langsam stand er auf.

»Just!«, schrie Peter in diesem Augenblick. Zusammen mit Bob war er gut zwanzig Meter entfernt stehen geblieben, um auf ihren Freund zu warten. »Hinter dir! Pass auf, er ist hinter dir!«
»Der Skorpion!«, brüllte Bob. »Er kommt auf dich zu!«
»Was? Wo?« Justus riss den Kopf herum und schaute rechts und links über die Schulter. Aus dem Augenwinkel entdeckte er das grünschwarze Gifttier, das sich ungefähr einen Meter hinter ihm befand, und stieß einen lauten Schrei aus.
Er wollte davonlaufen, aber das jähe Kopfdrehen und der Schrecken hatten ihn aus dem Gleichgewicht gebracht, so dass sich seine Beine zwar in die eine Richtung bewegten, der Oberkörper aber über die linke Schulter abkippte. Mit weit aufgerissenen Augen beobachteten Peter und Bob, wie Justus nach hinten fiel – genau dorthin, wo der riesige Skorpion seinen giftigen Stachel in die Luft reckte!

Held wider Willen

»Der hatte doch nie eine faire Chance.« Peter blies den feinen Holzstaub von den alten Regalbrettern und faltete das Schmirgelpapier neu.
»Ein völlig ungleiches Duell«, pflichtete ihm Bob nachdrücklich bei. »Was meinst du? Eins zu zweitausend?« Der dritte Detektiv hielt kurz mit dem Streichen seines Bretts inne und sah Peter fragend an.
»Mindestens! Wenn nicht noch mehr!« Peter zog abschätzend die Lippen nach unten und nickte bedeutungsvoll. »Wenn man dem Skorpion etwa 40 Gramm gibt und unserem Ersten ungefähr … äh …«
Justus ließ seinen Schraubenzieher sinken, mit dem er gerade ein anderes Regal auseinandergenommen hatte, und stöhnte genervt auf. »Könnt ihr zwei damit vielleicht auch mal wieder aufhören? So lustig war das Ganze nun auch wieder nicht! Zehn Zentimeter weiter links, und ich wäre nicht mit der Tasche auf das Vieh gefallen, sondern mit dem Arm!«
Peter grinste. »Dann hätten wir immer noch ein Verhältnis von, hm –«, er überlegte kurz, »eins zu zweihundert gehabt. Das hätte auch noch dicke gereicht.«
»Ha, ha, ha, ich lach mich tot!« Justus zog eine Grimasse, aber um seine Mundwinkel spielte ein feines Lächeln. Mit einigem Abstand fand er die ganze Sache doch auch irgendwie komisch.
»Und wie elegant unser Erster gefallen ist!« Peter schob das rechte Bein nach vorn, drehte seinen Oberkörper um die linke Schulter und ließ sich dann mit einem betont entsetzten Gesichtsausdruck auf den staubigen Boden sinken. Dort angekommen, gab er ein hässlich knirschendes Geräusch von

sich und blieb auf dem Bauch liegen wie ein Pinguin auf dem Eis.

Bob lachte laut auf. »War das eben das tragische Ende des Skorpions, dieses ekelhafte Knirschen?«

»Das war es«, grunzte Peter angestrengt in seiner Fallschirmspringerposition. »Zermalmt unter achtzig Kilo detektivischer Genialität.«

Jetzt musste auch Justus grinsen. »Affe!«, schimpfte er in gespielter Entrüstung und half ihm dann wieder auf die Beine. Dabei war ihm gestern noch alles andere als zum Lachen zumute gewesen, denn der Sturz hätte wirklich auch sehr böse ausgehen können. Doch als die Sanitäter, die bereits ein paar Minuten nach dem Zwischenfall zur Stelle waren, um Parker abzuholen und ins nächste Krankenhaus zu bringen, die Sporttasche schließlich anhoben, stellte sich heraus, dass von dem giftigen Spinnentier trotz des weichen Sandes nicht viel mehr übrig war als ein undefinierbarer, grün-schwarzer Skorpionbrei.

»Ich frage mich aber immer noch, was dieses Biest am Strand zu suchen hatte.« Bob tauchte seinen Pinsel in den Farbeimer. »Ich dachte immer, Skorpione findet man irgendwo in der einsamen Wüste, unter Steinen und in kleinen Löchern. Aber mitten am Strand unter Tausenden von lärmenden Menschen? Irgendwie seltsam, finde ich. In Zukunft werde ich mir den Sand jedenfalls etwas genauer ansehen, wenn wir wieder mal beim Baden sind.«

Peter stellte sein Brett zur Seite und ergriff ein neues. »Außerdem war das Vieh riesig. In Bio haben wir doch mal gelernt, dass unsere Skorpione hier maximal acht Zentimeter groß werden. Das Ding war aber mindestens fünfzehn Zentimeter lang« – Peter warf Justus ein schelmisches Grinsen zu – »in unzerquetschtem Zustand. Danach war es noch länger.«

»Seltsam ist das alles schon, aber durchaus noch rational erklärbar«, sagte Justus, während er sich wieder an einer Schraube zu schaffen machte. »Immer wieder verirren sich Wildtiere in Gegenden, in denen man sie nie vermuten würde, und –«
»Bryan – ihr wisst schon, der schräge Typ, mit dem wir Geschichte zusammen haben – der hatte mal ’ne kleine Schlange im Klo«, fiel Peter ein.
»... und dass es auch im Hinblick auf die Proportionen große Abweichungen bei jeder Spezies geben kann«, überging Justus den Einwurf, »wurde in der Biologie hinlänglich dokumentiert. Ich erinnere nur an den riesigen Hai, den man letztes Jahr vor dem Santa-Barbara-Archipel aus dem Wasser gezogen hat.«
Bob nickte und zog die Stirn in Falten. »Noch ein Grund, beim Baden in Zukunft aufzupassen.«
Justus drehte die letzte Schraube aus dem Holzbrett und nahm sich dann das zweite Regal vor. »Aber etwas anderes beschäftigt mich im Moment eigentlich viel mehr als der Skorpion. Ich hab euch noch gar nicht erzählt, dass da noch etwas anderes unten an meiner Tasche geklebt hat.«
»Was denn?«, fragte Bob neugierig.
»Einer der Spieler?«, flachste Peter.
»Quatschkopf«, winkte Justus ab. »Nein, es war ein ungefähr handtellergroßer, schwarzer Wachsklecks. Er muss sich an meine Tasche geheftet haben, als die ganzen Zuschauer darüber hinweggetrampelt sind. Ich kann ihn euch nachher zeigen, er liegt drüben in der Zentrale im Schränkchen über der Spüle.«
»Ein Wachsklecks?« Bob schaute ungläubig. »Du meinst, so etwas wie Kerzenwachs?«
Justus zuckte mit den Schultern. »Hm, ja. So etwas in der Art. Und drin steckte ein kleiner Glassplitter.«

»Wahrscheinlich von einer Flasche, die irgend so ein Idiot am Strand hat rumliegen lassen und die dann kaputtgegangen ist«, vermutete Peter und fuhr dann wütend fort: »Ich wünsche mir, dass sich einmal einer von diesen Umweltterroristen mit seinem Hintern in seine eigenen Scherben setzt.«
»Kann sein, dass er von einer Flasche stammt«, erwiderte Justus, »aber was mich noch mehr wundert, ist, wie das Wachs in den Sand kommt. Papier, Dosen, Scherben und sonstigen Müll findet man ja dort leider fast überall, aber Wachs?«
»Könnte von einer Party stammen, die man am Strand gefeiert hat.« Bob strich gleichmäßig sein Brett weiter und fuhr fort, ohne aufzusehen. »Da unten treffen sich doch jeden Abend eine Menge Leute, zünden Lagerfeuer an, drehen ihre Ghettoblaster auf und so. Vielleicht war's ja mal 'ne Candle-Light-Party für verliebte Pärchen?«
»Auf dem Areal der Beachvolleyball-Weltmeisterschaften?«, wandte Peter skeptisch ein.
»Mit schwarzen Kerzen?«, gab Justus zu bedenken.
»Vielleicht waren es ein paar Grufties oder wie man diese Typen in den schwarzen Klamotten nennt, ich weiß es ja auch nicht«, rechtfertigte sich Bob.
»Na ja.« Justus schnalzte mit der Zunge. »Wie gesagt, das finde ich fast noch seltsamer als die Sache mit dem Skorpion. Aber im Moment habe ich auch noch keine einleuchtende Erklärung dafür.«
Peter hörte mit dem Schmirgeln auf und sah seinen Freund verblüfft an. »Ist es denn die Möglichkeit? Unser Superhirn hat keine Erklärung für einen schwarzen Wachsklecks am Strand unseres idyllischen und doch so abgründigen Städtchens? Er wittert keinen neuen Fall? Solltest du wirklich noch nie etwas von der Schwarze-Kerzen-Mafia gehört haben? Du enttäuschst mich, Erster, wirklich, du enttäuschst mich!«

»Seht lieber mal zu, dass ihr mit eurer Arbeit fertig werdet!«, antwortete Justus, ohne auf die Frotzelei seines Freundes einzugehen. »Onkel Titus will, dass die Bretter über Nacht trocknen, weil er schon einen Käufer hat. Und der kommt morgen in aller Frühe und holt die beiden Regale ab.«

Seit seine Eltern bei einem Flugzeugabsturz ums Leben gekommen waren – Justus war damals erst fünf Jahre alt gewesen –, lebte er bei seinem Onkel Titus und seiner Tante Mathilda. Die beiden betrieben einen florierenden Gebrauchtwarenhandel in Rocky Beach, und die drei Jungen mussten Titus und Mathilda auf dem Schrottplatz hin und wieder zur Hand gehen. Diesmal hatte Titus aus einer Haushaltsauflösung in Malibu ein paar antiquierte Bücherregale mitgebracht, die die Jungen zerlegen, abschmirgeln, neu ölen und dann wieder zusammensetzen sollten.

Im Gegenzug für ihre gelegentliche Hilfe durften sie dafür einen alten Campinganhänger nutzen, der weiter hinten auf dem Schrottplatz stand und ihnen als Hauptquartier für ihr Detektivunternehmen diente. Er war zwar nicht besonders geräumig, aber er beherbergte so ziemlich alles, was man für intensive kriminalistische Untersuchungen und Recherchen benötigte. Ein Telefon mit Anrufbeantworter fand sich darin genauso wie ein Computer mit Internetzugang und Drucker, ein Kopierer, ein Labor und eine kleine Dunkelkammer am hinteren Ende des Wohnwagens. Dazu kamen etliche Aktenschränke, die vor Ordnern und Papier nahezu überquollen, und durch die Decke des Wohnwagens führte sogar ein Periskop, der sogenannte ›Spion‹, mit dem man den ganzen Schrottplatz überblicken konnte. Aber auch ein Schreibtisch, Stühle, Sessel, ein Kühlschrank und eine Spüle drängten sich in dem Anhänger, sodass es zwar ziemlich gemütlich, aber auch reichlich eng darin war.

»Justus!«, hallte auf einmal die durchdringende Stimme von Tante Mathilda über den Platz.
»Seht ihr!«, raunte Justus. »Ich hab's euch ja gesagt! Wir sollten nicht so rumtrödeln.«
Tante Mathilda war zwar eine herzensgute Frau, aber wenn es um das Geschäft ging, konnte sie sehr resolut sein. Doch diesmal wollte sie etwas ganz anderes.
»Telefon für dich!«
Justus blickte hoch. »Telefon? Wer ist es denn?«
»Er hat gesagt, er heißt Parker«, rief Mathilda.
»Parker?«, stieß Bob überrascht hervor. »*Der* Parker? *Unser* Parker?«
Das Letzte, was die drei Jungen von dem Sportler am Vortag mitbekommen hatten, war sein Abtransport mit dem Krankenwagen gewesen. Die Sanitäter hatten den Spieler nach einem kurzen Gespräch mit umstehenden Schaulustigen vor Ort oberflächlich untersucht und den vor Schmerz wimmernden und schweißüberströmten Mann dann auf eine Trage gehievt und ins Auto geschoben. Einer von ihnen hatte sich noch erkundigt, ob mit Justus alles in Ordnung sei, und bei dieser Gelegenheit auch gleich den zermatschten Skorpion aus dem Sand gebuddelt. Dann war der Rettungswagen mit blinkendem Signallicht und heulender Sirene über den Strand davongebraust.
»Was will der denn von dir?«, wunderte sich Peter.
»Das werden wir gleich wissen«, entgegnete Justus und rief Mathilda zu: »Kannst du mir bitte das Gespräch in unsere Zentrale durchstellen?«
»Du meinst wohl in den Wohnwagen?« Tante Mathilda war nicht immer besonders glücklich über den Zeitvertreib ihres Neffen. Schon oft genug war es bei den Ermittlungen der drei ??? ziemlich brenzlig und auch gefährlich geworden, und des-

wegen nutzte sie jede Gelegenheit, um ihre Vorbehalte zum Ausdruck zu bringen. Und *Wohnwagen* klang in ihren Ohren sehr viel unverfänglicher als *Zentrale*. Das roch ja geradezu nach Dieben und sonstigen zwielichtigen Gestalten.

»Meinetwegen«, stimmte sie zähneknirschend zu. »Aber dass ihr mir hinterher nicht alles stehen und liegen lasst, weil ihr euch da drin wieder eingegraben habt!«

»Nein, nein, Tante, versprochen!«

Fünf Sekunden später klingelte das Telefon in dem kleinen Campinganhänger. Die drei Jungen stiegen gerade die wenigen Stufen zum Eingang hinauf. Justus ging zum Hörer, stellte aber vorher auf Lautsprecher, damit Peter und Bob mithören konnten, was gesprochen wurde.

»Ja, bitte? Hier Justus Jonas«, meldete er sich.

»Hallo, hier ist Parker, Ken Parker. Weißt du, wer ich bin?«

»Äh, ja«, antwortete Justus. »Sie sind der Spieler, der gestern bei dem Beachvolleyball-Turnier von einem Skorpion gestochen wurde.«

»Genau, der bin ich«, hallte es aus dem Lautsprecher. »Und bist du der Junge, der diesen Skorpion erledigt hat?«

Justus stutzte. »Äh, ja, das könnte man so sehen«, antwortete er etwas erstaunt. »Aber woher wissen Sie, dass ich es war, der … der –?«

»Ich habe heute Morgen herumfragen lassen und einer der Sanitäter hat dich wiedererkannt«, erwiderte Parker, da Justus nicht weitersprach. »Er meinte, du seist der Sohn eines Gebrauchtwarenhändlers namens Titus Jonas hier in der Stadt, und –«

»Neffe, ich bin sein Neffe«, unterbrach nun Justus Parker seinerseits.

»Na, wie dem auch sei«, sagte Parker. »Ich habe mir jedenfalls eure Nummer aus dem Telefonbuch herausgesucht, denn ich wollte mich unbedingt bei dir bedanken. Das, was du getan hast, war wirklich sehr mutig.«

Justus schaute Peter und Bob verwundert an. Aber die beiden zuckten auch nur ahnungslos mit den Schultern. »Nun, mit Mut hatte das nichts zu tun. Es war eher ein Versehen. Aber wofür wollen Sie sich denn eigentlich bedanken, wenn ich fragen darf?«

»Wofür?« Der Mann am anderen Ende der Leitung klang mehr als überrascht. »Na hör mal, ohne dich wäre ich wahrscheinlich jetzt tot. Du hast mir das Leben gerettet!«

Parabuthus transvaalicus

Justus hatte keine Ahnung, wovon der Mann sprach, und auch Peter und Bob machten äußerst verdutzte Gesichter.
»Ich … ich verstehe nicht ganz«, stotterte Justus. »Ich soll Ihnen das Leben gerettet haben?«
Statt direkt zu antworten, fragte Parker: »Hast du jetzt Zeit? Ich würde mich sehr freuen, wenn du mich hier im Saint-Michael's-Krankenhaus besuchen würdest. Dann könnte ich mich bei meinem Retter noch einmal von Angesicht zu Angesicht bedanken und dir auch die ganze Geschichte ausführlich erzählen. So am Telefon ist das immer ein bisschen oberflächlich und unpersönlich, finde ich.«
»Hm.« Justus biss sich nachdenklich auf die Lippe. Natürlich wollte er unbedingt wissen, was Parker zu seiner seltsamen Aussage veranlasst hatte. Denn wenn er den Sportler wirklich gerettet haben sollte, dann hätte er doch den Skorpion erschlagen müssen, *bevor* der Parker gebissen hatte!
Andererseits wartete Tante Mathilda mit Sicherheit schon ungeduldig darauf, dass sie sich weiter um die Regale kümmerten, und wäre wahrscheinlich alles andere als begeistert, wenn sie sich jetzt einfach davonstehlen würden.
»Ginge es auch noch in, sagen wir, zwei Stunden?«, fragte er daher Parker. »Ich muss vorher noch etwas Dringendes erledigen.«
»Klar!«, antwortete der Sportler. »Nach Auskunft der Ärzte muss ich ohnehin noch ein paar Tage hier herumliegen. Also dann bis in zwei Stunden! Ich freue mich schon.«
Justus verabschiedete sich und legte langsam den Hörer auf.
»Könnt ihr euch das erklären, Kollegen?«, fragte er Peter und Bob, während er das Telefon anstierte, als wüsste das eine

Antwort auf seine Frage. »Wie nur soll ich Parker das Leben gerettet haben? Das ist doch absolut unmöglich! Und außerdem glaube ich einmal gelesen zu haben, dass die Stiche unserer einheimischen Skorpione allerhöchstens für Kinder oder alte und schwache Menschen lebensbedrohlich sind, aber nicht für durchtrainierte Spitzensportler.«
Peter und Bob sahen das ganz genauso. Das passte irgendwie alles nicht zusammen. Doch auch in den nächsten zwei Stunden fanden die drei Jungen keine auch nur halbwegs plausible Erklärung für das, was Parker Justus mitgeteilt hatte. Während sie die Regale fertig schmirgelten und strichen, diskutierten und grübelten sie pausenlos, um Logik in die Sache zu bringen, aber es wollte ihnen einfach nicht gelingen. Das Einzige, was dabei herauskam, war, dass Peter am Schluss nicht mehr wusste, welches der Bretter er nun schon abgeschliffen hatte und welches nicht, dass Justus etliche Schrauben nicht mehr fand und dass Bob mehr seine Finger als die Bretter angemalt hatte.
Endlich konnten sie sich auf den Weg zum Saint-Michael's-Krankenhaus machen. Das Gebäude lag am westlichen Stadtrand von Santa Monica und war mit dem Rad in knapp dreißig Minuten vom Schrottplatz aus zu erreichen. U-förmig, mit einem breiten Mittelbau und zwei rechtwinklig davon abgehenden Flügeln, umrahmte es einen liebevoll angelegten Vorplatz mit gepflegten Rasenflächen und kunstvoll arrangierten Blumenbeeten. Eine leicht ansteigende Zufahrt führte zu einem von Säulen gestützten Eingangsbereich, von dem aus man durch eine doppelflügelige elektrische Schiebetür aus Glas in die große Vorhalle gelangte.
Justus erkundigte sich an der Pforte, wo Parker lag. Er hatte ein Einzelzimmer im dritten Stock, Nummer 324. Die drei ??? nahmen den Aufzug, fragten oben angekommen eine

Krankenschwester nach dem Zimmer, und wenige Augenblicke später klopfte Justus an die gelb lackierte Tür.
»Herein!«, hörten sie Parker von drinnen rufen.
Justus, Peter und Bob traten einer nach dem anderen ein. Vorbei an der offen stehenden Badezimmertür gingen sie durch einen kurzen Korridor und standen schließlich vor Parkers Bett.
»Ah, mein Retter, nicht wahr?«, begrüßte sie der Sportler und zog sich am Bettgalgen hoch. »Aber wer von euch ist denn nun Justus?«
»Guten Tag, das bin ich.« Justus hielt Parker die Hand hin. »Ich habe mir erlaubt, meine Freunde Peter Shaw und Bob Andrews mitzubringen. Sie waren gestern ebenfalls dabei, als die Sache mit dem Skorpion passierte.«
Peter und Bob gaben dem Mann die Hand, und Parker schüttelte sie herzlich. Doch die drei Jungen stellten sofort fest, dass es ihm weitaus schlechter ging, als es sein gut gelaunter Empfang vielleicht vermuten ließ.
Im Gegensatz zu gestern auf dem Spielfeld war der braun gebrannte Volleyballer geradezu leichenblass, und seine Wangen schienen eingefallen. Seine Augen wirkten glanzlos, und seinem Händedruck fehlte jede Kraft. In seinem linken Handrücken steckte eine Kanüle, durch die eine farblose Flüssigkeit aus einer Plastikflasche, die kopfüber an einem Flaschenständer neben seinem Bett hing, in seine Vene tropfte.
»Holt euch doch ein paar Stühle her und setzt euch zu mir«, forderte Parker sie auf und ließ sich wieder in die Kissen zurücksinken. Er atmete ein paarmal angestrengt durch und wartete, bis die drei ??? so weit waren.
»Jetzt musst du mir aber erst einmal ganz genau erzählen, Justus, wie du das Biest erledigt hast! Das muss doch ziemlich gefährlich gewesen sein, oder?«

»Nun ja«, antwortete Justus, »die Sache hat sich ein wenig anders zugetragen, als man Ihnen das vielleicht berichtet hat.« Und dann gab der Erste Detektiv in aller Kürze wieder, was sich tatsächlich am Strand abgespielt hatte.

Als er fertig war, spielte ein amüsiertes Lächeln um Parkers blasse Lippen. »Mach dir nichts draus, Justus«, sagte er schließlich. »Für mich bleibt es dabei. Du hast mir das Leben gerettet, auch wenn das wohl eher zufällig geschah. Aber ehrlich gesagt: Ich würde mich auch nicht freiwillig mit einem Skorpion einlassen. Dazu muss man entweder eine ziemliche Schraube locker haben oder sich sehr gut mit diesen Tieren auskennen.«

»Apropos mit diesen Tieren auskennen«, ergriff Bob das Wort. »Uns war bis jetzt nicht bekannt, dass Skorpione so gefährlich sein können. Wir waren bisher der Meinung, dass so ein Stich einem halbwegs gesunden Menschen zwar durchaus Schmerzen bereitet und vielleicht auch noch einige andere Symptome hervorruft, aber dass er wirklich lebensgefährlich ist, wussten wir nicht.«

»Und dann«, fügte Justus hinzu, »habe ich mich auch gefragt, wie ich Ihnen das Leben gerettet haben soll. Ich meine, schließlich hatte Sie der Skorpion doch längst gestochen, bevor ich auf ihn draufgefallen bin.«

»Im Prinzip habt ihr recht, mit dem, was ihr da sagt«, erwiderte Parker ernst und beugte sich zu seinem Nachttischschränkchen hinüber, auf dem ein zusammengefaltetes Blatt Papier lag. »Aber in diesem Fall verhält sich das Ganze etwas anders.« Er nahm das Blatt, faltete es auseinander und las dann vor: »Parabuthus transvaalicus, so lautet der offizielle Name des Skorpions, der mich gestochen hat. Das sagt euch jetzt wahrscheinlich nicht viel, aber –«

»Transvaalicus?«, fiel Justus Parker überrascht ins Wort. »So wie Transvaal, die frühere Provinz im Nordosten der Republik Südafrika mit der Hauptstadt Pretoria? Die Mitte der Neunzigerjahre des letzten Jahrhunderts –«

»Südafrika?«, unterbrach Peter nun Justus, bevor der zu einem seiner gefürchteten enzyklopädischen Rundumschläge ausholen konnte. Er bewunderte zwar genau wie Bob Justus' enormes Wissen und sein famoses Gedächtnis, aber manchmal musste er ihn einfach bremsen, weil der Erste Detektiv sonst der Versuchung erlag, ganze Lexikonseiten wiederzugeben. »Das ist aber seltsam! Es gibt bei uns Skorpione, die nach einer südafrikanischen Provinz benannt sind? Was macht denn das für einen Sinn?«

Parker schüttelte den Kopf. »Das ist es ja gerade. Den Skorpion, der mich gestochen hat, gibt es hier in dieser Gegend nicht, wie man mir gesagt hat. Ach was, in dieser Gegend!« Er machte eine wegwerfende Handbewegung. »Dieser Skorpion kommt nur in Südafrika vor!«

Die drei ??? schwiegen einen Augenblick und sahen sich verwundert an. Keiner von ihnen wusste im ersten Moment mit Parkers Aussage etwas anzufangen.

Dann meinte Justus mehr zu sich selbst: »Aber das würde ja bedeuten, dass irgendjemand diesen Skorpion eigens ins Land gebracht hat.«

»Dieser Jemand brachte ihn nicht nur ins Land, sondern auch an den Strand und genau zu unserer Bank.« Parker blies abschätzig durch die Nase.

Die drei Jungen blickten Parker erstaunt an, so als hätten sie nicht ganz verstanden, was er da gerade gesagt hatte. »Bitte?«, brachte schließlich Bob verblüfft hervor. »Aber wieso sollte jemand den Skorpion zum Strand bringen? Und zu Ihrer Bank?«

Parker deutete auf seinen Zettel. »Nach dem, was man mir

hier zusammengeschrieben hat, ist dieser südafrikanische Skorpion nicht nur fast doppelt so groß wie unsere einheimischen Exemplare, sondern vor allem äußerst lebensbedrohlich – für jeden Menschen! Der Stich dieses Tieres fordert in Südafrika jährlich mehrere Todesopfer!«

»Wie?« Peter rutschte beunruhigt nach vorn auf die Kante seines Stuhls. »Wollen Sie damit vielleicht andeuten, dass einer den Skorpion absichtlich zum Strand gebracht hat, um Sie … um Sie« – Peters Stimme erstarb zu einem kaum noch hörbaren Flüstern – »umzubringen?«

»Davon bin ich überzeugt«, antwortete Parker fast ebenso leise. »Ich bin mir sicher, es ging um John oder mich. Einer von uns beiden sollte das Opfer sein.«

»Was?«

»Unmöglich!«

»Aber wieso? Wieso sollte jemand Sie oder Ihren Partner –?«

Die drei ??? sahen Parker entsetzt an.

»Weil wir die absoluten Favoriten für dieses Turnier waren. Bei den Buchmachern standen die Wetten eins zu eins Komma drei auf unseren Sieg – und eins zu zwölf auf den Fall, dass John und ich nicht erneut Weltmeister werden sollten. Ich bin mir sicher, dass jemand versucht hat, uns aus dem Rennen zu werfen, um eine Menge Geld abzusahnen. Und das ist ihm ja auch gelungen.«

Die Jungen sagten erst einmal nichts. Peter und Bob schauten entgeistert zu Boden und versuchten, ihre Gedanken zu ordnen, während Justus damit begann, seine Unterlippe zu kneten. Das war von jeher eine Art Tick von ihm und immer ein untrügliches Anzeichen dafür, dass er seine graue Zellen mobilisierte. Irgendetwas irritierte ihn an der Vermutung Parkers.

Schließlich wusste er, was ihn daran störte. »Aber Mr Parker«,

sagte er vorsichtig, weil er nicht taktlos klingen wollte, »ganz abgesehen davon, dass der Angriff – wenn es denn wirklich einer war – auch jemand anderem hätte gelten können. Um das zu erreichen, was Sie eben behauptet haben, hätte man doch keinen tödlichen Skorpion aus Südafrika auf Sie beide ansetzen müssen. Bitte verstehen Sie mich nicht falsch! Ich freue mich natürlich, dass Ihnen nichts weiter passiert ist, und wünschte, dass überhaupt nichts geschehen wäre. Aber um einen von Ihnen für ein paar Tage außer Gefecht zu setzen, hätte es doch vollauf genügt, einen derjenigen Skorpione einzusetzen, die es hier bei uns zuhauf gibt.«
»Daran habe ich auch schon gedacht«, erwiderte Parker stirnrunzelnd, »aber eine andere Erklärung für den ganzen Mist ist mir bis jetzt nicht eingefallen. Doch ich bin mir hundertprozentig sicher, dass der Anschlag – und es war einer, darauf kannst du Gift nehmen – John oder mir galt! Es gibt sicher nicht wenige, die sich im Moment tierisch darüber freuen, dass ich hier im Krankenhaus flachliege und nicht mehr weiterspielen kann.«
»Haben Sie schon mit der Polizei über diese Theorie gesprochen?«, wollte Peter wissen.
Parker blickte kurz zur Seite und kniff die Lippen zusammen. Offenbar behagte ihm diese Frage aus irgendeinem Grund nicht sonderlich. »Nein, ich … ich glaube, dass das keine so gute Idee wäre.«
»Wieso nicht?«, hakte Bob nach.
»Wenn«, druckste Parker herum, »wenn die Presse davon Wind bekommt – und davon ist auszugehen, wenn sich die Polizei auf meine Veranlassung hin einschaltet –, dann könnte ich mir damit ein ganz schönes Eigentor schießen.«
»Weil es dann so aussieht, als wollten Sie mit Ihrer Überlegenheit prahlen?«, riet Justus. »Weil man es so auslegen könnte,

als würden Sie Ihren Kontrahenten rein gar nichts zutrauen und als wollten Sie ihnen unterstellen, solche Unglücksfälle zu benötigen, um überhaupt eine Chance gegen Sie zu haben?«

Parker nickte mürrisch. »Ja, so etwas in der Art.«

»Ich verstehe«, sagte Justus. Er warf Peter und Bob einen kurzen, fragenden Blick zu. Die beiden wussten sofort, worum es ging. Mit einem knappen Nicken gaben sie ihr Einverständnis für das, was ihr Erster als Nächstes vorhatte.

»Mr Parker, unter Umständen könnten wir Ihnen in dieser Angelegenheit helfen.« Der Erste Detektiv griff in seine hintere Hosentasche und holte eine ihrer Visitenkarten daraus hervor, von denen jeder der drei ??? immer einige bei sich hatte. Er beugte sich über das Bett und überreichte sie Parker, der sie neugierig entgegennahm.

»Die drei Detektive. Wir übernehmen jeden Fall«, las der Mann aufmerksam. »Das seid ihr? Ihr seid Detektive?«

»Ja, wir betreiben ein kleines Detektivunternehmen hier in Rocky Beach«, bestätigte Justus, »und ich darf mit Stolz sagen, dass wir in der Vergangenheit schon den einen oder anderen kniffligen Fall gelöst haben.«

Parker zögerte. »Und ihr glaubt wirklich, ihr findet raus, wer hinter dieser ganzen Sache steckt?«
»Wir tun unser Bestes«, versicherte Justus.
»Honorar?« Parker zog die Augenbrauen hoch.
Alle drei ??? schüttelten fast gleichzeitig die Köpfe. »Wir verlangen nichts«, sagte Bob. »Unser Lohn ist Ihre Zufriedenheit.«
Parker lächelte und wedelte sich mit der Karte etwas Luft zu. »Hm, ich würde ja schon zu gerne wissen, was hier gespielt wird.« Er dachte noch einen Augenblick nach und sagte dann: »Also gut, abgemacht. Versucht herauszubekommen, ob meine Vermutungen richtig sind und wer hinter all dem steckt! Aber bitte! Behandelt die Sache vertraulich, das müsst ihr mir versprechen!«

Die Kammer des Schreckens

»Und? Was meint ihr?« Justus drückte auf den Knopf, um den Aufzug zu holen, und sah seine beiden Freunde an.
»Na ja.« Bob kratzte sich unentschlossen am Kopf. »Die Sache mit dem Skorpion ist zwar wirklich höchst seltsam, und ich bin mir sicher, dass da irgendetwas im Busch ist, was unserer Nachforschungen bedarf. Aber ob der Angriff wirklich Parker oder seinem Mitspieler galt? Ich weiß nicht.«
»Da gebe ich dir völlig recht«, stimmte ihm Peter zu. »Das Vieh hätte genauso gut jeden anderen stechen können, der da am Strand rumsaß – auch uns.«
Justus nickte. »Sehe ich auch so. Wenngleich die Vermutung Parkers doch auch etwas für sich hat.«
»Dass ihn jemand aus dem Turnier werfen wollte, um im Wettbüro den großen Wurf zu landen?«
»Ja, genau.«
Bob schaute hinauf zur Anzeige, wo ein blinkendes Dreieck ankündigte, dass der Aufzug auf dem Weg nach oben war. »Nun ja, ganz von der Hand zu weisen ist das sicher nicht. Zumindest hatte Parker wirklich irrsinniges Glück. Wenn du das Biest nicht erledigt hättest, hätte keiner gemerkt, dass es sich nicht um einen einheimischen Skorpion handelt. Und damit hätte man Parker auch nicht das einzig wirksame Gegenmittel verabreichen können, das es für diesen Paradingsbums transvaalicus gibt.«
»Du hast ihm tatsächlich das Leben gerettet, Just«, meinte auch Peter. »Was hat Parker gesagt? Das Zeug muss man innerhalb einer Stunde bekommen, sonst ist es aus und vorbei?« Der Zweite Detektiv pfiff leise durch die Zähne. Ihm wurde immer noch ganz schwummerig, wenn er daran dach-

te, wie knapp der Sportler dem Tod entronnen war. »Mannomann, da hat sein Schutzengel aber wirklich ganze Arbeit geleistet!«

Justus lächelte dünn. Er freute sich zwar, dass der Zufall und seine eigene Ungeschicklichkeit Ken Parker das Leben gerettet hatten. Aber auch ihm war völlig klar, dass alles auch ganz anders hätte ausgehen können – für Parker oder ihn!

Ein helles ›Pling!‹ ertönte, und zwei Sekunden später glitten die metallenen Schiebetüren des Aufzuges mit einem leisen Zischen zur Seite. Nacheinander betraten die drei Jungen die weiße, nach Desinfektionsmitteln riechende Kabine.

»Der fünfte Stock, oder?«, fragte Bob und hielt seinen Finger über den beleuchteten Knopf mit der Fünf drauf.

»Der fünfte war's, ja«, bestätigte Peter.

Parker hatte ihnen noch berichtet, dass man ihn vor allem deshalb ins Saint-Michael's-Hospital gebracht habe, weil es das nächstliegende Krankenhaus mit einer tropenmedizinischen Abteilung war. Dr. Robinson, sein behandelnder Arzt, sei ein Experte, was Gifttiere aller Art angeht, und nur ihm sei es zu verdanken, dass man sofort nach seiner Einlieferung das richtige Gegenmittel zur Hand gehabt habe. Er habe mit *einem* Blick auf den toten Skorpion gewusst, um welches Exemplar es sich handelte, und ihm dann das Antidot gerade noch rechtzeitig verabreicht.

Und zu diesem Dr. Robinson, der sein Labor im fünften Stock des Krankenhauses hatte, waren die drei Detektive nun unterwegs. Sie wollten ihn unbedingt zu der ganzen Sache befragen.

»Er ist ein netter Typ und unterhält sich sicher gern mit euch«, hatte Parker noch gemeint und mit einem wehmütigen Grinsen auf seinen Zettel gedeutet. »Er hat mir auch das ganze Zeug hier zusammengeschrieben, weil ich unbedingt genauer

Bescheid wissen wollte, wem oder was ich es zu verdanken habe, dass ich mir jetzt hier den Hintern wund liegen muss, während mir andere da draußen meinen Titel wegschnappen.«

»Da geht's lang«, sagte Bob, als sie schließlich im fünften Stock angekommen waren, und zeigte auf ein Schild an der Wand. *Tropenmedizinische Abteilung, Leitung Dr. H. Robinson*, stand darauf zu lesen, und ein kleiner Pfeil wies nach rechts auf eine Milchglastür.

Die drei ??? gingen hindurch und fanden sich in einem kurzen Korridor wieder, in dem einige Stühle und eine große, ziemlich vernachlässigte Yuccapalme mit etlichen braunen Blättern standen. Geradeaus führte der Gang zu einer weiß lackierten Stahltür, auf der in grellem Rot das Wort *Labor* prangte. Links und rechts von ihnen befanden sich zwei weitere Türen, wobei auf der rechten *Sekretariat Dr. Robinson* geschrieben stand.

Justus klopfte dreimal, und nach einem deutlich vernehmbaren »Ja, bitte?« drückte er die Klinke herunter und trat in den Raum. Sein Blick fiel auf eine Frau mittleren Alters, die an einem Schreibtisch saß und gerade irgendetwas in eine Tastatur tippte. Sie war in ein schickes, mauvefarbenes Kostüm gekleidet und hatte ihre langen, blonden Haare zu einem kunstvollen Dutt hochgesteckt. Als sie den Ersten Detektiv um die Ecke linsen sah, unterbrach sie jedoch ihre Arbeit und schaute ihn aufmerksam an. »Kann ich dir helfen, junger Mann?«, fragte sie freundlich.

»Äh, ja, guten Tag, wir würden gern zu Dr. Robinson. Ist der vielleicht zu sprechen?«

»Worum geht es denn?«

»Ken Parker schickt uns. Wir sollen Dr. Robinson etwas fragen.« Das stimmte so natürlich nicht ganz, aber Justus wollte

der Sekretärin jetzt nicht die ganze Geschichte erzählen und deswegen behalf er sich mit dieser kleinen Notlüge.
»Ah so. Ihr müsst aber noch einen Augenblick warten, er hat gerade Besuch. Nehmt doch so lange drüben im Wartezimmer Platz, ich sage euch dann, wenn ihr reinkönnt.« Die Frau deutete auf die gegenüberliegende Tür und wandte sich dann wieder ihrem Schreibtisch zu.
»Vielen Dank«, sagte Justus. Leise schloss er die Tür und dann gingen die drei ??? hinüber in das Wartezimmer.
Es war ein äußerst ungemütlicher, kahler Raum, von dessen Wänden schon hier und da der Putz abbröckelte. Sein einziger Schmuck waren einige vergilbte Kalenderbilder exotischer Tiere, die jemand mit Klebestreifen an die Wand geheftet hatte.
»Die Tür geht nicht ganz zu«, sagte Peter, nachdem er ein paarmal vergeblich versucht hatte, den Schnapper ins Schloss zu drücken.
»Egal, lehn sie an«, erwiderte Justus und setzte sich auf einen der weißen Plastikstühle. Peter und Bob taten es ihm gleich, und dann warteten die drei.
Doch es waren noch keine zwei Minuten vergangen, als sie hörten, wie draußen eine Tür aufging. Sie vernahmen zwei Männerstimmen, eine leise und fast beschwichtigend, die andere, ein rauer Bass, lauter und aufgebracht. Aber das Einzige, was sie deutlich verstanden, war, wie die wütende Stimme sagte: »… mich nicht verarschen, ist das klar?« Dann dröhnten schnelle Schritte über den Linoleumboden, eine Tür ging quietschend auf und wieder zu. Danach waren die Schritte deutlich leiser zu hören und verhallten schließlich ganz.
Während sich die drei ??? verwundert anblickten, herrschte draußen im Gang einen Moment lang Stille. Dann ging abermals eine Tür auf, und kurz darauf hörten sie, wie die Sekre-

tärin sagte: »Dr. Robinson, im Wartezimmer sind drei Jungen, die Sie gern sprechen würden. Sie sagen, sie kommen von Mr Parker.«
»Oh Mist!«, entfuhr es Peter in diesem Moment mit einem Blick auf seine Uhr.
»Was ist, Zweiter?«, fragte Justus, während er aufstand.
Die Sekretärin betrat das Wartezimmer und teilte den Jungs mit: »Ihr könnt jetzt rein zu Dr. Robinson.« Sie deutete nach rechts auf die Labortür und verschwand dann wieder in ihrem Zimmer.
»Kollegen, ich komme gleich nach«, sagte Peter sichtlich beunruhigt und lief hinaus auf den Gang. »Aber ich habe Kelly versprochen, dass ich sie um Punkt halb sechs anrufe, weil wir heute Abend vielleicht ins Kino wollen. Sie ist extra deswegen kurz nach Hause gefahren, damit ich sie erreichen kann. Ihr Handy ist nämlich kaputt. Und jetzt ist es schon Viertel vor sechs! Ich muss sie anrufen, sonst macht sie mir die Hölle heiß!«
Justus und Bob lächelten wissend. Sie kannten Peters Freundin nur zu gut und wussten, dass Peter diesen Anruf wirklich machen musste. Kelly war ziemlich leicht eingeschnappt.
»Okay, wir gehen dann schon mal vor«, sagte Justus und verließ ebenfalls das Wartezimmer.
Peter stieß noch ein undeutliches »Bis gleich!« hervor, öffnete die Milchglastür und lief nach draußen.
»Hoffentlich ist sie noch zu Hause«, lachte Bob. »Sonst macht sie unseren Zweiten einen Kopf kürzer.«
Justus zwinkerte amüsiert, wandte sich der Labortür zu und klopfte. Er wunderte sich zwar ein wenig, dass Dr. Robinson nicht gleich hier draußen auf sie gewartet hatte, nahm aber an, dass sich der Arzt nach dem offenbar sehr unerfreulichen Gespräch, das er eben geführt hatte, erst noch ein wenig sammeln wollte, bevor er neuen Besuch empfing. Ein paar Sekun-

den später hörten sie dumpfe Schritte, und dann wurde die Tür von innen geöffnet.
»Ihr kommt von Mr Parker?« Ein gut aussehender Mann Mitte dreißig lächelte sie liebenswürdig an und bat sie mit einer einladenden Geste, hereinzukommen. Justus und Bob registrierten sofort, dass er nicht der Mann mit der wütenden Stimme war, aber es erstaunte sie dennoch, wie gelassen Robinson wirkte. Nichts deutete darauf hin, dass er noch vor wenigen Augenblicken in eine heftige Auseinandersetzung verwickelt gewesen war. Er war recht groß, schlank und hatte zur Überraschung der beiden Jungs keineswegs einen sterilen, weißen Ärztekittel an, sondern Jeans und ein aufgeknöpftes blaues Holzfällerhemd mit hochgekrempelten Ärmeln. Und an den Füßen trug er ausgelatschte Sandalen ohne Socken!
»Ja, wir kommen in seinem Auftrag«, antwortete Justus und sah mit großen Augen ins Innere des Labors. Er hatte sich bei dem Wort *Labor* so etwas Ähnliches wie den Chemiesaal in ihrer Schule vorgestellt. Aber dieser Raum hier hatte mit einem Chemiesaal rein gar nichts zu tun.
»In seinem Auftrag? Soso«, wiederholte Robinson belustigt. »Na, dann kommt mal herein und folgt mir!« Der Arzt schloss die Tür hinter Bob und ging dann voraus.
Feuchtes, schwülwarmes Dämmerlicht umfing die beiden Jungen. Unbewusst öffneten sie ihre Münder, weil ihnen in der tropischen, klebrigen Luft, die diesen Raum ausfüllte, das Atmen schwerer fiel. Es roch nach vermoderten Pflanzen, nach Tierexkrementen und nach Dutzenden anderer Dinge, die die beiden im Moment nicht identifizieren konnten. Und es war leise hier drin, sehr leise. Kein Mucks war zu hören, nur hin und wieder raschelte irgendwo etwas, oder eine der gedimmten Lichtröhren summte bedrohlich.
Doch Justus und Bob achteten weniger darauf, was sie spür-

ten, rochen oder hörten. Es war vor allem das, was sie sahen, was ihnen ein äußerst beklemmendes, fast schon unheimliches Gefühl bereitete.
Zahllose gläserne Behälter waren neben- und übereinander aufgestellt, bildeten lange Reihen und teilten das Labor in mehrere Gänge. Fast hatten die Jungen den Eindruck, in eine Art Labyrinth geraten zu sein. Und in diesen Glaskästen krochen, schlichen, schlängelten und krabbelten Unmengen an widerlichen und zum Teil äußerst gefährlich aussehenden Tieren herum!
Monströse Spinnen, riesige Tausendfüßler, Schlangen in allen Farben und Größen, knallbunte Frösche, wuselnde Haufen von Skorpionen – ein ganzes Gruselkabinett an Gifttieren hockte in seinen gläsernen Gefängnissen und schaute mit bösen Augen auf die beiden Besucher, die es gewagt hatten, ihre Ruhe zu stören. Dieses Gefühl hatten zumindest Justus und Bob, als sie hinter Dr. Robinson an den Terrarien vorbeischlichen.
»Oh nein!«, hauchte Justus und erbleichte. Er hasste Schlangen wie die Pest.
»Ist ja richtig lauschig hier«, versuchte Bob zu scherzen, aber seine zittrige Stimme verriet, dass auch ihm alles andere als wohl in seiner Haut war.
Der Arzt lotste sie um einige Ecken und blieb schließlich vor seinem Arbeitsplatz stehen. Ein Berg von Büchern, Zeitschriften und losen Blättern türmte sich auf dem Schreibtisch. In einer Ecke beugte sich eine Leselampe über den Wust und zeichnete einen Kreis hellen Lichts auf das Chaos, und in der anderen huschte eine kleine, putzige Maus über einen verstaubten Computermonitor.
Netter Bildschirmschoner, dachte sich Bob, als plötzlich eine grüne Schlange aus dem linken Rand des Monitors hervor-

schoss und die Maus mit Haut und Haaren verschlang. Der dritte Detektiv schluckte hörbar.
»Das ist etwas makaber, ich weiß«, sagte Robinson mit Blick auf den Bildschirm. Bobs entsetzter Gesichtsausdruck war ihm nicht entgangen. »Aber mein Assistent liebt solche Spielereien, und meistens arbeitet ja auch jemand an dem Computer.« Er setzte sich auf die Kante des Schreibtischs und bot Justus und Bob die beiden Drehstühle an. »Was hat Mr Parker denn nun auf dem Herzen?«
»Es war eigentlich unsere Idee, Sie aufzusuchen«, stellte Justus zunächst richtig und erzählte Dr. Robinson dann von ihrer Unterhaltung mit Parker und dessen Verdacht.
Der Arzt hörte aufmerksam zu, aber als Justus zu dem Teil mit dem Anschlag auf Parker und seinen Partner kam, machte er nicht den Eindruck, als teile er vorbehaltlos die Meinung des Sportlers.
»Wir sind davon auch nicht unbedingt überzeugt«, beeilte sich Bob zu versichern, da er die Skepsis Robinsons durchaus bemerkt hatte. »Aber die ganze Sache ist doch recht seltsam, und deswegen haben wir Parker angeboten, ein paar Nachforschungen anzustellen.« Der dritte Detektiv überreichte dem Arzt eine ihrer Karten, und Robinson zog erstaunt die Augenbrauen hoch, als er sie überflog.
»Sie mal einer an! Detektive!«
Justus nickte und wollte gerade fortfahren, als irgendwo eine Tür aufging. »Just? Bob? Seid ihr hier drin?«, hörten sie Peter im nächsten Moment rufen. »Dr. Robinson?«
»Das ist unser Freund, Peter Shaw«, erklärte Justus. »Er musste noch kurz was erledigen.«
Der Arzt nickte und rief: »Wir sind hier hinten! Am anderen Ende des Raums!« Und wieder zu Justus und Bob gewandt: »Gut, und was wollt ihr nun von mir wissen?«

»Nun, zunächst einmal wollten wir uns von Ihnen bestätigen lassen, dass der Skorpion, der Mr Parker gestochen hat, wirklich aus Südafrika stammt«, sagte Justus.
Robinson machte ein ernstes Gesicht und nickte. »Das ist zwar mehr als merkwürdig, und ich konnte es zunächst auch nicht glauben, aber ja, das stimmt.«
»Und entspricht es auch den Tatsachen«, ergriff Bob das Wort, »dass der Stich dieses Skorpions tödlich ist, wenn man nicht innerhalb von einer Stunde ein bestimmtes Gegenmittel verabreicht?«
»Der Stich tötet bei Weitem nicht immer. Es hängt ganz von der Konstitution des Opfers ab, von der Größe des jeweiligen Exemplars und von der Menge an Gift, die der Skorpion infiltriert. Aber im Falle von Mr Parker waren die neurologischen, pulmonalen und vegetativen Symptome doch so gravierend, dass die sofortige Gabe des Antidots indiziert war.«
»Ich verstehe.« Justus nickte einsichtig, während Bob mit der Medizinersprache doch so seine Probleme hatte. »Noch einmal zurück zur Herkunft des Skorpions«, fuhr der Erste Detektiv fort. »Ist es nicht so –«
»Hallo, Kollegen! Guten Tag, Dr. Robinson«, platzte Peter in diesem Augenblick in das Gespräch. »Tut mir leid, dass ich zu spät komme, aber ich musste dringend jemanden anrufen.«
»Dir auch einen guten Tag!«, lächelte der Arzt. »Ich weiß, deine Freunde haben es mir schon erklärt.« Dann zog er eine Kiste unter dem Schreibtisch hervor. »Ich habe leider keine Stühle mehr, aber du kannst dich hier draufsetzen.«
»Danke«, sagte Peter und ließ sich auf der Kiste nieder. »Ist ja richtig gruselig hier drin.« Der Zweite Detektiv verzog das Gesicht zu einer angewiderten Grimasse und schüttelte sich. »Überall Schlangen, Spinnen, Skorpione. Einmal bin ich sogar richtig erschrocken. Weil so ein Glaskasten offen stand

und auch noch leer war, dachte ich im ersten Moment, dass mir jetzt gleich eine Schlange über den Fuß kriecht.«

»Was?« Als hätte man ihm einen heftigen Stromstoß durch den Körper gejagt, sprang Robinson von der Tischkante. »Eines der Terrarien ist offen? Und leer? Wo? *Wo?*«

»Da… dahinten«, stotterte Peter eingeschüchtert, weil ihn der Arzt förmlich angebellt hatte. »Ich glaube, ich habe mich ein bisschen verlaufen. Es war da rechts hinten. Aber ich hab nichts gemacht! Ehrlich! Ich hab –«

»Verdammt!«, presste Robinson durch die Zähne. »Ihr bleibt hier! Rührt euch nicht vom Fleck – und steigt auf eure Stühle!«, befahl er den Jungen. Dann schnappte er sich eine kleine Taschenlampe, die auf seinem Tisch stand, und lief los.

Die drei ??? taten wie ihnen geheißen und kletterten auf ihre Stühle und Kisten. Starr wie Statuen hockten sie in der modrigen Dämmerung. Sie hörten, wie Robinson durch das gläserne Labyrinth hastete, sahen hier und da den Strahl der Taschenlampe aufblitzen und stierten gebannt zu Boden. Vielleicht schlängelte sich dort ja gleich … oder etwas hüpfte … oder …

In diesem Moment zerriss ein markerschütternder Schrei die Luft.

Justus nimmt die Fährte auf

»Oh, mein Gott!«, stieß Peter panisch hervor. »Das war Robinson! Es hat Robinson erwischt!«
»Dr. Robinson!«, schrie Bob quer durch das Labor. »Dr. Robinson! Was ist los? Was ist passiert?«
Aber er erhielt keine Antwort. Stattdessen hörten die drei Jungen ein Schleifen und Poltern, schwere Schritte, die durch den Raum humpelten, und ein angestrengtes Keuchen.
»Dr. Robinson!«, rief nun auch Justus voller Angst. »Ist Ihnen etwas geschehen?«
Doch auch auf ihn reagierte der Arzt nicht. Er schnaufte nur mühevoll und keuchte, gab jedoch keinen verständlichen Laut von sich. Die drei Jungen glaubten zwar einmal das Wort »Telefon« zu vernehmen, aber sicher waren sie sich nicht und sie wussten auch nichts damit anzufangen.
Kurz darauf sahen sie Robinson. Mit schmerzverzerrtem Gesicht hinkte er um die Ecke. Er gab ein kehliges Stöhnen von sich, zog das rechte Bein nach, und der Schweiß lief ihm in Strömen herab.
»Dr. Robinson! Was ist passiert? Sind Sie gebissen worden?« Peter blickte den Arzt angsterfüllt an.
Robinson schien den Zweiten Detektiv jedoch gar nicht wahrzunehmen. Entweder war er dazu nicht mehr in der Lage oder es war jetzt einfach keine Zeit für Erklärungen. Ohne die drei Jungen auch nur anzusehen, schleppte er sich zum Schreibtisch, warf seine Taschenlampe hin und wühlte unter einem Stapel Papier das Telefon hervor. Er griff fahrig den Hörer, drückte mit zitterndem Finger auf die Neun und wartete. Anscheinend völlig entkräftet holte er stoßweise Luft, und ein gequältes Pfeifen begleitete jeden seiner Atemzüge.

»Selma!«, ächzte er nach wenigen Sekunden in die Sprechmuschel. »Schnell, holen Sie … Jonathan oder wer auch immer … in der Nähe ist. Ich wurde … gebissen … Macrelaps microlepidotus … sie ist hier noch irgendwo … Vorsicht … Vor…sicht … Macrelaps … Vor –« Mit einem dumpfen Schlag polterte der Hörer auf den Schreibtisch. Dann sackte Robinson in sich zusammen und sank wie leblos zu Boden.

Die drei Jungen erschauerten. »Ist er … ist er … tot?« Peter starrte entsetzt auf den leblosen Körper zu seinen Füßen.

Justus schluckte. »Ich weiß es nicht«, sagte er kaum hörbar, »ich weiß es nicht.«

Bob gelang es als Erstem, das Grauen abzuschütteln. »Hilfe!«, rief er, so laut er konnte. »Hilfe!«

Peter stimmte sofort mit ein, und Justus schnappte sich den Hörer und hielt ihn sich ans Ohr. »Hallo? Hallo ist da wer? … Hallo? Mist, aufgelegt!« Während seine beiden Freunde weiter aus Leibeskräften um Hilfe schrien, tippte der Erste Detektiv einmal kurz auf die Gabel und wählte gleich danach wie vorhin Robinson die Neun.

Aber noch bevor das erste Freizeichen ertönte, wurde irgendwo eine Tür aufgerissen und die Neonröhren an der Decke flammten zuckend auf. »Howard!«, brüllte ein Mann. »Howard! Wo bist du?«

»Mr Robinson! Oh, mein Gott, Mr Robinson!« Justus erkannte die Sekretärin, deren Stimme sich schluchzend überschlug.

»Hier ist er! Hier vorn!«, rief Peter. »Und wir auch!«

»Aber hier kriecht auch irgendwo ein Vieh herum, das ihn gebissen hat!«, schickte Bob aufgewühlt hinterher. »Macrosonstwas microdingsbums heißt es.«

»Macrelaps microlepidotus!«, korrigierte Justus mit bebender Stimme.

Keine zehn Sekunden nachdem das Licht angegangen war, hastete ein junger Mann in einem weißen Kittel um die Ecke. Er lief gebückt und seine Augen suchten weit aufgerissen jeden Zentimeter des Bodens ab.

Kurz nach ihm betraten zwei weitere Männer das Labor. Die drei ??? hörten, wie sie sich durch Zurufe miteinander verständigten. Sie hatten offenbar die Aufgabe, das entflohene Gifttier zu finden.

»Hier bei mir ist sie nicht!«, rief der Mann im weißen Kittel seinen beiden Kollegen zu und ließ sich zu Robinson auf den Boden fallen. »Howard!« Er schüttelte den Arzt und wischte ihm die schweißnassen Haare aus der Stirn. »Howard! Hörst du mich?«

»Er … ist, glaube ich, bewusstlos«, sagte Justus mit dünner Stimme.

Der Mann, auf dessen Kittel ein kleines Namensschildchen befestigt war, auf dem *J. Sotherby* stand, griff an Robinsons Handgelenk und fühlte dessen Puls. »Seid *ihr* wenigstens in Ordnung?«, fragte er die drei Jungen, während er auf seine Armbanduhr sah.

Peter und Bob nickten schwach. Nur Justus brachte ein leises »Alles in Ordnung« hervor.

»Verdammt!« Sotherby schob Robinsons Oberlid hinauf und sah ihm in die Pupille. »Er muss sofort raus hier! Los, packt mit an!«, befahl er den Jungen.

Die drei schauten den Mann entsetzt an. Sie sollten einen Fuß auf diesen Boden setzen? Auf diesen Boden, wo jeden Moment eine giftige Schlange, eine riesige Tarantel oder sonst ein bösartiges Vieh über sie herfallen konnte?

»Macht schon!«, fuhr Sotherby sie an und packte Robinson unter den Achseln. »Er muss sofort auf die Intensivstation! Sofort!«

Peter schluckte. »Aber da kriecht doch irgendwo –«
»Da ist sie!«, schrie in diesem Moment einer der beiden anderen Männer. »Larry, sie kommt genau auf dich zu!«
»Ich seh sie!«
Mit großer Mühe zog Sotherby Robinson unter dem Tisch hervor. »Hier passiert euch nichts«, ächzte er, »vertraut mir. Aber wir müssen Howard jetzt hier rausschaffen!«
Die drei ??? stiegen langsam von ihren Stühlen und Kisten. Ihre Blicke klebten förmlich auf dem Fußboden, und ihre Ohren hörten nur auf das, was die beiden Männer miteinander redeten. *Bitte!*, flehte Peter in Gedanken. *Bitte fangt dieses Vieh, bevor es uns erwischt!*
»Nimm den Haken, Larry! Nicht das Netz! Da schlüpft sie dir doch durch!«, rief der erste der beiden Männer seinem Kollegen hektisch zu.
»Ja! Ich … warte! Gleich!«, keuchte Larry. »Komm her, mein Mädchen … jetzt … jetzt … komm zu Papa! Ja … noch ein Stück … Hab ich dich!« Ein triumphierendes Lachen hallte durch das Labor. »Ich hab sie! Alles klar!«, verkündete der Mann stolz. »Sie zappelt am Haken!«
Die drei Jungen konnten sich jedoch kaum über die erfolgreiche Jagd freuen. Zu tief saßen ihnen noch der Schreck und das Grauen in den Gliedern. Justus und Bob nahmen jeder ein Bein des Arztes, und Peter half Sotherby. Mit immer noch heftig zitternden Knien trugen sie Robinson durch das Labor in den Korridor, wo er von zwei Krankenpflegern sofort auf eine Trage geladen und abtransportiert wurde.

Eine halbe Stunde verging, bis Sotherby zurückkam. Bevor er mit Robinson verschwunden war, hatte er den drei ??? noch zugerufen, dass sie auf ihn warten sollten. Er wolle noch mit ihnen reden.

Sie hatten sich daraufhin ins Wartezimmer zurückgezogen, wo sie sich langsam vom ersten Schock erholten. Die Sekretärin, Miss Bancrofft, wie sie inzwischen wussten, hatte jedem von ihnen eine Cola gebracht und sie ein wenig zu beruhigen versucht. Aber Justus hatte den Eindruck, als wollte sie sich damit eher selbst etwas Mut zusprechen, so aufgelöst und fahrig, wie sie wirkte.

»Natal-Schwarzschlange«, war das Erste, was Sotherby sagte, nachdem er das Wartezimmer betreten hatte. Er ließ sich auf einen Stuhl nieder und fuhr sich erschöpft durch die Haare. »Das ist der nicht wissenschaftliche Name der Schlange, die Howard – Dr. Robinson – gebissen hat. Sie stammt aus Südafrika, ist hochgiftig und es gibt bisher noch kein Gegenmittel für ihr Gift. Howard selbst wollte im nächsten Monat mit den Forschungen hierfür beginnen.«

»Und wie geht es ihm?«, fragte Justus voll banger Vorahnungen.

Sotherby zögerte ein paar Sekunden und sagte dann leise: »Howard liegt im Koma. Seine vitalen Funktionen konnten wir zwar so weit stabilisieren, und er ist wohl nicht in akuter Lebensgefahr, aber wie tief dieses Koma ist und wann beziehungsweise ob er daraus jemals wieder erwacht, kann niemand so genau sagen. Die meisten Komafälle nach Bissen von Macrelaps dauerten zwar bisher nur maximal ein paar Stunden, aber jedes Koma verläuft anders. Wir müssen jetzt erst mal abwarten.«

Die drei Jungen schwiegen betroffen und klammerten sich an ihren Coladosen fest. Erst jetzt wurde ihnen in aller Deutlichkeit bewusst, in welch tödlicher Gefahr sie selbst vorhin geschwebt hatten.

»Was ich euch allerdings fragen wollte«, fuhr Sotherby fort, »was ist da drin nun eigentlich passiert? Hat die Schlange

Howard gebissen, als er sie untersucht hat oder was? Und was hattet ihr im Labor überhaupt verloren?«
Justus informierte Sotherby kurz über den Grund ihres Besuches, und Peter erzählte ihm dann von dem offenen Terrarium und davon, was danach geschehen war.
»Was? Die Schlange ist entkommen?« Sotherby sah Peter entgeistert an. »Und Howard wurde gebissen, als er nach ihr gesucht hat?«
»Ja, wie gesagt. Ich erzählte Dr. Robinson das mit dem offenen Terrarium, und er lief sofort nach hinten. Und dann passierte es«, bestätigte Peter.
Sotherby schüttelte den Kopf und sagte mehr zu sich selbst: »Ich versteh das nicht. Ich konnte mir das Ganze bisher nur so erklären, dass Howard einfach während einer Untersuchung für einen Moment nicht aufgepasst hat und ihm die Schlange heruntergefallen ist. Schließlich ist er schon seit gestern Nachmittag in der Klinik und hat seitdem kein Auge zugetan. Aber nach dem, was ihr mir gerade erzählt habt, kann man das wohl ausschließen.«
»Vielleicht hat er danach vergessen, das Terrarium zuzumachen, und die Schlange konnte entwischen«, vermutete Peter. »Wenn er übermüdet war, kann ihm das doch leicht passiert sein.«
Sotherby schüttelte den Kopf. »Selbst wenn er es vergessen hätte, ergäbe das keinen Sinn. Howard wurde am Fuß gebissen, nicht an der Hand. Ich habe die Wunde gesehen. Das bedeutet aber wiederum, dass die Schlange irgendwo am Boden herumgekrochen sein muss. Doch selbst aus einem offenen Terrarium wäre sie nie von allein abgehauen, weil sie an den glatten Glaswänden nirgendwo Halt gefunden hätte, um daran herunterzugleiten. Und aus eineinhalb Metern Höhe lässt sich keine Schlange einfach auf den Boden fallen!«

Die drei ??? sahen sich fragend an. Irgendetwas passte hier nicht zusammen.
Sotherby stand auf und wollte sich gerade verabschieden, als Justus noch etwas einfiel. »Äh, eine Frage noch.«
»Ja?«
»Sie haben gerade davon gesprochen, dass Dr. Robinson seit gestern Nachmittag hier gewesen sei«, sagte Justus nachdenklich. »Ich dachte immer, Forscher hätten einen etwas geregelteren Arbeitstag im Vergleich zu Normalmedizinern.«
»Im Grunde ist das auch so«, erwiderte Sotherby. »Aber Howard hat sich die gestrige Notfallbereitschaft geben lassen, und als Parker eingeliefert wurde, hatte er bis in die Morgenstunden zu tun. Danach begann sein üblicher Dienst.«
»Er hat sich freiwillig für den Bereitschaftsdienst einteilen lassen?«, hakte Bob nach.
Sotherby zog die Schultern hoch. »Ja, was mich auch gewundert hat, weil er eigentlich freigehabt hätte. Aber er meinte, er müsse dringend ein paar Überstunden machen, weil er demnächst mal einige Tage ausspannen wolle und kaum noch Urlaub übrig habe.« Der Arzt lächelte die drei Jungen freundlich an. »Na ja. Jedenfalls danke, dass ihr noch dageblieben seid. Das war eigentlich schon alles, was ich von euch wissen wollte. Also dann, kommt gut nach Hause!« Sotherby schüttelte jedem die Hand und verließ das Wartezimmer.
Peter erhob sich ebenfalls. »Lasst uns von hier verschwinden, Kollegen. Mein Bedarf an Aufregung ist für heute gedeckt, ich muss mich jetzt erst mal ein bisschen erholen.«
»Geht mir genauso«, pflichtete ihm Bob bei und drückte sich von seinem Stuhl hoch.
Justus dagegen machte keine Anstalten aufzustehen, ganz im Gegenteil. Er lehnte sich zurück, kniff konzentriert die Augen zusammen und begann, seine Unterlippe zu kneten.

»Just, was ist? Kommst du?« Peter tippte ungeduldig mit dem Fuß auf den Boden. »Ich weiß zwar nicht, worüber du jetzt schon wieder nachgrübelst, aber das kannst du doch auch zu Hause machen, oder?«

»Hm«, brummte Justus, ging aber ansonsten nicht weiter auf Peter ein. Noch ein paar Sekunden blieb er gedankenversunken auf seinem Plastikstuhl sitzen. Plötzlich erhob er sich, ging auf die Tür zu und sagte, ohne seine beiden Freunde anzusehen: »Wartet bitte noch einen Augenblick, ich bin gleich wieder da.«

Bevor Peter oder Bob noch etwas erwidern konnten, hatte Justus das Wartezimmer verlassen. Sie hörten, wie er auf der anderen Seite des Korridors das Sekretariat betrat und mit Miss Bancrofft ein paar Worte wechselte, wovon sie allerdings nichts verstanden. Eine Minute später war er wieder bei ihnen.

»Was wolltest du denn noch von Miss Bancrofft?«, erkundigte sich Bob.

Aber Justus schien Bobs Frage gar nicht gehört zu haben. Er wirkte immer noch seltsam abwesend, so als ließe ihm irgendetwas keine Ruhe. Schließlich atmete er tief durch und nickte schwer. »Wir müssen da noch einmal rein«, sagte er leise.

Peter zog die Augenbrauen zusammen. »Wo rein?«, fragte er misstrauisch, und eine ungute Ahnung stieg in ihm hoch.

»Ins Labor«, erwiderte Justus. »Wir müssen zurück ins Labor.«

Kräuterkunde

»Wir müssen wa –?« Peter blieb das Wort im Halse stecken. Aus weit aufgerissenen Augen starrte er Justus an.
Aber auch Bob wirkte alles andere als begeistert vom Vorschlag des Ersten Detektivs. Er schaute sich nach dem nächstbesten Stuhl um und ließ sich auf die Sitzfläche fallen. »Du willst da noch mal rein?«, fragte er verstört. »Aber wieso?«
»Hört zu!«, begann Justus. »Nach dem, was wir von Dr. Sotherby erfahren haben, liegt die Vermutung nahe, dass jemand absichtlich die Schlange aus dem Terrarium geholt hat, denn ein Versehen seitens Dr. Robinsons können wir ausschließen. Damit stellen sich zwei Fragen: Wer hat die Schlange befreit – und warum? Im Hinblick auf das Warum finde ich es zunächst äußerst merkwürdig, dass genau *der* Arzt einem giftigen Tier zum Opfer fällt, der einen Sportler behandelt, der ebenfalls von einem Gifttier gebissen wurde. Des Weiteren kamen beide Unglücksfälle unter sehr mysteriösen Umständen zustande, und auch die Tatsache, dass sowohl der Skorpion als auch die Schlange aus Südafrika stammen, gibt mir zu denken. Ich weiß zwar noch nicht, wie das alles zusammenpasst, aber dass es da eine Verbindung gibt, rieche ich.«
»Riechst du?«, entgegnete Peter skeptisch. »Ich rieche hier vor allem eine Menge Ärger, wenn wir da einfach so reinspazieren – ganz zu schweigen davon, dass ich mir weitaus gemütlichere Orte vorstellen kann als diesen Horrorzoo da drin.«
»Und was das ›Wer‹ betrifft«, fuhr Justus unbeeindruckt fort, »gibt es eigentlich nur eine Erklärung. Es kommt meiner Meinung nach nur eine einzige Person in Frage, die die Schlange aus ihrem Terrarium gelassen haben kann.« Der Erste Detek-

tiv machte eine dramatische Kunstpause und sah seine Freunde aufmunternd an.

»Und die wäre?«, fragte Bob ratlos.

»Überlegt doch mal …«

»Just, mach jetzt bitte keinen auf Strengt-mal-euren-Grips-an-und-kommt-selber-drauf!«, knurrte Peter. »Ich hab dafür jetzt wirklich keinen Nerv!«

»Ich wollte euch lediglich die Möglichkeit eines kleinen Erfolgserlebnisses verschaffen«, verteidigte sich Justus augenzwinkernd. »Aber gut, dann sag ich's euch eben.«

»Ich bin dir zu ewigem Dank verpflichtet«, frotzelte Peter.

»Also, der Einzige, der die Schlange meiner Meinung nach freigelassen haben kann, ist Deep Voice!«

»Deep wer?«, echote Peter verdutzt.

»Deep Voice!«, wiederholte Justus. »So habe ich der Einfachheit halber den Kerl genannt, der kurz vor uns bei Robinson im Labor war! Der Name kam mal in einem Film vor, in dem man auch nur die tiefe Stimme eines Mannes kannte, aber bis zum Ende ansonsten nichts von ihm wusste.«

»Stimmt!«, rief Bob. »Es *kann* ja nur der gewesen sein! Denn wenn das Terrarium schon länger geöffnet und leer gewesen wäre, hätte es Robinson entweder bemerkt oder er wäre früher gebissen worden!«

»So ist es!«, bekräftigte Justus. »Es könnte zwar auch sein, dass die Schlange bereits viel früher befreit wurde und sich seitdem versteckt hielt, aber ich habe ja eben kurz mit Miss Bancrofft gesprochen, und sie erzählte mir, dass seit dem Vormittag niemand außer Robinson im Labor war. Und dass Robinson die ganze Zeit über nicht aufgefallen sein soll, dass einer der Glaskästen offen stand, ist kaum anzunehmen. Es muss also Deep Voice gewesen sein, der die Natal-Schwarzschlange herausgelassen hat. Und wenn ihr daran denkt, wie wütend der war, als

er aus dem Labor kam, dann haben wir einen weiteren Beleg für diese These.«
»Rache?« Bob blickte Justus fragend an.
»Womöglich.«
Peter und Bob nickten nachdenklich. Die Zusammenhänge, die Justus eben dargelegt hatte, waren nicht von der Hand zu weisen.
»Just!«, fiel Peter plötzlich ein. »Die Sekretärin müsste doch wissen, wer bei Robinson war! Der musste sich doch sicher genauso bei ihr anmelden wie wir!«
Der Erste Detektiv verzog missmutig das Gesicht. »Das hatte ich auch gehofft und Miss Bancrofft danach gefragt. Aber sie meinte, sie kenne den Mann nicht, nur seine Stimme. Er sei schon öfter bei Robinson gewesen, aber der habe ihn wie immer unten an der Pforte abgeholt und sei dann mit ihm zusammen ins Labor gegangen. Er habe noch nie bei ihr reingeschaut, und daher wisse sie weder, wie der Mann aussieht, noch wie er heißt. Und genau das –«, Justus kniff die Lippen zusammen und nickte bedeutungsschwer, »ist der Grund, wieso wir noch einmal ins Labor müssen.«
Peter sah Justus verständnislos an. »Aber warum? Was erhoffst du dir davon?«
»Ganz einfach! Ich hoffe, da drin irgendwelche Hinweise zu finden, die uns verraten, wer der Mann ist«, antwortete Justus. »Vielleicht hat Robinson das Treffen irgendwo festgehalten, in einem Kalender, einem Organizer oder was weiß ich. Und wenn wir jetzt nicht hineingehen und zu lange warten, dann räumt einer seiner Mitarbeiter später den Schreibtisch auf, verwischt Spuren, beseitigt Beweismittel et cetera, und wir tappen weiter im Dunkeln. *Jetzt* ist *die* Gelegenheit, solange alles noch in heller Aufregung ist und keiner daran denkt, im Labor weiterzuarbeiten! Nachher ist die Chance vorbei!«

Bob stand langsam wieder von seinem Stuhl auf. »Wir könnten zwar auch warten, bis Robinson wieder aus seinem Koma erwacht und diesen Typen selbst anzeigt«, führte er Justus' Gedankengang weiter. »Aber ich könnte mir genauso gut vorstellen, dass er ihn auf keinen Fall verraten will, weil er Angst davor hat, was danach passiert. Ein Kerl, der einem eine Giftschlange auf den Hals hetzt, ist wahrscheinlich noch zu ganz anderem fähig. Und außerdem habe ich mal gelesen, dass sich viele Komapatienten nach ihrem Erwachen nur noch lückenhaft an das erinnern können, was vorher geschehen ist. Manche vergessen sogar ihr halbes früheres Leben, und Robinson weiß vielleicht gar nicht mehr, wer der ominöse Besucher war.« Der dritte Detektiv seufzte hörbar auf und meinte dann: »Ich wünschte, es wäre anders, Erster, aber ich fürchte, du hast recht. Wenn wir etwas erfahren wollen, dann müssen wir jetzt ins Labor. Jetzt oder nie!«
Peter verdrehte die Augen und ließ geräuschvoll Luft aus seinen Backen entweichen. »Oh Mann!«, stieß er resignierend hervor und warf Justus einen anklagenden Blick zu. »Manchmal hasse ich es einfach, wenn du recht hast!«

Miss Bancrofft stellte für die drei ??? kein Hindernis dar. Die Tür zum Sekretariat stand zwar eine Spalt weit offen, aber sie telefonierte gerade mit einer Freundin und erzählte ihr aufgelöst und in den dramatischsten Farben von dem Unglück, das ihren Chef ereilt hatte. Von den drei Jungen, die draußen über den Korridor schlichen und dann mit einem leisen Quietschen die Tür zum Labor öffneten, bekam sie nichts mit.
Das Licht brannte noch, als die drei ??? den Raum betraten. Gleißend hell beschien es Hunderte von aneinandergereihten und übereinandergestellten Glaskästen, deren Scheiben die

leuchtenden Neonröhren funkelnd reflektierten und mit ihren schier endlosen, spiegelnden Fronten noch mehr als vorhin den Eindruck eines gläsernen Labyrinths erweckten.
»Wo ging's noch mal lang?«, flüsterte Bob verwirrt.
Justus deutete geradeaus nach vorn. »Wir sind zuerst diesen Gang entlanggelaufen und dann rechts abgebogen.«
Einer hinter dem anderen liefen sie auf Zehenspitzen vorbei an den Terrarien. Einige Tiere hatten sich vor der Helligkeit in ihre Behausungen, unter Strohhaufen oder in ausgehöhlte Äste verkrochen. Aber hier und da starrte sie doch ein ausdrucksloses Froschauge an, schimmerte der haarige Körper einer riesigen Spinne oder witterte die gespaltene Zunge einer Schlange ihre Furcht.
»Und jetzt gleich wieder links«, befahl Justus, als sie um die Ecke gebogen waren. »Dann ein Stück geradeaus, wieder rechts, und wenn mich nicht alles täuscht, müssten wir danach vor dem Schreibtisch stehen.«
»Wenn mich nicht alles täuscht!«, raunte Peter. »Und wenn dich doch alles täuscht, landen wir im Futtertrog für den Riesenpython oder was?«
Aber Justus sollte recht behalten. Genau da, wo er vermutet hatte, fanden sie den Arbeitsplatz von Dr. Robinson, an dem sich in der Zwischenzeit auch wirklich niemand zu schaffen gemacht hatte. Alles sah noch genauso wüst und unordentlich aus wie vorhin.
»Wie sollen wir hier denn jemals etwas Brauchbares finden?«, jammerte Bob. Im Licht nahm sich das Chaos auf dem Tisch noch viel schlimmer aus als vorhin im Dunkeln.
»Sucht nach einem Tischkalender, einem Notizbuch, einem Organizer, Tagesplaner – irgendetwas in der Art.« Justus begann schon einmal, vorsichtig zu wühlen.
Behutsam und ohne allzu viel durcheinanderzubringen, ho-

ben die drei Jungen Blätter an, blickten unter Bücherstapel, sahen im Papierkorb nach und in den Schubladen. Justus durchforstete sogar den Computer nach irgendwelchen Einträgen.

»Was ist denn das?«, fragte Bob nach einer Weile und nahm etwas in die Hand, das auf einem Regal über dem Schreibtisch stand. Es war eine winzige, kunstvoll gefaltete Papierfigur, die bei näherem Hinsehen einem Skorpion glich.

»Hm, Dr. Robinson ist ein Origami-Fan! Interessant!« Justus betrachtete neugierig das Figürchen.

»Äh, wie kommst du denn jetzt auf dieses Pizzagewürz?« Peter machte ein verdutztes Gesicht. Er wusste zwar, dass Justus einen gesegneten Appetit hatte, aber wie er beim Anblick eines Papierinsekts auf ein Küchengewürz kam, war ihm schleierhaft.

»Origami, nicht Oregano«, verbesserte ihn Justus jedoch. »Origami ist die Bezeichnung für die japanische Papierfaltkunst, und das Ding hier ist künstlerisch durchaus wertvoll, soweit ich das beurteilen kann.«

»Ach so, Origami! Sag das doch gleich.« Peter lächelte überlegen und wandte sich wieder dem Schreibtisch zu. Aber in Wirklichkeit hatte er noch nie etwas von Origami gehört. Und Justus wusste das. Und Peter wusste, dass Justus das wusste.

Schlangenfutter

Ein paar weitere Minuten vergingen, doch die drei ??? fanden keinen einzigen brauchbaren Hinweis. Offenbar führte Robinson weder einen Kalender noch einen Organizer oder etwas Ähnliches. Die drei Detektive wollten ihre Suche gerade einstellen, als Peter noch hinter einige Ordner sah, die am Rand des Tisches aufgereiht waren. Und dort, hinter den Ordnern, entdeckte er es.

»Hier, Kollegen, ich glaube, ich habe was.« Der Zweite Detektiv hielt ein kleines, in schwarzes Leder gebundenes Buch in der Hand und blätterte darin. »Eine Art Kalender in Buchform. Jeder Tag hat eine einzelne Seite, und überall stehen Uhrzeiten, Namen, Notizen und aller mögliche Kram, der mir nichts sagt.«

»Zeig mal her«, bat Justus und warf über Peters Schulter einen Blick in das Buch. »Hm, das könnte interessant sein. Geh doch mal zum heutigen Tag und schau, ob da ein Vermerk ist, der uns weiterhilft.«

Peter schlug das aktuelle Datum auf. Gespannt suchten die Jungen nach den Eintragungen für den Nachmittag.

»Nur Einkaufsnotizen«, flüsterte Peter. »Und da steht – wartet mal – CPT, Ausrufezeichen. Aber Robinson hatte keinen Termin. Genau, wie es Miss Bancrofft gesagt hat.«

»Doch, hier!«, sagte Bob plötzlich und deutete auf eine Zeile. »Da ist was! Da hat Robinson geschrieben: 17 Uhr 30 und M. M.«

»Halb sechs«, überlegte Justus, »das würde genau passen! Wir waren etwa um Viertel vor sechs hier, und ein paar Minuten später verließ der Mann das Labor.« Seine Augen blitzten vor detektivischem Tatendrang, als er hinzufügte: »Jetzt müssen

wir nur noch herausfinden, wer dieser M. M. ist, dann haben wir eine wirklich heiße Spur, Kollegen!«
»Wobei das sehr schwer werden dürfte«, gab Bob zu bedenken. »Hinter den Initialen M. M. – wenn es sich denn um solche handelt – kann sich ein anderer Arzt verbergen, aber genauso gut ein Bekannter von Robinson, ein Freund, ein ehemaliger Patient und so weiter. Ich wüsste nicht, wo wir mit unseren Nachforschungen anfangen sollen.«
»Aber Robinson hat sich mit M. M. tatsächlich nicht nur einmal getroffen«, sagte Peter und hielt seinen beiden Freunden eine andere Seite des Buches unter die Nase. »Genau, wie es Miss Bancrofft sagte. Hier, ich habe ein bisschen nach vorn geblättert und dabei zwei weitere Einträge mit M. M. gefunden. Da und … da. Seht ihr?«
»Und hier steht auch noch einmal dieses andere Kürzel von vorhin: CPT.« Justus zeigte auf das Ende der Seite. »CPT, das Zeichen für *ungefähr* und dann noch 80, 1,5 –2,5, PT/PG/PC.«
»CPT, ≈ 80, 1,5 bis 2,5, PT/PG/PC?« Bob runzelte die Stirn. »Und wie sollen wir daraus jemals schlau werden?«
Justus winkte ab. »Im Moment interessiert uns vor allem, wer M. M. ist. Lasst uns noch notieren, wie oft dieser M. M. in dem Kalender vorkommt und wann Robinson jeweils mit ihm zu tun hatte. Darauf können wir dann unsere weiteren Ermittlungen aufbauen. Und danach nichts wie raus hier.«
»Liebend gern«, erwiderte Peter erleichtert und öffnete die erste Seite des Buches.
Insgesamt siebenmal fand sich die Abkürzung M. M. in dem Kalender, wobei nicht immer Zeitangaben dabeistanden, und wenn, dann verteilten die sich über den ganzen Tag. Aber sie entdeckten auch jenes CPT und die PTs, PGs und PCs mit den verschiedensten Zahlenangaben so oft in dem Buch, dass Justus, einer inneren Eingebung folgend, es doch für nötig be-

fand, sich diese Eintragungen ebenfalls aufzuschreiben. Dabei handelte es sich bei diesen Vermerken stets um eine erste Zahl zwischen fünfzig und hundert und einen zweiten Eintrag, der eine Differenz von zwei Zahlen oder einen Abstand angab. 1,5 war hierbei der kleinste erste Wert und 3 der größte, und 2,5 der kleinste zweite Wert und 8 der größte.
»Vielleicht haben die Zahlen etwas mit seiner Arbeit zu tun?«, versuchte Peter eine erste Deutung der Ziffern.
»Kann sein. Weiß nicht.« Justus schaute skeptisch.
»Und die Buchstaben könnten für –«
Von einer Sekunde auf die andere verstummte Peter. Festgefroren in seinen Bewegungen, starrte er auf die Reihen der gläsernen Gefängnisse und versuchte, durch sie hindurchzusehen. Denn dort hinten hatte soeben eine Tür ganz leise in ihren Angeln gequietscht!
»Da kommt jemand!«, flüsterte Bob, und seine Blicke huschten nervös hin und her auf der Suche nach einer Fluchtmöglichkeit oder einem Versteck.
»Verdammt!«, hauchte Peter. »Wer kann das sein?«
Justus wollte gerade etwas erwidern, als ihm das Blut in den Adern gefror. Aber auch Peter und Bob stockte der Atem, denn mit einem Mal wussten sie ganz genau, wer das Labor betreten hatte. Ein Wort hatte dazu gereicht – »Endlich!« –, aber zu diesem Wort gehörte eine Stimme, die sie erst vor einer knappen Stunde zum ersten Mal vernommen hatten. Es war eine raue Stimme, eine tiefe Stimme, eine, die sehr wütend war. Es war die Stimme des Mannes, der Robinson auf dem Gewissen hatte! Es war Deep Voice!
Peter schlug verzweifelt die Hände vors Gesicht. *Der macht kurzen Prozess mit uns!*, schoss es ihm durch den Kopf. *Wenn der uns hier findet, ist es aus! Der bindet uns die Schlangen eigenhändig um den Hals!*

Auch Bob geriet in Panik. Er machte einen Schritt nach da und einen nach dort, blieb wieder stehen, schaute sich hektisch um und wäre am Ende fast unter den Schreibtisch gekrochen.
Aber Justus packte ihn an der Schulter. »Da rein!«, raunte er und zeigte auf eine unscheinbare Tapetentür. Ein paar Meter links vom Schreibtisch sah man nicht mehr von ihr als den Knauf. Der Rest verschwand nahtlos in der Wand.
Der Erste Detektiv hatte fieberhaft nachgedacht. Einen Moment hatte er sich überlegt, ob es nicht besser wäre, sich dem Mann zu zeigen und so zu tun, als hätten sie bei ihrem vorigen Besuch bei Dr. Robinson etwas verloren, wonach sie jetzt suchten. Sie hätten sich nicht verstecken und nicht flüchten müssen und hätten bei dieser Gelegenheit dem Mann von Angesicht zu Angesicht gegenübergestanden und so erfahren, um wen es sich handelte. Wenn es ein Mitarbeiter oder ein Angestellter des Krankenhauses war, würde er sie vielleicht herunterputzen und davonjagen, aber mehr konnte ihnen wohl nicht passieren.
Doch Justus verwarf diesen Plan sofort wieder. Erstens glaubte er nicht, dass es sich bei Deep Voice um jemanden aus dem Krankenhaus handelte, denn dann hätte Robinson ihn nicht von der Pforte abholen und ins Labor bringen müssen. Und zweitens war er sich sicher, dass der Mann hier im Labor genauso wenig verloren hatte wie sie selbst. Denn warum sonst wusste zum Beispiel Miss Bancrofft bis heute nicht, wer er war? Damit war jedoch eines klar: Sie durften ihm auf keinen Fall hier drin über den Weg laufen! Geschah das, konnten sie ihn nämlich verraten, und jemand, der andere mithilfe giftiger Schlangen aus dem Weg zu räumen versuchte, würde wohl auch keine Skrupel haben, drei Jungs zum Schweigen zu bringen, die ihm in die Quere kommen konnten.

»Wo geht es da hin?«, wisperte Bob mit Blick auf die Wandtür.
»Ein Hinterausgang?«, hoffte Peter.
»Vielleicht«, flüsterte Justus. »Hauptsache, weg von hier!« Der Erste Detektiv war sich sicher, dass der Mann irgendwann hier am Schreibtisch aufkreuzen würde.
Peter lief so leise wie möglich zu der Tür, drehte den Knauf und trat in den Raum dahinter. Nach dem hell erleuchteten Labor konnten seine Augen in dem herabgedimmten Licht zunächst kaum etwas erkennen. Ein muffiger Geruch schlug ihm entgegen, aber zumindest war es hier drin nicht ganz so warm. Irgendwo raschelte es.
»Mach schon, Zweiter, geh rein!«, drängte Bob und schob Peter in das Halbdunkel.
Justus schnappte sich noch Robinsons Kalender, den Peter in der Aufregung wieder auf den Tisch geworfen hatte, und schlich als Letzter hinter Bob in den Raum. Mit einem leisen Klackgeräusch zog er die Tür zu.
Keine Sekunde zu früh! Kaum dass sich die drei Jungen auf den Boden gekauert hatten, drang dumpf die wutentbrannte Stimme des Mannes durch die dünne Tapetentür. »Wo ist das verdammte Zeug?«, schimpfte er vor sich hin. »Es muss doch hier irgendwo sein!« Er musste jetzt ganz nah sein, stand vermutlich direkt vor dem Schreibtisch.
Mit angehaltenem Atem sahen sich die Jungen um. Sie befanden sich in einem schlauchartigen Zimmer, an dessen hinterer Wand etwa ein Dutzend würfelförmiger, schwarzer Kästchen aufgestapelt war, die alle einen Henkel hatten. Sie sahen fast aus wie Kosmetikköfferchen, waren aber bis auf eine gitterförmige Oberflächenstruktur schmucklos und offenbar aus Plastik.
Wieder raschelte es.

»Ich weiß, dass sie hier sind!« Die dunkle Stimme klang lauter, näher.

Über den Kästchen befand sich in halber Höhe ein aufklappbarer Feuermelder, neben dem ein rotes Löschgerät hing. Ansonsten war diese Wand kahl und fensterlos wie der ganze Raum, denn nirgendwo sickerte Tageslicht ein.

»Ich mach ihn alle! Ich mach ihn alle!«, fluchte draußen der Mann. Offenbar hatte er immer noch nicht gefunden, wonach er suchte. Aber seiner Stimme nach zu urteilen, stand er jetzt direkt vor der Tür!

Justus suchte die Decke nach einem möglichen Fluchtweg ab, und Peter und Bob sondierten panisch die linke und rechte Wand. Sie mussten raus hier! Sofort! Irgendwie!

Aber als Peter sich seine Seite des Raums genauer ansah, jagte ihm ein eiskalter Schauer den Rücken hinab. Gerade noch konnte er einen Aufschrei unterdrücken, starrte aber voller Abscheu auf die zahllosen durchsichtigen Plastikkisten, die in den Regalen standen.

Denn dort drin wuselte es geradezu vor Mäusen und Ratten! Hunderte dieser kleinen Nager liefen in den Kisten über- und untereinander hin und her, drückten sich an die Plastikscheiben und wischten sich gegenseitig mit ihren nackten Schwänzen über die Schnauzen.

Jetzt wusste Peter, woher das andauernde Rascheln gekommen war. Sie waren in der Futterkammer gelandet! In diesen Kisten befanden sich all die Tiere, die über kurz oder lang im Magen irgendeiner Schlange enden würden!

Bei der Vorstellung, wie eine der Mäuse im Schlund einer Schlange verschwand, schüttelte es den Zweiten Detektiv vor Ekel. Aber eine Sekunde später ergriff ihn und auch Justus und Bob ein viel schlimmeres Gefühl: blankes Entsetzen!

Der Türknauf hatte sich gedreht!

Eine Leiche verschwindet

Den drei ??? stockte der Atem. Wie in Zeitlupe sahen sie die Tür aufgehen, die diesmal leise knarzte. Ein Keil hellen Lichtes fiel in die schummerige Futterkammer und wurde schnell größer.
»Vielleicht ist das Zeug ja hier drin!«, hörten sie Deep Voice sagen. Und dann schob sich ein Fuß durch die Öffnung! Jede Sekunde musste der Mann sie entdecken!
Plötzlich schoss Peter ein Gedanke durch den Kopf. Oder vielmehr stand ihm ein Bild vor Augen, ein Bild von etwas, das er gerade gesehen hatte. Und noch bevor er so recht wusste, was er da tat, drückte er sich nahezu lautlos vom Boden ab, klappte den Deckel des Feuermelders hoch und presste den roten Knopf hinein.
»Peter!«, raunte Justus noch, aber im gleichen Moment brach die Hölle los.
Eine Sirene brüllte aus einem Lautsprecher über ihnen, schrill und durchdringend, und fast gleichzeitig stieß Deep Voice einen überraschten Schrei aus. »Verdammt!«, entfuhr es ihm und er erschrak so sehr, dass er die Tür mit einem Ruck aufstieß, die mit einem lauten Knall gegen die Wand flog.
Doch in dem Augenblick, in dem die drei ??? ihn und er sie hätte sehen können, drehte sich der Mann um und wandte den Jungen den Rücken zu. Eine Sekunde später rannte er los und verschwand aus der Türöffnung.
Sekundenlang rührte sich keiner der drei ???. Wie gelähmt verharrten sie im Raum. Sie konnten es kaum glauben, dass sie dieser brenzligen Situation noch einmal entkommen waren.
»Los, raus hier!«, stieß Justus schließlich heiser hervor. »Wir müssen raus hier!«

Peter und Bob nickten, und wortlos stahlen sich die drei ??? aus der Futterkammer. Unter dem ohrenbetäubenden Gellen des Feueralarms rannten sie durchs Labor, eilten am Zimmer von Miss Bancrofft vorbei und standen schließlich auf dem Krankenhausgang. Erst hier bekamen sie ihre Nerven wieder einigermaßen in den Griff und fühlten sich halbwegs in Sicherheit.
Allerdings war hier draußen mittlerweile der Teufel los. Pfleger, Ärzte, Schwestern, Patienten – alle rannten irgendwohin, schrien durcheinander und wussten offensichtlich nicht, was zu tun war.
»Lasst uns das Treppenhaus nehmen«, sagte Peter. »Nachher stellen die noch den Fahrstuhl ab, weil sie glauben, dass es brennt.«
Zusammen liefen sie die fünf Stockwerke hinunter, und einige Minuten später saßen sie endlich auf ihren Fahrrädern und waren auf dem Weg nach Hause.

»Ist ja gut, ist ja gut!« Peter hob aus seinem Sessel heraus beschwichtigend die Hände. »Auch ein blindes Huhn findet eben einmal ein Korn.«
»Jetzt übertreib's aber nicht mit deiner Bescheidenheit, Zweiter!« Justus zeigte mit dem Bleistift, den er in der Hand hielt, auf seinen Freund. »Es ist schon so, wie Bob gesagt hat: Das war wirklich eine reife Leistung. Du hast blitzschnell kombiniert und dann geistesgegenwärtig reagiert. Genau das zeichnet einen guten Detektiv aus. Wenn du den Feuermelder nicht gedrückt hättest, wäre Deep Voice mit Sicherheit in die Futterkammer gekommen. Und was dann passiert wäre, darf ich mir gar nicht vorstellen!«
»Der ist aber wirklich davongewetzt wie eine Hase!« Bob freute sich immer noch diebisch, wenn er an den Ausgang ihres

gestrigen Abenteuers dachte. »Und sein Schrei war echt filmreif!« Er imitierte noch einmal den erschrockenen Aufschrei des Mannes, als plötzlich der Feueralarm durch das Labor gedröhnt war, sah sich für eine Sekunde gehetzt um, und trommelte dann mit den Füßen auf den Boden der Zentrale. Dorthin hatten sie sich nämlich für heute Vormittag verabredet, um das weitere Vorgehen zu besprechen.
Justus und Peter lachten laut auf.
»So schnell ist er aber mindestens gelaufen!«, befand der Zweite Detektiv glucksend. »Als wäre der Teufel hinter ihm her!«
Justus wischte sich ein Lachtränchen aus dem Auge und wurde dann wieder ernst. »Aber diese überstürzte Flucht belegt nur umso deutlicher unsere These, dass Deep Voice auf keinen Fall im Labor gesehen werden wollte. Nach dem Alarm musste er befürchten, dass jeden Augenblick jemand dort auftauchen würde, und deswegen ist er abgehauen.«
Peter und Bob nickten nachdenklich. Bis hierhin hatten sich die Schlussfolgerungen, die Justus gestern blitzschnell im Labor gezogen hatte und die er seinen Freunden vorhin in aller Ausführlichkeit mitgeteilt hatte, bewahrheitet. Aber dennoch brachte sie das noch keinen Deut weiter. Sie wussten immer noch nicht, wer Deep Voice war, ob er die Schlange freigelassen hatte und was das alles beziehungsweise *ob* das alles etwas mit Parker zu tun hatte.
Für ein paar Minuten sagte keiner der drei ??? etwas. Jeder hing seinen eigenen Gedanken nach und überlegte, wie es nun weitergehen könnte.
»Lasst uns doch einmal genau durchgehen, was wir bis jetzt haben«, schlug Justus schließlich vor. Er nahm sich ein Blatt Papier und setzte sich am Schreibtisch zurecht. »Also, mit Parker hat alles begonnen.« Er malte einen Kreis in die Mitte des Blattes und schrieb den Namen des Sportlers hinein.

»Dann wurde Robinson gebissen«, fuhr Peter fort und rückte auf die Kante seines Sessels vor.
»Robinson«, wiederholte Justus und zeichnete einen zweiten Kreis mit dem Namen des Arztes darin. Dazu zog er einen Pfeil von Robinson zu Parker, auf dem *behandelt* stand.
»Und beide wurden von Gifttieren aus Südafrika gebissen«, ergänzte Peter.
Ein Südafrika-Kreis entstand auf dem Blatt, neben den Justus *schwarzer Skorpion* und *Natal-Schwarzschlange* schrieb. Dann skizzierte er noch die zugehörigen Verbindungslinien zu Robinson und Parker.
»Und M.M. alias Deep Voice hat bisher nur etwas mit Robinson zu tun«, murmelte der Erste Detektiv konzentriert und übertrug die Symbole und Namen auf das Papier.
»Bleiben noch die anderen seltsamen Kürzel aus dem Kalenderbuch.« Bob sah seine Freunde fragend an. »Glaubt ihr, dass die irgendwie wichtig sind?«
»Du meinst dieses CPT-Zeug mit den ganzen Zahlen? Hm.« Peter wiegte unentschlossen den Kopf hin und her.
»Ich schreibe es mal dazu«, sagte Justus. »Zumindest hat es sehr viel mit Robinson zu tun, und im Moment müssen wir jeder Spur nachgehen.« Wieder huschte der Bleistift über das Papier, und eine Minute später war die Skizze fertig.
»Also, so sieht die Sache gegenwärtig aus!« Justus hielt das Blatt hoch und zeigte es Peter und Bob.
»Hübsch«, urteilte Bob mit Blick auf das etwas verworrene Diagramm aus Kreisen, Wörtern und Pfeilen. »Zwar nicht besonders aufschlussreich, aber hübsch.«
»Künstlerisch wertvoll!« Peter hob den Daumen und nickte Justus gewichtig zu.
»Ich will nicht wissen, ob euch das *ge*fällt, sondern ob euch dazu irgendetwas *ein*fällt!«, moserte der Erste Detektiv.

Peter und Bob überlegten einige Augenblicke. Dann sagte der Zweite Detektiv: »Also, wenn wir den Fall einmal von ganz vorn aufrollen, dann wäre es doch vielleicht sinnvoll, sich ein bisschen unter Parkers Kollegen umzuhören. Denn wenn sein Verdacht richtig ist, dass ihn jemand aus dem Weg räumen wollte, dann könnte dieser Jemand doch sehr wahrscheinlich einer seiner Konkurrenten sein. Was meint ihr?«
»Zumindest hätte einer der anderen Volleyballer beste Möglichkeiten gehabt, Parker den Skorpion unterzujubeln«, fügte Bob hinzu. »Vielleicht hat ihm ja einer das Vieh in seine Sporttasche gesteckt.«
»Und wie willst du das anstellen, Zweiter?« Justus ließ das Blatt wieder sinken. »Wie willst du dich *unter Parkers Kollegen umhören*, wie du das nanntest?«
»Ich dachte, ich frage Parker, ob er mich da irgendwie einschleusen kann«, erwiderte Peter. »Er könnte mich ja als hoffnungsvolles Nachwuchstalent ausgeben, das den Stars ein bisschen was abschauen will.« Der Zweite Detektiv grinste schelmisch. »Und sooo schlecht bin ich ja nicht im Beachvolleyball, dass der Schwindel sofort auffliegen würde.«
Zu behaupten, dass er nicht allzu schlecht war in dieser Sportart, war eine maßlose Untertreibung von Peter. Er war einfach überragend. Als Sportass der Schule brillierte Peter ohnehin in fast jeder sportlichen Disziplin, wenn man vom Kurzstreckenschwimmen einmal absah. Aber seit er vor zwei Jahren Beachvolleyball für sich entdeckt hatte, schlug er seinen Gegnern derart den Ball um die Ohren, dass kaum noch Schüler gegen ihn antreten wollten.
»Das könnte funktionieren«, meinte Justus. »Wenn dich Parker da wirklich reinbringen kann, könntest du seine Kontrahenten mal ein bisschen unter die Lupe nehmen. Vielleicht ist ja tatsächlich einer dabei, an dem dir irgendetwas

Merkwürdiges auffällt. Wir können Parker ja kurz anrufen und fragen, ob er das irgendwie deichseln kann. Und wir beide«, fuhr der Erste Detektiv fort und sah Bob dabei an, »sollten der Klinik noch einmal einen Besuch abstatten.«
»Und … wozu?«, fragte Bob vorsichtig nach. Seine Abneigung gegen Krankenhäuser, insbesondere solche mit tropenmedizinischen Laboren, war seit gestern sprunghaft gestiegen.
»Schauen, wie es Dr. Robinson geht und ob er inzwischen aus seinem Koma erwacht ist«, erwiderte Justus. »Wenn ja, dann können wir ihn gleich selbst zu den ganzen Vorgängen von gestern befragen und ihn mit unserer These bezüglich Deep Voice konfrontieren. Außerdem sind im Hinblick auf Parker noch einige Fragen offen, auf die ich gern eine Antwort hätte.«
»Und wenn nicht? Wenn Robinson noch immer im Koma liegt?«
»Dann müssen wir auch im Krankenhaus weiterermitteln, weil dort im Moment alle Fäden zusammenlaufen. Vielleicht erinnert sich ja doch jemand an Deep Voice. Der Pförtner zum Beispiel. Und mit Parker sollten wir uns auch noch einmal unterhalten. Er soll uns den Hergang des Unfalls – oder Anschlags – in allen Einzelheiten aus seiner Sicht schildern. Unter Umständen finden wir so noch ein paar Anhaltspunkte, die uns weiterbringen.«
»Okay, Kollegen. Aber bevor wir jetzt alle ausschwärmen, muss ich noch etwas essen. Ich sterbe vor Hunger.« Peter klopfte sich demonstrativ auf seinen Bauch.
Justus nickte. »Ich mach uns drüben schnell ein paar Sandwiches. Ihr könnt ja unterdessen schon mal bei Parker anrufen und abklären, ob er das mit dem Einschleusen arrangieren kann. Und sagt ihm auch gleich, dass Bob und ich nachher zu ihm kommen!«
»Alles klar.«

Ein paar Minuten später war der Erste Detektiv mit drei Flaschen Cola und einem großen Teller belegter Brote zurück. Bob hatte inzwischen das Radio eingeschaltet. Als Rechercheur der drei ??? war es eine seiner Aufgaben, immer auf dem neuesten Stand zu sein, und da er heute noch keine Nachrichten gehört oder in die Zeitung geschaut hatte, wollte er wenigstens die Mittagsmeldungen mitbekommen. Während er mit einem Ohr dem Sprecher lauschte, berichtete Peter Justus von seinem Telefonat mit Parker.

»Also, es geht alles klar. Parker war total begeistert von der Idee und meint, dass es überhaupt kein Problem wäre, mich für ein oder zwei Tage im Spielerlager unterzubringen. Er ruft nachher gleich beim Veranstalter an und sagt auch seinem Partner Trevis Bescheid, dann könnte ich heute Nachmittag schon ein bisschen mittrainieren.«

»Na, prima!«, freute sich Justus. »Dann halt mal Augen und Ohren offen. Vielleicht entdeckst –«

»Schtt!«, zischte Bob in diesem Moment. »Seid mal leise! Die bringen gerade was vom Krankenhaus!«

Justus und Peter verstummten augenblicklich, und Bob drehte das Radio lauter. Gebannt schauten die drei auf den kleinen Lautsprecher, aus dem die Stimme des Ansagers drang.

»... im Saint-Michael's-Krankenhaus heute Nacht eingebrochen«, sagte sie gerade. »Nach ersten Ermittlungen stiegen der oder die Täter durch ein Kellerfenster im Heizungsraum ein. Es herrscht nach Polizeiangaben allerdings äußerste Verwunderung darüber, dass es die Einbrecher keineswegs auf wertvolle Geräte oder Drogen abgesehen hatten. Sie brachen vielmehr die Tür zum Pathologieraum auf und entwendeten nach Auskunft der Krankenhausverwaltung als Einziges den zur Verbrennung bestimmten Kadaver eines schwarzen Skorpions.«

Im Reich der lebenden Socken

»Okay, Peter, das ist deiner! Achte auf die Annahme!« Trevis postierte sich vorn am Netz und beobachtete Peter.
Der Zweite Detektiv lief zwei Schritte zur Seite, ging leicht in die Knie und beugte den Oberkörper etwas nach vorn. Er umschloss seine linke Faust mit der rechten Hand, überkreuzte beide Daumen und streckte die Arme aus. Alle Muskeln waren angespannt, und sein Atem ging kurz und stoßweise.
Peter fixierte den weiß-gelb-roten Lederball, der flach über das Netz gesaust kam, und machte noch einen winzigen Schritt nach vorn. Einen Sekundenbruchteil bevor der Ball mit einem dumpfen Knall gegen seine Unterarme prallte, drückte sich Peter aus den Knien etwas nach vorn und oben und beförderte ihn in einem hohen Bogen zu Trevis.
»Super Annahme!«, rief der Volleyball-Star und nahm die Hände zum Pritschen über den Kopf. »Und jetzt auf die Zwei!«
Der Ball verließ Trevis' Hände und stieg parallel zum Netz in die Luft. Peter nahm Anlauf und drückte sich kurz vor dem Netz mit beiden Beinen vom Boden ab. Er stieg höher und höher, legte sich ins Hohlkreuz, zielte mit der linken Hand auf den wieder herabfallenden Ball und holte mit dem rechten Arm zum Schlag aus. Am höchsten Punkt seines Sprungs schnellte der rechte Arm wieder nach vorn, die Hand klappte über den Ball, und mit einem satten Klatschen jagte er die Kugel diagonal am Block des ersten Gegners vorbei und unerreichbar in die hinterste Ecke des gegnerischen Feldes. Der zweite Gegenspieler hechtete zwar noch mit ausgestreckten Armen nach dem Ball, aber er hatte nicht den Hauch einer Chance und landete nur unsanft im Sand.

Trevis applaudierte und schürzte anerkennend die Lippen. »Ich muss schon sagen, Ken hat nicht übertrieben! Du hast wirklich einiges drauf!«
»Molto bene!« Der Italiener auf der anderen Seite des Netzes, der sich zusammen mit seinem Partner für dieses Trainingsspiel zur Verfügung gestellt hatte, hob anerkennend den Daumen.
»Incredibile!«, stöhnte sein Kollege, während er sich wieder aus dem Sand hochrappelte, weil er kaum glauben konnte, welch einen Schmetterschlag Peter da eben übers Netz gedroschen hatte.
Der Zweite Detektiv lächelte ein wenig verlegen. »Danke, aber wenn man den Ball so toll gestellt bekommt, muss man ihn einfach gut treffen.«
»Na, na, jetzt stapel mal nicht so tief!«, lachte Trevis und warf ihm den Ball zu, den einer der Italiener zu ihnen ins Feld gerollt hatte. »Hier, du bist mit dem Aufschlag dran.«
Peter fing die Lederkugel und ging mit ihr gut fünf Meter hinter die Grundlinie. Dann warf er den Ball nach vorn in die Luft, sprang hinterher und schlug ihn in einem Sprungaufschlag übers Netz. Doch als er wieder im Sand landete, stieß er plötzlich einen lauten Schrei aus.
»Peter! Was ist los?« Trevis kam sofort zu ihm gelaufen, und auch die beiden Italiener schlüpften unter dem Netz hindurch und rannten zu ihm hin.
»Ich glaub, ich hab mir den Knöchel verstaucht!«, stöhnte Peter und rieb sich mit schmerzverzerrtem Gesicht sein rechtes Sprunggelenk.
»Oh Gott, hoffentlich hast du dir keine Bänder gerissen!« Trevis kniete sich in den Sand und besah Peters Knöchel. »Das passiert beim Volleyball leider ziemlich häufig.«
»Nein, nein«, jammerte Peter, »so schlimm ist es nicht. Ich

bin schon ein paarmal umgeknickt und weiß, wie sich das anfühlt. Er ist sicher nur verstaucht.«

Der Zweite Detektiv hatte sich diese Notlüge schon lange vorher zurechtgelegt und sogar das Stöhnen und Jammern ein wenig geübt. Und tatsächlich schien seine schauspielerische Leistung so beeindruckend zu sein, dass weder Trevis noch die beiden Italiener den leisesten Zweifel an seiner Verletzung hegten. Mit besorgten Mienen standen sie um ihn herum und halfen ihm schließlich alle drei beim Aufstehen.

»Danke, es geht schon wieder«, sagte Peter und humpelte ein wenig im Kreis. »Aber für heute ist's genug. Ich pack da jetzt ein bisschen Eis drauf und leg das Bein in der Umkleidekabine ein paar Minuten hoch, dann wird sich das schon wieder einrenken.« Er lächelte tapfer und zuckte mit den Schultern. »Tut mir leid, dass ich nicht weiterspielen kann.«

»Ach Quatsch!«, winkte Trevis ab. »Uns tut's leid, dass du nicht mehr *mit*spielen kannst. Komm, ich begleite dich noch rein!«

Mist!, schimpfte Peter innerlich, aber dass Trevis das sagen würde, hatte er schon befürchtet. »Nein, nein, das ist wirklich nicht nötig!«, beeilte er sich zu versichern. »Ich komme gut klar. Trainieren Sie ruhig weiter! Sie müssen ja morgen mit Ihrem Ersatzpartner wieder ran, und da möchte ich auf keinen Fall dafür verantwortlich sein, dass Sie nicht hundertprozentig vorbereitet sind.«

Trevis sah ihn skeptisch an. »Brauchst du auch wirklich keine Hilfe?«

»Sicher nicht!«, antwortete Peter bestimmt und lächelte Trevis kopfschüttelnd zu.

»Wie du meinst, dann bis morgen!«

»Bis morgen!«, verabschiedete sich Peter. »Und danke noch mal, dass ich mittrainieren durfte! War echt klasse!«

Trevis und die beiden Italiener winkten ihm freundschaftlich hinterher, und Peter hinkte langsam in Richtung Kabine davon. Als er an der Eingangstür angekommen war, drehte er sich noch einmal um, um den drei Männern ein Zeichen zu geben, dass wirklich alles in Ordnung war. Aber die Sportler waren schon wieder eifrig mit ihrem Training zugange und sahen nicht mehr zu ihm hin.

»Umso besser!«, sagte sich Peter und schüttelte sein rechtes Bein aus, das vom angestrengten Humpeln ganz verkrampft war. Dann betrat er mit seinen gewohnt federnden Schritten den Flur zu den Umkleidekabinen.

Nach ein paar Metern blieb er jedoch wieder stehen und rief erst einmal laut: »Hallo?«

Es tat sich nichts. Niemand antwortete.

»Halloho?«, versuchte es Peter noch einmal.

Wieder blieb alles ruhig. Er war offenbar wirklich der Einzige hier drin.

»Na, dann mal los!«, spornte er sich an. »Mal sehen, ob wir hier irgendetwas Interessantes finden!«

Der Zweite Detektiv inspizierte zunächst die Waschräume, die sich gleich am Anfang zu beiden Seiten des Ganges befanden. Er glaubte zwar nicht, dass sich hier irgendetwas Aufschlussreiches fand, aber er hatte sich vorgenommen, systematisch vorzugehen und keinen Raum auszulassen.

Vorsichtig betrat er den ersten Raum zu seiner Rechten. Er blickte auf eine lange Reihe von Waschbecken auf der linken Seite, über denen eine durchgehende Spiegelfront hing. Hier und da lag eine Seife oder eine Bürste auf einem der Becken, aber ansonsten fiel Peter nichts Ungewöhnliches auf. Auch in der weiß gekachelten Duschabteilung, die sich über die ganze rechte Wand hinzog, war alles, wie es sein sollte.

»Wie bei uns zu Hause«, befand Peter grinsend, als er die lee-

ren Shampooflaschen sah, die um den Abfluss herum dümpelten, und einen Blick auf eine der Duschen warf, die stetig vor sich hin tropfte.
Er ging zurück zur Tür, streckte den Kopf hinaus und warf einen kurzen Blick nach rechts und nach links.
»Keiner da!«, flüsterte er und huschte über den Gang in den zweiten Waschraum. Er war kaum drin, als es ihm erst einmal die Sprache verschlug.
»Na, was haben wir denn da?« Peter ging schnurstracks auf das dritte Waschbecken zu. Wie im vorigen Raum befanden sich an einer Wand die Waschbecken und an der anderen die Duschen. Doch diesmal ignorierte Peter alles andere und interessierte sich nur für den kleinen, unscheinbaren Gegenstand, der auf der Ablage über dem dritten Waschbecken stand. Er bemerkte nicht einmal, dass es hier drin viel wärmer war als im anderen Waschraum und dass der riesige Spiegel leicht beschlagen war.
»Noch so ein Papiertierchen!« Peter nahm den winzigen papiernen Frosch in die Hand und bestaunte ihn von allen Seiten. Plötzlich stutzte er. »Aber das würde ja bedeuten« – er sah den Frosch ernst an und sagte dann so, als könne er es selbst kaum glauben: »… dass Robinson hier drin war!« Der Zweite Detektiv blies die Backen auf und kratzte sich verwirrt am Kopf. »Na ja«, sagte er sich schließlich und zuckte mit den Schultern, »vielleicht wissen Just oder Bob darauf eine Antwort.«
Er steckte das Figürchen in die Tasche seiner Sporthose und verließ den Waschraum. Auf dem Flur lauschte er für ein paar Sekunden mit angehaltenem Atem, ob er etwas Verdächtiges hörte, aber anscheinend war er noch immer allein.
Okay, dann noch die Umkleidekabinen, dachte sich Peter.
Er schlich den Gang entlang, vorbei am Geräteraum, an einer

kleinen Küche und am Schiedsrichterzimmer, passierte die beiden Umkleidekämmerchen für die Frauen und blieb dann vor der hintersten Tür rechts stehen. Dahinter befand sich der große Raum, in dem sich die Männer umzogen.
Der gewohnt muffige Geruch schlug ihm entgegen, als er die Tür öffnete. Peter kannte diesen Mief aus Schweiß, alten Socken und Deodorants recht gut, schließlich trieb er sich als Sportler oft in solchen Kabinen herum. Aber gewöhnt hatte er sich an diesen Gestank deswegen noch lange nicht.
»Augen zu und durch!«, machte er sich Mut. Denn er wusste: Wenn er gleich einen Blick in die diversen Sporttaschen warf, würde er sich wohl oder übel dem einen oder anderen verschwitzten Trikot oder einer ranzigen Socke mehr nähern müssen, als ihm lieb war.
Peter wusste zwar nicht genau, wonach er suchen sollte, aber er hoffte einfach, dass er auf irgendetwas stieß, was sich als aufschlussreich erweisen würde. Er beschloss, mit einem roten Trainingssack zu beginnen, der nachlässig hingeworfen auf einer der niedrigen Bänke zu seiner Linken lag. Peter zog ihn zu sich her und weitete die Öffnung mit spitzen Fingern
»Igitt, die lebt ja!«, schauderte er, als er eine leicht feuchte, bestialisch stinkende Socke aus dem Weg räumte, um besser in den Sack blicken zu können.
Doch in diesem Sack und auch in den drei nächsten Sporttaschen sowie in den unversperrten Spinden auf dieser Seite der Kabine fand sich nichts, was Peter irgendwie in Verbindung mit ihrem Fall hätte bringen können. Außer den normalen Trainingsutensilien und Kleidungsstücken hatte keiner der Sportler etwas dabei, was ihn verdächtig gemacht hätte.
»Die sollten alle verpflichtet werden, ihre Haustiere mitzubringen!«, motzte Peter leise. »Dann wüssten wir sehr schnell, ob einer eine Vorliebe für Skorpione oder Schlangen hat.«

Er musste selbst lächeln bei der Vorstellung, dass es in dieser Kabine von Hunden, Katzen, Vögeln und sonstigem Getier wimmelte, und ging auf die andere Seite des Raumes hinüber. Doch plötzlich blieb er stehen. Irgendetwas war ihm ins Auge gefallen, etwas, das nicht hierher passte.

Peter lief noch einmal ein paar Schritte rückwärts und versuchte, dorthin zu schauen, wohin er eben geblickt hatte. Und auf einmal sah er es.

»Noch so 'n Kästchen!«, rief er erstaunt und kniete sich auf den Boden. »Was macht das denn hier?«

Unter der Bank, die die ganze Mitte des Raumes durchzog, stand eine jener schwarzen Plastikboxen, die sie bereits in der Futterkammer des Labors gesehen hatten. Aber diese Box unterschied sich in einem Punkt von denjenigen, die Peter schon kannte.

»Die ist ja kaputt!«, sagte er überrascht und befühlte das untertellergroße Loch, das das Kästchen auf einer Seite aufwies. »Ganz glatte Ränder. Hm, seltsam. Aber irgendwie sind die auch … klebrig.« Peter kroch noch weiter unter die Bank, hob die Box an seine Nase und roch an dem merkwürdig klebrigen Rand des Loches. »Wachs! Riecht nach Wachs. Wieso riecht denn das nach –«

Urplötzlich hallte eine unfreundliche Stimme durch die gerade noch verwaiste Kabine. »Und? Haben wir gefunden, was wir gesucht haben?«

Peter schoss hoch. Aber im nächsten Moment durchzuckte ein jäher Schmerz seinen Kopf, und dann wurde es schwarz um ihn.

Ungebetener Besuch

Justus verkniff sich das Lachen, während Bob Peter ungeniert angrinste. »Ich hoffe, die Bank ist halbwegs heil geblieben. In unserer Kasse herrscht nämlich wieder mal gähnende Leere. Wir können es uns nicht leisten, eine demolierte Holzbank zu ersetzen!«
»Ihr seid ja so was von mitfühlend! Wirklich! Wahre Freunde!« Peter drückte sich den Eisbeutel noch fester auf die Beule und verzog das Gesicht, als einer der Eiswürfel über die schmerzhafte Stelle rieb. »Mann, ich dachte im ersten Moment, da steht Deep Voice hinter mir und bläst mir gleich das Licht aus! Da hättet ihr euch natürlich erst in aller Ruhe umgesehen, wo die Sitzbank anfängt und wo sie aufhört, hättet eure wertvollen Rüben gemächlich darunter hervorgehoben und wärt dann gemütlich aufgestanden, nicht wahr?«
»So ungefähr«, flachste Bob.
»So siehst du aus!«
Justus winkte beschwichtigend ab, blickte aber Peter dabei immer noch nicht an. Dieses erbarmungswürdig verzerrte Gesicht und der gigantische Eisbeutel auf dem Kopf sahen einfach zu komisch aus. »Wer war es denn jetzt wirklich, Zweiter?«, fragte er. »Du sagtest vorher nur etwas von einem *Typen*, der plötzlich hinter dir gestanden hätte.«
»Der Sportwart«, grunzte der Zweite Detektiv. »Er hat vorher die Duschen sauber gemacht und mich im Waschraum bemerkt, als er seine Besen und Eimer wegräumte. Dann ist er mir gefolgt, weil er glaubte, dass ich die Spieler beklauen wollte.«
»Eine löbliche Einstellung«, befand Bob und versuchte dabei so ernst wie möglich zu wirken, was ihm aber nur ansatzweise

gelang. »Der Mann nimmt seinen Job ernst, das kannst du ihm nicht verdenken.«

»Dieser Mann hätte mich fast zu Tode erschreckt!«, fuhr Peter auf und zuckte gleich wieder zusammen, weil die heftige Bewegung den Schmerz in seinem Kopf erneut hatte aufflammen lassen. »Aber wahrscheinlich sterbe ich sowieso bald«, jammerte er. »An inneren Kopfblutungen, Aderriss, Nervenquetschung, Schädelspaltung –«

»Hirntrauma nicht zu vergessen!«, ergänzte Justus und nickte ernst.

»Das wohl nicht«, widersprach jedoch Bob.

Justus sah ihn überrascht an. »Wieso denn nicht? Bei so einem Schlag kann man nie wissen.«

Bob winkte gelassen ab und sagte: »Wo nichts ist, da kein Trauma!«

Justus lachte laut auf, während Peter erst einmal die Luft wegblieb. Aber bevor er noch etwas sagen konnte, war Bob schon bei ihm. »Gib her, du arme Wurst!«, forderte er ihn augenzwinkernd auf und griff nach dem Eisbeutel. »Ich mach dir neue Eiswürfel rein.«

Der dritte Detektiv ging zum Kühlschrank, hantierte dort eine Weile herum und kam schließlich mit einem prall gefüllten Beutel zurück. »Hier!«, sagte er und übergab ihn Peter, der ihn mit einem leisen Grummeln entgegennahm. So ganz hatte er seinem Freund noch nicht verziehen.

Gerade wollte sich Bob wieder hinsetzen, als ihm etwas Merkwürdiges auffiel. »Sagt mal, hat einer von euch heute Vormittag die Dachluke aufgemacht und dann nicht wieder geschlossen, als wir gegangen sind?« Bob näherte sich dem kleinen, aufklappbaren Milchglasfenster, das in die Decke des Wohnwagens eingepasst war. Es stand gut eine Handbreit offen.

»Nicht, dass ich wüsste«, grummelte Peter.
»Nein.« Justus schüttelte den Kopf.
»Hm, seltsam«, meinte Bob, »dann haben wir's wahrscheinlich über Nacht offen gelassen. Gott sei Dank hat es nicht geregnet, sonst stünde hier jetzt alles unter Wasser.« Mit einem leisen Klicken schloss er das Fenster und setzte sich wieder.
»Okay, Kollegen!« Justus klatschte aufmunternd in die Hände. »An die Arbeit! Also Peter, ich fasse noch einmal zusammen: Du hast im Waschraum diesen Origami-Frosch entdeckt« – der Erste Detektiv deutete auf das kleine Kunstwerk, das Peter während seiner vorherigen Erläuterungen aus seiner Hosentasche gezogen und auf den Schreibtisch gestellt hatte – »und unter jener Bank in der Männerumkleidekabine eine Box, wie wir sie schon im Labor gesehen haben und die, wie ich vermute, dem Transport von kleineren Tieren wie Spinnen oder auch Schlangen dient. Diese hatte jedoch auf einer Seite ein großes Loch, dessen Ränder ganz glatt waren, an denen deiner Meinung nach Wachs klebte.«
»Das war Wachs, ganz bestimmt«, versicherte Peter, »es roch so und es fühlte sich auch so an.«
Justus überlegte einen Moment und fragte dann: »Konntest du vielleicht auch erkennen, welche Farbe das Wachs hatte?«
Peter schürzte die Lippen und versuchte, sich die Sekunden vor seinem schmerzhaften Blackout ins Gedächtnis zu rufen. »Ich würde sagen, dass es schwarz war. Jedenfalls ist mir nicht aufgefallen, dass sich die verklebten Ränder farblich vom Rest der Box unterschieden hätten, und die Box war schwarz.«
»Schwarz also.« Justus begann an seiner Unterlippe zu kneten. »Das ist interessant. Offenbar ist schwarzes Wachs im Moment sehr beliebt – für welche Zwecke auch immer.«
»Du denkst an den Klumpen, der an deiner Sporttasche hängen geblieben ist?«, erinnerte sich Bob.

»So ist es«, bestätigte Justus nachdenklich, »so ist es.«
Peter ging zum Kühlschrank und nahm einen Schluck aus einer Colaflasche. Dann ließ er sich wieder in den Sessel fallen. »Und was meint ihr zu der Sache mit dem Frosch?« Er sah seine Freunde unschlüssig an. »Ich hab keine Idee, wie der dahin gekommen sein könnte. Ich meine, Robinson liegt seit Tagen im Koma, und dass er dieses Teil schon vorher auf die Ablage gestellt hat und es dann die ganze Zeit da herumgestanden ist, kann ich mir irgendwie nicht vorstellen. Die meisten, die so ein Figürchen entdecken, würden es doch einstecken und mitnehmen – für ihre Kinder oder so –, und wenn das nicht passiert, dann hätte es mit Sicherheit der Hausmeister oder der Sportwart abgeräumt. Außerdem war das Papier knacktrocken, und das in einem dampfigen Waschraum, wo sich täglich Dutzende Spieler duschen!«
»Es ist wirklich äußerst seltsam«, sagte Justus. »Denn deine Schlussfolgerungen, Zweiter, sind durchaus logisch. Dieser Frosch *konnte* nicht seit zwei Tagen auf diesem Waschbecken gelegen haben, und doch muss Robinson an Ort und Stelle gewesen sein. Die Origamifigur und die beschädigte Transportbox weisen eindeutig darauf hin.«
»Aber wie soll das gehen? Und *wenn* es ging, warum war Robinson im Spielerlager?« Bob zuckte ratlos die Schultern, stand auf und bewegte sich nun ebenfalls zum Kühlschrank. »Irgendwie wird das alles immer komplizierter«, sagte er und nahm die Colaflasche aus dem Türregal. »Und dann noch die Sache mit dem geklauten Skorpion! Wer mopst denn ein totes und dazu ziemlich zermatschtes Tier aus dem Krankenhaus? Und warum? Ich blicke überhaupt nicht mehr durch!«
»Spezialgelagerter Sonderfall, sage ich nur!« Peter nickte und Bob prostete ihm beipflichtend zu. Dann nahm der dritte Detektiv einen kräftigen Schluck aus der Flasche.

Nachdem er sie wieder abgesetzt hatte, bedeutete ihm Justus, sie ihm auch einmal zu geben. »Im Moment«, sagte er, während er die Flasche entgegennahm, »ist es wirklich äußerst rätselhaft, wie all diese merkwürdigen Vorfälle und Tatsachen zusammenhängen sollen. Und unter Umständen kommt erst dann Licht in die Sache, wenn Robinson aus seinem Koma erwacht und uns erklärt, wie alles zusammenpasst.«
»*Wenn* er wieder aufwacht!«, gab Peter besorgt zu bedenken.
Justus trank erst ein wenig und antwortete dann: »Richtig, *wenn* er wieder aufwacht. Und auch die Dinge, die Bob und ich inzwischen herausgefunden haben, bringen kaum mehr Licht in die Angelegenheit.«
»Ihr habt auch etwas in Erfahrung gebracht?« Peter sah Justus aufmerksam an.
»Ja, nämlich zum einen, was dieses CPT bedeutet, das überall in Robinsons Organizer auftaucht. Ich hab das Kürzel einfach mal durch die Suchmaschine im Internet gejagt und dabei einige Hinweise bekommen. CPT ist zum Beispiel das Kürzel für einen speziellen Test zur Erdbebenerforschung. Und es ist auch die Abkürzung für die britische Passagier-Transport-Vereinigung oder für das europäische Komitee zur Verhinderung von Folter. Aber das Wahrscheinlichste ist, dass CPT für Cape Town, also Kapstadt, steht.«
»Wieso ist das das Wahrscheinlichste?«, fragte Peter nach.
»Weil wir mit Miss Bancrofft gesprochen haben«, antwortete Bob, »und die hat uns bestätigt, dass Dr. Robinson recht oft da runtergeflogen ist – und zwar genau an den Tagen, an denen jenes CPT in seinem Kalender auftaucht!«
»Und in ein paar Tagen wollte er wieder dahin«, ergänzte Justus. »Das CPT, das für den gestrigen Tag vermerkt war, sollte ihn wohl daran erinnern, dass er packen oder das Ticket abholen musste oder so.«

»Ah ja, Kapstadt also«, sagte Peter nachdenklich.
»Und auch die PTs, PGs und PCs konnten wir entschlüsseln«, fuhr Justus fort. »Als wir uns mit Miss Bancrofft unterhielten, habe ich auf ihrem Schreibtisch eine lange Liste entdeckt, auf der diese Kürzel neben vielen anderen zu finden waren. Es handelte sich um eine Art Tierbestandsliste des Labors. Und unsere drei Abkürzungen stehen alle für verschiedene Skorpione.«
»PT für unseren« – Bob warf einen kurzen Blick auf einen Zettel, auf den sie die Namen der Skorpione geschrieben hatten – »Parabuthus transvaalicus, der Parker gestochen hat, PG für einen gewissen Parabuthus granulatus und PC für Parabuthus capensis.«
»Und jetzt rate mal, wo all diese netten Tierchen beheimatet sind!«, forderte Justus Peter mit einem vielsagenden Lächeln auf.
Der Zweite Detektiv überlegte einen Augenblick und sagte dann unsicher: »Südafrika?«
Justus schnippte mit den Fingern. »Genau! Südafrika, das sonnige Südafrika, dessen Parlament in der wunderschönen Hauptstadt der westlichen Kap-Provinz seinen Sitz hat, und die heißt … na …?«
»Kapstadt!«, sagten Peter und Bob im Chor.
»Und die Schlange, die Robinson gebissen hat, kam auch aus Südafrika!« Der Erste Detektiv kniff die Lippen zusammen und tippte mit dem Zeigefinger energisch auf den Schreibtisch. »Alle Fäden laufen ganz offensichtlich dort unten zusammen, so viel steht fest!«
»Oder gehen von dort aus!«, wandte Bob ein. »Wo genau der Anfang dieses verwickelten Falls liegt, wissen wir ja noch gar nicht.«
»Richtig«, gab Justus zu, »aber dass die Lösung unseres Rätsels

in Südafrika liegt, scheint mir nach all diesen Hinweisen mehr als wahrscheinlich zu sein. Das bedeutet, dass –« Unvermittelt hielt der Erste Detektiv inne. Mit angehaltenem Atem lauschte er in die Stille des Wohnwagens. »Habt ihr das gehört?«

»Was gehört?«

»Da hat etwas geraschelt.«

»Geraschelt? Ich hab nichts gehört, du, Bob?«

Bob schüttelte den Kopf.

»Ich dachte, da hätte etwas geraschelt«, sagte Justus verwirrt und blickte sich im Wohnwagen um.

»Ach was, das waren sicher nur deine unzähligen Hirnwindungen, die sich eben mal neu gefaltet haben«, flachste Peter. Dann rief er so enthusiastisch, wie es seine schmerzende Beule zuließ: »Also! Unsere bisherigen Ermittlungen laufen alle auf eines hinaus: Auf nach Kapstadt! Ich würde sagen, ihr lasst den Firmenjet der drei ??? schon mal auftanken, und ich miete uns wie immer ins Four Seasons in die Präsidentensuite ein. Ich habe noch genau« – er legte den Eisbeutel kurz zur Seite, holte seinen Geldbeutel aus der Hosentasche und warf einen Blick hinein – »drei Dollar und … sechsundvierzig, nein, siebenundvierzig Cent! Das müsste allemal reichen, oder?«

Justus grinste amüsiert. »Wir müssen gar nicht nach Kapstadt. Noch nicht jedenfalls! Zunächst einmal sollten wir hier allen Spuren nachgehen.«

»Keine Präsidentensuite?« Peter zog ein bekümmertes Gesicht.

»Und unser Jet bleibt diesmal auch in der Garage.« Justus zwinkerte Peter teilnahmsvoll zu. »Aber ich schlage Folgendes vor: Bob, da sich Peter im Spielerlager nicht mehr blicken lassen kann, fährst du morgen noch einmal dorthin und versuchst herauszufinden, ob Robinson wirklich schon mal da draußen war. Vielleicht erinnert sich jemand an ihn. Lass dir irgendetwas einfallen, gib dich als sein Assistent aus oder als Schülerzeitungsreporter, etwas in der Art. Und wir beide, Peter, statten Mrs Robinson einen Besuch ab.«

»Woher weißt du, dass Robinson verheiratet ist?«, fragte der Zweite Detektiv.

»Von Miss Bancrofft, die mir auch gleich die Adresse gegeben hat«, antwortete Justus. »Unter Umständen kann uns Robinsons Frau sagen, was ihr Mann so oft in Südafrika gemacht hat oder warum er im Spielerlager war. Und vielleicht sogar, wer M. M. ist.«

»Ich kann aber erst gegen Mittag da rausfahren«, erwiderte Bob. »Vorher muss ich mit meiner Mutter zum Einkaufen.«

»In Ordnung. Peter, wir fahren um ein Uhr zu Mrs Robinson, und dann treffen wir uns alle, sagen wir, um drei Uhr nachmittags hier in der Zentrale!«

»Das müsste klargehen«, sagte Bob.

»Aye, aye!« Peter legte die Hand an die Schläfe und salutierte zackig. »Aber noch etwas anderes. Habt ihr eigentlich auch herausbekommen, was diese ganzen Zahlen heißen sollten, die wir in Robinsons Kalender neben dem CPT und den Abkürzungen für die Skorpione gefunden haben?«

»Nein, da tappen wir immer noch im Dunkeln«, antwortete Justus. »Ich könnte mir höchstens –« Erneut brach er mitten im Satz ab, zog die Augenbrauen zusammen und rief dann nervös: »Da! Da war's wieder! Es hat wieder geraschelt! Ganz sicher! Ich bin doch nicht senil!«

»Justus!«

»Nein! Wenn ich's euch doch sage! Da hat etwas geraschelt! Da unter dem Papierhaufen!« Justus deutete aufgeregt auf einen Berg von zusammengeknüllten Zetteln und Blättern, die er am Morgen aus ihren diversen Ordnern aussortiert hatte, um sie wegzuwerfen.

»Da drunter?«
»Ja!«
Peter lächelte. »Würde mich nicht wundern, wenn der ganze Wust hier drin irgendwann mal zum Leben erwacht.«
»Ich schwör's euch!«, beharrte Justus. »Da hat etwas –«
Ein deutliches Knistern drang unter dem Blätterhaufen hervor und gleichzeitig bewegte sich eine der zerknitterten Papierkugeln und rollte ein Stück bergab über ein paar andere hinweg.
Die drei Jungen erstarrten.
»Seht ihr!«, hauchte Justus. »Da ist was!«
»'ne ... Maus vielleicht? Oder 'ne Ratte?« Peter blickte verschreckt zu Boden.
Bob, der dem Haufen am nächsten stand, schob vorsichtig seine Fußspitze nach vorn. Dann kickte er mit einer schnellen Bewegung genau dorthin, wo sich der Berg gerade bewegt hatte, und zog danach seinen Fuß sofort wieder zurück.
Ein paar Papierknäuel purzelten durcheinander und verteilten sich über den Boden der Zentrale. Erst war nichts Besonderes zu sehen, aber plötzlich wurde noch eine Blätterkugel zur Seite gerollt.
Bob sprang entsetzt zur Seite, Peter entfuhr ein leiser Schrei und auch Justus zuckte heftig zusammen. Denn dort aus dem Blätterteppich ragte der steil aufgerichtete, vibrierende Schwanz eines schwarzen Skorpions in die Höhe!

Die Lage spitzt sich zu

Für ein paar Sekunden standen die drei ??? da wie versteinert. Fassungslos starrten sie den Skorpion an. Doch als das Gifttier plötzlich unter den Blättern hervorzukriechen begann, brach die pure Hektik aus. Bob sprang auf einen der Stühle, Justus wich, so weit es ging, zur Wand zurück, und Peter machte einen Riesensatz zur Tür hin.

»Wie kommt das Vieh hier rein?«, krächzte Bob.

»Keine Ahnung!«, keuchte Justus. Er deutete zur Luke hinauf. »Vielleicht durch die –«

»Ich mach ihn platt!«, fuhr Peter in diesem Moment auf. Er schnappte sich den nächstbesten Ordner und wollte ihn auf den Skorpion schleudern, als ihm Justus in den Arm fiel.

»Nicht!«, schrie er.

»Lass mich!«

»Nein! Nicht töten! Nicht töten!«

Justus wollte Peter den Ordner entreißen, doch der ließ nicht los und zerrte seinerseits daran.

»Wieso nicht?«

»Weil wir den Skorpion lebend brauchen. Wir müssen ihn Dr. Sotherby zeigen, um zu erfahren, ob auch er aus Südafrika kommt!«

»Das kann man auch am Matsch erkennen!« Peter zog den Ordner immer weiter zu sich her. »Mann, Just! Das Ding greift uns an!«

»Peter! Nicht!«

»Kollegen!«, rief auf einmal Bob dazwischen. »Da, die Schachtel!« Er zeigte auf einen Karton voller Zeitschriften, der in Griffweite von Justus in einem Regal stand. »Leert sie aus und fangt das Vieh damit!«

»Ich bin doch nicht besch –«, erwiderte Peter, hielt aber plötzlich inne. Denn zu seiner Verwunderung befolgte Justus den Rat des dritten Detektivs augenblicklich. Der Erste Detektiv ergriff die Schachtel, drehte sie um, sodass die Zeitschriften auf den Boden flatterten, und stülpte sie dann mit einer flinken Bewegung über den Skorpion.
»Super Idee, Bob!«, ächzte Justus. Schnell suchte er sich ein Stück Pappe, schob es zwischen Schachtel und Boden, und schon saß der Angreifer in der Falle.
»Geschafft!« Justus wischte sich den Schweiß von der Stirn, während Bob von seinem Stuhl herabstieg und ihm anerkennend zunickte. Peter allerdings tippte sich nur vielsagend an die Schläfe.
»Eines dürfte jetzt ja wohl sonnenklar sein«, sagte Bob. »Wir sind eindeutig auf der richtigen Fährte und offenbar schon näher an der Lösung dran, als wir ahnen! Denn wenn das keine deutliche Warnung war, uns aus der Sache rauszuhalten, dann weiß ich auch nicht!«
»Fragt sich nur«, gab Justus zu bedenken, »aus welcher Sache wir uns raushalten sollen!«

Als Bob am nächsten Mittag seinen Käfer auf dem Strandparkplatz abstellte, der zum Spielerlager gehörte, ging ihm immer noch Justus' Satz durch den Kopf. Ihr Erster hatte völlig recht. Noch hatten sie keine Ahnung, worum es in diesem Fall eigentlich ging. Sie tappten völlig im Dunkeln.
Bob musste allerdings lächeln, als er sich an die anschließende Diskussion erinnerte. Justus hatte natürlich beschlossen, dass sie trotz der Warnung weitermachten, zumal sie sich auch in früheren Fällen von Drohungen nicht hatten einschüchtern lassen. Doch Peter hatte das wie so oft in solchen Situationen etwas anders gesehen.

»Sollen wir vielleicht warten, bis sich eines Morgens eine Schlange um unseren Hals ringelt, wenn wir aufwachen?«, hatte er gefragt und dann mit sarkastischem Unterton in der Stimme vorgeschlagen: »Wir können ja im Krankenhaus schon mal ein Dreierzimmer auf der Entgiftungsstation reservieren!« Aber wie so oft war es Justus auch diesmal gelungen, ihren Zweiten davon zu überzeugen, dass sie es ihrer Detektivehre schuldig seien, den Dingen weiter auf den Grund zu gehen.
Doch eigentlich war auch Bob ziemlich mulmig zumute, wenn er sich ausmalte, was für Überraschungen in diesem Fall vielleicht noch auf sie warteten. Und es sollte auch gar nicht lange dauern, bis er erfuhr, wie sehr diese Befürchtungen gerade auf ihn zutrafen!
Um herauszufinden, ob Robinson schon einmal im Spielerlager gewesen war, hatte Bob sich vorgenommen, sich für dessen Assistenten auszugeben, der überprüfen sollte, welche Spieler sein Chef im Zuge ihrer neuen Studie schon befragt hatte. Und wenn jemand wissen wollte, was für eine Studie das war, dann würde er sagen, dass es darin um die Leistungssteigerung von Spitzensportlern durch Skorpionblut ging. Das war zwar völliger Blödsinn, hörte sich aber gut an, wie Bob fand.
Doch er musste gar nicht erst ins Spielerlager oder in die Umkleiden gehen, um einen wichtigen Hinweis zu finden. Er musste nicht einmal mit einem der Sportler, dem Hausmeister oder irgendjemand anderem sprechen. Denn schon auf dem Weg über den Parkplatz entdeckte er etwas, was ihn wie vom Donner gerührt stehen bleiben ließ.
»Mein Gott!«, entfuhr es Bob. Durch die getönte Windschutzscheibe eines blauen BMWs starrte er auf den Gegenstand, der vom Rückspiegel an einer Schnur herabbaumelte. Es war eine niedliche, kleine Spinne – kunstvoll gefaltet aus Papier!

Wem gehört dieser Wagen?, ging es Bob durch den Kopf. *Wem gehört dieser Wagen?*

Er lugte durch die beiden Seitenfenster ins Innere des BMWs. Es befand sich allerhand Krimskrams in dem noblen Auto, leere Bonbontüten, Zigarettenschachteln, eine rote Windjacke, zwei volle Dosen Cola. Aber was die Aufmerksamkeit des dritten Detektivs besonders fesselte, war ein Briefumschlag, der mit der Rückseite nach oben auf dem Boden des Fonds lag.

»So ein Mist!«, murmelte Bob. »Kann der nicht anders herum liegen! Ich muss wissen, was da draufsteht!« Voller Unmut und ohne sich dessen so richtig bewusst zu sein, packte er den Türgriff und rüttelte an ihm – und plötzlich sprang die Tür auf!

Die ist ja offen!, dachte Bob verblüfft und blickte sich hektisch um. Hatte ihn jemand beobachtet?

Aber der Parkplatz war wie ausgestorben, und auch von der Halle her war nichts zu hören. Ohne lange darüber nachzudenken, öffnete Bob die Wagentür ein Stück weit, schlüpfte auf den Rücksitz und zog sie hinter sich wieder zu. Dann ließ er sich auf den Boden gleiten.

»Dann wollen wir doch mal sehen, an wen du adressiert« – Bob hielt irritiert inne. »Igitt! Wo pappt der denn fest?«

Der Umschlag ließ sich nur schwer vom Teppich lösen, der den hinteren Fußraum des BMWs auskleidete, weil er hartnäckig an ein paar alten Bonbons festklebte, die Papier und Stoff miteinander verbanden. Bob brauchte fast eine ganze Minute, um den Brief in mehreren Fetzen von den zerlaufenen Bonbonresten zu lösen.

»Wer schmeißt denn seine angeschmodderten Bonbons einfach auf den Boden!«, regte er sich auf, während er den Teil suchte, auf dem die Adresse stand. »Ist ja widerlich!« Schließlich hatte er den Schnipsel gefunden. Im Halbdunkel des

Fonds führte er das Papier nahe an seine Augen, um die Schrift entziffern zu können.
»Was steht da? An Mr M...ickey M –«
Ein Schatten fiel ins Wageninnere. Wie aus dem Nichts war er aufgetaucht und legte sich wie eine dunkle Wolke über die Vordersitze und die spiegelnden Armaturen. Bob drückte sich flach auf den Boden, dann machte jemand die Fahrertür auf.

»Hier ist es! 27 Westlane! Das ist die Adresse, die mir Miss Bancrofft genannt hat.« Justus zeigte auf ein mit Hibiskusranken umwuchertes, schmiedeeisernes Einfahrtstor, durch das man einen prächtig angelegten Garten erkennen konnte. An der Mauer rechts neben dem Tor hatten die Besitzer die Zahl 27 aus kleinen, bunten Mosaiksteinchen anbringen lassen.
»Sieht ja richtig schnuckelig aus«, fand Peter und stellte den Motor seines MGs ab. »Dann hoffen wir mal, dass uns Mrs Robinson weiterhelfen kann.«
Die beiden Jungen stiegen aus und gingen zu dem Gartentor. Unterhalb der Mosaikziffer fand Justus einen runden Messingknopf, über dem ein Schildchen mit dem Namen *Robinson* angebracht war. Er drückte den Knopf und wartete.
»Hm«, machte der Erste Detektiv nach einer Weile, weil sich nichts rührte. Noch einmal betätigte er die Klingel.
»Wir hätten doch vorher anrufen sollen«, sagte Peter, als sich nach weiteren dreißig Sekunden immer noch nichts tat. Er presste seinen Finger ein drittes Mal auf den Klingelknopf und hielt ihn diesmal auch eine ganze Zeit lang gedrückt.
»Damit sie uns gleich am Telefon abwimmelt, wenn sie was von *Detektiven* hört?«, entgegnete Justus. »Nein! Ich habe eigentlich darauf gesetzt, dass sie uns eher reinlässt, wenn wir sozusagen schon einmal da sind und uns als nette Jungs von nebenan entpuppen, die mit ihr plaudern wollen.«

»Ich bin also ein netter Junge von nebenan?« Peter zog abschätzig die Augenbrauen nach oben und gab die Klingel frei. »Hört sich ja schrecklich an. So nach Sonntagsanzug und Pomade im Haar.«

»Stimmt, du besitzt ja gar keinen Anzug«, entgegnete Justus und musterte Peter von oben bis unten. »Aber in meiner Begleitung hätte sie dich wahrscheinlich auch so, wie du bist, ins Haus gelassen.«

»Bitte? Willst du damit vielleicht sagen, dass ich rumlaufe wie der letzte Penner?«

Justus lachte überschwänglich. »Komm, Penner, äh, Peter!« Er klopfte seinem Freund kameradschaftlich auf den Rücken. »Lass uns mal zum Haus gehen!«

Die beiden Jungen öffneten das Tor und liefen über einen gewundenen Kiesweg Richtung Haus. Der Garten war in der Tat ein richtiges Schmuckstück. Überall grünte und blühte es, und dabei wirkte alles so harmonisch aufeinander abgestimmt, dass sich Justus und Peter kaum sattsehen konnten an der farbigen Pracht.

Aber es wirkte auch alles wie ausgestorben. Nichts rührte sich, nur hin und wieder flatterte ein Vogel aufgeschreckt durchs Gebüsch.

Doch plötzlich huschte eine weiße Gestalt um die Ecke!

»Was war das?« Peter packte Justus grob am Ärmel und riss ihn zurück.

»Vielleicht ein … Geist?«, riet Justus. »So einer von der Sorte, die vor Fenstern und Türen hängen und sich *Gardinen* nennen?«

»Hä?«

»Da steht eine Tür offen, durch die der Wind pfeift.«

Justus hatte recht. Auf der rechten Seite des Hauses befand sich allem Anschein nach eine geöffnete Terrassentür, deren

weiße Stores von leichten Windzügen immer wieder nach außen geweht wurden.
Peter lächelte verlegen. »Tatsächlich, Vorhänge, nur Vorhänge. Kommen aber wirklich gut, so als Geistererscheinungen, findest du nicht?«
»Doch, sicher. Absolut realistisch.« Justus nickte seinem Freund übertrieben ernst zu. »Aber dennoch werden wir jetzt todesmutig an die Tür dieses Geisterhauses klopfen, um herauszufinden, ob auch Lebende, insbesondere Ärztefrauen, diese Gruselhütte bewohnen!« Er zeigte auf den schweren Klopfer aus Eisen, der an der Haustür hing, und hob ihn an.
»Ist ja gut!«, meckerte Peter. »Ich bin eben sensibel und habe eine ausgeprägte Fantasie. Muss ja nicht jeder so ein roher Klotz sein wie du!«
Justus ließ den Klopfer zweimal auf das Holz sausen.
Nichts rührte sich im Haus. Justus betätigte den Eisenbügel noch einmal, und schließlich riefen sie sogar beide nach Mrs Robinson, aber es blieb dabei: Niemand antwortete ihnen.
»Dabei steht doch diese Tür offen«, wunderte sich Peter. »Die macht man doch zu, wenn man das Haus verlässt.«
Justus sah seinen Freund stirnrunzelnd an. »Es sei denn«, sagte er leise, ließ aber den Satz unvollendet und ging stattdessen um die Ecke des Hauses.
»Just! Wo willst du hin?« Peter ging zögerlich hinterher.
»Ich will mal einen Blick durch die offene Tür werfen«, antwortete Justus über die Schulter. »Nur mal so zur Sicherheit. Nachher ist der Frau was passiert!«
»Nur mal so! Just!«, protestierte Peter. »Wir können da nicht einfach reinspazieren!«
Doch der Erste Detektiv schob bereits den ›Geistervorhang‹ zur Seite und lugte in das dahinterliegende Zimmer. »Ich schau doch nur mal!«

»Du schaust nicht, du betrittst unbefugt ein Haus!«
»Aber in lauterer Absicht!«
»Quatsch! Du willst doch nur rumschnüffeln!«
»Nur ein bisschen, aber sag's nicht weiter!« Justus trat über die Schwelle und verschwand hinter dem Vorhang.
»Just! Nicht!« Peter rollte genervt mit den Augen. »Oh Mann! Irgendwann kommen wir deinetwegen noch mal so richtig in Teufels Küche!« Er blickte sich kurz um und folgte dann seinem Freund ins Haus.
Die beiden Jungen mussten sich erst an das Schummerlicht gewöhnen, das in dem Zimmer herrschte, denn bis auf die paar Sonnenstrahlen, die durch die Terrassentür und die Gardinen drangen, erhellte keine Lichtquelle den düsteren Raum. Es roch nach alten Möbeln und Teppichen, aber auch ein wenig nach chemischen Mitteln. *Mottenkugeln vielleicht*, überlegte Justus. Schließlich sahen ihre Augen wieder einigermaßen klar.
»Heiliger Strohsack! Wo sind wir denn hier gelandet?«, stieß Peter überrascht hervor und blieb mit offenem Mund mitten im Zimmer stehen. Verdattert schaute er auf zahllose ausgestopfte Tiere aller möglichen Arten, die ihn ihrerseits aus ihren toten Augen von Wänden und Sockeln, aus Regalen und Vitrinen anstarrten.
»Stroh ist gar nicht so falsch«, erwiderte Justus, dem die Verwunderung auch deutlich anzusehen war. »Soweit ich informiert bin, benutzte man das früher tatsächlich zur Tierpräparation. Aber heutzutage –« Der Erste Detektiv brach unvermittelt ab. »Das ist ein Waran!«, rief er ungläubig aus. »Der Kopf eines Warans!«
Peter drehte sich zu ihm um. »Ein Waran? Du meinst diese Riesenechse?«
»Ja, genau! Aber soviel ich weiß, sind diese Tiere streng ge-

schützt! Es ist absolut verboten, sie zu jagen oder –« Wieder verschlug es Justus, dessen Blick weiter durch das Zimmer gewandert war, die Sprache. »Ein Schneeleopard!« Er deutete auf eine Kommode rechts neben der Zimmertür. »Ein junger, ausgestopfter Schneeleopard! Ich fass es nicht! Das ist nichts weniger als eine ausgemachte Schweinerei! Von diesen prachtvollen Tieren gibt es nur noch ungefähr 2000 Stück weltweit!«

»Unglaublich!« Peter ballte unwillkürlich die Fäuste. »Dieser Robinson sammelt Tiere, die vom Aussterben bedroht sind!«

Justus lachte verbitterte auf. »Er sammelt nicht die Tiere, sondern ihre Leichen! Hier!« Er rannte zu einer Vitrine. »Das ist ein Ara! Eine extrem gefährdete Papageienart! Und das da sind Tigerkrallen!«

»Stoßzähne!« Peter lief zu einem der Regale. »Elefantenstoßzähne!«

»Oh Gott!« Justus erbleichte und sank auf die Knie. »Der Sockel dieses Papierkorbs ist … der Kopf eines Gorillas!«

»Was?« Peter rannte zu ihm hinüber. »Der hat einen Gorilla umbringen lassen, um seinen Kopf als Papierkorb zu benutzen? So ein verdammtes …« Statt des Wortes entfuhr Peter ein wütender Laut, in dem sich sein ganzer Ärger, seine Trauer und Fassungslosigkeit entluden.

Justus, der immer noch am Boden kniete, schüttelte einfach nur entgeistert den Kopf. Er wusste natürlich, dass es solche Menschen gab, denen es offensichtlich völlig egal war, ob sie für die Ausrottung einer Tierart verantwortlich waren. Aber jetzt, wo er zum ersten Mal sah, wie viel Leid und Schmerzen auf der einen und wie viel Brutalität und Rücksichtslosigkeit auf der anderen Seite hinter diesem sinnlosen Morden steckten, konnte er es dennoch kaum glauben. Und mit so einem Menschen hatte er sich auch noch unterhalten!

»Was ist denn das?«, fragte Peter auf einmal. »Das kenn ich doch irgendwoher.«
Der Zweite Detektiv kniete sich neben Justus auf den Boden, griff in den Papierkorb und holte eine etwa untertellergroße Plastikscheibe hervor. Sie war pechschwarz, an den Rändern glatt und wies eine gitterförmige Oberflächenstruktur auf.

M. M.

Justus hatte sich wieder etwas beruhigt, aber Peter schäumte immer noch, als sie die Auffahrt zum Saint-Michael's-Krankenhaus hinaufliefen.

»Und wir sollten *doch* die Polizei über diese Ratte und ihre skrupellosen Machenschaften informieren!« Peter stieß ein nachdrückliches Brummen aus und kickte einen Kieselstein in hohem Bogen davon.

»Zweiter, ich sehe das ja im Prinzip genauso wie du. Aber wir dürfen auch nicht vorschnell handeln und urteilen! Ich glaube zwar nicht wirklich daran, aber vielleicht gibt es ja doch eine Erklärung für dieses Zimmer in Robinsons Haus, die ihn von jeglicher Schuld freispricht! Wir müssen warten, bis er aus dem Koma erwacht, erst dann werden wir wohl Genaueres erfahren. Außerdem darf ich dich daran erinnern, dass wir unbefugt in sein Haus eingedrungen sind! Und solange wir keine hieb- und stichfesten Beweise für unsere Anschuldigungen haben, würde ich diesen Umstand gern für mich behalten.«

»Hm«, knurrte Peter und köpfte mit seinem Fuß eine Blume am Wegrand.

»Jetzt gehen wir erst einmal da rein, schauen, ob Robinson vielleicht schon wieder bei Bewusstsein ist, und reden danach mit Parker. Und dann sehen wir weiter, okay?«

»Hm«, machte Peter wieder und trat nach der nächsten Blume. »Und diese Sache mit dem Plastikteil«, fuhr er mürrisch fort. »Verstehst du das? Ist das nun das Teil, das der Box fehlt, die ich im Spielerlager gefunden habe, oder was? Und was macht dann die Box dort und dieses Teil in Robinsons Haus? Und was hat das mit unserem Fall zu tun? Hat es denn überhaupt etwas damit zu tun?«

Justus zuckte ratlos die Schultern. »Im Moment habe ich darauf auch keine Antwort. Es ist wirklich alles höchst rätselhaft. Aber wie gesagt: Vielleicht geht es Robinson inzwischen ja besser, dann kann er uns sicher einiges erzählen.«
»Wenn die Ratte das überhaupt will!«, motzte der Zweite Detektiv.
»Peter!«
»Ist doch wahr!«
Doch die Frage, ob Robinson den beiden Detektiven Rede und Antwort stehen wollte oder nicht, stellte sich nicht. Er lag nämlich noch immer im Koma, wie ihnen eine Krankenschwester mitteilte.
»So ein Mist!«, schimpfte Peter, als sie die Station wieder verlassen hatten. »Und was jetzt?«
Justus zeigte zum Aufzug. »Jetzt statten wir unserem Klienten einen Besuch ab. Vielleicht kann *er* mit unseren neuen Erkenntnissen etwas anfangen oder weiß dazu etwas zu berichten.«
Die beiden Jungen fuhren in den dritten Stock, gingen zu Parkers Zimmer und klopften an.
»Herein!«
Justus und Peter betraten das Krankenzimmer und bogen um die Ecke des Flurs. Parker stand gerade vor seinem Schrank und räumte einige Kleidungsstücke heraus.
»Hallo, Mr Parker!«, begrüßten ihn Justus und Peter.
»Hallo, Jungs! Tolle Neuigkeiten. Ich kann endlich hier raus!«
»Das freut uns!«, erwiderte Justus. »Dann sind Sie wieder völlig auf dem Damm?«
»Ich könnte Bäume ausreißen!«, lachte Parker und deutete zu seinem Nachttisch hinüber. »Ich bin auch schon am Packen. Kann mir bitte mal einer den Stapel Zeitschriften geben, der da liegt?« Der Sportler wandte sich wieder dem Schrank zu und kramte im obersten Regal.

Peter ging ums Bett und griff nach den Zeitschriften, die auf dem ausziehbaren Tischchen des Nachtkästchens fein säuberlich aufeinandergestapelt waren. Doch plötzlich stockte er.
»Haben Sie die … gemacht?«, brachte er mühsam hervor und deutete auf eine kleine, unscheinbare Origami-Schlange, die sich neben den Zeitschriften zusammenkringelte.
Justus stutzte, als er die Figur sah. Die beiden Jungen tauschten vielsagende Blicke, dann drehte sich Parker mit ein paar Socken in der Hand zu ihnen um.
»Was denn?« Parker bemerkte die kleine Papierschlange. »Ach die? Nein, nein, die muss Mickey dagelassen haben. Der bastelt dauernd so ein Zeugs und lässt es dann überall herumliegen. Ist so 'n Tick von ihm.«
»Mickey?«, fragte Justus und warf Peter einen raschen Blick zu. *M!*, schoss es ihm durch den Kopf. *Mickey beginnt mit M!*
»Ja, Mickey McQuire, mein Agent«, klärte der Sportler die beiden Jungen auf.
Justus und Peter zuckten zusammen, als der Name fiel. Aber Parker war viel zu sehr mit dem Aufräumen beschäftigt, als dass er das wahrgenommen hätte. »Er hat mich ein paarmal hier im Krankenhaus besucht«, fuhr er fort und warf seine Socken in den Koffer, der ausgebreitet auf dem Bett lag. »Schon toll, was der aus einem Stück Papier alles zaubern kann, nicht wahr?« Offensichtlich war er der Meinung, dass Justus und Peter das Kunstwerk an sich interessierte und nicht so sehr, von wem es stammte.
»Es geht uns eigentlich weniger –«
»Äh, ja, ganz fantastisch!«, fiel Justus Peter ins Wort und blickte wie zufällig auf seine Uhr. »Ach, du meine Güte!«, entfuhr es ihm. »Peter! Wir müssten ja schon längst bei dir zu Hause sein! Wir haben doch … deiner Mutter versprochen, dass wir ihr beim … Backen helfen!«

»Wir helfen meiner Mutter beim Backen?« Peter sah seinen Freund an, als wäre der von einem anderen Stern.
»Ihr beide backt?« Auch Parker war reichlich erstaunt.
»Wie die Weltmeister!«, behauptete Justus schnell und zog Peter am Ärmel mit sich zur Tür. »Aber jetzt müssen wir wirklich los! Peters Mutter köpft uns sonst. Sie versteht bei so etwas keinen Spaß! Wiedersehen!«
»Wartet! Ich wollte doch noch wissen, wie weit ihr mit euren Ermittlungen gekommen seid!«, schickte ihnen Parker noch hinterher, aber Justus rief nur noch einmal »Wiedersehen!«, schob Peter aus dem Zimmer und warf die Tür ins Schloss.
»Kannst du mir mal verraten, was das eben sollte!«, blaffte Peter seinen Freund an, während der ihn über den Gang zum Aufzug trieb. »Und seit wann backe ich, bitte schön?«
»Peter!« Justus betrat die Kabine und drückte auf die Taste für das Erdgeschoss. »Wir wissen jetzt, wer M.M. ist! Parkers Agent! Und du warst drauf und dran, Parker in die Sache einzuweihen!«
»Ja … und? Was ist daran so schlimm?«
»Solange wir nicht wissen, wie Parker zu seinem Agenten steht oder ob er gar in der ganzen Sache mit drinsteckt, ist das das Falscheste, was wir tun könnten – und vielleicht sogar sehr gefährlich!«
Peter stutzte – und griff sich erschrocken an den Mund. »Oh Gott! Du hast recht! Parker hat ja gar keine Ahnung, dass die Origami-Figuren für uns so etwas wie der Schlüssel zu dem ganzen Fall sind!«
»Zumindest zu dem Teil, der Robinson betrifft, ja!«, stimmte Justus zu. »Aber seltsamer- oder vielleicht auch passenderweise entpuppt sich nun unser Hauptverdächtiger im Fall Robinson als guter Bekannter von Parker, dessen Fall wir ursprünglich bearbeiten sollten! Und hinzu kommt, dass beide

Fälle einige sehr auffällige Parallelen aufweisen, wie wir herausgefunden haben!«
»Also gibt es die Verbindung zwischen den beiden Fällen tatsächlich.« Peter nickte langsam mit dem Kopf.
»Das ist inzwischen mehr als wahrscheinlich.«
»Ah, Moment! Wie kann Parker in etwas mit drinstecken, das ihm beinahe selbst zum Verhängnis geworden wäre? Er wurde ja auch von so einem Vieh gebissen!«
Justus wiegte den Kopf hin und her. »Das weiß ich auch, aber ich habe ja nicht gesagt, dass Parker in irgendeiner Form schuldig ist. Ich denke nur, dass wir ihn nicht einweihen sollten, bevor wir nicht sicher wissen, dass ihm zu trauen ist.«
Der Aufzug kam im Erdgeschoss an und öffnete mit einem leisen Zischen seine Türen. Die beiden Jungen verließen ihn und gingen durch die Eingangshalle in Freie.
»Aber musstest du mich deswegen gleich zum Bäcker machen?«, fragte Peter, als sie die Auffahrt hinab zu seinem MG liefen. »Das nächste Mal behauptest du noch, dass ich ein Treffen mit meinem Häkelclub habe!«
Justus lachte. »Mir ist in dem Moment eben nichts anderes eingefallen als die Geschichte mit dem Backen. Aber das mit dem Häkeln muss ich mir merken. Das könnte ich mir bei dir richtig gut vorstellen.«
Peter zog seinem Freund eine wüste Grimasse. »Pass auf, was du sagst, sonst läufst du zu Fuß nach Hause!«
Dann ließ er ihn aber doch einsteigen, und zusammen fuhren sie zurück zur Zentrale. Sie wollten unbedingt erst Bob über ihre neuesten Erkenntnisse informieren, bevor sie weitere Schritte unternahmen.
Aber Bob war noch nicht da, als Justus und Peter den Wohnwagen betraten, und das, obwohl es bereits halb vier war. Doch etwa zehn Minuten später klingelte das Telefon.

»Hier Justus Jonas von den drei Detektiven!«, meldete sich Justus.
»Endlich!«, hauchte Bob in den Hörer. »Ich dachte schon, sie hätten euch auch erwischt!«
Justus stutzte und drückte den Knopf für den Verstärker, damit Peter auch mithören konnte. »Was? Wovon sprichst du, Bob?«
»Hast du den Verstärker an?«, fragte Bob statt einer Antwort.
»Ja, aber rede etwas lauter. Wir verstehen dich kaum.«
»Das geht nicht! Hört zu!« In knappen, aufgeregten Worten schilderte Bob seinen Freunden, was sich auf dem Parkplatz und in der Zeit, die seither vergangen war, ereignet hatte. Nachdem er sich in den BMW geschlichen hatte, um herauszufinden, an wen der Brief adressiert war, war plötzlich ein Mann in das Auto gestiegen und davongefahren, ohne ihn allerdings auf dem Boden des Fonds zu bemerken. Bob hatte sich so klein wie möglich gemacht und während der ganzen Fahrt keinen Mucks von sich gegeben. Denn er war sich sicher, ihren Origami-Künstler entdeckt zu haben, und von dem wollte er auf keinen Fall erwischt werden. Und als der Mann dann von seinem Auto-Handy aus jemanden anrief, bestätigte sich Bobs Verdacht: Es war unverkennbar die Stimme von Deep Voice, die da sprach!
»Der Kerl heißt, glaub ich, Mickey McQuire«, flüsterte Bob. »Der Brief im Auto war jedenfalls an einen Mickey McQuire adressiert.«
»McQuire ist Deep Voice?« Justus war völlig aus dem Häuschen. »Wir haben vorhin ebenfalls herausgefunden, dass er der Origami-Freak ist, aber wir wussten noch nicht, dass er auch Deep Voice ist!«
»Doch, ist er, aber das ist jetzt egal, Just!« Bob redete immer schneller, und seine Nervosität war ihm deutlich anzumerken.

»Ihr müsst mich hier rausholen, bevor der mich in die Finger kriegt! Hört ihr?«

»Wieso kriegt der dich in die Finger? Wo bist du denn? Von wo aus rufst du an?«

»Das ist es ja! Ich weiß es nicht!«, antwortete Bob beunruhigt. »Der Kerl ist etwas mehr als eine halbe Stunde durch die Gegend gefahren und hat dann das Auto in einer Garage abgestellt. Er stieg aus und verließ die Garage, aber das verdammte Ding hat eine Tür, die von innen nicht aufzubekommen ist, und Fenster gibt es auch keine. Die ersten Minuten saß ich in völliger Dunkelheit, wie in ’ner Gruft, bis ich mich traute, die Wageninnenbeleuchtung für ein paar Sekunden anzumachen. Ich hab mir dann das Auto-Handy geschnappt und versuche jetzt schon die ganze Zeit, euch zu erreichen. Aber ich habe keine Ahnung, wo ich bin! Während der Fahrt konnte ich nicht aus dem Auto schauen, und jetzt sehe ich auch nichts! Und außerdem ist die Batterie von diesem Mist-Handy fast alle!« Bob hörte sich immer verzweifelter an. »Just! Holt mich hier raus! Bitte, unternehmt was! Schnell!«

»Mein Gott!«, stöhnte Peter entsetzt. »Der Typ kann jeden Moment zurückkommen! Just, wir müssen –«

Justus schüttelte unwirsch den Kopf. Er dachte fieberhaft nach, suchte nach einem Weg, Bob zu helfen. Das Handy konnte jeden Moment seinen Geist aufgeben, und dann gab es keine Möglichkeit mehr, mit Bob Verbindung aufzunehmen. Doch plötzlich hatte Justus eine Idee. »Bob!«, stieß er hervor. »Mach die Augen zu!«

»Was?«

»Die Augen! Mach sie zu! Versuch dich an alles zu erinnern, was du auf der Fahrt gehört hast! Geräusche, Laute, was auch immer! Und was du gefühlt hast! Hast du etwas Ungewöhnliches gefühlt, als du auf dem Boden des Autos lagst?«

»Ja!«, sagte Bob aufgeregt. »Da war was! So ein gleichmäßiges Holpern alle zwei oder drei Sekunden! Es dauerte nicht lang, vielleicht eine Minute, aber da hab ich es ganz deutlich gespürt!«

»Wann war das? Wie lange wart ihr da unterwegs?«

Bob zögerte. »So ungefähr zehn Minuten.«

»Gut! Weiter!«, trieb ihn Justus an. »Was hast du noch wahrgenommen?«

»Da war … warte, da war« – Bob zögerte – »ein lautes Hupen oder so.«

»Eine Autohupe?«

»Nein, viel lauter!«

»Ein Zug?«

»Auch nicht, lauter!«

»Ein Schiffshorn?«

»Ja, genau! So klang das! Das war drei, vier Minuten nach den Hopsern. Und dann«, fuhr Bob erregt fort, »habe ich noch Wasserrauschen gehört und ein ganz gleichmäßiges Klappern! Da stand das Auto gerade, und das war, kurz bevor wir in die Garage gefahren sind.«

»Und ihr wart eine halbe Stunde unterwegs, sagtest du?«

»Zweiunddreißig Minuten ganz genau, ich hab auf die Uhr gesehen.«

»Ausgezeichnet!«, lobte Justus seinen Freund. »Und noch etwas. Wurde es dir auf der Fahrt irgendwo am Körper wärmer als anderswo?«

»Sonne! Du meinst, ob mir die Sonne irgendwo draufgebrannt hat? Ja!«, rief Bob aufgewühlt. »Auf meinen Hintern! Und der lag zur rechten Hintertür hin! Das bedeutet doch –«

Ein lautes Poltern drang aus dem Verstärker, und dann rief jemand wütend: »Was! Schon wieder einer von euch? Ihr seid ja schlimmer als die Pest!«

Justus und Peter erstarrten. Schon beim ersten Laut hatten sie die tiefe, raue Stimme wiedererkannt.
»Raus aus dem Wagen, aber zackig!«, dröhnte es aus dem Lautsprecher. »Na los! Wird's bald! Ich lass mir doch von euch nicht das Geschäft vermasseln!«
Justus und Peter hörten Bob noch ein letztes Mal verzweifelt ihre Namen rufen, dann wurde die Verbindung plötzlich mit einem hässlichen Knacken beendet.

Monsieur Superhirn und sein Chauffeur

»Verdammt!« Peter starrte Justus entsetzt an. »Der hat Bob! Der Typ hat Bob! Und wir wissen nicht, wo er ist!«
Justus legte beide Hände auf den Schreibtisch und atmete ein paarmal tief durch. »Okay«, presste er nach einigen Sekunden hervor. »Keine Panik! Wir müssen ganz ruhig bleiben! Nur so können wir Bob helfen.«
»Aber wie denn? Wie denn?«, rief Peter fast hysterisch. »Bob kann irgendwo sein! In einer halben Stunde fahr ich 30 oder 40 Meilen weit, wenn auf den Straßen nichts los ist.«
Justus sah seinen Freund aufmerksam an und schnippte mit den Fingern. »Aber es ist etwas los um diese Zeit, nicht wahr?« Das Gehirn des Ersten Detektivs kam allmählich in Fahrt. »Eine Karte! Schnell! Wir brauchen eine Karte von Rocky Beach und Umgebung!«
Peter zögerte noch einen Moment. Er konnte sich nicht vorstellen, wie ihnen jetzt eine Karte weiterhelfen sollte, und wollte schon widersprechen. Aber er hatte auch keinen besseren Vorschlag, was sie jetzt tun sollten, und schließlich hoffte er einfach, dass Justus, ihrem Superhirn, wie so oft irgendetwas einfallen würde. Er drehte sich zu einem der Regale um, zog die gewünschte Karte heraus und reichte sie dem Ersten Detektiv.
»Hintern zur rechten Fahrertür«, murmelte er, »und die Sonne schien aus Südwesten. Das heißt, sie müssen nach Südosten gefahren sein. Bei dem Verkehr, der im Moment herrscht, kann man in 32 Minuten, schätze ich, … höchstens 15 bis 20 Meilen zurücklegen«, sagte Justus, während er die Karte auf dem Schreibtisch ausbreitete. »Und in zehn Minuten sind das

dann etwa vier bis sechs Meilen.« Er vertiefte sich für einen Moment in die Karte und stieß dann ein übermütiges »Ha!« hervor. »Und die einzige Brücke, die Richtung Südosten genau so weit vom Parkplatz des Spielerlagers entfernt ist, ist« – sein Finger kreiste über der Karte – »hier! Die Backwater Bridge!«

»Äh, wie kommst du plötzlich auf eine – ach so!«, ging Peter ein Licht auf. »Das Holpern! Das Holpern, das Bob gespürt hat, waren Straßenschwellen! Straßenschwellen, wie sie die Fahrbahnteile von Brücken verursachen!«

»Genau!« Justus deutete auf eine andere Stelle auf der Karte. »Und eineinhalb Meilen weiter führt die Straße am Hoover-Kanal vorbei.«

»Das Schiffshorn! Hey, das passt!« Peter zog sich einen Stuhl an den Schreibtisch. »Und was hat Bob noch gehört? Wasserrauschen, oder? Das war's! Und Klappern! Das könnte … könnte ein –«

»*Ist* eine alte Mühle!«, rief Justus triumphierend. »Garantiert! Der Bach rauscht und das Mühlrad klappert! Und hier« – sein Finger zog eine kleine, blaue Linie nach – »verläuft der Diamondcreek, an dem so gut wie keine Häuser stehen. Aber bei einer geschätzten Gesamtentfernung von 15 bis 20 Meilen, die McQuire vom Spielerlager aus gefahren ist, müssen wir nur dieses Areal hier absuchen« – Justus umkreiste einen Teil der Karte mit einem Marker – »und ich wette um meinen Posten als Erster Detektiv der drei ???, dass wir dort eine Mühle finden werden!«

»Genial, Erster!« Peter schlug mit der Faust auf den Tisch. »Dann nichts wie los! Und Cotta rufen wir auch gleich an! Der soll mit seiner Kavallerie anrücken!«

Inspektor Cotta arbeitete bei der Polizei von Rocky Beach und unterstützte die drei ??? manchmal bei ihren detektivischen Ermittlungen. Außerdem hatte er sie schon oft aus der einen oder anderen Klemme befreit, und gerade jetzt hielt Peter es für unbedingt erforderlich, dass er ihnen mit ein paar seiner Männer zu Hilfe kam.

Doch Justus zögerte. Nervös kaute er an seiner Unterlippe.

»Was ist?«, fragte Peter, der schon seine Autoschlüssel gezückt hatte, ungeduldig. »Worauf wartest du noch?«

»Und wenn McQuire einfach abstreitet, dass er Bob hat?« Justus sah Peter beunruhigt an. »Wir haben keinen Beweis dafür, dass er ihn festhält!«

»Aber Bobs Anruf ist doch wohl Beweis genug!«, antwortete Peter verständnislos.

»Das schon, aber McQuire wird wohl kaum mit Bob an die Tür kommen, wenn wir bei ihm klingeln! Und wenn wir ihn dann mit dem Anruf konfrontieren, kann er so tun, als wüsste er von nichts. Da kann uns dann selbst Cotta nicht helfen. Und anschließend bringt McQuire Bob irgendwo anders hin, und wir haben absolut keine Ahnung mehr, wo wir ihn suchen sollen!«

»Dann … dann fragen wir eben gar nicht erst, sondern dringen sofort ins Haus ein!«, ereiferte sich Peter und ballte die Faust. In seinen Augen flackerte plötzlich Angst um Bob.

»Da macht Cotta nicht mit.«

»Dann gehen wir allein rein! Ohne Cotta!«, rief Peter trotzig.

»Ah ja? Wir beide gegen einen Mann, der keinerlei Skrupel hat, giftige Tiere auf andere zu hetzen?« Auch Justus wurde vor Sorge um Bob immer lauter. »Den willst du so einfach auf die Seite schieben? Nein, Peter! Wir müssen herausbekommen, um was es hier geht! Wir müssen wissen, von welchem *Geschäft* McQuire vorhin am Telefon gesprochen hat, nur dann können wir uns eine Strategie überlegen, wie wir Bob da rausbekommen!«

»Aber wir *wissen* nicht, worum es geht!«, rief Peter verzweifelt. »Papierfigürchen, die hier und da auftauchen, Plastikboxen, deren Einzelteile über die ganze Stadt verstreut sind, Skorpione und Schlangen aus Südafrika, tausend nichtssagende Kürzel und Zahlen in einem Kalender, ein vergifteter Volleyballer und ein Arzt, der im Koma liegt und offensichtlich geschützte Tiere ins Land schmuggelt und ausstopfen lässt, ein Entführer, der keiner ist und irgendwo an einem – wie hieß das noch mal? – Diamondcreek eine Mühle hat –« Peter holte keuchend Luft und hob dann beschwörend die Arme: »Just! Das kriegen wir nie zusammen, zumindest nicht in ein paar Minuten! Das gehört vielleicht auch gar nicht zusammen! Das Einzige, was wir mit Sicherheit wissen, ist, dass Bob ganz allein da draußen ist und dass wir sofort etwas unternehmen müssen, um ihm zu helfen!« Der Zweite Detektiv sah seinen Freund flehentlich an.
Justus' Blick verdunkelte sich. »Sag das noch mal!«
»Was? Was soll ich noch mal sagen?«
»Das, was du da gerade gesagt hast! Los, schnell!« Justus wedelte ungeduldig mit der Hand.
»Aber … aber wieso?« Peter schaute Justus verwundert an.
»Mach schon!«
»Also gut, wenn du meinst. Ich sagte, das Einzige, was wir mit Sicherheit –«
»Nicht das!«, unterbrach Justus unwirsch. »Das, was du zu Beginn gesagt hast! Diese ganzen Fakten und Umstände des Falls! Zähl das noch mal ganz langsam auf! So, wie du das gesagt hast, hat es irgendeinen Schalter in meinem Hirn umgelegt. Ich dachte für einen Moment, ich wüsste, wie sich das alles zusammenfügt!«
Peter konzentrierte sich. Er versuchte, sich noch einmal genau an das zu erinnern, was er vorhin gesagt hatte. Und daran, wie

er es gesagt hatte. »Ja … wie war das?«, begann er zögerlich. »Papierfigürchen, die hier und da auftauchen … « Langsamer als beim ersten Mal, aber dafür weniger aufgeregt, reihte Peter noch einmal all die Einzelheiten ihres Falles aneinander, die ihm vorhin spontan eingefallen waren.

»Und jetzt?«, fragte er Justus, als er fertig war.

Doch der Erste Detektiv antwortete nicht. Wie versteinert saß er auf seinem Stuhl und starrte auf den Boden. Er schien Peter am Ende gar nicht mehr richtig zugehört zu haben.

Plötzlich hob er den Kopf. Dann stand er auf einmal auf, öffnete das Schränkchen über der Spüle und nahm etwas heraus. »Wir fahren«, sagte er leise und immer noch in Gedanken vertieft zu Peter und wandte sich dem Ausgang der Zentrale zu.

Der Zweite Detektiv stutzte. »Äh, und wieso? Ich meine, toll!«, sagte er verblüfft. »Aber darf ich vielleicht auch erfahren, was los ist?«

»Wo ist der nächste Juwelier?« Justus ging gar nicht auf Peters Frage ein.

»Ja, das dachte ich mir«, seufzte der Zweite Detektiv. Er kannte seinen Freund gut genug, um zu wissen, dass in Situationen wie dieser nichts aus ihm herauszubringen war. Wenn Justus seine Geistesblitze hatte, dann musste man einfach abwarten, bis er wieder aus dem Labyrinth seiner Gedanken aufgetaucht war, bevor man etwas von ihm erfuhr. Trotzdem ärgerte es ihn jedes Mal wieder, dass ihm Justus nicht gleich sagte, wenn er etwas herausgefunden hatte.

»Zum nächsten Juwelier also, hm? Ich hab zwar keine Ahnung, wieso, aber bitte schön!«, ergab sich Peter mit übertriebener Gleichgültigkeit seinem Schicksal. »Hauptsache, wir holen Bob da raus! Wenn mir nun Monsieur Superhirn bitte zum Auto folgen wollen?«

Justus überhörte Peters Gefrotzel völlig. Noch immer rotierte es in seinem Kopf, und er kniff vor Konzentration die Augen zu engen Schlitzen zusammen. Aber ganz allmählich lichteten sich die Nebel, ganz langsam wurde ihm klar, was los war, und es fügte sich ein Puzzlestein an den anderen.

Fünf Minuten später hielt Peter vor dem ersten Juweliergeschäft, das ihm eingefallen war.

»Bin gleich wieder da!«, sagte der Erste Detektiv und stieg aus dem MG. »Warte hier auf mich!«

»Selbstverständlich«, erwiderte Peter lakonisch und lächelte dünn.

Es dauerte nur wenige Augenblicke, dann war Justus wieder zurück. »Und jetzt zu einem Zoogeschäft!«, befahl er. Seine Miene hatte sich nach dem Juwelierbesuch deutlich aufgehellt.

»Zu Befehl!« Peter seufzte, legte den ersten Gang ein und fuhr los.

Auch ins Zoogeschäft ging Justus allein und kehrte mit einer Box zurück, die den Transportboxen, die sie schon kannten, sehr ähnlich war. Anschließend wollte er noch zum Strand gefahren werden. Peter schaute ihm aus dem Wagen zu, wie er etwas Sand in die Box füllte, danach auf seinem Handy jemanden anrief und schließlich mit einem listigen Lächeln auf den Lippen zu ihm zurückkam.

Als Justus wieder im Auto saß, atmete er zufrieden auf und sagte: »So, das war's! Und jetzt hör zu, Peter! Wir machen Folgendes!«

Gefährlicher Deal

»Tatsächlich! Du hattest recht! Es ist eine Mühle!« Peter starrte durch die Windschutzscheibe nach vorn. Etwa zweihundert Meter von ihnen entfernt schimmerte ein altes, aber noch recht gut erhaltenes Haus durch das dichte Laub der Bäume, die den bekiesten Zufahrtsweg säumten. Es war ein einstöckiges Gebäude mit einem steilen, roten Schindeldach und kleinen Sprossenfenstern. Rechts des Hauses befand sich eine geschlossene Garage, und an seiner linken Seite drehte sich ein mächtiges Mühlrad über einem kleinen Bach, der an dem Haus vorbeifloss. Das gleichmäßige Klappern des Rades drang deutlich bis zu ihnen herüber.

»Wir haben sie wirklich gefunden!« Der Zweite Detektiv schüttelte fassungslos den Kopf. Sie hatten also Bobs Angaben richtig interpretiert! Die Schwellen auf der Backwater Bridge waren deutlich zu spüren gewesen, und der Zufall wollte es, dass auch bei ihnen ein Schiffshorn getutet hatte, als sie ein paar Minuten später am Hoover-Kanal entlanggefahren waren. Justus hatte sie dann mithilfe der Karte auf ein paar Sträßchen gelotst, die sie nahe an den Diamondcreek brachten, und dort hatten sie dann nach der Mühle Ausschau gehalten.

Und bereits bei dem dritten Feldweg, der von der Straße Richtung Bachlauf abzweigte, waren sie erfolgreich gewesen. Er hatte sie zunächst durch ein paar hundert Meter ausgedörrtes Ödland geführt und war anschließend in ein kleines Waldstück eingetaucht. Und an dessen Ende hatten sie dann das Gebäude entdeckt, in dem sie Bob und Mickey McQuire vermuteten. Zu ihrem Glück standen die Grannenkiefern und die jungen Platanen rechts und links des Weges so dicht, dass sie unbemerkt bis kurz vor die Mühle fahren konnten.

»Okay, also dann bis gleich!« Justus beendete die Verbindung und legte das Handy ins Handschuhfach. »Stell den Wagen hier ab! Den Rest gehen wir zu Fuß«, sagte er zu Peter und zeigte auf eine kleine Ausbuchtung am Wegrand.
Peter ließ den Wagen auf den Wiesenstreifen rollen und stellte den Motor ab. »Und du glaubst wirklich, dass das gut geht?« Er sah Justus skeptisch von der Seite an. Zwar war er durchaus überzeugt von dem, was ihm der Erste Detektiv während der Fahrt hierher erläutert hatte. Es klang absolut plausibel und brachte all die rätselhaften Geschehnisse und Sachverhalte, die sich um diesen Fall rankten, in einen sinnvollen Zusammenhang. Aber der Plan, den Justus entwickelt hatte, um Bob zu befreien, war doch sehr riskant.
»Peter! Noch einmal!« Justus nahm die Transportbox und öffnete die Tür. »Es geht nur so! Wir können nicht einfach anklopfen und McQuire fragen, ob er Bob festhält! Und wir können auch nicht warten, bis McQuire das Haus verlässt, um dann da drin nach Bob zu suchen! Wir haben keine Zeit mehr zu verlieren, weil wir nicht wissen, was McQuire mit Bob vorhat! Und was ist, wenn Bob längst woanders ist? Nein, wir müssen diesen Schuft dazu bringen, zuzugeben, dass er Bob hat, und dafür brauchen wir einen Köder!«
»Ja, aber der Köder sind *wir*!«
»*Das* ist unser Köder!« Justus hob die Box in die Höhe und stieg aus.
»Aber diese Box« – Peter schlüpfte aus dem MG und drückte dann leise die Tür zu – »kann weder allein da vor gehen, noch kann sie mit McQuire reden!«
»Es klappt schon, du wirst sehen«, versuchte Justus seinen Freund zu beruhigen. »Und außerdem müsste Cotta jede Minute da sein. Er ist gleich nach meinem ersten Telefonat am Strand losgefahren, und gerade habe ich ihm noch genau be-

schrieben, wo wir jetzt sind. Aber auch er kann erst eingreifen, wenn wir Beweise haben. Vorher sind ihm die Hände gebunden!«

Peter seufzte bekümmert und nickte dann schicksalsergeben. »Okay, wenn es wirklich nicht anders geht. Aber dann lass uns die Sache lieber schnell hinter uns bringen!«

Die beiden Detektive gingen langsam auf dem Schotterweg vor zum Haus. Die Steinchen knirschten laut unter ihren Tritten, und doch hörte Peter nur sein Herz, das ihm bis zum Hals schlug.

Justus holte noch einen kleinen Lederbeutel aus seiner Jackentasche und ließ den Inhalt in die Transportbox rieseln. Als sie etwa dreißig Meter von der Mühle entfernt waren, blieb er schließlich stehen und übergab Peter die Box.

»Also, Zweiter. Du weißt, was du zu tun hast?«

»Ja, sterben vor Angst«, erwiderte Peter und versuchte ein Grinsen.

»Wird schon schiefgehen, Zweiter!« Justus legte ihm zum Abschied die Hand auf die Schulter. Dann drehte er sich um und brachte die letzten Meter bis zum Haus hinter sich. An der Haustür angekommen, schloss er noch einmal kurz die Augen und konzentrierte sich. Danach klopfte er dreimal laut und deutlich an.

Wenige Sekunde später ertönten Schritte. Dumpf und bedrohlich drangen sie durch die schwere Holztür. Justus verspürte den Impuls, wegzulaufen, aber er riss sich zusammen. *Es geht um Bob!*, sagte er sich. *Ich muss das jetzt durchziehen!*

Dann ging die Tür auf. Der Mann, der klein und gedrungen gebaut war und einen Nacken wie ein Catcher hatte, schaute Justus feindselig an, und für einen Moment glaubte der Erste Detektiv so etwas wie ein überraschtes Flackern in seinen Augen zu bemerken.

»Ja? Was willst du?«, blaffte der Mann durch die halb geöffnete Tür.
Es war dieselbe Stimme! Unverkennbar! Justus zweifelte keine Sekunde. Es war Deep Voice, der da vor ihm stand, und Deep Voice war wirklich M. M., Mickey McQuire, der Agent von Ken Parker!
Justus räusperte sich und versuchte, dem kalten Blick des Mannes standzuhalten. »Wir haben das, was Sie suchen«, sagte er und hatte dabei den Eindruck, als klänge seine Stimme dünn und fast piepsig.
»Ihr habt – wovon, zum Teufel, sprichst du?«, fuhr ihn McQuire an und öffnete die Tür nun ganz.
Justus nahm seinen Oberkörper etwas zurück, wich aber ansonsten nicht von der Stelle. »Sie lassen unseren Freund laufen und bekommen dafür das, was Ihnen gehört.«
McQuire zögerte. Man sah ihm deutlich an, dass es in ihm arbeitete. Er starrte Justus in die Augen, als versuchte er, irgendetwas darin zu lesen, was ihm seine Entscheidung erleichtert hätte. Aber der Erste Detektiv hatte sich inzwischen so weit unter Kontrolle, dass er mit keinem Zucken in seiner versteinerten Miene verriet, was sich tatsächlich in ihm abspielte.
»Und was wäre das gleich noch mal, das mir gehört und das ihr angeblich habt?«, fragte McQuire schließlich und fixierte Justus mit einem verschlagenen Blick.
Aber der Erste Detektiv ließ sich nicht einschüchtern, und obwohl er wusste, dass von seiner nächsten Aussage alles abhing, antwortete er so gelassen wie möglich: »Rohdiamanten aus Südafrika mit einem geschätzten Wert von, sagen wir, … 100 000 Dollar?«
McQuire riss die Augen auf. »Wo sind sie?«, stieß er tonlos hervor.

Justus atmete unhörbar auf. Er hatte also recht gehabt! Ohne den Mann aus den Augen zu lassen, trat er einen kleinen Schritt zur Seite und deutete über die Schulter nach hinten zu Peter. »Mein Freund hat sie. Sie sind in der Box, wo wir sie selbst erst heute Morgen entdeckt haben«, log er und hoffte, dass McQuire die Details im Moment nicht interessieren würden. »Dr. Robinson ahnte wohl, dass ihm etwas zustoßen würde, und hat uns die Box gegeben, ohne uns zu sagen, was drin ist. Er meinte, wir sollten einfach ein Weilchen auf sie aufpassen. Das war übrigens, kurz nachdem Sie bei ihm im Labor waren und kurz bevor er von der Schlange gebissen wurde – die Sie freigelassen haben!«

Das war jetzt riskant, und Justus wusste das. Aber wenn er im Moment auch nur eine Spur von Angst zeigte, würde sein Plan mit Sicherheit schiefgehen. Er musste McQuire unter Druck setzen!

»Das kannst du wohl kaum beweisen, das mit der Schlange«, höhnte McQuire, aber in seiner Stimme schwang eine Spur von Unsicherheit mit.

»Genauso wenig wie die Tatsache, dass Sie ins Krankenhaus eingebrochen sind, um den toten Skorpion zu stehlen«, antwortete Justus, »oder dass Sie es waren, der uns dieses reizende Tierchen in den Wohnwagen geworfen hat.«

McQuire begann leise und bösartig zu lachen, und für einen Augenblick glaubte Justus, dass er einen Fehler gemacht hatte, dass er das Puzzle doch falsch zusammengesetzt hatte. Doch urplötzlich wurde der Mann wieder ernst und dann nickte er.

»Einverstanden. Ich bekomme die Diamanten und ihr euren Freund. Aber zuerst muss ich die Dinger sehen, damit ich weiß, dass ihr mich nicht bescheißt!«

»Und ich will vorher Bob sehen, damit ich weiß, dass es ihm gut geht.« Justus lächelte McQuire süßlich an.

Der Ganove schürzte die Lippen und nickte anerkennend. »Du bist ganz schön abgezockt, Speckbauch, das muss man dir lassen.«
Justus entgegnete nichts hierauf, sondern deutete nur gelangweilt ins Haus, um McQuire klarzumachen, dass er Bob holen solle. Dann verschränkte er demonstrativ die Arme vor der Brust und wartete.
McQuire lachte blechern, drehte sich um und ging in das Mühlenhaus zurück. Justus machte einen Schritt nach vorn und sah gerade noch, wie der Mann in einem Treppenabgang verschwand, der auf der linken Seite eines dunklen Flurs in den Keller führte. Dann wandte er sich zu Peter um und signalisierte ihm mit einem erhobenen Daumen, dass alles in Ordnung sei.
Aber Justus hatte Mühe, diese Zuversicht auszustrahlen, denn in Wahrheit war er mehr als unsicher. Zu viel konnte noch schiefgehen.
»Los, vorwärts!«, bellte kurz darauf McQuires tiefe Stimme aus dem Inneren des Hauses.
Justus hörte, wie jemand keuchend eine Treppe hochstolperte.
»Was ist?«, vernahm er plötzlich Bobs Stimme. »Wo bringen Sie mich hin?«
»Da ist Besuch für dich!«, höhnte McQuire.
»Besuch?«
»Bob!«, rief Justus. »Bob! Wir sind's!«
»Just! Peter!« Bobs Stimme überschlug sich beinahe vor Erleichterung.
»Halt, halt, Freundchen! Hiergeblieben!«, befahl McQuire rau.
Der dritte Detektiv schrie schmerzerfüllt auf. »Verdammt! Sie tun mir weh!«
»Ach was?«, lachte der Ganove dreckig. Wenige Sekunden spä-

ter erschien zunächst Bob und dann direkt hinter ihm McQuire in der Türöffnung. Der Mann drehte Bob grob den Arm auf den Rücken und drückte ihn so heftig gegen den Türrahmen, dass sich der dritte Detektiv kaum bewegen konnte.
»Hallo, Erster!«, quetschte Bob hervor und lächelte Justus gequält an.
»Bob! Alles in Ordnung mit dir?«
»Ging mir nie besser!«
»Schluss jetzt mit den Volksreden!«, fuhr McQuire dazwischen. »Zeig mir die Klunker!«
Justus nickte. »Moment.« Er kramte einen Augenblick in seiner Hosentasche herum und holte dann einen hell funkelnden Splitter daraus hervor. Es war derselbe, der sich vor wenigen Tagen am Strand in den schwarzen Wachsklecks gebohrt hatte, der an seiner Sporttasche festgeklebt war.
»Gib ihn mir!«, herrschte McQuire den Ersten Detektiv an. Brutal presste er Bob mit einem Arm an den Türrahmen, sodass er Justus eine freie Hand entgegenstrecken konnte. »Los! Her damit!«
Aber kaum dass McQuire den Stein in Händen hielt, machte Bob einen Versuch, zu entkommen. Er wand sich mit aller Kraft unter dem eisenharten Griff hervor, ging leicht in die Knie und drehte sich um.
Doch McQuire sah nicht nur aus wie ein Catcher, er hatte offenbar auch die dazu passenden Muskeln! Noch bevor Justus seinem Freund zu Hilfe kommen konnte, packte er Bob wild fluchend am Kragen, riss ihn hoch und schmiss ihn mit dem Gesicht voran gegen die Wand neben der Tür. Dann zog er ihm die Jacke herunter bis zu den Ellenbogen und grub seine Finger in Bobs Haare.
»Mach das noch einmal, Bürschchen, und ich brech dir dein Genick«, knurrte er ihn zitternd vor Wut an. »Ist das klar?«

»Ja, ist klar, glasklar«, stöhnte Bob.
»Und du hol mir einen neuen Stein!«, raunzte McQuire Justus an.
Justus erbleichte. »Aber ich habe Ihnen doch gerade –«
»Der ist mir davongeflogen!«, fiel ihm McQuire ins Wort. »Bedank dich bei deinem bescheuerten Freund! Na los!«, blökte er Justus an, weil der sich nicht rührte, sondern starr vor Schreck in der Tür stand.
»Ja, ja, natürlich«, stammelte der Erste Detektiv, »ich muss nur – ich hole Ihnen einen aus der Box. Hier habe ich keinen mehr.«
»Aber zackig!«, sagte McQuire und drückte Bob noch ein bisschen fester an die Wand. »Dein Freund steht, wie's aussieht, etwas unbequem.«
Justus drehte sich um und lief zu Peter, der ebenfalls mitbekommen hatte, was sich an der Tür abgespielt hatte. »Wir brauchen noch einen Stein!«, sagte er heiser und griff mit zitternden Fingern in die Transportbox.
»Was?« Peter schaute ihn voller Entsetzen an. »Aber das sind doch nur –«
»Das weiß ich auch!«, unterbrach ihn Justus und rang um Fassung. »Aber wir haben keine Wahl, er hat den anderen verloren. Bete einfach, dass er es nicht merkt!« Dann lief er wieder zurück zum Haus.
Als er dort angekommen war, streckte er McQuire den neuen Stein entgegen. »Hier«, sagte er, vermied es aber diesmal, dem Ganoven in die Augen zu sehen.
McQuire nahm den Stein in die Hand. »Und keinen Blödsinn, ja?«, fauchte er Bob an. Dann kniff er ein Auge zu und hielt den Diamanten gegen das Licht. »Scheint okay zu sein«, meinte er wenig später.
»Haben Sie etwas anderes erwartet?« Justus spürte, wie ihm

wahre Zentnerlasten von der Brust purzelten. Schon sehr viel gelassener als noch vor einer Minute fuhr er fort: »Dann würde ich sagen, wir schreiten zum Austausch. Ich bringe Ihnen die Box, und Sie lassen Bob frei.«
McQuire, der immer noch in den Stein schaute, zögerte. Er drehte ihn hin und her, ließ ihn im Licht funkeln und sagte schließlich: »Okay, so machen wir's. Aber eines will ich noch abchecken.« Dann ließ er den Stein zu Boden fallen, schob ihn sich mit dem Fuß zurecht und trat dann mit aller Kraft mit dem Absatz auf den vermeintlichen Diamanten.
Das Knirschen, das erklang, als der Stein unter dem Schuh zermahlen wurde, war nicht laut. Aber dennoch zuckte Justus wie unter einem heftigen Schlag zusammen.
»Das ist doch ...« McQuire stierte ungläubig auf das Glasmehl zu seinen Füßen. Dann riss er den Kopf hoch und durchbohrte Justus mit einem hasserfüllten Blick. »Ihr wollt mich wohl verarschen!«
»Peter!«, schrie Justus. »Bob! Raus da!«
Er wollte sich eben auf McQuire stürzen, als ihm die Haustür entgegenflog. Der Ganove war schneller als er gewesen und hatte sie mit voller Wucht zugeschleudert. Doch Justus schaffte es, einen Fuß in den Türspalt zu stellen, sodass sie nicht ins Schloss fiel.
»Peter!«, rief er noch einmal und stieß die Tür wieder auf.
»Schon da!«, keuchte der Zweite Detektiv und stürmte hinter ihm ins Haus. »Wo sind sie hin?«
»In den Keller!« Justus zeigte auf den dunklen Treppenabgang, aus dem lautes Gepolter und McQuires wütende Stimme drangen. »Los, schnell! Vielleicht gibt es da unten einen Hinterausgang oder irgendeine andere Fluchtmöglichkeit. Wir müssen sie abfangen! Er darf uns nicht entkommen! Nicht, solange er Bob hat!«

Peter überholte Justus und jagte die steile Treppe hinab. Ein muffiger Geruch schlug ihm aus dem Keller entgegen, der ihm irgendwie bekannt vorkam.
»Die Tür!«, rief Justus und deutete hektisch zum unteren Treppenabsatz, wo gerade eine schwere Stahltür ins Schloss fiel. Aber als Peter die Klinke herunterdrückte, stellte er zu ihrer Erleichterung fest, dass sie sich ohne Probleme wieder öffnen ließ.
Und dann wusste Peter, woher er den Geruch kannte. Er musste es nicht einmal sehen, denn der Raum, in den sie starrten, war stockfinster.
»Terrarien!«, flüsterte er entsetzt. »Hier unten sind Terrarien! Der hat hier seinen Privatzoo im Keller!«
»Licht!«, keuchte Justus, der nun auch unten angekommen war. »Mach Licht!«
Peter tatschte die Wand links hinter der Tür ab und fand einen Drehschalter. Eine Sekunde später flammten etliche Strahler auf, die in Decke und Wände eingelassen waren.
»Ich werd verrückt!«, entfuhr es ihm. »Sieh dir das an!«
Wie im Labor des Saint-Michael's-Krankenhauses, so standen auch hier zahllose Glaskästen in Reih und Glied und bildeten ein Gewirr von Gängen und Gassen, die sich im gleißenden Licht der Strahler wieder in einen funkelnden Irrgarten verwandelten. McQuire musste das Untergeschoss um ein Beträchtliches ausgebaut haben, denn es war von der Grundfläche her sehr viel größer als das darüberstehende Haus. Aber Peter realisierte vor allem, dass sich auch in diesen Glaskästen das eine oder andere Furcht erregende Tier befand!
»Bob!«, rief Justus, der den unterirdischen Zoo kaum zur Kenntnis nahm. »Bob, wo bist du?«
»Hie –!«, krächzte der dritte Detektiv, aber sofort erstarb sein Schrei zu einem dumpfen Röcheln.

»Da drüben!« Justus rannte in einen der rechten Gänge und Peter hinterher.
Doch sie kamen nur bis zu der ersten Abzweigung. Justus sah zwar Bob noch auf sich zufliegen, aber es war ihm nicht mehr möglich, auszuweichen. Mit voller Wucht rammten sich die beiden Freunde und stürzten zu Boden.
Bob schlug hart mit der Schulter auf und krümmte sich vor Schmerzen. Aber Justus traf es noch schlimmer. Er fiel so unglücklich gegen einen der Terrarientürme, dass der oberste Kasten ins Wanken geriet und dann auf ihn herabzustürzen drohte. Nur dank eines Reflexes gelang es dem Ersten Detektiv noch, dem Glaskasten auszuweichen, der klirrend und splitternd dicht neben ihm in tausend Teile zerbarst.
Justus, der benommen um sich blickte, sah als Erstes McQuire. Der Ganove hatte Bob als Rammbock benutzt und wollte jetzt die Verwirrung der Jungen ausnutzen, um sich aus dem Staub zu machen.
Doch gerade, als Justus rufen wollte, dass McQuire dabei sei, abzuhauen, sah er sie. Sie musste in dem Terrarium gewesen sein, das ihn eben fast erschlagen hatte: eine kleine, grüne Schlange, die züngelnd auf seine Hand zuschoss!
Der Erste Detektiv schrie panisch auf und zog sofort die Hand zurück, aber die Schlange war schneller. Er spürte noch einen scharfen, stechenden Schmerz im rechten Daumenballen, dann wurde es dunkel um ihn.

Der Drachentöter

»Eine Grasnatter hat ihn gebissen?« Parker ließ die Gabel mit den Nudeln, die er sich gerade in den Mund hatte schieben wollen, wieder sinken und sah Justus, der ihm am Tisch gegenübersaß, verwirrt an. Dann wanderte sein Blick zu Peter, der ihm eben von Justus' Begegnung mit der Schlange erzählt hatte. »Aber, ich verstehe nicht…«

Der Zweite Detektiv gluckste amüsiert. »Die sind absolut harmlos. Sie hat Justus nur aus lauter Angst gebissen, weil sie zu Tode erschrocken war, als sie ihn sah. Aber unser Erster fiel daraufhin schon mal vorsorglich in Ohnmacht, damit das Gift langsamer durch seinen Körper wandert und er eine größere Überlebenschance hat.«

»Sehr geistreich!«, meckerte Justus. »Macht euch nur lustig über mich. Aber ich habe nun mal eine starke Abneigung gegen Schlangen, und als mich das Vieh gebissen hat, dachte ich, mein letztes Stündlein hätte geschlagen! Außerdem hatte das Ding auch kein Schild um den Hals, auf dem ›Bin ungiftig‹ stand!«

Bob trank einen Schluck, damit er nicht grinsen musste, Peter schaute in eine andere Richtung, und auch Parker hatte alle Mühe, ernst zu bleiben. Er stocherte deswegen scheinbar konzentriert auf seinem Teller herum und besah sich die Gabel mit den Nudeln ausgiebig von allen Seiten.

Er hatte die drei ??? zum Abschlussbankett der Beachvolleyball-Weltmeisterschaft eingeladen, um zu erfahren, was es mit dem schwarzen Skorpion auf sich gehabt hatte, der an seiner unfreiwilligen Auszeit bei dem Turnier schuld gewesen war. Er wusste bisher nur, dass es nicht darum gegangen war, ihn für einige Zeit außer Gefecht zu setzen, wie er ja zunächst vermutet hatte, aber ansonsten hatte er kaum Informationen erhalten.

Die drei Jungen hatten die Einladung auch gern angenommen und waren zwei Tage nach den spektakulären Ereignissen in der alten Mühle in das nette Restaurant am Strand gekommen, wo der Veranstalter das Festmahl ausgerichtet hatte. Aber zum Essen waren sie bisher kaum gekommen. Parker wollte alles wissen, jede Einzelheit, und fragte ihnen fast ein Loch in die hungrigen Bäuche. Er ließ sich dabei nicht einmal von seinem vierjährigen Neffen Kevin stören, den er mitgebracht hatte und der dauernd um sie herumwuselte.

»Also, noch mal zum Mitschreiben und von Anfang an«, nahm Parker den Faden wieder auf und lehnte sich in seinem Stuhl zurück. »McQuire hat diesen Dr. Robinson erpresst, weil er wusste, dass der geschützte Tiere einführte oder sich diese Tiere irgendwo ausstopfen ließ.«

Justus nickte. »McQuire hat einmal zufällig gesehen, was in einem Koffer war, den Robinson am Flughafen in dem Glauben öffnete, er sei unbeobachtet. Das hat Robinson jedenfalls der Polizei berichtet, kurz nachdem er vorgestern wieder aus seinem Koma erwacht war.«

»Und Robinson«, fuhr Parker fort, »sollte nun für McQuire Rohdiamanten aus Südafrika in die Staaten schmuggeln. Dabei machte sich McQuire zunutze, dass Robinson als Tropenmediziner ohnehin andauernd da unten war und irgendwelche Tiere ausführte.«

»Zum Beispiel Skorpione«, ergänzte Peter, während ihm Kevin ein Spielzeugauto über den Oberschenkel schob.

»Und der dabei – als Beauftragter seines Instituts – auch kaum kontrolliert wurde. Außerdem kramt wohl keiner gern in einer Kiste herum, in der ein giftiges Tier sitzt.« Bob lächelte schief und goss sich etwas Mineralwasser nach.

»Also gut«, sagte Parker, »und dazu, sagt ihr, hat ihm irgendjemand dort unten die Rohdiamanten übergeben, und er hat sie dann im Sand der Transportboxen versteckt und ist damit durch den Zoll marschiert?«
»So hat er es nach eigenen Angaben gemacht«, bestätigte Justus. »Aber das mit den Transportboxen, dem Sand und den giftigen Tieren war uns natürlich schon vorher klar, sonst hätten wir unseren Plan ja gar nicht aushecken können.«
Parker zeigte mit der Gabel auf den Ersten Detektiv. »Weil ihr die Sache am Strand richtig gedeutet habt«, sagte er bewundernd. »Robinson wollte aussteigen und hat dazu eine der Transportboxen manipuliert. Er hat eine Seite aufgeschnitten und mit einem farblich identischen Wachs wieder verschlossen. Dann setzte er den Skorpion hinein und übergab McQuire die Box wie immer. Nur hoffte er diesmal, dass das Wachs im heißen Auto schmelzen würde und dass der Skorpion rauskrabbelt und McQuire sticht. Der erschrickt, baut einen Unfall und voilà – Robinson ist alle Sorgen los.«
Peter deutete nun seinerseits mit einem Hähnchenschenkel auf Parker: »Aber das Wachs schmolz erst während Ihres Spiels am Strand unter den Zuschauern, wo McQuire seinen Abnehmer treffen wollte. Er war ja nur so etwas wie ein Kurier, der aber als Sportmanager solche Großveranstaltungen wie die Beachvolleyball-Weltmeisterschaft prima ausnutzen konnte, um heimlich die Empfänger der Diamanten zu treffen. Also, der Skorpion entkommt ihm unbemerkt und sticht Sie. Panik bricht aus, alles läuft durcheinander, und auch McQuire wird von der Menge mitgerissen. Und sei es, dass er selbst zu viel Angst vor dem Vieh hatte oder dass er in diesem Moment einfach nicht nachdachte, jedenfalls muss er während seiner Flucht den ganzen Inhalt seiner Box im Sand verteilt haben. Rohdiamanten im Wert von 100 000 Dollar!«

Parker lächelte schwach. »Das sagen wir aber lieber niemandem weiter, sonst habt ihr bald keinen Strand mehr hier in Rocky Beach!«
Die drei ??? nickten verständig. Kevin hatte sich mittlerweile unter den Tisch verzogen und vergnügte sich damit, allen die Schuhbänder aufzudröseln.
Parker nahm eine Pommes von seinem Teller und sprach weiter: »Am nächsten Tag fuhr McQuire zu Robinson –«
»Entschuldigung, da fällt mir gerade noch etwas ein, was ich vorhin vergessen habe zu erwähnen«, unterbrach Justus. »Robinson hatte sich extra die Schicht vom Vortag geben lassen, um McQuire abzufangen, wenn der eingeliefert würde. Wahrscheinlich hätte er alles getan, damit man ihm das falsche Gegengift gibt oder gar keines. Sie, Mr Parker, hatten also gewissermaßen Glück im Unglück, denn nur weil Robinson da war, konnte er Ihnen sofort das richtige Antidot verabreichen. Er wusste ja, was Sie da gestochen hatte, und war wahrscheinlich ziemlich geschockt zu sehen, dass es nicht McQuire war, den man da zu ihm brachte, sondern Sie.«
Durch Parkers Blick huschte ein Schatten, als er begriff, wie viele Umstände zusammengekommen waren, die ihm das Leben gerettet hatten. Er schluckte beklommen, nickte und meinte dann mit belegter Stimme: »Puh, da hab ich ja wirklich ziemliches Schwein gehabt!«
»Also«, ergriff Bob das Wort, »McQuire fuhr zu Robinson, um ihn zur Rede zu stellen, aber der tat so, als wisse er von nichts. Doch McQuire glaubte ihm nicht und ließ aus Wut die Schlange frei, die dann Robinson biss. Er suchte danach noch im Labor nach den Diamanten in der Hoffnung, dass Robinson sie diesmal vielleicht doch nicht in die Box getan, sondern sie dort irgendwo gebunkert hatte, aber er fand nichts. In der gleichen Nacht brach er auch noch in die Pa-

thologie des Krankenhauses ein, weil er nicht wollte, dass man den toten Skorpion genauer untersuchte. Denn wenn sich da auch nur ein Diamant im Panzer verfangen hätte, würde die Polizei sehr hellhörig werden, und das wollte er unbedingt vermeiden. Man sollte weiterhin denken, einem verrückten Liebhaber sei aus Versehen sein südafrikanischer Skorpion entfleucht.«

»Aber dann kamt ihr ihm in die Quere«, sagte Parker. »McQuire erfuhr, dass Peter im Spielerlager herumgeschnüffelt und die präparierte Box gefunden hatte, die er dort einfach abgestellt hatte. Und er bekam auch heraus, dass ihr kurz nach ihm bei Dr. Robinson gewesen wart.«

»Also schickte er uns seinen Skorpion vorbei, um uns unmissverständlich zu warnen.« Peter schüttelte sich immer noch bei dem Gedanken an den Skorpion, der unter dem Papierhaufen in der Zentrale aufgetaucht war.

»Doch dann« – Bob blickte zerknirscht auf seinen Teller – »war ich so dämlich, mich in seinem Auto überraschen zu lassen.«

Alle schwiegen nun für ein paar Augenblicke und schauten gedankenvoll vor sich hin. Jeder war sich bewusst, dass Bobs Abenteuer auch ganz anders hätte ausgehen können.

»Aber woher«, fragte Parker schließlich, »hattest du dann plötzlich den Durchblick, Justus? Woher wusstest du, wie die Dinge zusammenhängen?«

Der Erste Detektiv zuckte mit den Schultern. »Eingebung. Als Peter die ganzen Fakten vor sich hin gebrabbelt hat –«

»Ich brabble nicht!«, unterbrach ihn Peter eingeschnappt.

»… hin gesagt hat, glaubte ich auf einmal zu wissen, was los war. Und der Juwelier bestätigte mir meine Vermutungen. Den Splitter an meinem Wachsklecks konnte er zweifelsfrei als echten Rohdiamanten identifizieren, und die seltsamen Zahlen aus Robinsons Organizer stellten sich als Angaben für

die Anzahl und die Karate von Diamanten heraus. Die erste Ziffer gab dabei stets die Menge der Steine wieder, die Robinson jeweils schmuggeln sollte. Es waren immer zwischen fünfzig und hundert. Und die folgenden Ziffern, die wir zuerst für eine Differenz gehalten hatten, gaben in Wirklichkeit an, bei wie viel Karat die Diamanten ungefähr lagen. Das war's! Was die Buchstaben bedeuteten, wussten wir ja schon vorher, und mit diesen neuen Informationen konnte ich nun das Puzzle zusammenfügen. Der Rest war einfach Logik.«
»Ja sicher«, lachte Peter gekünstelt. »Vor ein paar hundert Jahren hätte man dich für diese Art Logik auf den Scheiterhaufen geworfen. Da hätte man das nämlich Zauberei genannt!«
Bob pflichtete seinem Freund grinsend bei, und Parker applaudierte Justus andeutungsweise und sagte: »Hut ab, Justus! Echt stark!«
Aber der Erste Detektiv gab sich bescheiden. »Dafür habe ich mich in diesem Fall ja auch nicht immer gerade beispielhaft verhalten«, wandte er ein. »Hier und da habe ich auch einmal zu emotional reagiert.«
»Kann man wohl sagen!«, behauptete Peter und spielte theatralisch einen Ohnmachtsanfall nach.
»Okay, Jungs«, sagte Parker, während Justus Peter ungnädige Blicke zuwarf, »zurück zu der Mühle. Der erste Stein, den ihr McQuire zur Prüfung gegeben habt, war ein echter Rohdiamant, nämlich der, der an diesem Wachsklecks hing, mit dem Robinson die Box verschlossen hatte. Der zweite war einer von den einfachen Glassteinen, die dir, Justus, der Juwelier geliehen hat. McQuire bemerkte den Schwindel, und die Verfolgungsjagd begann.«
»Wir mussten ihm hinterher«, sagte Peter. »Er hatte ja Bob, und wir wussten nicht, was er mit ihm anstellen würde, so wütend, wie er war.«

»Aber was genau ist jetzt nach der Sache mit der Grasnatter passiert?«, drängte Parker weiter. »Wie habt ihr McQuire dann doch noch geschnappt?«

»Wir haben ihn gar nicht geschnappt«, erklärte Bob. »Es war Cotta. McQuire rannte ihm und seinen Männern genau in die Arme, als er das Haus verlassen wollte. Cotta kam nämlich genau zu dem Zeitpunkt an, als Just und Peter ins Haus liefen. Er hat sie gerade noch darin verschwinden sehen, wie er uns nachher erzählte.«

»Aber an der Art und Weise«, fuhr Justus fort, »wie wir da hineinstürzten, konnte er sich ausrechnen, dass irgendetwas nicht in Ordnung war. Also ließ er das Haus sofort von seinen Leuten umstellen, und das war auch gut so. Denn der Keller besaß, wie wir bereits vermutet hatten, tatsächlich einen Hinterausgang –«

»… aber als McQuire die Kellertreppe hinaufstürmte, warteten dort schon zwei Polizisten auf ihn«, vollendete Peter den Bericht. »Er hat sich zwar angeblich noch nach Kräften gewehrt, aber er hatte natürlich keine Chance mehr.«

Parker atmete erleichtert auf, als hätte er selbst eben die brenzligen Minuten in McQuires Keller überstehen müssen. Er prostete den Jungen zu und trank einen Schluck. Aber dann fiel ihm noch etwas ein. »Weiß man inzwischen eigentlich schon, wer der oder die Empfänger der Diamanten sind? Für wen hat McQuire gearbeitet?«, fragte er und steckte Kevin ein paar Pommes in den Mund, damit der mal für einen Augenblick keinen Blödsinn anstellte.

»Die Diamanten, die Robinson schmuggeln musste«, antwortete Justus, »sind sogenannte blutige Diamanten. Gerade in Afrika finanziert man damit Kriege und Revolutionen. Man bestellt im Ausland Waffen und anderes Kriegsmaterial und zahlt mit Diamanten, die man dann zu dem Lieferanten schmuggeln muss. McQuire war der Mittelsmann. Über ihn liefen die Bestellungen, und er gab sie an Waffenhändler hier in den Staaten und anderswo weiter. Die Waffen wurden nach Afrika gebracht und die Diamanten mithilfe von Robinson zu uns, wo sie schließlich McQuire dem Waffenhändler auf Sportveranstaltungen übergab. Cotta hat inzwischen auch Namen und ist eben dabei, die Hintermänner hochzunehmen.«

»Und Rohdiamanten sind so viel wert, dass sich der ganze Aufwand und das Risiko lohnen?«, wunderte sich Parker.

»Pro Karat zahlt man ungefähr dreihundert Dollar«, informierte ihn Justus. »Und wenn Sie davon ausgehen, dass man pro Box zwischen dreihundert und fünfhundert Karat Diamanten geschmuggelt hat – das sind in Gramm etwa 60 bis 100, dann kommt man auf den Wert, den Peter vorhin –«

Irgendetwas flog durch die Luft. Etwas Schwarzes, Längliches, und es landete genau vor Justus' Teller.

Der Erste Detektiv verstummte augenblicklich und starrte mit schreckgeweiteten Augen auf den Tisch.

Bob hingegen entfuhr ein spitzer Schrei. Mit einem gewaltigen Satz sprang er auf, und Peter kippte vor Schreck mit seinem Stuhl nach hinten und landete unsanft auf dem Boden.

Denn dort, mitten auf dem Tisch, lag ein riesengroßer schwarzer Skorpion!

Im nächsten Moment schoss Kevin johlend heran, packte das scheußliche Vieh und warf es auf den Boden. Starr vor Entsetzen beobachteten die drei ???, wie sich der kleine Junge todesmutig auf das giftige Tier stürzte und es unter seinem kleinen Körper begrub.

Bob stand wie versteinert, Justus ließ klirrend seine Gabel fallen und Peter zitterte am ganzen Körper. Nur Parker war seltsam ruhig geblieben, und um seine Mundwinkel spielte ein kleines Zucken.

»Ihr … müsst«, begann er stockend und vermied es, die drei ??? anzusehen, »ihr müsst entschuldigen. Ich habe Kevin von dem Skorpion erzählt, der mich gestochen hat, und auch davon, was noch am Strand passiert ist. Danach wollte er unbedingt auch so einen Drachen haben, wie er den Skorpion nennt. Er hat mich so lange angebettelt, bis ich ihm schließlich einen aus Gummi gekauft habe – und seitdem spielt er dauernd Justus nach, wie er den Drachen erlegt.«

Die drei ??? erwachten langsam aus ihrer Starre. Justus blinzelte verwirrt und sah dann Parker mit offenem Mund an, als sähe er ihn heute zum ersten Mal.

Auch Bob und Peter brauchten eine Weile, bis sie begriffen, was ihnen der Sportler eben erzählt hatte. Dann aber gluckste erst der eine, dann der andere, und schließlich brachen alle in ein lautes, überschwängliches Gelächter aus.

Die drei ???®

Gift per E-Mail

erzählt von André Minninger

Die drei ???®
Gift per E-Mail

Detektiv gesucht	133
In letzter Sekunde	139
Gift per E-Mail	147
Eine Qualle für Tom	155
Ein Fall für Dick Perry	161
Spurlos verschwunden	165
Toms Rätsel	172
Pelagia noctiluca	179
Die Plastikboot-Konferenz	189
Ausgetrickst!	196
Auf den Hund gekommen	203
Angriff der Viren	209
Auge in Auge	214
Alarmstufe Rot	221
Kelly fliegt raus	227
Tauchgang	234
Perry schlägt zu	240
Des Rätsels Lösung	247
Falsches Spiel	253

Detektiv gesucht

Vollkommen erledigt warf Peter seine Sporttasche in die Ecke. »Puh, war das ein heftiges Schwimmtraining. Und alles nur für die Schulmeisterschaften!«
»Ach was!« Justus grinste. Schwimmen war so ungefähr die einzige Sportart, in der er mit Peter mithalten konnte und ihn mitunter sogar übertraf. Zumindest im Brustschwimmen. Auch heute war er wieder schneller gewesen. Prahlerisch reckte er die Brust. »Hier schau mal: Ich bin total locker drauf. Ich habe noch Power für tausend Meter …«
»Nun gib nicht so an!«, gab Peter beleidigt zurück. »Fett schwimmt eben.«
Das war eine Anspielung auf Justus' stattliches Körpergewicht, doch der Erste Detektiv war viel zu gut gelaunt und ließ sich von Peter nicht ärgern. »Bei den Schulmeisterschaften hänge ich dich ab«, kündigte er selbstbewusst an und sah sich um. »Wo bleibt denn Bob? Als wir auf den Fahrrädern um die Ecke bogen, war er doch noch dicht hinter uns!« Die letzten Meter zum Schrottplatz waren die drei Detektive dann wie so oft losgesprintet, um zu sehen, wer zum Schluss die Nase vorn hatte.
Justus schob ein paar Musikzeitschriften zur Seite, um einen Blick auf den Anrufbeantworter zu werfen, den die Detektive in ihrer Zentrale installiert hatten. Das rote Blinklicht signalisierte, dass Anrufe eingegangen waren.
Auf die Telefonanlage mit dem selbst gebastelten Lautsprecher war Justus besonders stolz. Doch der alte Campingwagen bot noch weitaus mehr Überraschungen in seinem Inneren: Computer, Fotolabor und verschiedene Materialien für detektivische Nachforschungen hatten sich mit der Zeit zu

einer fast schon professionellen Detektivausrüstung addiert. Es war nicht immer das Neuste, was sie sich zusammensuchten, denn dazu hatten die drei Jungen zu wenig Geld. Doch auf Onkel Titus' Trödelmarkt, auf dem die Zentrale der drei ??? stand, fanden sich immer wieder ausgediente Geräte, welche die Detektive mit einigen Handgriffen für ihre Zwecke reparierten. So auch das Periskop, mit dem man vom Wohnwagen aus die nähere Umgebung des Campingwagens beobachten konnte. Während Justus den Anrufbeantworter abhörte, ließ sich Peter vor dem Guckloch nieder und hielt nach Bob Ausschau.

Die erste Anruferin, die sich meldete, war Tante Mathilda, die Frau von Titus Jonas. Das Ehepaar Jonas hatte nach dem Tod von Justus' Eltern den Jungen bei sich aufgenommen. Leider war es eine Art Lieblingsbeschäftigung von Mathilda, Arbeitsaufträge zu verteilen. Ergeben ließ Justus den Anruf über sich ergehen.

»Hi, Justus! Wo treibst du dich schon wieder rum? Heute solltet ihr mir doch im Garten helfen! Die Erde muss umgegraben werden. Hast du das etwa vergessen?«

»Nein«, sagte Justus in Richtung des Anrufbeantworters. »Aber ich habe dir doch einen Zettel hingelegt, Tantchen. Schwimmtraining. So etwas übersiehst du wohl gern …«

Die nächste Stimme auf dem Band war Kelly, Peters Freundin. Sie fragte, ob er am Samstag mit ihr ins Kino wolle. Sie würde dann die Karten vorbestellen.

»Was gibt's denn zu sehen?«, fragte Justus seinen Freund.

Peter blickte vom Periskop auf. Bob hatte er immer noch nicht entdeckt. »Eine Dreifachnacht: ›Psycho‹, ›Die Vögel‹ und ›Vertigo‹.«

»Nicht übel. Ich hoffe, ihr kriegt den dritten Film noch mit.«

»Wie meinst du das?«

Justus grinste. Seit ein paar Wochen war zwischen Kelly und Peter wieder alles in Butter und sie knutschten an allen Ecken und Enden.
Das Band des Anrufbeantworters knackte. »Bestimmt wieder Tante Mathilda, die den Zettel gefunden hat und sich jetzt entschuldigen will«, vermutete er.
Doch dann ertönte eine ihm unbekannte weibliche Stimme. Die Frau klang ein wenig unsicher. »Hallo … hier spricht Meg Baker. Ich brauche Hilfe. Es geht um … Quallen, ja, diese schrecklichen Meerestiere, sie haben mich per E-Mail überfallen! Wie soll ich es nur beschreiben? Ach, ich hasse es, auf Anrufbeantworter zu sprechen! Die Quallen waren in einer E-Mail an mich versteckt … und nun ist das Gift in meinem Computer! Schockierend! Ihr könnt euch das nicht vorstellen … Ihr seid doch Detektive? Ich habe eure Nummer von einer Bekannten, der ihr mal geholfen habt. Ich muss euch dringend sprechen. Ich erwarte euren Rückruf in Kürze!« Sie nannte eine Telefonnummer. Dann stoppte das Band.
Justus sah auf das Display. »Der Anruf ist bereits zwei Stunden her«, sagte er. »Wir dürfen keine Zeit verlieren und sollten uns sofort bei ihr melden.«
»Bei wem melden?« Plötzlich war die Tür aufgegangen und Bob trat ein. Die letzten Worte hatte er aufgeschnappt. Doch eigentlich interessierte ihn das nicht wirklich. Unter dem linken Arm trug er einen Fahrradreifen. Seine Miene sprach Bände. »Als ich um die Ecke bog, bin ich über einen Nagel gefahren. Platten. Zum Glück nur im Vorderreifen. Ihr hättet wirklich auf mich warten können!«
Bob sah so verärgert aus, dass Justus lachen musste. »Um dein Rad kümmern wir uns später. Sieht so aus, als ob wir einen neuen Fall haben. Eine Mrs Baker sagte auf dem Anrufbeantworter etwas von Quallengift in ihrem Computer.«

Der dritte Detektiv starrte ihn an, als hätte Justus soeben verkündet, die Außerirdischen seien gelandet. »Quallengift im Computer? Diese wabbeligen, durchsichtigen Meerestiere, vor denen ich beim Baden im Meer immer Angst habe? Die Lady hat wohl ihren Computer mit einem Aquarium verwechselt.«
»Wie witzig«, antwortete Justus. »Sie hörte sich eher so an, als fühlte sie sich bedroht.«
»Klingt wirklich ziemlich seltsam«, warf Peter ein. »Wahrscheinlich ein Computervirus. Den hat sie sich per E-Mail eingefangen und nun bringt er ihren ganzen PC durcheinander. Da bräuchte sie eher einen Computerexperten als uns.«
»So einen wie Tom.« Justus zupfte an seiner Unterlippe. Tom war ein Mitschüler, der sehr schweigsam, aber im Grunde ganz in Ordnung war. Außerhalb der Schule schien er sich jede Minute mit seinem Computer zu beschäftigen. Ab und zu schickte er Justus merkwürdige Mails, die offenbar spaßig gemeint waren. Genau genommen mailte er sogar mehr, als er redete.
»Hat Tom nicht mal ein Aquarium besessen?«, fragte Bob.
»Stimmt! Damals, als er sich noch mit lebenden Fischen abgegeben hat. Inzwischen ist alles rein virtuell in seinem Computer. So braucht er sie wenigstens nicht mehr zu füttern.«
»Justus«, mahnte Peter, »immer diese Fremdwörter! Statt virtuell kann man auch ›scheinbar‹ sagen.«
»Du klingst ja schon wie die angesäuerten Mitglieder der Gesellschaft zur Reinhaltung der Sprache! Ich drücke mich nun mal gerne präzise aus!«
Bob fand es an der Zeit, das Thema zu wechseln, bevor sich hier ein Streit anbahnte. »Nun ruft sie schon an, diese Mrs Baker!«, schlug er entschieden vor. »Dann hören wir ja, was es mit den Quallen auf sich hat.«

Das erinnerte Justus daran, dass die Anruferin um sofortigen Rückruf gebeten hatte. Er nahm den Telefonhörer ab und wählte.
Er brauchte nicht lange zu warten. Ein Frau meldete sich. »Ja?«
»Hier Justus Jonas. Mit wem spreche ich?«, fragte Justus.
»Baker. Meg Baker.«
»Gut. Ich rufe Sie zurück, weil Sie um unsere Hilfe gebeten haben, Mrs Baker. Sie sagten etwas von … Quallen.«
Die Frau schwieg einen Moment. »Das … stimmt. Ich werde von einem giftigen Quallenvirus attackiert. Aber ich brauche euch nicht mehr. Eben habe ich einen anderen Detektiv engagiert. Er hatte Postwurfsendungen verteilen lassen und ich habe seinen Zettel gerade vorhin aus dem Briefkasten gezogen. Tut mir leid, aber ihr habt euch zu spät gemeldet.«
Justus schluckte. »Entschuldigen Sie«, begann er überrascht zu stottern, »wir waren … wir hatten … wir wurden … wir sind eben viel beschäftigte junge Leute.«
»Detektive haben da zu sein, wenn man sie braucht«, erklärte die Frau kategorisch.
»Mrs Baker, genau das wollen wir doch!«, entgegnete Justus. »Sofort als wir nach Hause kamen, haben wir unseren Anrufbeantworter abgehört und Sie postwendend angerufen!« Er hatte nicht vor, den Fall so mir nichts, dir nichts aufzugeben. »Vergessen Sie unseren Kollegen. Wir fahren sofort los, um Ihnen zu helfen. Darf ich fragen, wo Sie wohnen?«
»Barlington Road 29. Aber Mr Perry kommt doch ebenfalls!«
»Sie würden es sehr bereuen, wenn Sie uns nicht wenigstens in die nähere Auswahl nähmen«, lockte Justus. »In wenigen Minuten sind wir bei Ihnen! Versprochen.« Mit einem Blick vergewisserte er sich bei seinen Freunden, ob dies in ihrem Sinne war.

Peter und Bob nickten, Bob etwas zögerlicher als Peter, denn er dachte an sein kaputtes Fahrrad.
»Also gut«, erklärte Mrs Baker nach einer kurzen Pause. »Deine Hartnäckigkeit überzeugt mich. Ihr bekommt eine Chance. Wer zuerst da ist, der hat den Fall!«
»Na, dann nichts wie los«, rief Justus, nachdem er den Telefonhörer auf die Gabel geworfen hatte. Er stopfte sich das T-Shirt in die Hose. »Peter, wir nehmen dein Auto.«
»Das steht in der Werkstatt«, gab Peter zu bedenken.
»Dann Bobs, auch wenn es langsamer ist.«
»Mein VW parkt leider bei mir zu Hause …«
»Dann eben die Räder!«
Wortlos zeigte Bob auf den platten Reifen.
Justus bekam einen Wutanfall. »So ein grandioser Mist! Der neue Fall geht uns noch flöten! Und Onkel Titus' Auto bekommen wir auch nicht! Dann fahren eben nur Peter und ich!«
»Nein!«, entgegnete Bob entschieden. »Wir sind ein Team!«
Auch Peter wollte Bob lieber dabeihaben. Bei Justus wusste man nie, auf welche Ideen er wieder kam, und Bob und Peter gemeinsam konnten ihn manchmal von den wirklich gefährlichen Vorhaben abbringen. »Du bekommst mein Rad«, bot Peter Bob an. »Ich jogge hinter euch her.«
Justus war einverstanden. »Dann nix wie los!«, trieb er seine Kollegen an.

In letzter Sekunde

Bereits nach wenigen Metern ärgerte sich Peter schon über seinen Vorschlag. Es war immer noch sehr heiß draußen und nach dem Schwimmtraining hatte er ausgiebig geduscht. Nun war es vorbei mit der Frische. Und müde fühlte er sich dazu. Normalerweise war er ein guter Dauerläufer, doch das Training hatte ihn eine Menge Energie gekostet.

Justus und Bob hatten bereits viele Meter Vorsprung. Peter verschärfte das Tempo. Barlington Road, ging es ihm durch den Kopf. Da könnte ich doch eine Abkürzung nehmen. Er sprang über einen Zaun und überquerte eine ehemalige Weidefläche, die inzwischen trockenes Ödland war. Als er sich auf der anderen Seite durch den Maschendraht zwängte, blieb sein T-Shirt an einer spitzen Zacke hängen und zeriss. Doch jetzt war nicht die Zeit, sich darüber zu ärgern. Unbeeindruckt joggte der Zweite Detektiv weiter durch eine kleine Nebenstraße und erwischte an der Ecke gerade noch den 64er Bus, mit dem er drei Stationen fuhr. Nun waren es nur noch etwa vierhundert Meter. Immer wieder ging Peter Mrs Bakers Anruf durch den Kopf: Quallengift per E-Mail. Was hatte das nur zu bedeuten?

Als das Haus mit der Nummer 29 in Sichtweite kam, bemerkte er, dass gerade ein grauer Ford vor dem kleinen, frei stehenden Haus einparkte. Das musste Mr Perry sein, der andere Detektiv, der den drei ??? Konkurrenz machen wollte! Peter setzte die letzten Kräfte frei. Wer zuerst kam, hatte den Job!

Aus dem Auto stieg ein kleiner, rundlicher Mann. Mit kurzen Schritten trippelte er auf das Gartentor zu, das zu Mrs Bakers Haus gehörte. Der Zweite Detektiv drehte sich um: von Justus und Bob keine Spur. Also musste er Gas geben. Jetzt ging

es um Sekunden. Seine Beine waren bereits so schwer, dass er die Bewegungen nicht mehr exakt kontrollieren konnte. Doch Peter legte trotzdem noch einen Zahn zu. Der Mann hatte bereits die Hälfte der Strecke bis zum Haus geschafft. Mit festem Blick peilte Peter das Gartentor an.
Jetzt bemerkte Mr Perry den Jungen und beschleunigte sofort seinen Schritt. Schon war Peter da. Doch zum Bremsen war es zu spät: Unmittelbar vor dem Gartentor prallte er mit voller Wucht mit dem Mann zusammen. Es tat einen dumpfen Schlag und beide stürzten zu Boden.
Schwitzend rappelte sich der Mann auf. Sein Hemd war aus der Hose gerutscht. »Kannst du nicht aufpassen! Du weißt wohl nicht, wohin mit deiner Kraft, du besoffener Halbstarker!« Er zog geräuschvoll die Nase hoch, so als hätte er Schnupfen, und sah Peter wütend an.
Auch der Zweite Detektiv richtete sich auf. Er war noch immer außer Atem, musste aber über den peinlichen Zusammenstoß grinsen. »Peter Shaw. Angenehm. Detektivbüro ›die drei ???‹. Entschuldigen Sie bitte die Begleitumstände unseres Kennenlernens«, sagte er.
Schöner hätte es auch Justus Jonas nicht ausdrücken können, der sonst immer für die geschwollene Redeweise zuständig war.
Der Mann stopfte wütend sein Hemd in die Hose und klopfte sich den Staub ab. Seine Augen blitzten. »Was willst du denn hier? Ich bin Dick Perry, Detektei Santa Monica.«
Von diesem Detektivbüro hatte Peter noch nichts gehört. Vermutlich bestand es nur aus einer Person: Dick Perry selbst. Da vernahm er die Bremsgeräusche zweier Fahrräder und atmete erleichtert auf: Endlich war Unterstützung da.
Justus und Bob stellten die Räder ab und traten näher.
»Justus Jonas von den drei ???«

»Bob Andrews. Ebenfalls drei ???«
Dick Perry blinzelte die Jungen misstrauisch an. »Die drei Fragezeichen also. Euer Ruf ist bis nach Santa Monica vorgedrungen. Aber falls ihr nicht zufällig hier aufgekreuzt seid, merkt euch eines: Das hier ist mein Fall. Mrs Baker hat mich bereits engagiert. Kennt ihr meinen Wahlspruch? Er lautet: *Will dir jemand an den Kragen – musst du nur Dick Perry fragen!*« Er lachte schrill.
»Mrs Baker hat es sich inzwischen anders überlegt«, sagte Justus trocken. »Sie gibt demjenigen den Auftrag, der zuerst bei ihr ist. Und wenn ich die Lage recht überblicke, war Peter vor Ihnen hier.«
»Das ist ein gewaltiger Irrtum!«
»Ich stehe näher am Gartentor«, behauptete Peter und machte unmerklich einen Schritt in die richtige Richtung.
Doch Mr Perry hatte es gesehen und wollte gerade mit einer entsprechenden Antwort aufwarten, als die Haustür aufging und Mrs Baker erschien. Sie war eine dunkelhaarige Frau um die fünfzig Jahre und es sah ganz so aus, als wolle sie den sich anbahnenden Streit kurzerhand beenden.
»Kommen Sie herein, meine Herren«, rief sie streng. »Sonst ruft einer meiner Nachbarn noch die Polizei! Und bitte nicht so laut. Bei einem Glas Tee werden wir schon alles klären.«
Die vier Detektive sahen einander verdutzt an. Peter ergriff als Erster die Initiative und setzte sich in Bewegung.
Doch weit kam er nicht, denn neben Mrs Baker saß ein kleiner Hund, den bisher keiner wahrgenommen hatte. Das Hündchen knurrte Peter drohend an.
»Ist gut, Harry«, zischte Mrs Baker und der Hund setzte sich folgsam, ohne Peter jedoch aus den Augen zu lassen.
Peter drückte sich an ihm vorbei und spürte, wie die Frau kritisch sein zerrissenes T-Shirt musterte. Justus und Bob

folgten Peter auf dem Fuß, und schließlich schloss sich auch Mr Perry an.
Sie kamen in ein Haus, das seine besten Jahre schon gesehen hatte. Sofort fiel Justus die seltsame Dekoration auf: Meerestiere, Tauchermasken, Harpunen, Bilder von Korallenriffen, Fischen und einem Hai. Besonders hatten es Mrs Baker offenbar alte Schiffswracks angetan. Justus entdeckte gleich mehrere Bilder und Zeichnungen gesunkener Schiffe aus früheren und heutigen Zeiten.
Mrs Baker führte ihre Besucher ins Wohnzimmer und forderte sie auf, sich zu setzen. Die drei ??? fanden auf dem Sofa Platz, das aus einem anderen Jahrhundert zu kommen schien und mit einem Stoff aus kleinen Fischmustern bezogen war. Mr Perry ließ sich ächzend in den dazu passenden Sessel fallen und zog schon wieder die Nase hoch.
Mrs Baker hatte es gehört und sah ihn missbilligend an. Dann befahl sie ihrem Hund, sich auf eine Matte zu legen. Sie holte ein paar Tassen aus dem Schrank und stellte sie auf den Couchtisch.
Justus beobachtete die Frau dabei. Ihr Blick war fest, aber es lag eine leichte Unruhe darin. Ihre Kleidung wirkte sportlich, aber vollkommen unmodern. Justus fiel auf, dass sie trotz der Hitze ein Hemd mit langen Ärmeln und eine weite, lange Hose trug.
Seine Gedanken wanderten zu einem anderen Punkt: Ihm war aufgefallen, dass Peter mit seinem zerrissenen T-Shirt und dem verschwitzten Gesicht nicht gerade Pluspunkte bei Mrs Baker gesammelt hatte. Wie sollten sie bloß die Frau davon überzeugen, dass sie im Vergleich zu Dick Perry die besseren Detektive waren? Es war nicht leicht, den richtigen Einstieg zu finden.
»Wohnen Sie allein hier?«, wagte er sich zögernd vor.

Mrs Baker nickte. »Seit zehn Jahren, ja. Tee, meine Herren?« Mrs Baker blickte fragend in die Runde. »Sie trinken doch alle Tee?«
»Aber ja«, erklärte Bob. »Zumindest wir drei.«
»Und Sie?« Mrs Baker wandte sich an Dick Perry.
»Ich liebe Tee«, erklärte Perry. Man sah ihm deutlich an, dass er gern einen Kaffee gehabt hätte, doch offenbar wollte er nicht gleich unangenehm auffallen.
Mrs Baker verschwand in der Küche.
Justus' Blick wanderte zu ihrem Konkurrenten. Dick Perry war ein unscheinbarer, untersetzter Mann, deutlich kleiner als Justus. Er war etwas schmuddelig gekleidet. Besonders gut konnte sein Detektivbüro nicht laufen, überlegte Justus. Vermutlich brauchte er Geld. Der Mann würde nur schwer nachgeben, wenn es um den Auftrag von Mrs Baker ging. Aber Justus wollte nicht klein beigeben. Dazu war er viel zu neugierig und außerdem ging es ihm um die Ehre der drei ???.
Perry spürte seinen Blick und beugte sich vor. »Es ist *mein* Job«, sagte er gepresst. »Versteht ihr? Ihr seid nur Hobbydetektive. Halbstarke dazu. Ich rate euch: Sucht entlaufene Katzen. Entflogene Papageien. Stehlende Kinder. Aber mischt euch nicht in Angelegenheiten von Profis ein!«
Bevor einer der drei Detektive reagieren konnte, kam Mrs Baker mit einem Tablett aus der Küche zurück. Sie servierte den Tee und setzte sich auf den letzten freien Sessel.
Justus wollte unbedingt vor Dick Perry die Initiative ergreifen. »Sie lieben das Meer, Mrs Baker. Bestimmt gehen Sie oft tauchen?«
Mrs Baker blickte ihn überrascht an. »Aber ja, woher weißt du …?«
Mr Perry hüstelte und unterbrach sie. »Nun, das ist doch selbst für diesen Jungen nicht so schwer zu erraten, Mrs Baker.

Die Bilder, die Meeresdekoration. Ein einfacher, logischer Zusammenhang. Es liegt doch nahe, dass Sie tauchen.« Er zog einen zerfledderten Block aus der Tasche und machte sich ein paar Notizen. Es sollte wohl professionell aussehen.
Justus schluckte.
»Aber seit einer guten Woche tauche ich nicht mehr«, fügte Mrs Baker mit einem bitteren Unterton in der Stimme hinzu. »Ich werde wohl nie wieder tauchen.«
»Wegen der Quallen«, folgerte Bob sofort.
Mrs Bakers Gesichtsausdruck wurde ernst. »So ist es«, antwortete sie. »Du schaltest schnell.«
Das hatte erneut einen Huster von Mr Perry zur Folge. Es gefiel ihm nicht, dass Mrs Baker Bob gelobt hatte. »Natürlich wegen der Quallen«, fiel er hektisch ein. »Ist doch klar. Lady, Sie tauchen nicht mehr. Sie sprachen am Telefon von den Quallen per E-Mail. Keine Frage. Absolut logisch. Sie tauchen nicht mehr. Deswegen haben Sie mich ja um Hilfe gebeten.«
Mrs Baker sah ihn stirnrunzelnd an und Justus musste grinsen. Dieser Punkt war an die drei Fragezeichen gegangen. Also wagte er sich einen Schritt weiter. »Mrs Baker, ich vermute, Sie hatten beim Tauchen einen Zwischenfall mit einer … Qualle.« So musste der Zusammenhang sein.
Er hatte ins Schwarze getroffen. Mit plötzlich zittriger Hand stellte Mrs Baker die Teetasse zurück auf den Tisch. »Ganz genau«, begann sie. Ihre Stimme hatte jede Selbstsicherheit verloren. »Es ist erst wenige Tage her. Ich tauchte nach einem Schiffswrack beim Möwenfelsen, vielleicht kennt ihr dieses kleine Riff nicht weit von der Küste. Vor nicht einmal zwei Wochen ging dort bei Nacht und Nebel ein alter Fischerkahn unter. Er hieß *Cutty Sark* … und … nun, ich will nicht gleich zu viel verraten.«

Die drei ??? nickten. Der Vorfall war für kurze Zeit Stadtgespräch gewesen. Nur mit viel Glück hatte sich der Kapitän aus den stürmischen Fluten retten können.
Mrs Baker fuhr fort. »Ich tauchte zusammen mit Betty. Betty Sutton!« Sie sah Justus an und anschließend in die Runde. »Was bin ich froh, dass ich diese nette Frau kennengelernt habe! Sie müssen wissen, ich lebe sehr zurückgezogen und viele Leute meiden mich. Vielleicht bin ich ein wenig sonderbar. Das mag ja sein. Und lange wohne ich auch noch nicht hier. Meine Herren, Sie können sich jedenfalls nicht vorstellen, wie sehr ich mich gefreut habe, als sich herausstellte, dass Betty und ich so viele gemeinsame Interessen haben. Auch sie lebt allein.« Mrs Baker räusperte sich. »Seit ich von meinem Mann geschieden wurde, ist mein Leben nicht gerade einfacher geworden. Obwohl ich natürlich froh war, von Doggy weg zu sein. Er steckte einfach in zu vielen schmutzigen Geschichten drin. Das ging nicht mehr. Es war zu viel für mich. Na ja, jetzt bin ich ihn ja los.«
»Wie war das noch mal mit dem Tauchgang?«, brachte Perry sie wieder auf das eigentliche Thema zurück.
Mrs Baker nickte folgsam. »Ach ja, Entschuldigung. Immer der Reihe nach. Wir tauchten also. Und plötzlich war Betty verschwunden. Ich dachte, sie sei in das Wrack getaucht, und wollte ihr folgen.«
Jetzt sah Mr Perry seine Chance gekommen. »Da griff die Qualle an!«, rief er dazwischen.
»Aber nein, Mr Perry. Sie verwechseln das mit Science-Fiction-Romanen. Quallen können gar nicht angreifen. Sie treiben im Wasser. Normalerweise sind sie ungefährlich.«
Diese Antwort passte dem Detektiv aus Santa Monica nicht und er verzog mürrisch das Gesicht.
»Ich tauchte jedenfalls auf das Wrack zu«, berichtete Mrs

Baker weiter. »In die Seitenwand des Schiffes war ein riesiges Leck geschlagen, wahrscheinlich durch den Aufprall auf den Felsen. Da durch muss Betty verschwunden sein, dachte ich und schwamm vorwärts. Ohne vorher hineinzuleuchten, zog ich mich durch die Öffnung. Und da war ich bereits mitten unter ihnen.«

Die letzten Worte hatte Mrs Baker aus sich herausgepresst. Sie zitterte. »Hunderte von kleinen Quallen«, rief sie. »Quallen mit einem starken Nesselgift. Sie waren überall. Ich verfing mich in ihnen, ich geriet in Panik!« Mit einem Ruck zog die Frau einen ihrer Ärmel hoch. »Seht hier!«

Die drei ??? starrten auf den von roten Striemen überzogenen Arm und schluckten.

Da streckte Mrs Baker ein Bein hervor und zog die Hose hoch. »Und hier!« Die Haut war ein einziges entzündetes rotes Netz.

Gift per E-Mail

Mrs Baker schob Ärmel und Hose wieder herunter. »Das wird mich noch eine Weile begleiten«, stöhnte sie. »Hier überall haben die Quallenfäden auf meiner Haut geklebt und mich mit ihrem scheußlichen Nesselgift verbrannt. Ich hatte ja keinen Taucheranzug an, der mich geschützt hätte. Das Meer ist dort nicht sehr tief und recht warm.«
Die drei Detektive schwiegen und auch Mr Perry zog es vor, dazu keinen Kommentar abzugeben. Mrs Baker fuhr mit ihrem Bericht fort. »Das Schlimmste kommt noch! Ich reagierte mit einem allergischen Schock wegen des Giftes. Ich ... ich konnte mir nicht mehr helfen. Mich nicht mehr bewegen. Bewusstlos hing ich in diesem schwarzen Loch. Wenn sie nicht gekommen wäre, ich wäre ...« Die letzten Worte sprach sie nicht mehr aus.
Justus übernahm das Wort. »Ihre Freundin Betty hat Ihnen das Leben gerettet?«
Mrs Baker nickte.
»Sie war gar nicht in den Bauch des Schiffes geschwommen, sondern nur außer Sichtweite gewesen?«
»Ja, Justus. Du sagst es. Sie fand mich und brachte mich sicher an Land. Dort hat man mich ärztlich versorgt. Die Lokalzeitung hat sogar eine kleine Meldung darüber gebracht.«
Zufrieden lehnte sich Justus zurück. Er hatte Mrs Baker demonstriert, wie gut er mitdenken konnte. Vielleicht war das ein Vorteil, wenn es um die Erteilung des Auftrages ging. Der Erste Detektiv konnte sich ein spitzbübisches Lächeln in Richtung Dick Perry nicht verkneifen.
Der starrte wütend zurück.
Mrs Baker holte Luft, um weiterzusprechen, doch augenblick-

lich beugte sich Mr Perry vor. »Mrs Baker, ich verstehe jetzt: Sie möchten nach diesem schrecklichen Vorfall nie wieder tauchen. Solch eine lebensgefährliche Situation hinterlässt einfach ihre Spuren!«
Mrs Baker wandte sich ihm zu und nickte, aber bevor sie die Sachlage genauer erläutern konnte, warf Justus schnell ein: »Aber eine psychologische Behandlung könnte Ihnen bestimmt helfen!«
Mrs Baker drehte den Kopf zurück und öffnete den Mund, doch bevor ein Wort herauskam, rief Mr Perry bereits: »Aber es ist mehr als nur Ihre Angst! Jede Berührung mit diesen Quallen könnte die allergische Schockreaktion wieder auslösen und Ihr Leben gefährden! Verhält es sich nicht so?«
Mrs Baker schluckte und nickte. Sie war ganz in sich zusammengesunken.
Justus sah Mr Perry mit funkelnden Augen an. Perry hatte recht mit seiner Vermutung. Aber der Erste Detektiv hätte diese Schlussfolgerung gern selbst dargelegt.
Mrs Baker griff abwesend nach ihrer Tasse und nahm einen Schluck Tee. »Bei so vielen Detektiven kommt man ja ganz durcheinander«, murmelte sie.
»Ich finde ja auch, dass einer reicht«, nutzte Dick Perry seine Chance. »Nehmen Sie mich, den Profi! Und schmeißen Sie die Grünschnäbel raus!«
Doch Mrs Baker wollte die Detektive offensichtlich noch etwas auf die Probe stellen. »Nun gut, vielleicht, aber zunächst möchte ich von Ihnen allen wissen: Wie wollen Sie den Fall denn angehen?«
Da Mr Perry zögerte, ergriff Justus das Wort. »Sie haben am Telefon etwas von einer gefährlichen E-Mail erzählt. Ich vermute, Sie möchten wissen, wer dahintersteckt.«
Die Dame nickte.

»Wir werden uns zuerst Ihren Computer ansehen«, schlug Justus vor.
»So? Seid ihr Jungs denn auch Experten?«, unterbrach ihn Perry sofort. Er hatte da wohl seine Zweifel und wandte sich an Mrs Baker. »Falsche E-Mails, gefährliche Computerviren, das sind keine Sachen, die man auf die leichte Schulter nehmen sollte! Sehen Sie, ich bin ein Fachmann. Mit Computerkriminalität habe ich mich schon oft befasst.«
Interessiert blickte Mrs Baker auf. »Ah, ja. Und bei welchen Fällen?«
»Nun«, murmelte Perry und zog die Luft durch die Nase, »ich kann Ihnen die Vorgänge natürlich so nicht nennen ... sie unterliegen der Geheimhaltung, wissen Sie.« Er schluckte, dann wechselte sein Gesichtsausdruck und er setzte selbstbewusst hinzu: »Sie möchten ja auch nicht, dass ich anderen Leuten von Ihrem Fall berichte.«
Das schien Mrs Baker einzuleuchten. »Und ihr?«, fragte sie die drei Jungen. »Seid ihr auch ... Fachleute?«
Bob und Peter sahen sich hilflos an. Natürlich waren sie es nicht. Doch Justus behielt die Nerven. »Wir arbeiten eng mit Tom Wood zusammen«, erklärte er, »einem unserer Mitschüler. Ein Ass in Sachen Computer.«
»Ein Mitschüler ...« Mit einem verächtlichen Achselzucken wandte sich Dick Perry ab.
Justus versuchte, den Einwurf zu übergehen. »Haben Sie denn eine Vermutung, wer Ihnen die E-Mail geschickt hat?«, fragte er weiter.
Mrs Bakers Stimme wurde dünn: »Natürlich wurde in der Mail ein Absender genannt. Aber ich glaube, das war nur eine Tarnung. Da steckt jemand ganz anderes dahinter. Und ich kann mir auch denken, wer. Aber, meine Herren, bevor ich nicht entschieden habe, wer den Auftrag bekommt, äußere

ich keinen Verdacht. Sonst spricht sich alles herum wie ein Lauffeuer und es heißt wieder, die schrullige Mrs Baker habe sich das alles zusammengesponnen.«

»Warum gehen Sie eigentlich nicht zur Polizei?«, fragte Peter. Er ignorierte die Unterstellung, sie oder auch Mr Perry würden persönliche Informationen unter die Leute tragen.

»Ich glaube, die Polizei hat anderes zu tun, als nach den Absendern bösartiger E-Mails zu suchen.« Mrs Baker schüttelte den Kopf. »Sie würden mich nur auslachen. Nein, keine Polizei.«

Dick Perry nickte verständnisvoll und fragte schnell: »Welchen Absender wies die Mail denn auf?«

»*Berts Bar*. Ich dachte, was wollen die denn, und öffnete den Anhang der Mail, aber da war nur der Speiseplan drin.«

»Das Strandcafé soll dahinterstecken?«, fragte Bob ungläubig. »Aber warum?«

»Das ist ja das Merkwürdige«, fand auch Mrs Baker. »Ich kenne da überhaupt niemanden. Ich glaube, das war nur eine Tarnung. Aber ich verstehe zu wenig davon. Es ist Ihre Aufgabe, meine Herren. Suchen Sie diese … Qualle.«

»Dann sehen wir uns Ihren Computer doch mal an«, drängelte Justus. Er sah sich suchend um. »Wo steht er?«

Mrs Baker wies mit dem Finger in Richtung Nebenzimmer. »Dort drüben … Das Passwort ist *Harry*. Aber entschuldigt bitte, wenn ich Sie nicht begleiten kann. Ich halte den Anblick des grauenhaften Gifts einfach nicht aus.«

Die drei ??? nickten und standen auf. Dick Perry drängte sich zwischen sie, und zusammen betraten sie den Raum, der an das Wohnzimmer angrenzte. Es war Meg Bakers Arbeitszimmer. Justus' Blick fiel auf penibel geordnete Aktenschränke und einen blitzblank geputzten Schreibtisch. Mrs Baker hatte Sinn für Ordnung.

Auf dem Computertisch neben dem Fenster stand das besagte Gerät. Mit einem unfairen Ellenbogeneinsatz wollte sich Mr Perry an den Detektiven vorbeischieben, doch Bob und Peter blockten ihn ab. So konnte Justus in Ruhe vor dem Bildschirm Platz nehmen. Die drei anderen stellten sich hinter ihn, während Mrs Baker auf ihrem Sessel im Wohnzimmer sitzen blieb.

»Na, dann schauen wir mal«, sagte Justus und schaltete den Apparat ein. Angst vor Quallen hatte er eigentlich keine, zumindest nicht vor virtuellen Exemplaren. Dennoch zuckte er zusammen, als der Desktop erschien: eine weißlich schimmernde Qualle in Großaufnahme.

»War die Arbeitsmaske schon vorher verändert?«, rief Justus zurück ins Wohnzimmer. »Sie sieht aus wie eine Qualle.«

»Nein. Alles ging erst los, als ich die E-Mail aufmachte.«

»Das dachte ich mir. Sogar der Cursor ist in Quallenform«, berichtete Justus.

»Der Anzeigepfeil? Was hat das zu bedeuten?«, rief Mrs Baker erschrocken aus.

»Mit dem Öffnen der E-Mail hat sich Ihr Computer ein Virus eingefangen. Dieses Virus verbreitet sich offenbar sehr schnell auf die weiteren Programme. Ich schätze, der ganze Computer ist verseucht.«

»Bitte nicht! Was ist dann mit meinen Dateien?«

Justus hörte, wie Mrs Baker den Sessel zurückschob und aufstand. Doch es war zu spät. Er hatte bereits das Feld bedient, welches das E-Mail-Programm öffnete. Genau in dem Moment, als sich Mrs Baker zwischen Bob und Dick Perry zu ihm durchschob, teilte sich der Bildschirm und Massen von Quallen quollen aus einem schwarzen Loch hervor. Die Geräusche, die dazu aus den Lautsprecherboxen drangen, ließen einem die Haare zu Berge stehen. Schließlich bestand der

ganze Bildschirm aus einem Gewusel von kleinen, glibberigen Tieren.
Mrs Baker rang nach Luft. Sie hob die Hände an den Hals und stieß einen erstickten Laut aus. Dann kippte sie um.
Zum Glück konnte Bob sie gerade noch auffangen, sonst wäre die Frau auf das Aktenregal aufgeschlagen.
»Es hat sie tatsächlich umgehauen. Wir legen sie auf die Couch«, sagte Peter schnell. Entschlossen nahm er die Beine der Frau, während Bob ihr unter die Achseln griff. Mrs Baker war nicht gerade ein Leichtgewicht.
Zu allem Unglück war auch noch der Hund von Mrs Baker ins Arbeitszimmer gekommen und sprang nun knurrend und zähnefletschend an Peter hoch. Durch einen gezielten Tritt konnte er ihn sich gerade noch vom Leibe halten.
Argwöhnisch folgte Dick Perry der seltsamen Gruppe.
Niemand bemerkte in der Aufregung, dass Justus in aller Ruhe am Computer sitzen geblieben war.
Bob und Peter legten Mrs Baker vorsichtig auf die Couch. Dann sprang Bob in die Küche, um kühlendes Wasser zu holen. Erst im dritten Schrank fand er eine Schüssel, die groß genug war.
Peter hatte sich inzwischen auf die Suche nach dem Telefon gemacht. Endlich entdeckte er es im Schlafzimmer. Gerade als er die Nummer des Notdienstes eingeben wollte, hörte er Stimmengewirr aus dem Wohnzimmer und kehrte zurück.
Mrs Baker war wieder zu sich gekommen. Ihr Hund hatte sich auf das Sofa gesetzt und schleckte ihr ergeben über das Gesicht. Direkt neben der Couch kniete Dick Perry und hielt Mrs Baker die Hand. »Hallo, Mrs Baker, hallo«, säuselte er. »Wunderbar! Sie sind wieder unter uns!«
»Danke«, sagte sie mit schwacher Stimme. »Mr Perry, Sie haben mich gerettet.«

»Keine Ursache, auch das ist mein Job.«
»Was ist bloß passiert?«
»Sie haben die Quallen gesehen und sind in Ohnmacht gefallen. Und ich habe Sie dann hier vorsichtig auf die Couch gelegt. Zum Glück haben Sie einen Mann mit großer Erfahrung in Ihrer Wohnung und nicht nur drei Lausbuben.«
Peter glaubte, er habe nicht richtig gehört. Das war die unverschämteste Lüge, die er seit Langem vernommen hatte. Er räusperte sich vernehmlich. »*Wir* haben Sie gerettet, Mrs Baker«, sagte er angriffslustig.
Mrs Baker winkte ab. »Nun streitet nicht schon wieder. Hauptsache, ich lebe noch.«
Kopfschüttelnd schwieg Peter. In dem Moment kam Bob aus der Küche zurück und Perry nahm ihm die Wasserschüssel ab. Unter den überraschten Blicken von Bob träufelte er einige Tropfen auf Mrs Bakers Stirn und verrieb sie vorsichtig. »Tut das gut, Mrs Baker?«
Die Frau atmete heftiger. »Danke, es geht schon«, keuchte sie und setzte sich auf. »Sehr aufmerksam, Mr Perry. Ist der Computer endlich aus?«
Dick Perry blickte sich um.
Erst jetzt fiel ihm auf, dass Justus immer noch im Arbeitszimmer war.
»Ich schalte den Computer gerade ab, Mrs Baker«, meldete sich der Erste Detektiv wie auf Zuruf. »Es dauert eine Weile, bis er heruntergefahren ist!« Kurze Zeit später trat er ins Zimmer. Seine Miene wirkte seltsam zufrieden.
Ungeduldig winkte Mrs Baker ihre Besucher zu sich: »Jetzt haben Sie es alle gesehen! Jemand will mir etwas Böses antun! Fast wäre ich an dem Schock gestorben. Das ist ein Giftanschlag per E-Mail! Los, finden Sie den Attentäter!« Sie stöhnte und griff nach ihrem Hund, der sich inzwischen über das

Wasser hergemacht hatte und das ganze Sofa vollschlabberte. »Worauf warten Sie noch? Suchen Sie den Verbrecher!«
Die vier Detektive sahen sich an.
»Ach ja, ich muss mich für einen von euch entscheiden. Nun, wie ist Ihre Honorarvorstellung, Mr Perry?«
Dick Perry war es sichtlich unangenehm, als Erster antworten zu müssen. Schließlich nannte er eine Summe, die den Gepflogenheiten entsprach.
Mrs Baker drehte sich zu Justus um.
Darauf hatte der Chef der drei ??? nur gewartet. »Wir nehmen kein Honorar, Mrs Baker«, erklärte er lächelnd. »Ihre Zufriedenheit ist uns Lohn genug.«
»Das ist ja wohl das Allerletzte!«, polterte Dick Perry los. »Kein Honorar? Damit macht ihr die Preise kaputt! Wovon soll ich denn leben? Ich … ich muss mein Büro bezahlen, meine Spesen … und wenn das so weitergeht, muss ich noch mein kleines Boot verkaufen, der einzige Spaß im Leben, der mir noch bleibt!« Er holte Luft. »Mrs Baker, ein Detektiv, der nichts kostet, ist auch nichts wert!«
Mrs Baker zuckte zusammen und griff zu ihrer Teetasse. Sie wirkte sichtlich ergriffen. »Nun, meine Herren … ich … werde mich jetzt entscheiden.«
Dick Perry setzte ein verkrampftes Lächeln auf. »Ja?«
Ungerührt nahm Mrs Baker einen Schluck des inzwischen kalten Tees. »Ich möchte den Auftrag an eine seriöse Person geben«, sagte sie langsam und nahm einen zweiten Schluck. »Seriös und computererfahren. Geld spielt für mich keine große Rolle.« Sie sah Dick Perry an, der augenblicklich sein Lächeln verbreiterte. »Sie haben mir in meiner misslichen Lage so nett geholfen. Und ich hoffe sehr, Sie verstehen so viel von Computern, wie Sie behaupten. Finden Sie heraus, wer die gemeine Qualle ist. Dick Perry, Sie haben den Auftrag!«

Eine Qualle für Tom

Die Enttäuschung stand den drei ??? ins Gesicht geschrieben. Lustlos trotteten die Jungen durch das Einfahrtstor zum Schrottplatz. Justus und Bob stellten die Fahrräder ab, die sie neben sich hergeschoben hatten, um gemeinsam mit Peter Trübsal zu blasen. Jetzt fehlte nur noch, dass sie Tante Mathilda mit einem ihrer gefürchteten Arbeitsaufträge davon abhielt, mit einem deftigen Streit über die Schuld des Scheiterns den Nachmittag endgültig zu begraben. Schon öffnete sich unheildrohend die Tür zum Wohnhaus.
Doch überraschenderweise war Mathilda gut gelaunt. »Na, griesgrämig, die Herren Detektive?«, fragte sie fröhlich. »Dann kommt mal rein. Ich war im Supermarkt und habe eine Familienpackung Eis gekauft. Die muss verschwinden, sonst wird sie noch alt!«
Das ließen sich die Jungen nicht zweimal sagen. Wenige Minuten später saßen sie am Küchentisch und schaufelten löffelweise feinstes Vanilleeis vom Teller. Immerhin ein kleiner Trost.
Nachdem die erste Ladung verputzt war, fragte Justus seine Tante, ob sie eine gewisse Meg Baker kenne. »Vielleicht von einem deiner Kaffeekränzchen oder so?«
»Kaffeekränzchen!« Mathilda Jonas zog entrüstet die Mundwinkel hinunter. »Das sind wohlorganisierte Meetings zu aktuellen Themen! Letztens ging es um die neue Buslinie, die eine bessere Anbindung nach …«
»Mathilda«, unterbrach Justus sie sanft. »Meg Baker.«
»Meg Baker, ja. Die war natürlich mal Gesprächsthema. Man sieht sie selten in Rocky Beach. Etwas skurril ist sie schon, die Frau. Das kommt bestimmt davon, dass sie so zurückgezogen

und allein wohnt. Sie ist nach der Scheidung von ihrem Mann nach Rocky Beach gezogen. So lange ist es noch nicht her, ein paar Jahre, warte mal …«

»Wer war ihr Mann?«, fragte Justus dazwischen.

»Kann ich dir nicht sagen«, antwortete Tante Mathilda lachend. »Hör mal, ich bin doch kein Auskunftsbüro. Nein, alles, was ich weiß, ist, dass sie eine Menge Geld besitzen soll, das von ihren Eltern stammt, die in der Filmbranche tätig waren. Aber sie gibt es nicht aus und sie zeigt es nicht. Ihr Haus ist von außen betrachtet ja eher schlicht.«

»Stimmt. Wir kennen es«, rutschte es Justus heraus.

»Ihr kennt es? Statt im Garten zu arbeiten, habt ihr also Mrs Baker besucht!« Tante Mathilda schüttelte den Kopf. »Wohl ein neuer Fall für die Detektive? Na, wenn euch das mehr Spaß bereitet … Im Garten habe ich längst alles erledigt. Wenn ihr nicht wollt, dann mache ich die Arbeit eben selbst! Klappt sowieso besser so. Gartenarbeit schafft Ausgleich und gute Laune.« Sie strahlte die Jungen an. »Mir scheint, euch hätte das ebenfalls gut getan. War wohl schwierig, die Dame?«

Bob murmelte etwas Unverständliches, doch etwas in der Predigt seiner Tante hatte Justus aufhorchen lassen. ›Dann mache ich es eben selbst‹, hatte sie gesagt.

Als seine Tante ins Wohnzimmer verschwand, schob Justus die Eisschüssel zur Seite. »Peter und Bob, passt mal auf! Wir lösen Mrs Bakers Fall trotzdem! Auch ohne ihren Auftrag! Und wir zeigen ihr, dass wir die besseren Detektive sind. Diesen schmierigen Perry schlagen wir doch um Längen!«

Peter sah ihn zweifelnd an. »Nette Idee, aber so dumm, wie du denkst, ist dieser Perry nun auch wieder nicht.« Lebhaft erinnerte er sich an die Szene, in der sich der Detektiv als Retter von Mrs Baker ausgegeben und die drei ??? glatt reingelegt hatte.

»Und außerdem haben wir null Informationen«, gab Bob zu bedenken. »Wo sollen wir anfangen? An Mrs Bakers Computer kommen wir nicht mehr ran.«
»Brauchen wir auch gar nicht.« Justus triumphierte. »Ich habe alles erledigt, als ihr mich in ihrem Arbeitszimmer allein gelassen habt. Dort war es mir ein Leichtes …« Doch plötzlich begann er zu stottern. Offenbar schien ihm klar zu werden, was für ein Ding er sich bei Mrs Baker geleistet hatte.
»Was hast du bei Mrs Baker angestellt?«, bohrte Peter hellhörig geworden nach.
Etwas kleinlauter fuhr Justus fort: »Ich bitte euch, sagt nichts. Ich weiß, es ist ein grober Eingriff in ihre Privatsphäre. Ich hätte Mrs Baker um Erlaubnis fragen sollen. Ich sehe es ja ein. Aber gewissermaßen … hatte sie uns ja um Hilfe gebeten.«
»Nun erzähl schon, Just!«
»Ich habe besagte Quallen-E-Mail an Tom geschickt«, gab Justus zu. »Nur um Zeit zu gewinnen! Mit der Bitte, ob er uns dabei helfen kann, den wahren Absender zu finden, den Mrs Baker ›die Qualle‹ genannt hat. Denn die angegebene Adresse ist mit Sicherheit eine Scheinadresse. Natürlich habe ich einen Kommentar hinzugefügt, dass er den Anhang nicht unvorsichtig öffnet. Sonst wird auch sein Computer noch verseucht.«
Bob und Peter schwiegen. Sie kannten Justus lange genug, um zu ahnen, dass er mit seinem kleinen Geständnis noch nicht zu Ende war. Zu deutlich stand es in sein Gesicht geschrieben.
»Na ja«, murmelte der Erste Detektiv nach einer kleinen Pause, »dann habe ich noch ein wenig auf der Festplatte herumgestöbert und eine interessante Datei gefunden, sie hieß *Testament*. Das erschien mir … irgendwie verdächtig …«
Peter schüttelte den Kopf. »Just, du hast sie einfach geöffnet? Das ist kriminell.«

»Ich wollte ihr doch nur helfen …«
»Du bist unmöglich!«
»Und was stand drin in der Datei?«, fragte Bob neugierig dazwischen.
Justus zuckte mit den Schultern. »Keine Ahnung. Na ja, fast nicht. Also ehrlich gesagt habe ich sie nur ganz kurz aufgemacht. Nicht lange genug, denn in dem Moment habt ihr gerufen. Da habe ich dann schnell den Computer ausgeschaltet.«
»Ja und?«
»Also um es kurz zu machen: Mrs Baker bittet in dem Brief ihren Notar, das Testament zu ändern. Da sie alleinstehend ist, hatte sie zunächst ihr Vermögen einer wohltätigen Organisation vererben wollen. Offenbar handelt es sich um keine geringe Summe. Aber jetzt soll die Hälfte davon Mrs Betty Sutton bekommen. Die Frau, die Mrs Baker beim Tauchgang das Leben gerettet hat. Interessant, nicht?«
»Dann hätte sie also ein Interesse daran, dass Mrs Baker stirbt?«
»Könnte sein, Bob.«
»Von wann ist denn der Brief?«
»Er war drei Tage alt. Das Testament könnte inzwischen bereits geändert worden sein.«
Peter und Bob nickten nachdenklich. Das war mehr als nur ein Ansatzpunkt.
»Und die Quallendatei hat jetzt Tom?«, fragte Peter. »Warum hast du sie nicht auch noch zu uns in die Zentrale geschickt?«
»Wollte ich, aber es war zu spät. Priorität hatte, dass Tom die Datei schon mal zum Recherchieren bekam. Ihr habt diesen Perry doch selbst erlebt. Wenn wir es mit ihm aufnehmen wollen, müssen wir gewaltig Gas geben. Also, was meint ihr? Sollen wir ermitteln?«

Peter und Bob tauschten einen Blick aus. Dick Perry war ihnen gehörig auf den Keks gegangen. Und die drei ??? hatten eine erste Spur, die Dick Perry möglicherweise noch nicht kannte. Sie waren sich einig. »Wir werden den Fall lösen. Wir finden die Qualle!«, rief Bob. »Und zwar *vor* Dick Perry!«
Und Peter fügte hinzu: »Der Wabbelsack soll sich auf etwas gefasst machen.« Er stockte. »Entschuldigung, Just, nichts gegen Dicke.«
Doch Justus verzieh im Augenblick alles. Er strahlte. Die Freunde waren dabei, der Fall konnte beginnen. Sofort stand er auf und ging zum Telefon. Er wollte Tom anrufen, um zu hören, ob er schon etwas herausgefunden hatte. Doch Tom Wood war nicht zu Hause.
Also beschlossen die Jungen, sich in die Zentrale zu verziehen, um Tom sicherheitshalber noch eine E-Mail zu schicken.
Danach begaben sie sich auf den Schrottplatz, wo eine nette Überraschung auf sie wartete: Onkel Titus hatte inzwischen Bobs Fahrrad repariert. Außerdem bot er ihnen an, ein paar Kisten CDs durchzuschauen und mit Preisen zu versehen – eine Aufgabe, die normalerweise Chefsache war. Doch bei den neueren Bands kannte sich Titus Jonas nicht ausreichend aus. Darauf hatten die drei ??? schon lange gewartet, besonders Bob, der selbst über eine eindrucksvolle CD-Sammlung verfügte. Denn für jeden der Jungen fiel als Lohn eine Musik-CD ab, nach Wunsch natürlich.
Zwischendrin riefen sie immer wieder bei Tom an, doch niemand hob ab. Also kümmerten sie sich nach getaner Arbeit ausgiebig um Tante Mathildas üppiges Abendessen. Danach, so hofften sie, würde Tom bestimmt zu Hause sein.
Doch auch am Abend meldete Tom sich nicht.
»Merkwürdig«, überlegte Bob. »Morgen früh schreiben wir doch einen wichtigen Aufsatz. Und Tom hätte eine Menge zu

üben. Just, du kennst ihn am besten. Mit dir redet er ja sogar ab und zu ein Wort. Was, meinst du, ist da los?«

Justus zuckte mit den Schultern. »Meine Güte, wahrscheinlich ist er irgendwo unterwegs. Ist ja auch nicht verboten. Bereitet *ihr* euch etwa auf den Aufsatz vor?«

Süffisant registrierte Justus, wie Peters Blick schnell zur Decke auswich und Bob aufmerksam die Spitze seines Daumens betrachtete.

Gegen 22 Uhr beschlossen die drei, die Runde aufzulösen. Justus verzog sich ins Haus, während sich Bob und Peter auf ihre Räder schwangen. Toms Wohnung lag zwar nicht gerade in der Richtung, die Peter und Bob einschlagen mussten, aber sie machten trotzdem den Umweg. Vielleicht war er ja doch zu Hause und ging nur nicht ans Telefon.

Doch das kleine Haus, in dem Tom mit seiner Mutter wohnte, lag verlassen und dunkel da. Die Garage stand offen und es war kein Wagen darin.

»Ausgeflogen.« Peter, der an der Türklingel geschellt hatte, stieg wieder auf sein Rad.

»Spätestens morgen um acht sehen wir ihn ja«, meinte Bob.

Plötzlich hatte Peter ein merkwürdiges Gefühl. »Hoffentlich«, murmelte er dumpf.

Ein Fall für Dick Perry

Als der Englischlehrer die Klasse betrat, saßen alle erwartungsvoll auf ihren Plätzen. Alle außer Tom Wood. Mr Barnes runzelte die Stirn. »Ausgerechnet Tom, er hätte wirklich noch eine gute Note gebrauchen können. Ist er entschuldigt?«
Niemand wusste etwas. Auch fünf Minuten später, als der Lehrer die Aufgabe verteilt hatte, war Tom noch nicht da.
Unruhig rutschten die drei ??? auf ihren Stühlen hin und her. Sie konnten natürlich schlecht verschwinden, um nach Tom zu suchen. Die Pause begann erst um fünf nach halb zehn.
Besonders Peters Gedanken wanderten immer wieder weg vom durchaus interessanten Thema der Arbeit (›Spannungsaufbau in einem Kriminalroman mit Sherlock Holmes‹) hin zu ihrem Klassenkameraden, der schuljahrelang kaum beachtet mit ihnen in der Klasse saß. Sie hatten sich daran gewöhnt, dass er einfach da war, aber genau genommen kannten sie ihn nicht.
Das lag nicht nur daran, dass er jede freie Minute vor seinem Computer verbrachte. Tom war irgendwie ein Einzelgänger. Einzig Justus hatte zu Tom ein vorsichtiges Verhältnis aufgebaut.
Peter starrte auf sein halb beschriebenes Blatt. Es war unbegründet, ja wahnwitzig, aber er wurde den Gedanken nicht los, dass es einen Zusammenhang gab zwischen Justus' E-Mail und Toms Verschwinden. Er drehte sich zum Ersten Detektiv um, der schräg hinter ihm saß und dem nichts von Unruhe anzumerken war. Ohne auch nur eine Sekunde innezuhalten, schrieb Justus Zeile um Zeile auf sein Blatt Papier. Bevor dem Lehrer sein Blick auffiel, beugte sich Peter wieder über sein Blatt.

Um neun Uhr, ein halbe Stunde zu früh, war er fertig. ›Alles in allem zeigt der Roman von Sherlock Holmes bereits grundlegende Spannungsmomente von Kriminalromanen‹, lautete Peters Schlusssatz, dem allerdings nur einige wenige Bemerkungen vorangingen.
Peter meldete sich und Mr Barnes kam zu seinem Tisch.
»Kann ich schon rausgehen?«, flüsterte Peter.
Mit einem Blick auf die anderen Schüler murmelte Barnes: »Wenn du fertig bist.«
Peter gab den Aufsatz ab, suchte schnell die Blicke von Justus und Bob und verließ das Klassenzimmer. Vor der Tür brauchte er keine drei Minuten zu warten, da waren seine Freunde ebenfalls da.
»Ich war noch längst nicht fertig«, beschwerte sich der Erste Detektiv der Form halber. Doch auch ihm war klar, dass sie dringend nach Tom sehen mussten.
Sie schwangen sich auf ihre Räder und traten kräftig in die Pedale. Einige Minuten später bogen sie in die Straße ein, in der Tom und seine Mutter lebten. Erleichtert stellte Peter fest, dass Mrs Woods Auto jetzt vor der Tür stand. Doch dann wurde ihm bewusst, dass das Auto Toms Fehlen in der Schule nicht erklärte. Im Gegenteil: Es war ein Grund zu weiterer Besorgnis. Denn weggefahren waren er und seine Mutter offenbar nicht.
Die drei ??? schlossen die Räder ab und ließen Justus vorangehen. Bevor er auf die Klingel drückte, drehte sich der Erste Detektiv um. »Die Haustür ist nur angelehnt«, sagte er verwundert. Sie betraten das Haus und kamen in einen langen Flur. Aus der Wohnung im Erdgeschoss drangen Stimmen.
»Das ist doch …«, keuchte Peter erschrocken.
»Dick Perry«, ergänzte Bob. »Wie kommt der denn hierher?«
Eine Wohnungstür wurde geöffnet, aber noch trat niemand

auf den Flur hinaus. »Ich wünsche Ihnen viel Erfolg, Mr Perry. Tom ist mein einziges Kind.« Das war die Stimme von Toms Mutter. Sie klang verzweifelt.
»Ich werde alles für Sie tun«, antwortete Perry schleimig. »Beruhigen Sie sich, gute Frau. Sie haben Glück gehabt. Der beste Detektiv der ganzen Gegend arbeitet für Sie.« In diesem Augenblick trat er in den Flur.
Sofort entdeckte er die drei ???. Der erste Schreck wich einem breiten Grinsen.
»Oh, die drei Grünschnäbel! Tut mir leid, ihr seid zu spät gekommen. Auch dieser Fall gehört jetzt mir!«
»Was haben Sie hier zu suchen?«, fauchte ihn Justus an.
Dick Perry, der immer noch im selben Hemd wie am Vortag steckte, verwandelte sein Grinsen in ein überlegenes Lächeln. »Ich wollte Tom überprüfen, euren Freund. Ob es ihn überhaupt gibt und ob er wirklich so fit am Computer ist, wie ihr behauptet. Mrs Baker waren leider noch ein paar Bedenken gekommen, was meine Computerkenntnisse betrifft.« Er zog geräuschvoll Luft durch die Nase. »Natürlich sind diese Zweifel völlig unbegründet. Für meinen Geschmack ist sie eine viel zu kritische Frau. Und ich hätte ihr gerne berichtet, dass ihr maßlos übertrieben habt. Doch nach all den Gerätschaften, die da in Toms Zimmer herumstehen, scheint ihr in diesem Punkt nicht mal gelogen zu haben! Tom ist ein Computerfan. Aber … nun hat sich das ja wohl erledigt.« Mit den Worten »Ach was! Euch bin ich keine Rechenschaft schuldig!« setzte er sich in Bewegung.
An der Haustür drehte er sich zu Mrs Wood um, die inzwischen ebenfalls in den Flur getreten war. »Ein guter Rat: Schmeißen Sie die Grünschnäbel gleich wieder raus! Der Fall liegt bei mir in den besten Händen!« Er bleckte die Zähne. »Guten Tag, meine Herren!«

»Was wollt ihr?«, fragte Toms Mutter vorsichtig. Sie trocknete sich eine Träne aus den Augenwinkeln und trat näher. »Habt ihr etwa etwas mit Toms Verschwinden zu tun?« Offenbar erkannte sie Justus nicht, der ja auch nur selten bei den Woods vorbeigeschaut hatte. Bob und Peter hatte sie ohnehin noch nie gesehen.
Der Erste Detektiv übernahm das Wort und erklärte, dass sie Klassenkameraden von Tom wären. Tom hätte heute beim Aufsatz gefehlt.
»Das ist ja erstaunlich, dass jemand Tom vermisst«, sagte seine Mutter. Dann traten ihr wieder Tränen in die Augen. Sie verlor ihre Beherrschung. »Die Polizei war schon da«, schluchzte sie. »Tom würde niemals abhauen. Nicht einfach so. Aber die Polizei … Der Polizist sagte, das würden viele Eltern von ihren Kindern glauben. Und trotzdem verschwänden jeden Tag über hundert Kinder und spätestens nach drei Tagen seien die meisten von ihnen wieder da. Ich hoffe ja so, dass er recht hat!«
»Haben Sie ein gutes Verhältnis zu Tom?«, fragte Justus ruhig.
»Ja«, antwortete Mrs Wood, die ihre Fassung wieder gefunden hatte. »Obwohl ich ihn in letzter Zeit viel zu selten gesehen habe. Ich habe wieder angefangen zu arbeiten und bin deswegen selten zu Hause. Und Tom ist so eigen.«
»Dann erzählen Sie mal, wie sich alles zugetragen hat«, schlug Justus vor. »Vielleicht setzen wir uns?«
Mrs Wood nickte und führte die drei Detektive in die Küche.

Spurlos verschwunden

Der Bericht von Toms Mutter war kurz und erschütternd. Sie war den Abend über bei einer Freundin gewesen. Als sie das Haus verlassen hatte, hatte Tom wie gewöhnlich vor seinem Computer gesessen. Gegen 23 Uhr kehrte sie zurück. Das Licht in seinem Zimmer war aus. Sie dachte, er schlafe schon, und legte sich ebenfalls zu Bett. Als sie am anderen Morgen um sechs Uhr aufstand, wollte sie ihn wecken. Doch Tom war weg. Das Bett war unbenutzt.

Um Viertel nach sechs alarmierte sie die Polizei, die dann gegen halb sieben eintraf. Inzwischen hatte sie herausgefunden, dass eine Sporttasche und einige Kleidungsstücke fehlten. Die beiden Polizisten machten sich Notizen und sagten, Mrs Wood solle sich nicht so aufregen, der Junge sei in einem kritischen Alter und sie hätten fast täglich Fälle von jugendlichen Ausreißern. Vorläufig könne man gar nichts machen. Auf Mrs Woods Wunsch hin untersuchten sie die Tür und stellten fest, dass ein Einbruch nicht vorlag. Kurz vor halb acht waren sie wieder verschwunden.

Zehn Minuten später tauchte Dick Perry auf und wollte Tom sprechen.

Aufgelöst erzählte ihm Mrs Wood, dass Tom verschwunden sei. Gründlicher als die Polizei untersuchte der Detektiv daraufhin Toms Zimmer und prüfte auch sämtliche Fenster und Türen im Erdgeschoss auf Einbruchspuren. Doch er fand nichts. Schließlich gab ihm Mrs Wood den Auftrag, Tom zu suchen.

Das war der Stand der Dinge.

Die drei ??? hörten sich den Bericht genau an. Sie hatten dazu einige Fragen, aber die mussten sie noch zurückstellen. Zu-

nächst musste Justus etwas erklären: »Mrs Wood, wir führen ebenfalls ein erfolgreiches Detektivbüro. Ich glaube, sogar ein besseres als dieser Mr Perry. Wir sind sehr daran interessiert, Ihnen zu helfen und Ihren Sohn zu finden.«
Bob überreichte Mrs Wood die Visitenkarte der drei ???.

Mrs Wood nahm sie erstaunt entgegen. »Von mir aus gern«, sagte sie, als sie die Karte gelesen hatte. »Je mehr Leute Tom suchen, umso besser.«
»Fein. Dürfen wir gleich anfangen und Toms Zimmer überprüfen?«, fragte Justus.
Mrs Wood nickte und führte die drei ??? in den ersten Stock. Toms Zimmer war gleich rechts neben der Treppe.
Es war das normale Zimmer eines 16-jährigen Jungen. Vielleicht ein bisschen ordentlicher als andere. Im Gegensatz zu Justus machte Tom zum Beispiel sein Bett. Argwöhnisch betrachtete Justus das glatt gezupfte Laken, das über und über mit dem Zeichen @ bedruckt war. Die Nacht über hatte Tom eindeutig nicht in diesem Bett gelegen.
»Hat schon jemand nach Fingerabdrücken gesucht?«, fragte Justus.

Mrs Wood schüttelte den Kopf. »Mr Perry sah sich den Schrank an, den Schreibtisch und ganz besonders den Computer.«
»Hat er etwas Interessantes entdeckt?«
»Am Computer hat ihn irgendetwas stutzig gemacht.«
»Was war das?«
»Nun, er sagte, dass Tom die Festplatte entfernt habe, bevor er abgehauen sei. Und er müsse herausbekommen, warum.«
»Tom hat alle Daten mitgenommen?«, fragte Justus entsetzt. Damit war auch die Datei verschwunden, die er ihm am Tag zuvor gemailt hatte. Und er hatte doch so gehofft, sie hier zu finden.
»Schaut doch selbst nach«, forderte Mrs Wood die Detektive auf.
»Gleich«, zögerte Justus. »Peter, hol bitte zuerst deine Schultasche hoch. Ich hoffe, du hast dein Fingerabdruckset dabei?«
»Klar doch«, antwortete Peter, »immer im Einsatz.« Er sprang die Treppe hinunter und kehrte wenige Augenblicke später mit der Ausrüstung zurück.
Justus deutete auf den Computer und Peter machte sich an die Arbeit.
Während er sein Pülverchen mit dem Pinsel auftrug, wollte der Erste Detektiv von Mrs Wood wissen, welche Vermutung denn Mr Perry geäußert habe.
»Er sagte, dass Tom ausgerissen sei. Nur der Grund war ihm nicht klar. Vielleicht sei Tom vor etwas geflohen. Aber ein Einbruch war es nicht, und auch die fehlende Sporttasche deutet darauf hin, dass er sein Zeug selbst zusammengepackt hat.«
»War die Sporttasche seine Lieblingstasche?«, fragte Bob scheinbar nebenbei.
Mrs Wood starrte ihn an. »Natürlich …«, sagte sie langsam, »ja, du hast recht, wenn er in Ruhe gepackt hätte, hätte er eine andere genommen. Nämlich die blaue dort oben auf dem

Schrank. Das ist seine Reisetasche. Er hasste Sport. Er muss in großer Eile gewesen sein! Dabei fällt mir ein: Er hat noch nicht mal die Wohnungstür abgeschlossen.«

Inzwischen hatte Peter die Fingerabdrücke am Computer gesichert und Justus versuchte, den PC einzuschalten. Erwartungsgemäß misslang es. Ohne Festplatte lief nichts. Er besah sich den Rechner genauer: Er war zweifellos geöffnet und nur schlampig wieder zusammengeschraubt worden.

Sie durchforsteten noch ein wenig Toms Zimmer, fanden aber keine weiteren Hinweise. Schließlich bat Peter Mrs Wood um zwei Gegenstände, auf denen eindeutig Toms und Mr Perrys Fingerabdrücke waren. »Damit ich die Abdrücke auf dem Computer zuordnen kann. Interessant sind die, die dann übrig bleiben. Könnten auch Ihre Abdrücke auf dem Computer sein, Mrs Wood?«

»Nein, mein Rechner steht unten in meinem Arbeitszimmer. An Toms gehe ich nie.«

Mrs Wood überreichte Peter ein Lineal aus Toms Schulmappe sowie Mr Perrys Plastikvisitenkarte. »Er hat sie auf den Tisch gelegt und ich habe sie nur am Rand angefasst«, sagte sie.

Vorsichtig steckte Peter die Karte ihres Konkurrenten in eine kleine Plastiktüte und konnte es sich dabei nicht verkneifen, einen Blick darauf zu werfen:

Detektei Santa Monica

Ihr erfahrener Detektiv: Dick Perry

Ermittlung, Überwachung und Recherche

Mit Dick Perry buchen Sie den Erfolg!

Peter wurde schlecht: ›Mit Dick Perry buchen Sie den Erfolg!‹ – so ein Angeber. Trotzdem musste er zugeben, dass die Karte bei den Kunden bestimmt gut ankam. Doch ihre eigene Karte fand er um Längen besser.
Die drei Jungen verabschiedeten sich von Mrs Wood, die noch kurz die Honorarfrage ansprach. »Wisst ihr, eigentlich ist es mir egal, was ihr verlangt, auch wenn ich nicht viel Geld habe«, sagte sie. »Aber ich möchte Tom wiederhaben.«
Justus beruhigte sie in beiderlei Hinsicht. »Mit uns haben Sie die besten Detektive von Rocky Beach engagiert. Und kostenlos dazu, für die Mutter von Tom sowieso.«

Die drei ??? kehrten direkt in ihre Zentrale zurück, da der Nachmittagsunterricht an diesem Tag ausfiel. Peter machte sich sofort an die Auswertung der Fingerabdrücke. Bob und Justus ordneten inzwischen alle Fakten, die sie erfahren hatten. Offen blieb, ob Tom wirklich vor etwas geflohen war, wie Dick Perry zu vermuten schien, oder ob er entführt worden war.
»Dass er die nächstbeste Tasche gepackt hat, kann für beides sprechen«, sagte Bob. »Die verschwundene Festplatte ebenfalls.«
Auch Justus stocherte im Nebel. »Wir wissen nicht einmal, ob Toms Verschwinden wirklich etwas mit der Datei zu tun hat, die ich ihm geschickt habe. Jedenfalls ist es ein Rückschlag, dass Tom mit der Mail zusammen verschwunden ist.«
»Und Dick Perry schlägt uns um Längen.«
»Dieser Schleimbeutel geht mir sowieso mächtig auf den Geist«, ärgerte sich Justus. »Soll er sich doch um die Fälle in Santa Monica kümmern, was wühlt der hier in Rocky Beach herum!«
Bob lachte. »Wahrscheinlich herrscht in Santa Monica zurzeit

heile Welt. Oder er ist es leid, sich dauernd um die Seitensprünge der Stars und Sternchen aus dem Filmgeschäft zu kümmern. Stattdessen schmiedet er blöde Reime. Wie war das noch? *Will dir jemand an den Kragen – musst du nur Dick Perry fragen*. Witzig, witzig!«

»Erpresser, Diebe, falsche Leichen – das Gegengift: drei Fragezeichen«, konterte Justus und grinste schon wieder.

Peter saß am Schreibtisch und hatte nur mit halbem Ohr hingehört. Jetzt drehte er sich zu seinen Freunden um. Aber nicht wegen Justus' Lyrikeinlage. Seine rötliche Gesichtsfarbe signalisierte, dass er auf etwas Interessantes gestoßen war.

»Kollegen! Ratet mal, welche Fingerabdrücke sich auf Toms Computer befanden!«

»Dick Perrys«, sagte Justus gelassen. »Er hat den PC untersucht.«

»Schon mal richtig«, antwortete Peter. »Und weiter?«

Genervt rief Bob: »Sag mal, ist das hier ein Quiz? Toms Abdrücke sind natürlich auch drauf!«

»Eben nicht. Null Punkte, setzen.«

»Das gibt es doch nicht!«, rief Justus überrascht aus. »Warte … Lass mich weiterraten. Es sind gar keine weiteren Abdrücke zu finden!«

»Genau, Erster. Du hast es wieder einmal erfasst. 10 Punkte für dich. Das bedeutet nämlich, dass jemand den Computer sorgfältig abgewischt hat, bevor ihn heute früh Dick Perry untersuchte.«

»Und diese Tatsache spricht eindeutig dafür, dass Tom entführt wurde«, ergänzte Justus. »Denn warum sollte Tom, wo er doch angeblich so in Eile war, die Tastatur und den PC säubern, bevor er flüchtet?«

»Stimmt! Das hat jemand anderes erledigt: der unbekannte Besucher, der sich auch der Festplatte bemächtigt hat.«

Bob überlegte ebenfalls mit. »Tom hat den Täter also hereingelassen, denn eingebrochen worden ist ja nicht. Und dann hat ihn der Mann überwältigt.«
»Wieso Mann?«, entgegnete Justus. »Spuren eines Kampfes haben wir nicht gefunden. Tom könnte mit einer Pistole bedroht worden sein. Von einem Mann oder aber auch von einer Frau. Tom musste seine Tasche packen und dann ist der Täter oder die Täterin mit ihm verschwunden.«
All das gab dem Fall eine neue Wendung.
Peter schaltete den Computer an. »Ich scanne die Fingerabdrücke mal ein, dann kann ich sie noch genauer vergleichen.« Schnell tippte er eine Abfolge von Kennwörtern ein, mit denen die Detektive ihre Daten gesichert hatten. Als er einen Blick in die Mailbox warf, schrie er auf. »Hey! Justus! Bob! Wir haben Post! Ihr glaubt nicht, von wem! Eine E-Mail von Tom!«

Toms Rätsel

Überrascht sahen Justus und Bob dem Zweiten Detektiv über die Schulter. »Also doch keine Entführung!«, rief Bob erleichtert.

»Das bedeutet es leider nicht«, antwortete Peter und zeigte neben den Absender. »Die E-Mail hat er noch gestern Abend geschickt. Wir hatten den PC schon abgeschaltet. Seht her: Uhrzeit: 21 Uhr 35.«

»Öffne sie«, forderte Justus den Zweiten Detektiv auf.

Peter klickte und die E-Mail erschien. Dann las Peter laut vor: »Lieber Justus. Es ist selten, dass du mir schreibst, aber wenn, dann ist es gleich ein dicker Hammer! Nun, ich habe die blöden Aufsatzübungen zur Seite geschmissen, meinen PC eingeschaltet und mich ans Hacken gemacht.«

»Ich wusste es doch«, unterbrach ihn Justus. »Tom ist sofort ins Netz gegangen und hat versucht, den Absender der Quallen-E-Mail ausfindig zu machen!«

»Ich weiß, du bist der Größte, aber jetzt Ruhe!«, blaffte Bob.

Peter las weiter: »Es war nicht einfach. Selbst für einen Computerkenner wie mich nicht, wenn ich mir diese Bemerkung erlauben darf. Denn der angegebene Absender, also das Strandcafé, ist nicht der wahre Absender! Es ist sozusagen eine Tarnung. Euer Täter hat sich auf das kleine Netzwerk des Strandcafés draufgesetzt und seine fiese Mail automatisch von dort aus weitermailen lassen, damit man ihn nicht entdecken kann. Doch Tom Wood ist nicht so einfach zu täuschen! Ich habe die richtige Adresse herausbekommen!!! Ich weiß zwar nicht, wer sich dahinter verbirgt, aber schließlich sollst du ja auch noch was zu tun haben, Just. Hier ist die E-Mail-Adresse der Qualle.«

»Wow!«, entfuhr es Bob. »Tom hat das Rätsel gelöst! Mrs Baker wird Augen machen!«
»Und Dick Perry erst«, freute sich Peter. Er las weiter: »Doch bevor ich die Lösung offenbare: Was ist eigentlich der Hintergrund deiner Bitte? Na ja, das kannst du mir ja morgen in der Schule erklären. Nach der blöden Englischarbeit bei dem elenden Barnes, der immer so aufpasst, ob man abschreibt. Du könntest mich eigentlich wirklich mal abschreiben lassen, Just! Für den Job, den ich jetzt für dich gemacht habe! Eine Hand wäscht die andere, okay? Also, hier ist die Adresse – aber warte, ich will es dir nicht zu leicht machen. Du liebst ja Rätsel. Ganz allein für dich habe ich den Absender in ein Rätselgedicht verpackt! Damit du auch eine kleine Nuss zu knacken hast. Wenn du nicht weiterkommst, lass dir von Peter und Bob helfen. So schwer ist's nicht. Wenn ihr es bis morgen früh nicht rausbekommen habt, ladet ihr mich bei MacBurger zum großen Mittagsmenü ein, einverstanden?

Er hat eine große Nase und ist doch kein Elefant,
Nichts bleibt ihm verborgen, jeder Mief ist ihm bekannt,
Es gibt ihn überall, in wirklich jedem Land,
Doch willst du IHN finden, schau über deinen Rand.«

»Was bedeutet das denn?«, fragte Bob verunsichert.
Peter grinste und dichtete selber weiter. »Als Tom ein schönes Rätsel fand – raubte dies Justus den Verstand.«
»Sehr witzig, Peter!«, fuhr ihn Justus an. Statt der Quallen-Adresse hatte er nun ein paar seltsame Reime in der Hand. »Wir lösen es später«, entschied er. »Manchmal sind Rätsel wirklich eine Last! Warum nur hat Tom die Adresse nicht einfach hingeschrieben? Lies erst mal weiter, Peter.«
Peter wurde wieder ernst und fuhr fort: »Also, Just, viel Spaß

beim Enträtseln. Ich habe mich übrigens gleich mal auf das Netzwerk des Absenders draufgehackt. War total offen, sein Computer. Zumindest für so einen wie mich. Habe mich kurz auf der Seite umgetan, na ja, war halt neugierig, und habe ein, zwei interessante Dateien gefunden und kopiert. Dann war leider Schluss, weil unsere Zielperson aus dem Netz gegangen ist. Hoffe, man hat mich nicht bemerkt. Ich sende dir die Dateien im Anhang. Die eine Datei enthält ein komisches Muster und die andere ein Foto. Schau selbst. Warum ich ausgerechnet die ausgewählt habe? Nun, sie hießen ›Gold‹. Das hat mich sofort angemacht. Gold ist cool. So. Und deine Quallendatei kriegst du gleich mit dazu. Ich will sie nicht mehr haben. Wer weiß, was da noch alles für Teufelsviren drinstecken.«

»Mach die zwei Dateien auf, Bob«, sagte Justus. »Natürlich nicht die Quallendatei«, fügte er schnell hinzu.

»Erst zu Ende lesen«, forderte der dritte Detektiv.

Es war nicht mehr viel Text. Der aber hatte es noch einmal in sich: »Also, Justus, viel Spaß beim Rätseln. Oh Mann, eben klopft jemand unten gegen die Tür. Wer ist denn das bloß? Um diese Zeit? Ich muss mal nachschauen. Ich schicke nur die Mail an dich noch schnell ab und lösche das Dokument dann am besten gleich. Wer weiß, ob nicht noch irgendwelche Computerviren drauf sind. Mit denen kannst du dich dann rumplagen. Der Blödmann da unten hört einfach nicht auf zu klopfen. Ich komme ja gleich!!! Also, ultraschnelle Datengrüße, bis morgen. – Tom.«

»Das … das …«, stotterte Bob. Ihm war es kalt den Rücken heruntergelaufen. »Das ist ja ein Beweisstück allerersten Güte! Tom schreibt diese E-Mail an Justus und unten klopft der Entführer an die Tür!«

Peter speicherte Toms Mail auf die Festplatte und löschte die Mailbox. »Tom wollte also nicht abhauen!«, sagte er. »Und ich sage euch etwas: Ich glaube, er wurde entführt, weil er den Absender der Quallen-Mail herausgefunden hat! Hier: Tom schreibt es selbst: ›Ich hoffe, man hat mich nicht bemerkt.‹ Schätze, sein elektronischer Besuch ist von der Qualle entdeckt worden!«

»Sieht ganz danach aus«, gab Justus ihm recht. »Obwohl der Zusammenhang noch nicht bewiesen ist. Wie dem auch sei, zum Glück hat Tom die E-Mail an mich abgeschickt, bevor er dem Entführer die Tür geöffnet hat. Und wenn er das Dokument gleich nach dem Absenden gelöscht hat, weiß der Entführer nicht einmal etwas davon.«

»Sonst säßen wir nämlich ziemlich in der Patsche!« Peter schluckte. Seine Stimme wurde dünn: »Dann bekämen auch wir unerwünschten Besuch!«

Justus, dem Peters Ängstlichkeit manchmal auf die Nerven ging, stöhnte auf. »Nun dreh mal die Panik runter! Es ist doch nichts passiert! Tom hat die Mail gelöscht!«

»Bestimmt hat er das getan«, unterstützte ihn Bob. »Und er hat die Qualle ausfindig gemacht! Tom ist einfach klasse! Hätte ich nie gedacht!«

»Aber leider hat er die Adresse in ein Rätsel verpackt«, lamentierte Peter.

»In ein verdammt gutes sogar«, musste selbst Justus zugeben.

Doch Bob war voller Tatendrang. »Machen wir uns doch an die Lösung!«

Justus ging den Text langsam durch und versuchte einen Einstieg zu finden. »Eine lange Nase, wofür könnte das stehen? Für sein Aussehen? Ist es ein Rüsseltier? Andererseits heißt es: kein Elefant.«

»Oder es kann gut riechen«, warf Bob ein. »Steht doch auch in Zeile zwei: ›Nichts bleibt ihm verborgen, jeder Mief ist ihm bekannt‹. Aber warum Mief und nicht Geruch?«

»Mief ist ein bisschen umgangssprachlicher«, merkte Peter an, der sich wieder abgeregt hatte. »Vielleicht liegt das Tom mehr.«
»Oder das Tier lebt vorwiegend im Müll. Eine Ratte zum Beispiel. Ratten haben einen guten Geruchssinn. Und es gibt sie in jedem Land.« Bob wurde nervös. War er der Lösung nahe?
»Wenn wir das Stichwort ›Ratte‹ in die Internet-Suchmaschine eingeben, werden wir hunderte von Hinweisen finden«, sagte Justus. »Das allein hilft uns nicht weiter.«
»Wir sollen über den Tellerrand blicken, schreibt Tom!« Bob gab nicht auf. »Hm. Die Ratten in Onkel Titus' Gebrauchtwarenlager. Rattenfallen. Die von Tante Mathilda. Oder … Ratten … Rattennest.«
Justus machte eine wegwerfende Handbewegung. »Ach Quatsch! Wir verlieren zu viel Zeit. Schauen wir uns erst einmal die zwei Dateien an, die Tom bei der Qualle kopiert hat.« Er drängte Peter vom Computerhocker, um selbst Hand anzulegen.
Zuerst wählte er die Datei, die ›Gold eins‹ hieß.
Ein Foto wurde sichtbar. Es schien ein Schnappschuss zu sein. Das Bild war etwas unscharf. Vielleicht lag das an dem starken Teleobjektiv, das verwendet worden war. Ein Mann war erkennbar, Justus schätzte ihn so um die fünfzig Jahre. Er kletterte gerade über eine Art Holzzaun und trug einen kleinen, glänzenden Koffer in der einen Hand. Bekleidet war er mit einer dunklen Jacke, Jeans und Sportschuhen. Im Hintergrund des Fotos waren unscharfe, dunkle Striche zu erkennen, die von oben quer durch das Bild liefen.
Die drei ??? sahen sich fragend an: Sie kannten weder den Mann noch konnten sie die Szenerie zuordnen.
»Ob das der Täter ist?«, überlegte Bob.
»Wir werden es schon noch herausfinden«, kündigte Justus an. Er hatte auch schon eine Idee, wie. Doch zunächst wollte

er wissen, was sich in der zweiten Datei verbarg, die Tom kopiert hatte. Sie hieß ›Gold zwei‹. Erwartungsvoll setzte er den Doppelklick.

Doch die drei Jungen reagierten enttäuscht: Dunkle Linien wurden sichtbar, eine Struktur, die den Adern eines Blattes ähnelte. Die Linien verzweigten und verästelten sich mehrfach.

»Eine Qualle?«, fragte Peter.

Justus drehte das Bild um 90 Grad, sodass die Ursprungslinie oben stand. »Merkwürdige Qualle«, sagte er. Er zupfte an seiner Unterlippe. »Vielleicht eine Schaltzeichnung? Irgendetwas Elektronisches?«

»Ein Stammbaum«, fiel Bob ein. »Nur ohne Namen!«

»Nicht schlecht«, sagte Justus und deutete auf den Bildschirm: »Aber was soll der Punkt am Ende der einen Linie?«

Jetzt fiel er auch Bob auf. »Vielleicht eine bestimmte Person im Stammbaum? Etwa der Mann auf dem Foto?«

»Eine Verbindung gibt es bestimmt, nur, worin besteht sie?« Justus klickte wieder das Bild von dem Mann an. Sie sahen sich das Foto noch einmal genau an.

»Durch Anstarren kommen wir nicht weiter«, stellte Justus nach einer Weile ernüchtert fest. »Kollegen, wir haben nicht nur *ein* Rätsel, sondern gleich drei. Und nicht die leichtesten.«

»Auf alle Fälle sollten wir Inspektor Cotta anrufen und ihm erzählen, dass Tom möglicherweise entführt worden ist«, schlug Peter vor. Er hatte Angst, dass ihnen die Situation langsam entglitt.

Erstaunlicherweise nickte Justus. »Einverstanden. Aber mir wäre es lieb, wenn wir unsere kleine Anfrage an Tom verschweigen. Schließlich ist der Zusammenhang zwischen der Quallen-E-Mail und seinem Verschwinden noch nicht bewiesen.«

»Aber wie kommen wir mit unseren beiden Rätseldateien weiter?«, fragte Peter.

»Ganz einfach«, lächelte Justus. »Die E-Mail-Lawine.«
»Die E-Mail-Lawine?«
»Die Telefonlawine kennt ja mittlerweile jedes Kind in Rocky Beach: Jeder von uns ruft fünf Freunde an, jeder der Freunde wieder fünf Freunde und so fort. Bei jedem Gespräch wird unsere Frage weitergegeben und unsere Rückrufnummer mitgeteilt. Besonders Kinder haben ja oft etwas beobachtet, was uns bei der Lösung eines Falles weiterhelfen kann.«
»Klar«, rief Bob. »Wir starten statt der Telefonlawine eine E-Mail-Lawine! Das bietet sich ja geradezu an! Es ist sogar noch besser als die Telefonlawine, weil der ›Stille-Post-Effekt‹ wegfällt: Bei einer E-Mail wird die Nachricht immer korrekt weitergeleitet. Wir mailen einfach das Foto und diese Zeichnung an fünf Freunde und Freundinnen mit der Bitte, es weiterzusenden. Und wer etwas weiß, soll sich bei uns melden.«
»Die Gefahr ist natürlich, dass es der Täter selbst in die Hand bekommt«, überlegte Justus. »Wie beim Telefon ja auch. Aber dieses Risiko müssen wir eingehen. Wir sollten vermerken, dass die Mail nur eindeutig an Adressen von Kindern und Freunden verschickt werden darf, sodass keine Erwachsenen etwas mitbekommen.«
»Und wir werden ein Zeitlimit angeben«, sagte Bob, »sonst geht die E-Mail noch nach Jahren um die Welt und wir werden mit Antworten zugeschüttet.«
Justus nickte. »Und wir schlagen vor, es erst einmal auf den Großraum Los Angeles zu beschränken.«
Von so einem guten Plan konnte Peter nur begeistert sein. »Eine klasse Idee! Und was machen wir in der Zwischenzeit, bis die ersten Antworten eintreffen?«
»Wir besuchen Betty Sutton, die Freundin von Mrs Baker«, verkündete Justus. »Immerhin ist sie außer dem unbekannten Mann auf dem Foto unsere heißeste Spur!«

Pelagia noctiluca

Zuerst telefonierte Justus mit Inspektor Cotta. Es gelang ihm, Cotta von Toms möglicher Entführung zu überzeugen, ohne dass er seinen Verdacht näher erläutern musste. Aus leidvoller Erfahrung wusste Cotta ohnehin, dass aus Justus nichts herauszubekommen war, wenn der es nicht wollte.

Trotzdem war Cotta nicht gerade erfreut über die Nachricht: »Ich habe alle Hände voll mit den Schmuckdiebstählen zu tun. Bestimmt habt ihr davon in der Zeitung gelesen: Einbrüche in Villen und in Hotels. Die Ware verschwindet spurlos. Aber wenn du unbedingt Wert drauf legst, werde ich mich persönlich mit meinen Kollegen, die den Fall ›Tom Wood‹ bearbeiten, in Verbindung setzen.«

»Bitte machen Sie mehr als das, Inspektor. Greifen Sie Ihren Kollegen kräftig unter die Arme!«

Cotta versprach, sein Möglichstes zu tun.

»Noch etwas, Inspektor«, sagte Justus mit heiserer Stimme.

»Ja?«

»Es kann sein, dass Ihnen bei Ihren Bemühungen noch ein … nun ja … ein anderer Detektiv über den Weg läuft. Er erhielt ebenfalls einen Auftrag von Mrs Wood. Sein Name ist Dick Perry.«

»Dick Perry, warte … der aus Santa Monica? Oh, ja, ich kenne ihn. Zusammen mit ihm und seiner Assistentin Barbara Stevens habe ich vor Gericht gegen einen Versicherungsbetrüger ausgesagt. Es ist schon zwei, drei Jahre her. Ein merkwürdiger Typ, ein wenig durchtrieben, ein Trickser. Allerdings bestimmt keine zu unterschätzende Konkurrenz.«

Justus schluckte.

»Na, dann bin ich mal gespannt, wer den Fall zuerst gelöst

hat: Dick Perry oder Justus Jonas. Vielleicht hat am Ende sogar ein gewisser Inspektor Cotta die Nase vorn?« Cotta lachte. »Na, was meinst du?«
»Mir egal«, sagte Justus schnell. »Hauptsache, Tom Wood ist bald wieder da.«
Mit rotem Kopf legte Justus auf. Angesichts der detektivischen Konkurrenz aus Santa Monica hatte er den Inspektor eigentlich um Unterstützung bitten wollen, doch das war ziemlich in die Hose gegangen.
Peter und Bob konnten sich ein Grinsen nicht verkneifen. Aber bereits wenige Augenblicke später hatte sich Justus wieder gefangen. Schließlich hatten die drei ??? eine lange Erfolgsgeschichte vorzuweisen und brauchten sich vor niemandem zu verstecken. Schon gar nicht vor Dick Perry!

Unverzüglich machten sich die Detektive daran, Betty Sutton ausfindig zu machen. In Rocky Beach gab es zwei Betty Sutton. Bob notierte sich die Adressen und sie machten sich auf die Suche.
Gleich die erste Adresse erwies sich als Treffer. Betty war zwar nicht zu Hause, doch ein Nachbar verriet den drei ???, dass Mrs Sutton oft und gern zum Tauchen ging. Auch das Alter schien in etwa zu passen.
»Wenn ihr Betty den Tiefenmesser zurückgeben wollt, den sie euch ausgeliehen hat, dann wendet euch am besten an ›Waterworld‹, den Meereszoo. Dort arbeitet sie nämlich!«
Der Trick mit dem ausgeliehenen Tiefenmessgerät war Bob eingefallen, doch plötzlich hatte Justus noch eine andere Idee. Er zog den Ausdruck des Computerfotos, das den Mann mit dem Koffer zeigte, aus der Tasche: »Dieses Bild möchten wir ihr ebenfalls zurückgeben.«
Der Nachbar blickte kurz drauf. »Warum? Wer ist das?«

Justus war enttäuscht. »Nun, ich dachte, Sie kennen den Mann vielleicht? Ist sie nicht öfters mit ihm zusammen?«
Der Nachbar trat einen Schritt zurück. »Soviel ich erkennen kann, ist das nicht ihr Freund. Hört mal, was soll das alles? Wer seid ihr? Kennt ihr sie überhaupt? Ihr schnüffelt rum, wie?« Schlagartig änderte sich seine Stimmung. Er funkelte die Jungen böse an. »Verschwindet, bevor ich die Polizei hole!«
Das ließen sich die drei ??? nicht zweimal sagen. Sie drehten sich um und radelten davon. Erst als sie um die Ecke gebogen waren, verlangsamten sie ihr Tempo.
»Dann hast du dich wohl getäuscht«, sagte Bob enttäuscht. »Betty Sutton und der Mann haben nichts miteinander zu tun.«
Doch Justus war nicht seiner Meinung: »Es war halt ein Versuch. Aber das muss noch nichts beweisen. Die Wahrheit ist leider komplizierter, als wir es uns manchmal vorstellen. Fühlen wir Betty mal auf den Zahn.«
Also machten sie sich auf den Weg zu ›Waterworld‹. Der Meereszoo lag am Rande von Rocky Beach und zog vor allem Touristen an. Doch im Vergleich zu den großen Anlagen rund um Los Angeles bot er vergleichsweise wenig Attraktionen, sodass er immer wieder kurz vor der Schließung stand. Auch heute parkten nur wenige Autos auf dem sonnigen, heißen Vorplatz. Ein großes Schild wies auf die angeblichen Höhepunkte des Aquariums hin: einen Kraken, mehrere Delfine und einen Hai. Die drei ??? wussten, dass der Hai schon recht altersschwach und fast zahnlos war und auch der Krake war schon jahrelang die angebliche Neuheit des Zoos. Plötzlich zupfte Peter Justus am Ärmel: »Schau mal da: *Besuchen Sie unser Spezialaquarium mit den gefährlichen Meeresquallen!* Der Trip zum Zoo scheint interessanter zu werden als vermutet!«

Damit sie nicht noch unnötig Geld für eine Eintrittskarte ausgeben mussten, erkundigte sich Justus an der Kasse gleich nach Betty Sutton.
»Die arbeitet. Kommt um 17 Uhr wieder«, lautete die knappe Antwort der Kassiererin. »Wer reinwill, muss zahlen!«
Also zählten die Jungen ihre Dollars und lösten verdrießlich drei Schülerkarten.
»Allmählich müssen wir uns das mit der Honorarfrage überlegen«, moserte Peter herum. »Zumindest die Kosten sollten wir unseren Klienten auf die Schultern laden.«
Justus steckte seinen Geldbeutel in die Tasche. »Ab und zu bekommen wir ja trotzdem etwas zugesteckt«, meinte er versöhnlich. »Ich glaube, in unserer Gemeinschaftskasse ist noch etwas drin.«
»Dann fordere ich Rückerstattung«, verkündete Peter, und Bob schloss sich ihm an. »In ›Waterworld‹ wurden wir doch schon im Kindergarten regelmäßig reingeschleppt!«
Sie drückten sich an einer Familie vorbei, die gerade einen kleinen Meereskraken bewunderte. Ohne jede Rücksicht auf Verluste klopfte der kleine Sohn mit seiner Spielzeugschaufel gegen die Glasscheibe.
Justus zog Bob weiter, der seinen Blick nicht von dem Kraken lösen konnte. Doch bevor der Erste Detektiv nach draußen zu den Delfinen gelangte, stolperte er über einen Eimer, der mitten im Weg stand. Der Eimer flog um und das Wasser spritzte durch die Gegend. Gerade als Justus einen schwarzen Rucksack, der mit einem Hundebild bestickt war, aus der Wasserlache zog, fuhr ihn eine herbeieilende Frau barsch an.
»Nicht so trampelig, Jungs!«
Ihre kurzen, strähnigen Haare klebten vor Haargel und sie fuchtelte wild mit einer Rohrzange in der Luft herum. Hinter der Frau befand sich ein von innen erleuchtetes Glasbecken,

in dem das zirkulierende Wasser zwei einsame Quallen vor sich hertrieb.
Die Frau stemmte die Arme in die Hüften und blickte zu den drei Detektiven hoch, die sie um einen guten Kopf überragten. »Zu eurem Glück ist mein Beutel wasserdicht!«
Justus überhörte die Bemerkung und trat näher an das Aquarium. »Oh, das sind Forskalia edwardsi!«, sagte er. »Wirklich schöne Exemplare.«
Die Frau lachte auf. »Du bist ja ein Neunmalkluger! Aber bevor du mit Fachbegriffen um dich wirfst, solltest du dich besser auskennen. Diese Tiere sind eine Unterart der Pelagia noctiluca und keine roten Staatsquallen.«
»Aber diese Exemplare sind auch gefährlich, oder?«
»Sie können starke Vergiftungserscheinungen hervorrufen, wenn du das meinst.«
Justus versuchte, seine spontane Abneigung der Frau gegenüber zu überwinden, und lächelte sie an. »Sie sind Expertin, oder?«
»Ich arbeite hier«, antwortete die Frau. »Obwohl ich mir weiß Gott Besseres vorstellen könnte, als jeden Tag Aquarien auszubessern«, fügte sie trocken hinzu. Für die drei ??? bestand kein Zweifel mehr, dass es sich um die Frau handelte, nach der sie suchten.
»Das glaube ich gern«, bemerkte Peter etwas vorlaut.
Die Frau starrte ihn an. »Sagt mal, was wollt ihr überhaupt?«
Justus entschloss sich zum Frontalangriff. »Sie sind doch Betty Sutton, die Freundin von Meg Baker«, erklärte er selbstsicher.
Die Frau zuckte zusammen.
»Sie waren vor einigen Tagen mit Mrs Baker am Wrack des Fischkutters und …« Doch bevor er weitersprechen konnte, fuhr ihm Betty Sutton bereits über den Mund. »Ihr auch

noch? Was ist denn heute los? Eben war dieser fette, klebrige Detektiv da und nun kommt ihr drei Kerle und löchert mich genauso. Ich habe Wichtigeres zu tun, als mich mit euren Problemchen zu beschäftigen. Wenn ihr nicht sofort …«

»Mrs Sutton«, rief Justus dazwischen, »ist es nicht ungewöhnlich, dass sich hunderte von Nesselquallen so ganz von alleine in einem alten Schiffswrack aufhalten?«

Sie schnappte nach Luft. »Es ist ebenfalls sehr ungewöhnlich, dauernd von Detektiven von der Arbeit abgehalten zu werden.«

»Warum ist das Aquarium so leer?« Justus deutete auf das Quallenbecken. »Äußerst ungewöhnlich für eine angebliche Hauptattraktion!«

»Sie wurden gestohlen! Und jetzt raus hier, los, verschwindet!«

»Wir haben aber Eintritt bezahlt«, wagte Justus zu protestieren.

»Dann holt euch euer Geld an der Kasse zurück«, blaffte Betty Sutton. »Für das Aquarium interessiert ihr euch doch sowieso nicht!«

Damit hatte sie in gewisser Weise recht. Die Frau hatte ziemlich viel Energie, das musste Justus zugeben. Zum zweiten Mal heute traten die drei Detektive den Rückzug an. Was sie mehr schmerzte als die barsche Art, mit der Betty Sutton ihnen begegnet war, war die Tatsache, dass Dick Perry schon wieder schneller gewesen war. Denn es gab keinen Zweifel, wen Betty mit ›fetter, klebriger Detektiv‹ gemeint hatte.

»Aber ein Ass haben wir noch im Ärmel«, sagte Justus, als sie sich auf die Fahrräder schwangen. »Denkt an Toms Rätsel. Vielleicht passt es irgendwie auf Betty Sutton?«

»Eine lange Nase hat sie nicht«, murmelte Bob. Ziemlich ungeordnet schossen ihm Gedanken durch den Kopf. »Aber das kann Tom ja auch nicht gemeint haben, denn die Person hinter der Adresse kennt er nicht. Wo ist nur der Zusammenhang? Liegt er darin, dass die Lady ihre Nase in Dinge steckt, die sie nichts angehen? Just, wir sollten uns mal ihre Wohnung vornehmen. Auch, um nach Tom zu suchen.«

»Jetzt können wir da nicht auftauchen«, entgegnete Justus. »Dieser nervige Nachbar ruft sofort die Polizei, wenn er uns sieht.«

»Vielleicht hilft uns die E-Mail-Lawine weiter«, hoffte Peter.

Sie beeilten sich, in die Zentrale zu kommen, und schalteten sofort den Computer an. Aber es war nur eine einzige Nachricht da. Peter holte sich die Mitteilung aus der Mailbox und las sie vor: *»Hallo, ihr drei ???, ich klaube das ist eine Schazkarde. Eure Casey-Charlotte Ich bin 7 Jahre.«*

»Kann noch nicht mal richtig schreiben und hockt schon vor dem Computer«, wunderte sich Bob. »Casey bezieht sich also auf die Datei mit diesen Linien.«

»Schatzkarte klingt zwar sehr geheimnisvoll«, überlegte Peter, »aber ich fürchte, die Kleine hat zu viele Piratengeschichten gelesen ... Ich schicke ihr trotzdem ein Dankeschön.«

Unruhig rutschten die Detektive auf ihren alten Sesseln hin und her, bis Peter mit einer Idee überraschte. »Wir könnten zu dem Schiffswrack tauchen«, sagte er, »und dort nachsehen, ob wir etwas finden.«

Justus fand das gut. Besser, als untätig herumzusitzen.

Die drei ??? kannten die Stelle im Meer von Kindesbeinen an. Vor einigen Jahren hatten sie an dem kleinen, in der Nähe der Küste gelegenen Felsen einmal nach den Überresten untergegangener Schiffe getaucht und waren dabei in eine alte Piratengeschichte geraten. Doch nachdem das Geheimnis des Felsens gelüftet war, hatte die Stelle ihren Reiz verloren und auch der Untergang des kleinen Fischkutters hatte nur kurz für Aufmerksamkeit in Rocky Beach gesorgt. Außer alten

Netzen hatte er nichts geladen und er war so verrostet, dass er ohnehin nicht mehr lange gehalten hätte.
Aber Meg Baker und Betty Sutton waren dort gewesen und das brachte Justus jetzt auf einen Gedanken: »Könnte es nicht sein, dass jemand Mrs Baker davon abhalten möchte, an dem Wrack erneut aufzutauchen? Nein, ich meine natürlich: *ab*zutauchen, also runter zum Wrack zu schwimmen?«
Bob lachte, weil ausgerechnet Justus sich sprachlich so verheddert hatte. Während er schon mal den Computer herunterfuhr, sagte er: »Das wäre eine neue Spur. Du meinst also, falls Betty Sutton nicht die gesuchte Person ist. Vielleicht ist es dieser Mann auf dem Foto?«
»Betty könnte ja trotzdem dahinterstecken. Nur wäre ihr Motiv vermutlich nicht die Erbschaft.«
»Dann müssten wir an dem Wrack etwas Verdächtiges finden«, folgerte Bob. »Ich bin mal gespannt, ob die Quallen noch da sind.«
Peter blickte auf die Uhr. »Genau. Auf zum Wrack. Hab ich ja gesagt. In zwanzig Minuten müssten wir es bis zur Küste schaffen. Außer unseren Schwimmbrillen brauchen wir keine Ausrüstung. Das Wasser ist dort ja nicht tief.«
Da die Jungen ihre Schwimmbrillen in der Zentrale gelagert hatten, waren sie tatsächlich kurze Zeit später einen der vielen verborgenen Pfade durch die Felsen hinuntergeklettert, der sie an eine versteckte, nur wenige Meter breite Kieselsteinbucht führte. Kein Mensch war zu sehen, da die meisten Bade- und Sonnenhungrigen die kleinen Sandbuchten bevorzugten oder sich gleich an den großen Strand von Rocky Beach begaben.
Doch von hier aus waren es nur wenige Meter bis zu dem Felsen, an dem der Fischkutter aufgelaufen war. Während sich Justus und Bob noch die Badesachen anzogen, blies Peter bereits ein kleines Plastikboot auf, das er vorsichtshalber ein-

gepackt hatte. Dank seiner trainierten Lungen gelang ihm das mühelos ohne Blasebalg.
Die drei ??? sprangen ins Wasser, drehten das Boot auf die falsche Seite, nahmen es quer und schwammen zum Felsen hinaus. Das Meer war fast glatt und das Wasser glasklar, sodass es kein Problem war, sicher ans Ziel zu kommen. Wie ein kleiner Leuchtturm ragte der Mast des Kutters gut zwei Meter aus dem Wasser heraus. Direkt dahinter erhob sich das kleine Riff aus den seichten Wellen.
Mit einer Schnur band Peter das Plastikboot an den Mast, damit es in der Strömung, die hier herrschte, nicht abgetrieben wurde. Dann setzte er seine Taucherbrille auf, holte Luft und verschwand unter Wasser.
Justus und Bob folgten ihm. Der Kutter lag auf einer leichten Bodenerhebung und neigte sich zur Seite. Stabil sah das nicht gerade aus. Fast schien es, als bewege er sich in der leichten Unterwasserströmung hin und her.
In der dem Meeresboden zugeneigten Seite des Schiffsbauches entdeckten Justus und Bob das Leck. Peter winkte seine Freunde heran und sie tauchten näher. Ein paar Fische flohen vor den ungewohnten Besuchern. Doch bevor die drei ??? an die Öffnung gelangten, wurde die Luft knapp und die drei Jungen mussten an die Oberfläche zurück.
Sie hielten sich am Boot fest. Justus schob seine Schwimmbrille hoch. »Peter, du schwimmst direkt in das Wrack«, ordnete er an.
»Nie und nimmer«, antwortete Peter. »Ich hasse Quallen.«
»Wer ist denn der beste Taucher von uns?«
»Ich natürlich. Aber muss ich …«
»Du kannst die Luft fast zwei Minuten lang anhalten. Keiner von uns schafft das.«
»Zu schade, Erster, dass du mich nur im Brustschwimmen

schlägst.« Peter atmete tief ein und tauchte ab. Justus und Bob folgten. Sie sahen, wie Peter auf das schwarze Loch zuschwamm, vorsichtig hineinblickte und dann darin verschwand.

Genau in diesem Moment schien die Strömung stärker zu werden. Langsam neigte sich das Schiff zur Seite. Bob sah die Gefahr als Erster: Wenn das Schiff ganz kippte, war Peter im Schiffsbauch eingeschlossen!

Aufgeregt gab er Justus ein Zeichen und mit kräftigen Zügen schwammen sie an die Seitenkante des Schiffes. Mit aller Kraft stemmten sie sich dagegen, um Peter den Fluchtweg offen zu halten. Ihre Füße versanken im sandigen Meeresboden, aber sie hatten das Kippen des Schiffes gestoppt. Doch langsam wurde die Luft knapp. Wo steckte Peter nur? Warum kam er nicht endlich heraus?

Lange konnten sie das Boot nicht mehr stützen. Der Drang, nach oben zu schwimmen, wurde immer stärker. Da spürte Justus plötzlich, dass etwas hinter ihnen war. Eine Bewegung, ein Schatten, ein Wasserstoß. War es ein Hai?

Ruckartig drehte sich Justus um. Ihm erstarrte das Blut in den Adern. Direkt vor ihm schwebte ein schwarzer Taucher – und seine Harpune zielte genau auf den Ersten Detektiv.

Die Plastikboot-Konferenz

Bevor Justus etwas unternehmen konnte, war der Taucher neben ihm. Justus musste unbedingt Luft holen. Ihm wurde schon fast schwarz vor Augen. Nur sein starker Wille half ihm, noch einen Moment lang unter Wasser zu bleiben. Er konnte Peter nicht allein lassen. Bob tauchte bereits auf. Mit letzter Kraft versuchte Justus den Taucher zu fassen, doch der schwarze Mann zog mühelos an ihm vorbei. Mit einer ausholenden Bewegung klemmte der Unbekannte die Harpune zwischen die Schiffsreling und den Meeresboden, sodass das Schiff nicht weiterkippen konnte. Das war Peters Rettung: In dem Moment glitt Peter heraus und stieg pfeilschnell nach oben. Justus folgte ihm.
Schwer atmend hielten sie sich an ihrem Plastikboot fest. Peter stand der Schreck ins Gesicht geschrieben. »Nie wieder«, war das Einzige, was er hervorbrachte.
Ein paar Sekunden später tauchte der Fremde auf. Er zog das Mundstück heraus, spuckte Wasser und schob seine Taucherbrille hoch. Fast wären die drei ??? vor Schreck vom Boot gerutscht: Es war Dick Perry höchstpersönlich.
»Ich hätte euch Kröten lieber absaufen lassen sollen«, polterte er los. »Erst mischt ihr euch in meinen Fall ein und nun muss ich einem von euch auch noch das Leben retten!«
Das brachte die drei ??? wieder zurück in die Wirklichkeit.
»Wir tauchen hier nur«, stotterte Peter.
»Rein zufällig«, ergänzte Bob.
»Na ja, wir wollten uns die Stelle, die Mrs Baker beschrieben hatte, mal ansehen«, sagte Justus, der offenbar meinte, nach seiner Aktion eben habe Dick Perry solch eine platte Lüge nicht verdient.

Perry war das ziemlich egal. »Nächstes Mal helfe ich euch nicht mehr aus der Patsche! Im Gegenteil! Ich werde euch alle erdenklichen Steine in den Weg legen, damit ihr mir nicht mehr in die Quere kommt! Es geht um *meine* Aufträge! *Meine* Erfahrung ist gefragt und *mein* Honorar steht auf dem Spiel!«
Es ging nicht anders. Justus musste Dick Perry auf einen Sachverhalt aufmerksam machen, den dieser offenbar noch nicht kannte. »Toms Mutter erteilte uns ebenfalls einen Auftrag. Wir arbeiten für Mrs Wood.«
Dick Perry lief rot an. »Hat sie? Habt ihr sie etwa mit eurem Gratisangebot gelockt? Jungs, das bedeutet Krieg! Ich meine es ernst!« Er setzte seine Brille auf, schob das Mundstück der Sauerstoffflasche ein und tauchte ab.
Die drei ??? sahen sich überrascht an und wollten gerade lauthals über diesen Auftritt losprusten, da fuhr ihnen der Schreck in die Glieder. Perry hatte seine Harpune abgeschossen. Mit einem lauten ›FLATSCH‹ jagte sie durch das kleine Boot, das binnen Sekunden im Wasser hing wie eine Plastiktüte aus dem Supermarkt. Nur die zweite Luftkammer hielt es gerade noch an der Oberfläche.
Bob murmelte etwas von »Volltreffer«. Peter drückte sich deutlicher aus: »Dieser Schleimarsch!«, schimpfte er und tauchte ab. Das Boot hatte er von Kelly geschenkt bekommen, damit sie gemeinsam zu einsamen Buchten paddeln konnten. Gern hätte er dem Detektiv eine Drohgebärde nachgeschickt, doch von Dick Perry war bereits nichts mehr zu sehen.
Peter stieß wieder an die Oberfläche und schwamm zurück zu seinen Freunden. »Der Kerl hat mir immerhin das Leben gerettet, als ich in dem alten Kutter gefangen war«, gestand er. »Das zeichnet ihn in gewisser Weise auch wieder aus.«
»Trotzdem stinkt es mir, ohne Boot zurückschwimmen zu müssen«, motzte Justus.

»Ist doch eine gute Übung für die Schwimmmeisterschaft«, gab Peter frech zurück und kraulte schon mal los.
Als sie ein Stück weit vom Felsen entfernt waren, klärte sich auch, woher Dick Perry so schnell aufgetaucht war: Vor dem Riff schaukelte ein größeres Motorboot auf den Wellen. Das Schiff hieß Barbara und hatte seinen Heimathafen in Marina del Rey bei Santa Monica.
Der Erste Detektiv peilte wieder die kleine Bucht an der Küste an und wandte sich in Gedanken einem anderen Problem zu. Wie konnte er Peter nur davon abhalten, den Fall aufzugeben? Schließlich kannte er seinen Freund gut genug, um zu wissen, dass Perrys Harpunenschuss großen Eindruck auf ihn gemacht hatte.
Und der Erste Detektiv hatte sich nicht getäuscht. Kaum hatten sie die Tür zu ihrer Zentrale aufgeschlossen, begann Peter bereits herumzudrucksen.
Leicht erschöpft von der Radtour ließ sich Justus in den Sessel fallen. Um Zeit zu sparen, schnitt er Peter das Wort ab. »Hör zu, Zweiter. Vielleicht sollten wir Perry tatsächlich etwas beruhigen. Wir lassen den Fall Mrs Baker schleifen und kümmern uns vor allem um Tom. Das ist sowieso wichtiger. Tom lassen wir auf keinen Fall im Stich!«
Bob war einverstanden, da er ohnehin annahm, dass beide Fälle zusammenhingen, und Peter fand den Vorschlag akzeptabel. Vielleicht konnten sie sich Perry auf diese Weise ein Stück vom Hals halten.
»Hast du eigentlich im Schiffsbauch etwas Interessantes entdeckt?«, fragte Justus. In der ganzen Aufregung hatte er das eigentliche Ziel der Aktion vollkommen aus den Augen verloren.
»Keine Quallen. Innen war alles leer. Das Schiff scheint nichts transportiert zu haben, oder sie haben es herausgeholt. Nur

eine längliche Kiste lag in der einen Ecke des Laderaums. Ich wollte erst noch hinschwimmen, doch dann neigte sich dieser blöde Kahn zur Seite und ich bin zurück zum Ausgang.«
Bob war enttäuscht. »Also nichts, was uns weiterhilft.«
»Wir könnten natürlich noch mal mit Sauerstoffgeräten runter«, überlegte Justus, doch Peter legte sofort Protest ein. »Nichts da, Kollegen! Habt ihr unsere Abmachung schon wieder vergessen?« Kopfschüttelnd setzte er sich an den Computer und schaltete ihn ein. »Mal sehen, was die E-Mail-Lawine gebracht hat.« Bereits ein paar Momente später konnte er stolz verkünden: »Was habe ich gesagt? Die nächsten Antworten sind da!«
Neugierig klickte er die Mails an. »Ein Max schreibt, das Muster könnte ein Baumblatt sein. Na ja, so weit waren wir auch schon. Der Nächste, Paul, hat sich ebenfalls über das Muster Gedanken gemacht und meint, es sei ein Irrgarten. Keine schlechte Idee. Der Nächste plädiert schon wieder für Blatt. Oh Mann, keiner weiß etwas zu dem Foto. Da, das klingt doch interessant. Hier meldet sich ein Steve Martin: ›Hallo Freunde. Ich kenne eure Abenteuer schon fast alle. Ihr seid wirklich die Besten! Sagt mal, könnte das Muster nicht auf einen Ausschnitt einer Landkarte passen? Den Mann auf dem Foto kenne ich leider nicht. Bye-bye – Steve Martin.‹«
Peter blickte auf. »Kollegen, Schatzkarte wurde doch auch schon genannt. Das geht in eine ähnliche Richtung. Und es würde diesen Punkt am Ende der drittuntersten Linie erklären.«
»Nur: Was bildet diese Karte ab?«, fragte Justus. »Wo passt das Muster drauf?«
Um es einfach mal auszuprobieren, holte sich Peter einen Stadtplan von Rocky Beach auf den Bildschirm und versuchte, das Liniengebilde drüberzulegen. Er wechselte mehrfach

den Maßstab und drehte die Linien, doch das alles half nicht weiter. Nirgends passten Zeichnung und Straßenkarte deckungsgleich übereinander.

Peter gab auf und wechselte wieder zum Posteingang. Die letzten fünf Mitteilungen hatte er noch nicht geöffnet. »Merkwürdig. Hier schreibt uns eine Organisation zum Schutz des Seegrases; der Text ergibt überhaupt keinen Sinn. Irgendwelche Blödhammel sind halt immer dabei. Aha, hier: Die Notiz von Mary-Kathy ist die erste, die sich auf das Foto bezieht. Hört zu: ›Liebe drei ???‹, schreibt sie. ›Ich kenne den Mann auf dem Foto. Er wohnt in unserer Nachbarschaft. Ich sehe ihn manchmal, wenn ich draußen spiele. Dann brüllt er mich oft an. Er heißt Jack Sharky. Ich hoffe, ich habe euch geholfen. Mary-Kathy, 9 Jahre alt.‹« Peter blickte auf. »Mary, du Goldschatz, ich könnte dich küssen!«

Bob hatte sich den Namen schon notiert. »Das klingt richtig vielversprechend! Vielleicht führt Jack Sharky uns zu Tom!«

»Schau noch schnell die letzten drei Mails durch«, bremste ihn Justus.

Doch die brachten nichts Neues.

Bob hatte sich bereits das Telefonbuch geschnappt und war auf der Suche nach der Adresse von Jack Sharky. Peter versuchte es gleichzeitig per Computer, aber Bob gewann das Rennen: »Hier steht's: Santa Monica, Sunset Road 21. Nichts wie hin, Kollegen.«

Peter blickte vom Computer auf. »Jetzt sofort? Und wie sollen wir ihm unseren Besuch erklären?«, fragte er skeptisch. Peter hasste unüberlegte Aktionen. Seltsamerweise fand meistens gerade er sich mitten in einer solchen wieder.

Justus beruhigte ihn. »Wir schauen uns den Knaben erst mal an«, schlug er vor. »Vielleicht halten wir ihm auch das Foto unter die Nase; je nachdem, wie es läuft.«

Der Erste Detektiv faltete das ausgedruckte Foto von Mr Sharky zusammen und steckte es in die hintere Hosentasche. Eilig verließen sie die Zentrale.

Als die drei ??? mit ihren Fahrrädern aus dem Gelände des Schrottplatzes bogen, fiel ihnen ein mausgrauer Ford auf, der am Straßenrand geparkt hatte. Nun ließ er plötzlich den Motor an.
»Mist! Das ist Dick Perry!«, rief Peter entsetzt aus und bremste. »Der macht Ernst!«
Bob und Justus fuhren an den Zweiten Detektiv heran. »Perry glaubt wohl nicht, dass wir die Finger von dem Fall lassen«, vermutete Justus verärgert. »Er will wissen, was wir vorhaben.«
»Und er ahnt wohl, dass wir besser sind, als er es den Leuten einreden möchte«, gab Peter ein wenig an.
Justus grinste. »Aber Dick Perry soll doch seine Arbeit selbst erledigen; was meint ihr, Freunde?«
Peter und Bob nickten nachdrücklich.
»Also passt auf! Ich habe einen Plan: So werden wir ihn los.«
Justus trat in die Pedale und bog in eine Nebenstraße ein. Peter und Bob folgten und hörten dabei den Erklärungen des Ersten Detektivs zu. Justus' Idee, wie sie Dick Perry abhängen konnten, war gut, doch sie hatte einen Haken. Gemeinsam überlegten sie an dem Plan weiter. Also fuhren sie noch einmal um den Block. Als auch das noch nicht reichte, radelten sie die ziemlich lange Witfield Road entlang. Dann endlich waren sie sich einig.
Die drei ??? blickten sich vorsichtig um. Dick Perry verfolgte sie immer noch, wenn auch in gebührendem Abstand. Langsam bekam er Ärger mit den Autofahrern, die hinter ihm fuhren und die nicht recht verstanden, warum es nicht voranging.

Perry sollte sich in der Gewissheit wiegen, dass die drei Detektive nichts von seiner Anwesenheit ahnten. Deshalb blieben die drei Freunde auch auf der Hauptstraße noch zusammen. Als sie das Stadtzentrum erreichten, warfen sie sich einen letzten verschwörerischen Blick zu. Dann trennten sie sich. Es ging ganz schnell: Bob und Peter fuhren weiter geradeaus, während Justus abrupt rechts abbog und sofort das Tempo verschärfte.
Dick Perry musste sich entscheiden.

Ausgetrickst!

Dick Perrys Auto geriet kurz ins Schlingern, dann bog es ebenfalls rechts ab. Der Detektiv aus Santa Monica setzte auf Justus! Bob und Peter hatten das gleich vorausgesagt. Dick Perry hielt Justus Jonas nun mal für den Anführer der Detektive. Wenn es etwas zu beobachten gab, dann bei ihm. Also musste ausgerechnet der Erste Detektiv in den sauren Apfel beißen und auf den Besuch bei Jack Sharky verzichten.

Doch dafür wollte er wenigstens seinen Spaß haben. Justus drehte sich um und trat kräftig in die Pedale. Perry blieb ihm auf den Fersen. Auf diese Weise war er natürlich nicht abzuschütteln. Doch Justus wollte Perry noch ein wenig hinhalten. Nach fünf Minuten ging Justus schließlich die Puste aus und er ließ das Fahrrad ausrollen. Zum Glück begann hier der Stadtpark von Rocky Beach. Jetzt musste Perry seinen Wagen verlassen. Schade nur, dass man das Rad hier schieben musste, sonst hätte er Dick Perry noch zu einem schweißtreibenden Joggingeinsatz verholfen. Aber eine Diskussion mit der Polizei wollte Justus vermeiden. Außerdem hatte er einen besseren Plan, als Perry in einer wilden Verfolgungsjagd abzuhängen. Er schob sein Rad in den Park hinein. Aus den Augenwinkeln nahm er wahr, dass Perry sein Auto im Parkverbot abstellte und ihm zu Fuß folgte. Das machte er durchaus geschickt, immer gerade so in Sichtweite und meistens verdeckt durch andere Personen.

Justus ging noch einige Meter, dann setzte er sich auf eine Parkbank. Er sah auf die Uhr und drehte sich unauffällig um: Perry ließ sich gerade neben einem älteren Penner nieder, der einige Bänke entfernt saß und an einer in Papier eingewickelten Flasche nuckelte.

Ein wenig erinnerte der Stadtstreicher Justus an einen guten alten Bekannten: füllige Statur, ein großer Kopf mit Halbglatze, herunterhängende Wangen und Augenlider. Er könnte ohne weiteres ein Bruder von Alfred Hitchcock sein …
Justus ließ sich Zeit für seine Beobachtungen. Gut gelaunt schaute er den Passanten zu, die an ihm vorbeiflanierten. Auch ein paar Möwen hatten sich eingefunden, wohl auf der Suche nach Essensresten. Justus erinnerte sich daran, dass er vorhin noch schnell Tante Mathildas Pausenbrot eingesteckt hatte, zu dessen Verzehr er in der Schule nicht gekommen war. Er zog es aus der Tasche, biss ein paarmal kräftig hinein und verfütterte den Rest an die Vögel.
Um Perry bei Laune zu halten, sah er auffällig oft auf die Uhr und rutschte immer wieder unruhig auf der Bank hin und her, so als erwarte er jemanden. Plötzlich entdeckte er unter den Passanten Mr Barnes, seinen Englischlehrer. Der kam ihm gerade recht. Ein kleines Gespräch würde Perrys Nerven gehörig unter Strom setzen. Perry konnte ja nicht hören, dass er sich mit dem Lehrer nur über Belanglosigkeiten unterhielt. Barnes hatte Justus ebenfalls erkannt und kam auf ihn zu. »Du hier?«
Justus stand auf. »Ja, ich bin ab und zu im Park, um nachzudenken, Mr Barnes. Haben Sie die Arbeiten schon korrigiert?«
»Nur mal überflogen. Nicht übel, deine Abhandlung, so viel kann ich schon sagen. Ein etwas abrupter Schluss. Wenn du dich bloß nicht immer so umständlich ausdrücken würdest …« Der Lehrer lachte kurz auf und wandte sich dann zum Gehen.
»Danke, Mr Barnes. Einen schönen Tag noch!«
Mr Barnes grüßte zurück und ging weiter.
Justus setzte sich wieder. Mit ein paar Seitenblicken hatte er festgestellt, dass Dick Perry sein Fernglas gar nicht mehr ab-

setzte. Wahrscheinlich hielt er Barnes für einen geheimen Informanten und war sich nun unsicher, ob er ihm folgen sollte. Doch Perry blieb, wo er war.

Eigentlich konnte Justus jetzt gemütlich zurück in die Zentrale radeln. Dick Perry würde Peter und Bob nicht mehr auftreiben. Ungestört würden sie Jack Sharky ihren Besuch abstatten. Aber da kam Justus noch eine verrückte Idee. Er zog Zettel und Stift aus der Tasche, drehte sich mehrfach um, als prüfe er, ob er beobachtet würde, dann schrieb er in Großbuchstaben auf das Blatt Papier:

GEHEIMBOTSCHAFT.

Und kleiner dahinter: *Für den leider nur zweitbesten Detektiv aller Detektive.*

Ich kann ja so gemein sein, dachte Justus bei sich und grinste. Dann notierte er weiter:

Sehr geehrter Mr Perry. Eigentlich wollte ich vorschlagen, dass Sie uns das von Ihnen zerstörte Schlauchboot von Ihrem Honorar ersetzen. Doch wo wir Sie jetzt so schön reingelegt haben, denke ich, wir sind quitt. Sie schulden uns nichts mehr. Ach ja, da ich Ihnen schon schreibe: Den Fall Baker lassen wir Ihnen zuliebe etwas schleifen. Aber um Tom Wood kümmern wir uns mit aller Kraft. Schließlich verfügen wir über den Auftrag seiner Mutter.

Justus war in einer fast übermütigen Verfassung. Also schrieb er weiter:

Übrigens dichten wir Ihnen ein neues Motto für Ihr Detektivbüro, falls Sie es wirklich vor uns schaffen, den Fall zu lösen. Darf ich Ihnen vorerst folgende Version anbieten: ›Die drei Fragezeichen jagen die Qualle – und Dick Perry hockt in der Falle.‹ Mit detektivischem Gruß Justus Jonas, Erster Detektiv der drei ???.

So. Justus rollte das Papier zusammen und stand auf. Er sah hierhin und dorthin – nur nicht übertreiben, dachte Justus –, dann legte er das Papier in die Astgabelung eines Parkbaums. Noch ein prüfender Blick und er schnappte sich sein Rad und entfernte sich schnell.
Hinter einem Busch versteckt beobachtete Justus Jonas durch sein Taschenfernrohr, wie Dick Perry mit eiligen Schritten herangehastet kam und, sich mächtig streckend, sich des Papiers bemächtigte.
Augenblicklich hatte er es auseinandergefaltet. Der Gesichtsausdruck Dick Perrys war Entschädigung genug für das zerstörte Plastikboot und auch dafür, dass Justus schweren Herzens auf den Besuch bei Jack Sharky verzichtet hatte.

Peter und Bob hatten ein deutlich weniger amüsantes Treffen erlebt. Zunächst einmal dauerte es eine Weile, bis sie mit dem Fahrrad die richtige Gegend von Santa Monica erreicht hatten. Dann fanden sie endlich das gesuchte Haus: eine große, edle Villa in einer angesehenen Gegend. Doch das Grundstück war durch ein eisernes Tor und eine hohe Mauer gesichert. Peter entdeckte eine Klingel und betätigte sie mehrmals, ohne dass etwas geschah. Die beiden Detektive wollten schon wieder verschwinden, da wurde das schwere Tor wie von Geisterhand aufgeschoben.
Die Jungen schwangen sich auf ihre Fahrräder und fuhren die knapp hundert Meter bis zum Haus. Als sie die Räder abstellten, öffnete sich die Tür.
»Ja?« Ein Mann in Badehose, der ein großes Handtuch um die Schultern gewunden hatte, stand vor ihnen. Das Wasser tropfte ihm aus dem Haar, offenbar war er gerade seinem Swimmingpool entstiegen. Sein Gesicht hatte Ähnlichkeit mit dem einer Dogge: Es war der Mann von der Fotografie.

Bob stotterte los: »Wir … wir …«
»Ihr meldet euch auf meine Zeitungsanzeige hin, wie? Habt ihr nicht richtig gelesen? Ich suche eine weibliche Haushaltshilfe, keinen Haushaltsgehilfen! Männer können einfach nicht putzen.«
»Aber wir …«
»Ist mir egal, von wem ihr Empfehlungen habt. Und wenn es der größte Hollywood-Regisseur persönlich wäre: Ich nehme keine Jungs! Ich bin schon einmal auf so einen Typen reingefallen. Mein Haus sah hinterher aus, als wären die Chaoten eingefallen. Schlieren auf den Fenstern. Wasserflecken auf dem Boden. Unordnung in meinem Arbeitszimmer. Nein danke. Tut mir leid, Jungs.«
»Ja, dann sollten Sie wirklich lieber eine Frau einstellen«, antwortete Peter, als er endlich zu Wort kam. »Da haben Sie offenbar bessere Erfahrungen gemacht.«
Aber das war anscheinend das falsche Stichwort gewesen. »So kann man das auch wieder nicht sagen«, legte der Mann los. »Es gibt einfach keine guten Kräfte mehr, heutzutage! Die letzte Haushaltshilfe hat mich übel sitzen lassen! Ausgerechnet mich! Ich habe wirklich andere Sorgen im Moment. Dabei hat sie alles so ordentlich erledigt! Schnell, korrekt. Das ging genau drei Wochen, dann sagte sie, sie sei überlastet und habe nebenbei noch einen anderen Job. Zu wenig Geld würde ich ihr auch geben. Als ob die bei ›Waterworld‹ besser zahlen, stellt euch das vor! Zieht die Kuh diese heruntergekommene Touristenklitsche meiner tollen Hütte hier vor. Die hat doch nicht mehr alle Tassen im Schrank!«
Bei der Nennung von ›Waterworld‹ zuckten Peter und Bob unwillkürlich zusammen. »Mr Sharky«, sagte Bob vorsichtig und sah Peter bedeutsam an, »handelte es sich bei der letzten Haushaltshilfe vielleicht um Betty Sutton?«

Die bloße Erwähnung des Namens löste bei Mr Sharky einen wahren Wutanfall aus. »Ihr kennt diese treulose Tomate? Schickt sie euch etwa zu mir?« Er fasste sich an den Kopf. »Das ist es also. Ihr wollt gar nicht bei mir arbeiten! Ihr sollt für sie den ausstehenden Lohn holen! Als ob zwei Jungs wie ihr Eindruck auf mich machen würden! Oh nein, da habt ihr euch geschnitten. Geht zu eurer Freundin und sagt ihr, sie kann ihre Dollars in den Wind schreiben!«
»Was zahlen Sie eigentlich pro Stunde?«, fragte Bob dazwischen.
»Ich zahle genug, darüber kann sich niemand beschweren! Auch Betty Sutton nicht! Verdrückt euch. Schiebt ab! Sonst mach ich euch mit meinem Revolver Beine!«
Er knallte die Tür zu.
Bob wandte sich bereits zum Gehen, da hielt Peter ihn zurück. Sie hatten ja noch einen Auftrag zu erledigen. Unsicher schob der Zweite Detektiv seine Hand in die hintere Hosentasche. Aber dort fand er das Bild von Mr Sharky nicht. Auch die andere Tasche war leer. »Hast du es?«, flüsterte er Bob zu.
»Das Bild?«, stotterte Bob. »Wahrscheinlich hat Justus den Ausdruck noch. Es hat doch sowieso keinen Sinn, es diesem keifenden Bademantel unter die Nase zu halten. Kein Wunder, dass alle Haushaltshilfen vor ihm Reißaus nehmen. Wahrscheinlich war er ein wenig zu lange in der Army.«
»Bei dem würde ich auch nicht gern die Bücher abstauben. Wenn er so was überhaupt besitzt.«
»Was aber keine Entschuldigung für Betty Sutton sein soll«, redete Bob weiter. »Die beiden müssten sich doch eigentlich gut verstehen.« Er schwang sich aufs Rad und wartete auf Peter, der sein teures Rennrad wie immer zweifach abgeschlossen hatte. »Insgesamt war die Aktion eine Megapleite«, stellte Bob nüchtern fest. »Was Sharky zu verbergen hat, haben wir

nicht ansatzweise rausbekommen. Geschweige denn, dass wir eine Spur von Tom haben.«

»Das stimmt zwar«, antwortete Peter und schloss die zweite Kette auf, »aber dass diese Betty Sutton bei Sharky gearbeitet hat, ist doch wohl mehr als ein Zufall!«

Bob nickte. »Das gibt in der Tat zu denken. Mit dieser Neuigkeit können wir Justus bestimmt dafür entschädigen, dass wir nichts über das Foto herausgefunden haben. Beeil dich, sonst taucht dieser Schreihals wieder auf.«

Doch sie kamen ungeschoren von Jack Sharkys Grundstück und waren froh, wieder auf der Straße zu sein.

Während der Rückfahrt konnte sich Peter nur schwer beruhigen. »Solche Typen wie Sharky hasse ich. Ekelhafter Besserwisser. Allein diese ganzen hirnlosen Sprüche, die der ablässt!«

Auch Bob war schlecht gelaunt, doch als sie wieder Richtung Rocky Beach radelten, huschte plötzlich ein Lächeln über sein Gesicht. »Mir fällt da noch etwas ganz anderes ein, Zweiter. Auch wenn es dir nicht gefallen wird.« Mit zwei kräftigen Tritten in die Pedale hatte er zu Peter aufgeschlossen.

Peter drehte den Kopf zur Seite. »Und das wäre?«

»Kelly«, sagte Bob knapp. »Sie ist eine Frau.«

»Weiß ich«, antwortete Peter. »Und zwar aus erster Hand.«

»Sie kann sich bei Sharky bewerben«, setzte Bob nach. »Als Haushaltshilfe.«

»Das ist doch nicht dein Ernst!«, rief Peter entsetzt aus. Fast hätte er ein parkendes Auto gestreift. »Kelly bei diesem Tyrannen? Das macht sie nie. Dazu hat sie viel zu sehr ihren eigenen Kopf!«

»Na, Zweiter, dann lass dir mal was einfallen, womit du deine Freundin überzeugen kannst«, grinste Bob.

Auf den Hund gekommen

Als Peter und Bob zurück in die Zentrale kamen, wartete Justus bereits ungeduldig auf sie.
In gewohnt knapper Manier fasste Bob zusammen, was sie erlebt hatten. Als er von Betty Sutton berichtete, unterbrach ihn Justus zum ersten Mal.
»Betty Sutton hat bei Mr Sharky als Haushaltshilfe gearbeitet? Schon wieder ein Hinweis darauf, dass beide Fälle zusammenhängen! Wir müssen unbedingt genauer herausbekommen, welche Rolle Betty spielt.«
Peter setzte eine skeptische Miene auf. »Warum hat sie bei Sharky angeheuert? Er ist ein echtes Ekelpaket. Die paar Dollar, die sie verdient hat, wiegen diesen widerwärtigen Typen doch gar nicht auf! Da muss etwas anderes dahinterstecken!«
»Am besten, wir überwachen sie«, schlug Bob vor. »Vielleicht führt uns diese Spur zu Tom. Aber ich habe noch eine Idee!« Und Bob erzählte von seinem Plan, Kelly auf Mr Sharky anzusetzen.
Justus war sofort begeistert: »Wenn sie dort arbeitet, kann sie uns heimlich ins Haus lassen und wir sehen uns dort gründlich um. Sharky muss etwas mit Toms Verschwinden zu tun haben! Schließlich ist sein Foto der E-Mail angehängt. Ich hoffe nur, dass uns nicht noch eine andere Bewerberin dazwischenkommt und Kelly den Job wegschnappt.«
»Das ist meine geringste Sorge. So übel, wie der Typ drauf ist, schlägt er alle möglichen Kandidatinnen sofort in die Flucht.«
Justus sah Peter zweifelnd an. »Trotzdem soll Kelly sich beeilen. Peter, du sagst es ihr. Und bereite sie gut auf diesen Mann vor, damit sie ihm nicht gleich eine heftige Antwort vor den Latz knallt und der ganze Plan im Eimer ist.«

»Du meinst, sie soll ihre Ohren auf Durchzug stellen und immer schön brav ›Ja‹ sagen?« Peter runzelte die Stirn.
»Wäre es da nicht besser, Bob zu bitten, dass er Elizabeth fragt?«
Bob wollte empört antworten, doch Justus ging dazwischen.
»Elizabeth hat bei Weitem nicht so starke Nerven. Kelly packt das locker. Sie hat schon ganz andere Dinge hinbekommen.«
Das stimmte. Für die drei ??? hatte sich Kelly einmal erfolgreich in ein Hotel eingeschlichen.
»Also gut«, lenkte Peter missmutig ein. Er liebte es gar nicht, Kelly um etwas zu bitten. Besonders, wenn es die drei ??? betraf. Nur allzu gern beschwerte sie sich darüber, dass Peter mehr Zeit für die drei ??? übrig hatte als für sie. Doch in den letzten Wochen hatte sie ein entspannteres Verhältnis zu den Detektiven entwickelt. Seit sie sich regelmäßig mit ein paar Freunden zu einer Beachvolleyball-Gruppe traf, war es hin und wieder sogar Peter, der eifersüchtig auf ihre Termine reagierte.
Zur Auflockerung erzählte Justus seinen Freunden, wie es Dick Perry im Stadtpark ergangen war. Vor allem, weil allen der Abschuss ihres Plastikbootes noch mächtig in den Knochen steckte, sorgte Justus' Bericht für Heiterkeit.
»Hochmut kommt vor dem Fall«, fand Bob.
Und Peter resümierte: »Rache ist zuckersüß.«
Justus grinste. »Wo ihr schon bei den Redewendungen seid: Wer zuletzt lacht, lacht am besten!« Fast beschwingt löste er die Runde auf.

Es dauerte bis zum nächsten Mittag, ehe die Detektivarbeiten fortgesetzt werden konnten. Toms Platz im Klassenzimmer war leer geblieben und die drei ??? waren während des Unterrichts unruhig auf ihren Stühlen hin und her gerutscht. Was

hatte wohl Dick Perry inzwischen unternommen? War er Mr Sharky und Betty Sutton schon auf die Spur gekommen? Seit dem Zusammentreffen im Park war von Perry nichts mehr zu hören oder zu sehen gewesen.
Als Justus die Tür zur Zentrale aufschloss, beschlich ihn das Gefühl, dass er in seinem Brief an Perry den Mund zu voll genommen hatte. Jetzt würde Dick Perry alles dransetzen, den Detektiven zu zeigen, dass er der Bessere war. Zu was er alles fähig war, hatte sein Schuss mit der Harpune zur Genüge bewiesen. Nicht auszudenken, wenn Dick Perry schließlich die Lacher auf seiner Seite hätte.
Als Justus seine Schultasche auf den Schreibtisch legte, klingelte das Telefon. Es war Toms Mutter. Sie klang aufgeregt.
»Was gibt es Neues?«, wollte Justus wissen.
»Tom hat mir eine Nachricht geschickt«, berichtete Mrs Wood hastig. »Per E-Mail. Ich solle mir keine Sorgen machen. Übermorgen komme er wieder nach Hause. Ich hoffe ja so, dass es stimmt!«
»Bitte lesen Sie mir den Text genau vor«, bat Justus.
»›Liebe Mom. Ich weiß, dass du dir Sorgen machst. Aber ich muss etwas Wichtiges erledigen. Nichts Gefährliches, keine Angst. Übermorgen bin ich wieder da. Also reg dich nicht auf. Tom.‹«
Justus zupfte an seiner Unterlippe, sodass seine Frage etwas undeutlich klang. »Glauben Sie, dass Tom die Zeilen selbst geschrieben hat?«
»Wie bitte?«
»Hätte Tom die Mail so formuliert?«
»Du meinst, ob die Nachricht echt ist? Ich weiß es nicht. Es könnte sein, auch wenn mich Toms Verhalten wundert. Die Polizei sieht jetzt jedenfalls alles ziemlich entspannt. Wenn er wirklich entführt worden wäre, wäre ja eine Forderung ge-

kommen. Auch dieser Inspektor Cotta, der heute früh aufgetaucht ist, hat mich beruhigt. Was meinst du?«
Justus zögerte einen Moment. »Wahrscheinlich ist alles in Ordnung«, beruhigte er Mrs Wood. »Ah, eine Frage hätte ich doch noch: Was für ein Absender steht denn auf der Mail? Seine eigene?«
»Das geht nicht. Die Adresse ist gesperrt. Er hat die Botschaft von Berts Bar aus geschrieben, du weißt schon, das Café am Strand.«
Bei der Erwähnung von Berts Bar zuckte Justus zusammen. »Kenne ich, klar«, sagte er schnell. »Ein Internetcafé. Waren Sie schon dort?«
»Natürlich. Aber da kann sich keiner an Tom erinnern. Zu viele Leute sitzen da täglich am PC ...«
Justus bedankte sich für die Information und legte auf. Er glaubte nicht an die Echtheit der Mail. Dass die Nachricht wieder von Berts Bar kam, deutete eher darauf hin, dass diese geheimnisvolle Qualle ihre Finger im Spiel hatte.
Noch etwas anderes bedrückte Justus: Dick Perry. Wenn der Detektiv den drei ??? wirklich zuvorkommen wollte, war es für ihn das Naheliegendste, Abhörgeräte in ihrer Zentrale zu installieren. So konnte er herausbekommen, welche weiteren Schritte die Detektive planten.
Schnell prüfte Justus, ob sie über Nacht unangemeldeten Besuch erhalten hatten. Doch alle Sicherungssysteme waren intakt. Auch seine Nachfrage bei Tante Mathilda war ergebnislos: Ihr war nichts Besonderes aufgefallen.
Während Justus das Telefon auseinanderschraubte, um nach Minimikrofonen zu suchen, traf Bob ein, der nach der Schule noch zu Hause vorbeigefahren war.
Ihm war sofort klar, was Justus befürchtete. »Hat diese Laus von Dick Perry etwa Abhörwanzen installiert?«

Justus schüttelte den Kopf. »Nichts gefunden. Hat sich Peter bei dir gemeldet?«
»Nein.« Der Zweite Detektiv war in seinem frisch reparierten MG unterwegs, um Kelly nach Santa Monica zu fahren, damit sie sich bei Mr Sharky vorstellen konnte. Wie er seine Freundin zur Mitarbeit herumgekriegt hatte, war sein Geheimnis geblieben. Jedenfalls war er am Morgen bestens gelaunt zur Schule erschienen und gleich nach Schulschluss abgedampft.
Nachdem Justus Bob von Mrs Woods Anruf berichtet hatte, ging er zum Computer und schaltete ihn ein. Vielleicht waren ja weitere Antworten auf ihre E-Mail-Kampagne eingetroffen. Während die Installationsprogramme starteten und Bob das Telefon wieder zusammenschraubte, wanderten seine Gedanken zu Betty Sutton. Was hatte sie bloß von Mrs Baker gewollt? Woher kannte sie Sharky? Steckte sie hinter der Quallen-E-Mail? Womöglich hatte sie auch den Vorfall mit den Feuerquallen eingefädelt. Zweifellos wusste sie über diese Tiere gut Bescheid. Doch zum Zeitpunkt des Tauchgangs war das Testament von Meg Baker noch nicht geändert worden. Vor allem: Hatte wirklich Betty Sutton Tom entführt, weil er ihr auf der Spur war? Oder steckte doch eher Mr Sharky dahinter, der immerhin auf diesem Foto abgebildet war, das Tom kopiert hatte?
Toms Rätsel ging ihm wieder durch den Kopf. Er sprach darin von *IHN finden*, nicht *SIE finden*. War Mrs Sutton damit nicht eigentlich aus dem Spiel? Dann fiel ihm ein, dass Tom ja nur den Namen einer Mailadresse kannte und nicht die Person, die dahintersteckte. Das half also nicht weiter.
Justus' Blick flog über den Bildschirm. Der Computer braucht heute sehr lange, schoss es ihm kurz durch den Kopf, doch er fragte sich nicht, warum. Zu sehr war er in Gedanken versun-

ken, die wieder in Richtung Betty Sutton drängten. Betty hatte doch diesen Rucksack gehabt, den er bei dem Besuch in ›Waterworld‹ versehentlich nass gespritzt hatte. Da war ein Bild drauf gewesen. Aber welches? Plötzlich sah Justus es deutlich vor sich: ein Hund. Hund, Hund ... Toms Rätsel! Dort ging es um das Riechen! Und Hunde hatten einen hervorragenden Geruchssinn! Das passte doch! Justus wurde aufgeregt. Hunde gab es überall auf der Welt! Passte auch! War er der Lösung auf der Spur? Aber wie lautete dann das gesuchte Wort? War es der Name einer Hunderasse? Terrier? Dackel? Sheltie? Es gab viele Möglichkeiten. *›Willst du IHN finden, schau über deinen Rand‹*, hatte Tom geschrieben. Was sollte das in diesem Zusammenhang bedeuten?
Da wurde Justus in seinem Gedankenfluss unterbrochen. Mit einem Mal galt seine ganze Aufmerksamkeit dem Computer. Er starrte auf den Bildschirm. Sonderbare Dinge taten sich dort. Ein merkwürdiger Laut drang aus Justus' Mund.
Bob, der gerade im hinteren Teil der Zentrale eine neue Getränkekiste unter dem Regal hervorzog, drehte sich erschrocken herum.
»Geht es dir nicht gut? Das klingt ja, als hättest du eine Raucherlunge!«
»Komm, sieh dir das an!«
Bob ließ die Kiste los und sprang zu Justus.
Auf dem Bildschirm waren Quallen zu sehen, die langsam von einem Rand zum anderen zogen. Plötzlich wurde ein dunkles Rechteck sichtbar, das aussah wie eine Tafel Schokolade. Nacheinander fingen die drei Quallen an, das Rechteck anzunagen. Stück für Stück brachen sie aus ihm heraus. Dabei kamen sie immer schneller voran.
Bob konnte seinen Blick nicht abwenden. »Was tun die da?«, fragte er entsetzt.

Angriff der Viren

Justus war ratlos. Mittlerweile hatten die Quallen bereits das halbe Rechteck verspeist. Da dämmerte es ihm endlich. »Die Festplatte!«, schrie er. »Sie zerstören die Festplatte des Computers! Unsere ganzen Daten sind in Gefahr!«
Hilflos drückte er auf ein paar Tasten – doch ohne sichtbaren Erfolg. Rasend schnell verschwand Stück für Stück der Schokoladentafel.
Bob konnte es nicht mehr mit ansehen. Entschlossen kroch er unter den Schreibtisch. »Ich zieh den Stecker raus«, rief er energisch. »Oder? Was meinst du?«
»Klar, versuche es!«, antwortete Justus. »Allmählich ist ohnehin alles egal. Warte … es ist zu spät! Totalschaden. Alles weg. Der Bildschirm ist schwarz.«
Ernüchtert kam Bob wieder unter dem Tisch hervorgekrabbelt. »Und was bedeutet das, Just? Doch hoffentlich nicht das, was ich annehme?«
»Doch! Die Qualle hat uns ein Computervirus geschickt. Es ist alles kaputt!«
»Meinst du, mein ganzes Archiv ist zerstört?«, fragte Bob. Das pure Entsetzen stand auf seinem Gesicht. Jahrelange Arbeit war innerhalb weniger Minuten ruiniert worden.
»Ja.«
»Unsere Berichte, Fotos, die Datei mit den Fingerabdrücken, die Programme zur Entschlüsselung von Geheimschriften, die … die Telefondatei, mein Weltraumspiel …«
»Ja, das auch. Und mein Schachspiel ebenfalls. Es ist alles weg, was wir nicht auf Disketten zusätzlich gesichert haben.«
Gesichert. Natürlich. Im ersten Moment des Schreckens hatte Bob gar nicht daran gedacht. Das komplette Archiv war ja auf

Disketten kopiert. Von den meisten Spielen hatten sie die Originaldatenträger oder wussten zumindest, wo sie sie herbekommen hatten. Trotzdem war es ein Riesenaufwand, alles wieder zu installieren.
Schnell ging Justus im Kopf durch, was für Daten sie möglicherweise nicht gesichert hatten. Er wurde blass. »Die E-Mails von unserer Telefonlawine, die sind weg. Und auch die E-Mail von Tom. Ich habe nicht daran gedacht, sie noch einmal abzuspeichern. Aber Toms Rätsel müsste ich noch auswendig wissen, warte mal …« Er nahm sich einen Stift und schrieb:

Er hat eine große Nase und ist kein Elefant,
Nichts bleibt verborgen, jeder Mief ist ihm bekannt,
Es gibt ihn überall, in jedem Land,
Willst du IHN finden, schau über deinen Rand.

»Das ist der Wortlaut. Schließlich habe ich lange genug darüber nachgedacht.«
Bob lachte auf. »Nachgedacht? Und wann? Ich finde, wir haben uns noch viel zu wenig mit dem Rätsel beschäftigt.«
»In der Schule. Während des Geschichtsunterrichts.«
»Und? Mit welchem Ergebnis?«
»Dass Tom Wood ein guter Rätseldichter ist. Zumindest wenn man die Kürze der Zeit bedenkt, in der er es sich ausgedacht hat. Mir fiel zunächst nichts ein, wirklich gar nichts. Aber ich glaube, jetzt habe ich eine Spur.« Justus erzählte Bob von seiner Idee mit dem Hund. Das lenkte Bob endlich von dem Zwischenfall mit dem Computer ab. Doch auch zusammen kamen sie nicht weiter. Irgendein wichtiger Hinweis fehlte noch.
So war die Euphorie schnell verflogen und Bob starrte wieder auf den schwarzen Bildschirm. Er konnte es immer noch nicht

fassen. »Wie ist das Virus bloß auf unseren Computer gekommen?«
»Wir haben es selbst aktiviert. Das passiert, wenn man die entsprechende E-Mail öffnet. Es muss sich gestern unter den Antworten auf unsere Telefonlawine befunden haben. Aber das können wir wohl kaum noch herausbekommen. Peter hat alle Daten auf den PC geholt und die sind jetzt gelöscht.«
»Folglich hat die Qualle unsere E-Mail-Lawine … enttarnt?«
Justus nickte verdrießlich. »Das ist zu befürchten. Das Risiko der Aktion war wohl doch zu groß. Nehmen wir an, die Qualle ist tatsächlich Betty Sutton. Vielleicht steht sie aus irgendeinem Grund bei einem unserer Freunde oder deren Freunden auf der Adressdatei und schon wird ihr alles auf dem Präsentierteller serviert. Für Jack Sharky gilt dasselbe.« Allein die Vorstellung trieb Justus das Blut in die Adern. »Ich könnte mich in die Unterlippe beißen bei so viel Blödheit.«
»Und was ist mit Mrs Baker? Die Frau, mit der alles anfing?«, fragte Bob plötzlich.
»Wieso Mrs Baker?«
»Vielleicht ist Mrs Baker doch nicht so unerfahren, wie sie tut, und steckt selbst hinter diesen ganzen Aktionen.«
»Abwegig.«
»Erinnere dich doch daran, wie ihr Passwort lautet: *Harry!*«
»Ja und?«
»Ihr Hund heißt Harry!« Bob schnaufte. Dass Justus sich so blöd anstellte. »Just! Das passt genau auf die Lösung des Rätsels, so wie du es selbst vermutet hast! Ein Hund! Sogar die Zeile *Willst du IHN finden, schau über deinen Rand* ist damit erklärt: Die Lösung ist ganz nah. Wir brauchen nur in die nähere Umgebung zu schauen!«
»Dann muss uns die Spur über Jack Sharky zu Mrs Baker führen«, lenkte er ein. »Aber sie hat kein Motiv! Wo soll der

Zusammenhang sein? Und vor allem: Traust du ihr das zu? Sie müsste uns eine Riesenshow vorgespielt haben!«
»Ich traue jedem etwas zu«, antwortete Bob, »solange nicht das Gegenteil bewiesen ist. Ist das nicht sonst *dein* Motto?«
»Na ja, so fern liegt mir dieser Gedanke nicht«, musste Justus zugeben.
Das Telefon unterbrach ihre Überlegungen. Es war Kelly.
»Hi Just! Ihr könnt euch auf den Weg machen! Zu Jack Sharky meine ich.«
»Kelly!«, rief Justus erstaunt aus. »Bist du schon bei ihm?«
»Ja, und ich kann nicht laut sprechen. Er hat mich gleich hierbehalten. Oh Mann, der Typ ist schrecklich! Jetzt hockt er draußen am Pool. Dauernd fällt ihm was Neues ein, was ihm in der Welt nicht passt. Ich komme gar nicht zum Arbeiten, so viel Meckereien muss ich mir anhören. Wenn's nicht für euch wäre …«
»Wie können wir ins Haus gelangen?«
»Wartet einfach vor dem Elektrotor. Ich öffne es einen Spalt, wenn ich euch sehe. Im hinteren Teil des Hauses steht dann ein Fenster offen. Aber seid um Gottes willen leise! Und verändert auch nicht die kleinste Kleinigkeit! Der Sharky köpft mich, wenn er was mitkriegt! Und beeilt euch, damit ich hier nicht noch mal antreten muss. Ach halt: Ihr müsst natürlich noch auf Peter warten. Der müsste gleich bei euch sein.«
»Kelly …«
»Ich muss aufhören. Sharky ruft schon wieder nach mir!«
Justus hängte ein. »Hast du alles mitbekommen?«, fragte er Bob.
Der nickte. »Ist doch klasse. Je schneller, desto besser. Lass mich nur noch unsere Ausrüstung zusammensuchen.«
Lange brauchten sie nicht zu warten. Gerade als Justus die Tür hinter sich zuzog, fuhr Peter mit quietschenden Reifen in

den Innenhof. Sein MG war wieder gut in Form. Wütend kam Onkel Titus aus seiner Werkstatt herausgerannt. »Du sollst doch nicht so reinbrettern, Peter!«

Peter stieg aus und warf die Fahrertür zu. »Ein Notfall, Mr Jonas!«

»Ein Notfall, jaja. Notfälle scheinen auch eure Fahrräder zu sein«, gab Titus Jonas zurück und deutete auf Justus' und Bobs Räder, die am Bretterzaun lehnten. Ihre Reifen waren platt, das war sogar aus der Entfernung zu erkennen.

Die drei ??? rannten hin und besahen sich den Schaden. In jedem der Reifen steckte ein Nagel. Da entdeckten sie einen Zettel, der unter einem der beiden Gepäckträger klemmte. *»Hallo ihr drei ???«,* las Justus vor, *»vielen Dank für die freundliche Belehrung gestern im Park. Dies als kleinen Gruß zurück. Euer Dick Perry, der zum Schluss doch die Nase vorn haben wird! – PS: Kennt ihr schon mein neues Motto: Dick Perry fängt den üblen Schuft – die Fragezeichen pumpen Luft!«*

»Dieser Mistkerl!«, rief Bob aus.

»So einfach kriegen wir den wohl nicht klein«, musste Justus zerknirscht feststellen. Sein schlechtes Gewissen plagte ihn. Wahrscheinlich hatte er es mit dem Brief ein wenig zu weit getrieben.

Er drehte sich um zu Onkel Titus, der immer noch vor seiner Werkstatt stand und den Jungen amüsiert zusah. »Onkelchen?«

»Ja?«

»Würdest du bitte, ausnahmsweise, freundlicherweise, nur dieses eine Mal … unsere Fahrräder … also die Löcher in den Reifen, äh, flicken?«

»Ich tue den Teufel«, rief Titus Jonas empört zurück. »Das könnt ihr selbst besorgen.«

»Onkel, bitte. Wir haben einen dringenden Termin«, entschuldigte sich Justus und winkte seine Freunde eilig zum Wagen.

Auge in Auge

In Peters MG waren sie viel schneller in Santa Monica als am Vortag mit den Rädern. Während der Fahrt schauten Justus und Bob immer wieder durch das Rückfenster, um zu prüfen, ob Dick Perry ihnen folgte. Doch die Luft war rein.
Warum, das erfuhren die drei ???, als sie in die Straße einbogen, in der Jack Sharky sein Anwesen hatte: Dick Perrys mausgrauer Ford parkte bereits schräg gegenüber der Einfahrt.
»Ducken«, rief Peter gerade noch rechtzeitig.
Bob und Justus tauchten ab und Peter gelang es in letzter Sekunde, den Sonnenschutz vor das Fenster zu klappen. Hoffentlich hatte Dick Perry sie nicht erkannt.
Jetzt konnten sie unmöglich vor Sharkys Anwesen parken und sich vor seinem Tor herumdrücken, bis Kelly endlich aufmachte. Ohne vom Gas zu gehen, fuhr Peter weiter und stoppte erst, als er um die nächste Ecke gebogen war.
»Ein Schlag in die Magengrube«, kommentierte Bob die Anwesenheit von Perry. »Dick Perry ist Jack Sharky also auf der Spur. Unser ganzer Vorsprung ist dahin.«
»Damit hatte ich auch nicht gerechnet«, musste sich Justus eingestehen. »Er ist doch besser, als wir gedacht haben.«
»Aber Perry wartet vor dem Tor und wir sind bald dahinter!«, versuchte Peter die Stimmung etwas zu heben.
Justus lachte bitter. »Unser ursprünglicher Plan mochte ja schön und gut sein. Aber wir können doch nicht einfach an Perry vorbeimarschieren und uns dann auf das Anwesen von Jack Sharky verdrücken? Wenn er uns eins auswischen will, ruft er kurzerhand bei Sharky an und erzählt ihm, dass er unerwünschten Besuch hat. Und schon dürfen wir uns überlegen, wie wir rauskommen, dann allerdings aus dem Gefängnis.«

»Soll doch Kelly allein stöbern«, schlug Bob vor.
»Schlag dir das aus dem Kopf«, entgegnete Peter kurz.
Bob fiel ein, dass sie zu Kelly ohnehin keinen Kontakt mehr aufnehmen konnten. »Die Aktion verschieben?«, fragte er vorsichtig.
»Kommt nicht infrage«, entschied Justus. »Wir steigen irgendwo über die Mauer. Das Fenster wird Kelly hoffentlich schon geöffnet haben.«
»Wenn ich noch zweimal um die Ecke fahre«, überlegte Peter, »kommen wir in die kleine Seitenstraße, die an Sharkys Grundstück grenzt. Die Mauer ist allerdings ziemlich hoch.« Doch je mehr er sich mit dem Gedanken beschäftigte, umso mehr kamen ihm Bedenken. »Aber es wäre unüberlegt, über die Mauer einzudringen; das ist ein glatter Einbruch! Und vor allem haben wir es nicht mit Kelly abgesprochen. Da kann alles Mögliche schiefgehen.«
»Trotzdem machen wir es«, sagte Justus. »Es geht um Tom. Fahr los.«
Widerwillig startete Peter den Wagen und fuhr die zwei Straßen entlang, bis sie auf den kleinen Fahrweg kamen, der seitlich an Sharkys Anwesen entlangführte. Vereinzelt parkten ein paar Autos zwischen den ordentlich in Reih und Glied gepflanzten Bäumen. Peter stellte den MG auf einen freien Platz. »Hier müsste es sein«, sagte er. »Aber die Mauer ist doch höher, als ich dachte.«
»Zwei Meter«, schätzte Justus und blickte sich um. »Zum Glück ist niemand auf der Straße.«
»Die Leute vom gegenüberliegenden Haus könnten uns sehen«, wandte Peter ein.
»Die stehen bestimmt nicht den ganzen Tag am Fenster und glotzen raus«, nahm ihm Justus den Wind aus den Segeln.
»Und wenn Perry um die Ecke kommt?«

»Ein gewisses Risiko müssen wir eingehen. Komm, stell den MG ganz dicht an die Mauer ran.«
Peter fuhr den Wagen ein paarmal vor und zurück. Dann war Justus endlich zufrieden. Das Auto parkte jetzt so nahe an der Mauer, dass Bob und Justus ebenfalls auf der Fahrerseite aussteigen mussten. Möglichst unauffällig schauten die drei Jungs sich um. Kein Mensch war zu sehen, auch nicht am Fenster des gegenüberliegenden Hauses.
»Und jetzt?«, fragte Peter.
»Schade, dass dein MG so niedrig ist«, sagte Justus. »Aber es könnte reichen.«
»Wofür?« Peter sah ihn an. »Ihr wollt doch nicht …« Er wurde blass. »Deswegen sollte ich so nah an der Mauer parken! Nein, das geht nicht! Mein wertvolles Auto! Just, das ist ein Liebhaberwagen! Schlag dir das sofort aus dem Kopf!«
Justus ignorierte den Zweiten Detektiv, trat hinter den Wagen und begann vorsichtig auf den Kofferraum zu klettern.
»Das hält mein Auto nie im Leben aus«, wimmerte Peter. »Just, du kannst da nicht draufsteigen, du bist viel zu schwer!«
»Werden wir ja sehen«, sagte Justus und setzte ein Knie auf das Dach. Man hörte ein leichtes ›Plopp‹. Das Geräusch ging Peter durch Mark und Bein.
Justus zog sich auf das Dach des MG und tastete sich die Mauer hoch. Bald war er auf Höhe der oberen Kante. Er schaute kurz hinüber und schwang sich etwas behäbig auf die andere Seite. Ein dumpfes Geräusch kündete von seiner Landung.
»Nun ja«, sagte Bob und trat von einem Fuß auf den anderen. »Nichts für ungut, Peter, aber … nun ist Justus bereits … ich bin ja auch viel leichter … und schließlich geht es ja um Tom …« Er nickte Peter aufmunternd zu, kletterte deutlich flinker als Justus auf das Auto und zog sich rasch über die Mauer.

Verzweifelt strich Peter über die neue Beule, die sein vierrädriges Schmuckstück zierte. Was sollte er tun? Er schaute die Straße rauf und runter, blickte hinüber zum Haus, schätzte die Mauer ab, dann folgte er Justus und Bob kurzerhand.
Die beiden warteten hinter einem Busch. »Da bist du ja endlich«, zischte Justus, »wir haben Glück gehabt. Schau! Da vorn ist das offene Fenster! Und hinten im Garten siehst du ein Stück des Swimmingpools. Sharky dürfte von unserem Eindringen nichts bemerkt haben.«
In gebückter Haltung wetzte er los, es ging leicht den Hügel hinauf. Bob lief dicht hinter ihm und Peter blieb nichts anderes übrig, als den beiden zu folgen.
Durch das Fenster zu steigen war kein Problem. Sekunden später befanden sich die drei ??? im Inneren des Hauses. Sie blickten sich um und ein Lächeln huschte über ihre Gesichter: Kelly hatte sie auf die richtige Spur gesetzt. Sie standen zwar im Esszimmer, aber eine offen stehende Tür zeigte ihnen, dass direkt im Anschluss das Arbeitszimmer folgte.
»An die Arbeit, Kollegen.« Justus schlich voran. Sharky hatte wohl eine Vorliebe für vergangene Jahrhunderte. Dunkle, schwere Möbel prägten den Raum. An einer Wand hing ein überdimensionales Bild, das eine stürmische See darstellte und dessen Kitsch nur noch durch den üppigen goldfarbenen Bilderrahmen übertroffen wurde.
Doch jetzt war nicht die Zeit, sich über Geschmack Gedanken zu machen. Justus wollte sich erst einmal einen Überblick verschaffen. Vorsichtig trat er an die gläserne Außentür, die zu beiden Seiten von zwei bodenlangen, schweren Vorhängen eingerahmt wurde.
Sie ging zur Straße hin und war verschlossen. Da das Haus etwas erhöht lag, konnte Justus über die Mauer hinweg Dick Perrys mausgrauen Ford erkennen.

Perry saß hinter dem Steuer und starrte auf das Einfahrtstor. Zufrieden lächelte Justus in sich hinein. Nun waren sie ihm gegenüber wieder im Vorteil. Gefunden hatten sie allerdings bislang noch nichts.
Justus nahm den Raum unter die Lupe. Jack Sharky hatte seinen Schreibtisch so ausgerichtet, dass er bei der Arbeit nach draußen schauen konnte. Auf dem Tisch herrschte ein ziemliches Chaos. Briefe, Zettel, Bücher. Da war bestimmt etwas zu entdecken.
Außerdem standen in dem Zimmer noch ein mit Ordnern vollgestopftes Regal und ein massiver Schrank.
Rechts neben dem Schreibtisch hatte Sharky auf einem Beistelltisch seinen Computer aufgebaut. Vor allem er weckte Justus' Interesse, auch wenn es nicht einfach sein würde, an Informationen zu kommen, ohne das Kennwort zu wissen.
»Was ist, wenn Jack Sharky uns hier überrascht?«, flüsterte Peter. »Hier kann man sich ja nur schwer verstecken!«
»Bob und ich stellen uns im Notfall hinter die Vorhänge und Peter, du … kriechst in den Schrank!«
»Ich will auch hinter die Vorhänge!«
»Da passen aber nur zwei dahinter.«
»Und warum soll ausgerechnet ich … ach, was soll's.« Peter öffnete die Schranktür. Sie knarrte leise. Zufrieden stellte er fest, dass er zwischen den Pappkartons, die in ihm gestapelt waren, zur Not Platz finden konnte.
Draußen rief Mr Sharky nach Kelly. »Bringen Sie mir endlich meinen Drink an den Pool!«
»Ja, gleich!«, antwortete Kelly. Ihre Schritte waren zu hören.
»Der planscht noch eine Weile im Wasser herum«, stellte Justus fest. »Bob und Peter, ihr nehmt euch den Schreibtisch vor, ich den Computer.«
Systematisch machten sie sich an die Arbeit.

Bob schob den alten Briefbeschwerer zu Seite, eine große Glaskugel, die die Erde darstellte, dann nahmen Peter und er Blatt für Blatt in die Hand und überflogen Sharkys Aufzeichnungen.
»Das ist ja interessant«, murmelte Peter nach einer Weile und blickte auf. »Jack Sharky besitzt fünf alte Fischkutter. Sie liegen in Marina del Rey. Er verleiht sie für private Rundfahrten.«
Interessiert blickte Justus vom Computer auf. »Jack hat Schiffe? Vielleicht ist das ein Ansatz. Ich probiere leider immer noch an dem Passwort herum.«
»Weiter bist du noch nicht, großer Detektiv?«, neckte ihn Peter und grinste.
»Ich habe schon alles Erdenkliche ausprobiert. Lies doch mal die Namen der Schiffe vor.«
Peter hielt sich das Blatt wieder vor die Augen. »Ja, die stehen hier. Hafengenehmigungen für *Sea Star*, *Santa Monica III*, *Janine*, *Blue Sea*, *Cutty Sark*.«
»*Cutty Sark?*«, rief Bob dazwischen. »Ist das nicht der Kahn, der vor Kurzem gesunken ist?«
»Klar doch, der Quallenkutter, zu dem Mrs Baker getaucht ist!«
»Dann ist … das gibt es doch nicht!« Aufgeregt tippte Justus den Namen in den Computer ein.
Doch leider passte auch dieses Kennwort nicht. Bevor Justus eine andere Schreibweise des Namens ausprobieren konnte, hörten sie Schritte.
»Alarm!«, zischte Peter. »Verstecken!«
Es war zu spät, den Computer auszuschalten. Nebenan betrat jemand das Esszimmer. Mit einem Satz war Peter im Schrank verschwunden und zog die Tür hinter sich zu.
Justus und Bob beeilten sich, hinter die Vorhänge zu kom-

men. Unglücklicherweise wählten sie beide die gleiche Seite. Sie prallten frontal zusammen. »Pass doch auf, Bob!«
»Wieso ich?«
Es war zu spät, sich zu trennen. Justus machte sich so dünn wie möglich und zog Bob neben sich. Ganz reichte es allerdings nicht: Von der Seite aus waren sie vermutlich zu sehen.
Jemand betrat den Raum. Die drei ??? hielten den Atem an. Aber plötzlich waren die Schritte kaum noch zu hören. Justus fuhr ein Schauder über den Rücken. Hatte Sharky etwa Verdacht geschöpft?
Es war schwer auszumachen, wo genau die Person sich im Raum bewegte. Jetzt vernahm Justus ein Geräusch am Schreibtisch. Dann wurde etwas in den Computer getippt. Mit einem akustischen Zeichen signalisierte der Computer, dass er das Kennwort akzeptierte. Justus rutschte das Herz in die Hose: Es war Jack Sharky. Und er hatte gewittert, dass etwas nicht stimmte …
Ein leichter Luftzug ging durch den Raum. Wo war Sharky denn jetzt? Etwas klickte. Justus schloss die Augen und wünschte sich auf der Stelle nach Hause in die Zentrale.
Da hörte Justus jemanden atmen. Direkt auf der anderen Seite des Vorhangs, nur wenige Zentimeter von seinem Gesicht entfernt. Auge in Auge standen sie sich gegenüber, Sharky und er! Nur der Vorhangstoff war dazwischen. Justus hielt den Atem an.

Alarmstufe Rot

Es gab nur eine Lösung: Justus und Bob mussten den Vorhang zur Seite reißen und den Gegner überraschen. Justus schielte zu Bob und nickte nach vorn. Bob verstand die Strategie.
Der Erste Detektiv winkelte die Arme an, um zum Schlag auszuholen, und Bob griff sich eine Vorhangfalte.
Doch in dem Moment kam ihnen die andere Person zuvor.
RITSCH!
Der Vorhang war offen.
»Aha! Die drei ???«, hörten sie eine Frauenstimme sagen.
»Verdammt! Kelly!« Gerade noch konnte Justus seinen Faustschlag zurückhalten. »Hast du uns erschreckt!«
»Erschreckt? Ich denke doch, ihr seid ganz froh, *mich* hier zu sehen und nicht Mr Sharky«, gab sie zurück. »Wo steckt denn Peter? Ich hoffe, er ist nicht irgendwo im Haus unterwegs?«
Justus deutete auf den Schrank, dessen Tür sich gerade öffnete. Der Zweite Detektiv kam verdattert aus den Pappkisten hervorgeklettert.
Doch Kelly würdigte ihn kaum eines Blickes. »Und nun erklärt mir mal, warum ihr euch nicht an meinen Plan gehalten habt!«, legte sie los. »Immer diese Extratouren! Ich starre mir die Augen aus dem Kopf, um euch am Tor abzufangen, und ihr schnüffelt bereits fröhlich in Mr Sharkys Arbeitszimmer herum! Unsere Zusammenarbeit habe ich mir eigentlich anders vorgestellt!«
»Von fröhlich kann keine Rede sein«, sagte Peter kleinlaut. »Wir mussten den Plan leider ändern und sind über die Mauer geklettert.«
Bob kam ihm zu Hilfe. »Vor dem Tor lauert nämlich ein, ja ... ein anderer Detektiv, der ebenfalls an dem Fall arbeitet.«

»Noch ein Detektiv?«
»Ja«, übernahm Peter. »Eine wahre Schreckschraube, so ein glibberiger Typ, schmierig, fett und …« Er suchte nach Worten.
»Gemein«, half Bob aus. »Total gemein!«
»Und so … schleimig!«
»Er hat mit seiner Harpune das Plastikboot zerstört, das du Peter geschenkt hast«, warf Justus trocken ein. »Hat dir Peter das noch nicht erzählt?«
»Nein. Hat er nicht.«
»Ich hatte noch keine Zeit«, redete sich Peter heraus. Er hätte sich seine Entschuldigung sparen können, denn wenn es noch etwas bedurft hätte, Kelly gegen Dick Perry aufzubringen, so war es die Information über den Harpunenschuss.
Justus hatte das längst begriffen. »Er hält uns für Flaschen und hat uns unseren Fall abspenstig gemacht. Wenn du nachher das Haus verlässt, wird er dich womöglich ansprechen, und dann sagst du ihm am besten …«
»… dass ihr hier eingebrochen seid und er euch nur abzuholen braucht. Ist es das, was du meinst, Justus?« Sie grinste ihn herausfordernd an.
»Ja, also nein …« Er lachte. »Entschuldigung, du bist ja nicht blöd.«
»Womit du ausnahmsweise mal recht hast.« Kelly hatte sich wieder beruhigt. »Okay, ihr drei ???, mit eurem Konkurrenten werde ich schon fertig. Nun macht mal euren Job. Nach Tom braucht ihr übrigens nicht zu suchen. Ich habe bereits das ganze Haus durchkämmt. Nichts. Ich muss jetzt wieder raus, sonst wird Sharky noch misstrauisch.«
Bevor sie ging, hielt Justus sie zurück. »Woher weißt du eigentlich das Passwort für den Computer?«
»Das hat euch irritiert, nicht wahr? Vorhin hat Sharky meine

Adresse in seine Datei getippt, da habe ich ihm über die Schulter geschaut: *Doggy*.«
Bei so viel Service gewann auch Peter seine Haltung wieder. Dankbar drückte er Kelly einen Kuss auf den Mund. »Bis nachher, Kätzchen, falls wir uns hier nicht mehr über den Weg laufen sollten.«
Sie grinste und drehte sich um. »Macht mir keine Schwierigkeiten.«
»Hat er *Kätzchen* gesagt?«, fragte Bob Justus, als sie gegangen war.
»Ich habe auch so etwas vernommen«, meinte Justus und kratzte sich nachdenklich am Nacken.
»Schmuse- oder Kratzkatze?«, stichelte Bob.
Drohend hob Peter den Briefbeschwerer hoch. »Ihr kriegt gleich einen Kratzer an eure Denkmaschinen«, rief er und drohte mit der Weltkugel aus Glas.
Sofort hielt Justus warnend seinen Finger an die Lippen. »Sei doch nicht immer so empfindlich, Peter«, zischte er.
Sie lauschten, doch nichts geschah. Also kümmerte sich Justus um den Computer, zu dem er jetzt endlich das Passwort hatte. »*Doggy* – wieder ein Hinweis auf einen Hund«, murmelte er. Es passte ganz gut zu Sharkys bulligem Gesicht.
Lange brauchte er nicht zu suchen. Unter den abgespeicherten Mails fand er eine Mitteilung, deren Absenderin er nur allzu gut kannte: »Hört zu«, flüsterte Justus und beugte sich näher an den Bildschirm, »hier ist eine Mail von Mrs Baker. Ich habe es die ganze Zeit geahnt! Höchst interessant, was sie schreibt: *Doggy, du steckst doch bestimmt wieder in einer Schweinerei drin! Seit wann fährst du höchstpersönlich bei Nacht und Nebel deinen alten Fischkutter aus? Klar, dass du das Ding an den Felsen setzt, warst wohl wieder betrunken. Auch wenn die Polizei nichts gefunden hat, ich sehe mir den Kahn mal an. Da-*

rauf kannst du dich verlassen! Irgendwann kriege ich dich! Und dann wanderst du endlich in den Knast. Meg.«
»Dann ist Sharky ihr Exmann!«, stieß Bob überrascht aus. »Der, über den sie so hergezogen ist, als wir bei ihr waren. Sie scheint ihn ja mächtig zu hassen.«
Justus nickte. »Das erklärt einiges. Deswegen steht Perry also unten an der Straße. Mrs Baker hat ihm von ihrem Verdacht berichtet, nachdem sie ihm den Fall übertragen hat.«
Peter ordnete seine Gedanken: »Warte mal, in der Mail kündigt Mrs Baker an, dass sie sich das Wrack ansehen möchte. Und Sharky wollte es verhindern. Irgendetwas hat er bei seiner Fahrt in der Nacht im Schilde geführt. Das sollte seine Exfrau nicht herausbekommen. Deshalb hat er das mit den Quallen organisiert. So konnte er ihr kräftig eins auswischen.«
»Dann müsste er mit Betty Sutton zusammengearbeitet haben«, überlegte Bob. »Aber warum schimpft er dann so über sie?«
»Tarnung?«, schlug Peter vor.
Während sie überlegten, suchte Justus nach einem Antwortschreiben Sharkys an Meg Baker. Doch er fand keines. Er klickte noch verschiedene Verzeichnisse an und verzettelte sich in einer ganzen Reihe von Dateien, die nichts mit dem Fall zu tun hatten. Etwas ernüchtert schloss er die Programme. »Alles können wir hier nicht auf den Kopf stellen. Ich denke, wir haben genug gefunden.«
Während der PC herunterfuhr, fasste der Erste Detektiv zusammen: »Sharky ist der Exmann von Mrs Baker. Betty Sutton arbeitete bei ihm als Haushaltshilfe und ist andererseits angeblich befreundet mit Mrs Baker. Sharky hat den Kahn gesteuert, der untergegangen ist. Mrs Baker findet es merkwürdig, dass Sharky selbst am Ruder war, und wirft ihm vor, das sei nicht mit rechten Dingen zugegangen. Sie will es über-

prüfen und taucht zur Unfallstelle. Die Quallen verbrennen ihre Haut. Zufälligerweise ist Betty Sutton dabei, die bei ›Waterworld‹ arbeitet, wo zufälligerweise ein paar Quallen verschwunden sind. Wäre passend, wenn Sharky und Betty zusammenarbeiten, so merkwürdig es auch klingen mag. Nur schade, dass ich auf Sharkys Computer keinen stichhaltigen Beweis gefunden habe, dass er hinter den Quallen-Mails steckt. Und schließlich: Von Tom haben wir immer noch keine Spur.«

»Wir sollten endlich mal bei Betty suchen«, schlug Peter vor. »Bei ihr scheinen die Fäden zusammenzulaufen.« Mit der Hand strich er über die gläserne Weltkugel, die es ihm offenbar angetan hatte.

In dem Moment räusperte sich Bob vernehmlich. Während des Gesprächs hatte er die Schublade des Schreibtisches aufgezogen und in ihr herumgestöbert. Ganz vorsichtig zog er jetzt etwas hervor. Es war ein kleiner, glänzender Barren.

»Gold«, entwich es Peter. »Und was für ein Teil!« Fasziniert trat er auf Bob zu. Mit dem Arm streifte er den Briefbeschwerer an der Kante des Tisches. Mit einem lauten Knall landete er auf dem Boden. Glas splitterte durch das Zimmer.

»Peter!«, rief Justus.

Bob ließ den Goldbarren in die Schublade fallen und drückte sie schnell zu. »Spinnst du?!«

Erschrocken starrte Peter auf die Bescherung, unfähig zu irgendeiner Handlung. Sein erster Impuls war, die Scherben wegzukehren, doch das war in ihrer Situation der reinste Unsinn. »Ich … ich …«, stotterte er.

Sie hörten, wie jemand zur Tür hereinkam, und fuhren herum. Zum Glück war es Kelly.

»Was habt ihr denn da bloß angerichtet?« Als sie den Schaden sah, war sie nahe daran, die Fassung zu verlieren. »Sharky ist

gerade ins Haus gekommen, er muss den Knall gehört haben! In ein paar Sekunden ist er hier!« Sie sah sich um. »Versteckt euch, schnell!«
Justus und Bob verschwanden hinter den Vorhängen, während Kelly entschlossen den immer noch vor Schreck wie versteinert wirkenden Peter in den Schrank schob und hinter ihm die Tür zudrückte. Das Ganze geschah keine Sekunde zu früh. Wutentbrannt stürmte Mr Sharky in den Raum.

Kelly fliegt raus

Sharkys Blick heftete sich auf den von Scherben übersäten Parkettboden. »Was haben Sie da angestellt, Kelly! Sie blöde Kuh!«
Er bückte sich und hob ein größeres Glasstück auf. »Das war ein wertvolles Teil! Oh Kelly, Sie werden mir diesen Schaden ersetzen! Und natürlich sind Sie sofort gefeuert! Halt! Kehren Sie erst noch das Glas auf! Gibt es denn nur noch Versager heutzutage?«
»Es … es war keine Absicht«, versuchte Kelly ihn zu beruhigen. Es blieb ihr nichts anderes übrig, als das auszubaden, was Peter angerichtet hatte.
»Aufkehren! Sie Trampel!«
Während Kelly Schaufel und Besen holte, stapfte Sharky fluchend im Zimmer hin und her. Das Glas knirschte unter seinen Badeschlappen.
Hinter den Vorhängen wagten Justus und Bob kaum, Luft zu holen. Hoffentlich fing Sharky nicht an nachzuforschen, was Kelly sonst noch angefasst haben könnte. Er würde die ungebetenen Gäste schnell entdecken.
Endlich kam Kelly zurück und begann, die Scherben zusammenzukehren. Um Sharky von den drei ??? abzulenken, redete sie ohne Unterlass. »Ich wollte nur den Tisch abwischen, Mr Sharky, es war keine Absicht, diese gläserne Kugel stand so nahe am Schreibtischrand …«
»Mein Briefbeschwerer befand sich mitten auf dem Tisch!«, polterte Sharky los. »Was haben Sie überhaupt in meinem Büro zu suchen?« Plötzlich wechselte seine Stimme ins Bedrohliche. »Sie sollten doch im Schlafzimmer die Fenster putzen, Kelly«, sagte er langsam. »Ich glaube, Sie schnüffeln hier

herum. Stehlen Sie etwa?« Man hörte, wie er die Schreibtischschublade aufzog und kurz darauf einen erleichterten Seufzer ausstieß. Dann entdeckte er die Unordnung auf seinem Schreibtisch. »Meine Papiere liegen anders …«
»Ich wollte nur den Tisch abwischen; mit den Fenstern im Schlafzimmer war ich fertig«, verteidigte sich Kelly schnell. »Glauben Sie mir doch: Ich bin nicht diejenige, die faul ihre Zeit absitzt, wenn sie mit dem ersten Job fertig ist! Es tut mir wirklich leid um Ihren Briefbeschwerer, aber bitte unterstellen Sie mir nicht solch einen Unsinn! Sie können gern meine Tasche durchsuchen!«
»Das werde ich tun!«
Justus stellte fest, dass Kelly die Situation langsam unter Kontrolle bekam. Dennoch malte er sich mit Schrecken aus, was wohl passieren würde, wenn Sharky die drei Jungen entdeckte. Dann ging es ans Eingemachte.
Kelly schien Ähnliches zu befürchten.
»Okay, Mr Sharky«, sagte sie und schüttete eine Schaufel voll Glas in einen Eimer. »Ich habe jetzt alles aufgekehrt. Sie möchten mich also auf der Stelle entlassen. Gut, ich habe dafür Verständnis. Bitte begleiten Sie mich zur Tür.«
»Finden Sie nicht selbst hinaus?«
»Bitte begleiten Sie mich zur Tür«, beharrte Kelly mit fester Stimme. »Sonst unterstellen Sie mir noch, dass ich auf dem Weg dahin etwas mitgehen lasse. Außerdem ist meine Tasche draußen. Sie wollten einen Blick hineinwerfen.«
»Also gut.« Sharky folgte Kelly aus dem Raum.
»Los, jetzt!«, zischte Justus und zog den Vorhang zur Seite.
Bob rannte zum Schrank. »Peter, raus mit dir!«
Peter kletterte heraus. Seine Beine waren fast eingeschlafen und er streckte sie erst mal durch. Außerdem plagte ihn sein schlechtes Gewissen. »Dieser Mistkerl stammt ja wohl aus

dem letzten Jahrtausend! Die arme Kelly! Die hat ja ganz schön was abgekriegt! Und alles wegen meiner Blödheit!«
Justus widersprach ihm nicht. »Kelly kannst du später trösten«, sagte er nur. »Es gibt noch viele lange Kinonächte. Aber jetzt lass uns bloß hier abhauen!«
Doch weit kamen sie nicht. Kaum waren sie an der Tür des Arbeitszimmers, hörten sie Sharky schon wieder zurückkommen. Zu allem Unglück begann im selben Augenblick auch noch das Telefon zu schellen.
»Zurück!«, befahl Justus geistesgegenwärtig. »Aber schnell!«
Gerade noch rechtzeitig verschwanden die drei ??? wieder in ihren Verstecken. Schon eilte Sharky herein und schnappte sich den Telefonhörer. »Ja? – Ja, am Apparat. Sie wollten doch erst später anrufen. – Steckst du etwa dahinter, Meg? Diese verstellte Stimme! – Ja, ja, ist ja gut, ich weiß, Sie haben das Sagen. – Ja, das Gold ist hier. Heute aus meinem Schließfach geholt.«
Es entstand eine längere Pause, in der der Anrufer etwas zu erklären schien. Justus und Bob standen hinter dem Vorhang und spitzten die Ohren.
»Ja, verstanden«, meldete sich Sharky zurück. »Gut, in einer Stunde. Ich bin pünktlich, ja! – Per E-Mail? Jetzt?«
Sharky schaltete den Computer ein. Eine Minute lang hörte man nur die Geräusche des PCs. »Die Mail ist drauf«, sagte Sharky dann. »Warten Sie, ich sehe sie mir an. – Ja, ich finde die Stelle. – Ja doch, ich komme! Aber ich bekomme die Ware! – Hören Sie, ich muss mich darauf verlassen können! Was habe ich denn in der Hand? – Ja, ja. Ich tue, was Sie wollen!«
Mit einem Fluch warf Sharky den Hörer zurück auf die Gabel. Man hörte, wie er etwas ausdruckte. Er faltete das Blatt zusammen und zog dann die Schublade seines Schreibtisches

auf. Wenige Augenblicke später verließ er das Zimmer. Den PC hatte er einfach laufen lassen. Kurz darauf schlug die Haustür zu.
Plötzlich waren die drei ??? allein im Haus.
Erleichtert schoben Justus und Bob den Vorhang zur Seite. Justus trat an die Glastür und sah gerade noch, wie sich Perrys mausgrauer Ford auf die Straße schob, um die Verfolgung von Sharky aufzunehmen.
»Jetzt ist Perry am Drücker«, stellte Justus fest. Das gefiel ihm gar nicht. Der Erste Detektiv spürte, dass er nervös war. Das geschah selten; meistens wurde er in gefährlichen Situationen kalt wie Eis und seine Denkmaschine lief auf Hochtouren. Doch mit dem Anruf hatte etwas Entscheidendes begonnen und Justus fand die Lösung nicht. Aber die Tatsache, dass Dick Perry jetzt hauteng an der Aufklärung des Falles war, brachte das Fass zum Überlaufen. Den drei ??? lief die Zeit davon.
Justus drehte sich um. Peter und Bob standen hilflos in der Mitte des Raums und warteten darauf, dass dem Ersten Detektiv etwas einfiel. »Bis wir am Auto sind, ist Sharky über alle Berge«, sagte Justus. Dann erinnerte er sich an den Computer. »Er hat doch etwas ausgedruckt.«
Während sich Justus den PC vornahm, vergewisserte sich Bob durch einen Blick in die Schublade, dass Sharky das Gold mitgenommen hatte.
Justus wurde schnell fündig. »Die letzte Mail ist vom Strandcafé! Ihr erinnert euch, die Tarnadresse. Wartet, ich öffne den Anhang. Das … das ist in der Tat eine Überraschung!«
Die drei ??? starrten auf den Bildschirm. Dort war ein nur allzu bekanntes Dokument erschienen. Die Zeichnung, die Tom ihnen gemailt hatte.
»Diese Schatzkarte mit den Linien, was hat das zu bedeuten?«, murmelte Justus.

Auch Peter konnte einfach nichts damit anfangen. »Und warum bekommt Sharky es gemailt? Wir dachten doch, er selbst steckt dahinter? Dann ist es doch unlogisch, dass er das …«
»Aber ganz sauber ist Sharky auch nicht«, warf Bob ein. »Dem steht das Wasser doch bis zum Hals. Wenn ich den Telefonanruf richtig verstanden habe, wird er erpresst. Zumindest braucht er das Gold, um irgendeine Ware dagegen einzutauschen. Und er weiß nicht, wer sein Gegenüber ist. Er hat ja sogar auf seine Exfrau getippt, unsere Mrs Baker.« Bob blickte triumphierend auf. »Hab ich doch gleich gesagt, Mrs Baker hat ihre Finger im Spiel. Das erklärt auch ihre Mail an Sharky.«
»Unlogisch«, entgegnete Justus stur. »Ich tippe nach wie vor auf Betty. Aber wir müssen nicht mehr raten, wenn wir Sharky verfolgen. Dieser Plan hier ist der Schlüssel: Sharky hat ja die Karte ausgedruckt und so etwas gesagt wie ›Ich kenne die Stelle‹. Es ist also eine Wegbeschreibung! Aber von welcher Gegend? Wenn wir das Rätsel lösen, sind wir wieder im Spiel!«
»Dort soll also die Übergabe stattfinden«, schlussfolgerte Bob. »Und zwar in einer Stunde!«
»Genauer gesagt: in zweiundfünfzig Minuten«, stellte Justus mit einem Blick auf seine Uhr fest. »Die Karte«, sagte er, »konzentriert euch auf die Karte. Es muss irgendwo im nördlichen Teil des Großraums von Los Angeles sein. Irgendwo, wo man innerhalb einer Stunde sicher hinkommen kann. Was könnte die Karte abbilden?«
»Wanderwege in den Bergen? Einen Stadtpark?«, warf Peter ein.
»Nein, der hat doch mehr als einen Zugang. Los, weitere Ideen. Sonst macht dieser bescheuerte Dick Perry tatsächlich das Rennen.« Justus' Gehirn war blockiert. Er blickte schon wieder auf die Uhr. »Mist, beeilt euch!«
»Wieso wir?« Bob hatte sich umgedreht und starrte aus dem

Fenster. Justus' hektische Art machte ihn vollkommen nervös.
»Warum enden bloß alle Wege auf dieser Karte im Nichts?«, murmelte Bob vor sich hin. »Warum lauter Sackgassen? Die führen doch … zu nichts. Oder an eine Mauer? An ein Hindernis? Eine Grenze?«
Da schlug sich Justus mit der Hand gegen die Stirn. »Mensch, Bob! Was täten wir nur ohne deine Fragen? Du bist genial. Genau das ist es! Natürlich sind alle Wege Sackgassen. Denn sie führen alle … ans Meer!«
»Ans Meer? Klar: die Buchten! Beim Riff! Wir sind selbst dort gewesen!«
Sie beugten sich vor den Bildschirm. »Wartet, das passt genau! Wenn das der Weg an die Klippen ist, hier, die erste Verzweigung, dann hier weiter« – Bobs Finger fuhr die Linien entlang und deutete schließlich auf den eingezeichneten Punkt – »dann müsste das da genau die kleine Bucht sein, von der aus wir zum Riff geschwommen sind. Das ist der Treffpunkt! Wow! Dieses Rätsel ist gelöst!«
»Nichts wie hin«, rief Justus. »Die Zeit müsste noch reichen.«
Doch Peter bewegte sich nicht von der Stelle. »Wir sollten Inspektor Cotta informieren«, sagte er entschlossen. »Wir brauchen Rückendeckung. Vorher fahre ich nicht.«
»Dann gib mir eben den Autoschlüssel«, herrschte Justus ihn an.
Peter schüttelte den Kopf und blickte sich Hilfe suchend nach Bob um.
Der zwinkerte ihm zu und versuchte es auf die vernünftige Art: »Just, vergiss einmal kurz unseren Zweikampf mit Dick Perry«, sagte er ruhig. »Es geht um Tom. Und dieser Sharky ist unberechenbar. Wir rufen Cotta an. Basta.«
»Von hier aus? Können wir doch immer noch machen!«
»Auf den Klippen steht leider keine Telefonzelle.«

»Okay«, lenkte Justus schließlich ein. Wenn Peter und Bob zusammenhielten, konnte er nicht mehr viel ausrichten. Außerdem hatten sie ja recht. »Ich sende ihm eine Mail mit der Karte als Anhang. So hat er gleich die Wegbeschreibung.« Dann ließen die drei Detektive alles stehen und liegen und machten sich auf den Weg zur Küste.

Tauchgang

Ein Blick auf die Uhr bestätigte Justus, dass sie es gerade noch vor Ablauf der Stunde geschafft hatten. Auf dem kleinen Parkplatz im Hinterland der Felsküste standen nicht mehr viele Autos. Von Inspektor Cottas Wagen war keine Spur zu sehen. »Was ist, wenn Cotta die E-Mail zu spät liest?«, fragte Bob.

»Das können wir jetzt auch nicht mehr ändern«, entgegnete Justus kurz. Sein Blick schweifte über die Autos. »Da vorn parkt Sharky«, stellte er fest. »Und hier, in gebührendem Abstand, Dick Perry. Wir haben ins Schwarze getroffen!«

Beide Fahrzeuge waren verlassen. »Beeilen wir uns«, trieb Justus die anderen zur Eile an. »Die nächsten Minuten werden über alles entscheiden!«

Den Weg in die verborgene kleine Bucht fanden sie auch ohne die Karte. Es gab nicht viele Menschen in der Gegend, die die Schleichwege kannten. Aber wer wie die drei Jungen von Kindesbeinen an in Rocky Beach herumgestreunt war, für den waren geheimnisvoll versteckte Buchten schon immer etwas Verlockendes gewesen.

Sie folgten dem unscheinbaren Pfad, schoben mit der Hand Sträucher zur Seite und zwängten sich an Felsvorsprüngen vorbei.

Je näher die drei Detektive ans Meer kamen, umso mehr verlangsamten sie das Tempo. Schließlich hielten sie auf eine Handbewegung von Justus hin ganz an.

»Vorsicht! Sonst machen wir vielleicht einen entscheidenden Fehler!«

Sie hörten, wie einige Meter weiter unten die Wellen des Meeres zischend auf dem Kies ausliefen. Die Sonne stand

schon nahe am Horizont und ein leichter Wind war aufgekommen.
»Hier müssen sie irgendwo stecken. Wartet.« Langsam drückte sich Justus an dem Felsen vorbei, hinter dem der Pfad die letzten Meter zum Meer hinunterführte.
Doch schnell zog er sich wieder zurück. »Keine zehn Meter entfernt hockt Dick Perry hinter einem Busch«, zischte Justus. »Er hat sich die ideale Position ausgesucht, um Sharky zu beobachten. Seid bloß leise! Warum muss uns dieser Kerl immer im Weg herumstehen?«
»Weil er schlauer ist als du, Just.«
»Das ist doch nicht dein Ernst!«
Peter lachte leise. »War nur ein Scherz.«
»Konntest du die Bucht einsehen?«, wollte Bob von Justus wissen.
Justus schüttelte den Kopf. »Von hier aus nicht. Wir müssen ein Stück zurück und von da aus auf die Landzunge klettern.«
Vorsichtig drehten sie wieder um. Ein paar Meter weiter hinten gelang es ihnen, unbemerkt ein Felsplateau zu erreichen, von dem aus sie die Kiesbucht beobachten konnten. Allerdings waren sie nun ein ganzes Stück vom Ort des Geschehens entfernt.
Sharky stand am Strand und starrte auf das Meer. Er war allein.
Justus folgte der Richtung seines Blicks und blieb an der Klippe hängen, an der der Fischkutter aufgelaufen war. Sein Mast ragte aus dem Wasser, offenbar hatte ihn die Strömung wieder aufgerichtet.
»Keine Menschenseele. Möchte mal wissen, wen Sharky hier treffen soll«, sagte Bob.
Er drehte sich um und suchte mit den Augen den Pfad ab, den sie heruntergeklettert waren.

»Der Erpresser muss mit einem Boot kommen«, überlegte Justus. »Er wird das Risiko eingehen und vom Land her auftauchen. Aber da ist kein Schiff. Auch hinter der Klippe auf dem offenen Meer ist nichts zu sehen.«
Sie suchten den Horizont nach etwas Verdächtigem ab. Weit entfernt segelten zwei Hochseejachten, aber sie schienen nicht näher zu kommen. »Vielleicht hat man Sharky auch in eine Falle gelockt«, grübelte Justus.
Doch plötzlich zupfte Bob den Ersten Detektiv am Ärmel. »Schau, da unten tut sich was.«
Sharky hatte sich gebückt. Er schien etwas aus dem Wasser zu ziehen; es sah aus wie ein langes Stück Holz. »Hast du dein Fernrohr dabei?«, fragte Justus.
Bob holte einen länglichen Gegenstand aus der Jackentasche. »Los, gib schon«, sagte Justus. Er zog das Teleskop auseinander, legte sich flach auf den Bauch und stützte seine Arme auf einem flachen Stein ab. So konnte er besser sehen. »Das ist kein Holz«, sagte er. »Es ist ein kleines U-Boot.«
»Ein U-Boot?«
»Ja, so ein ferngesteuertes Teil. Wie ein großes Spielzeug. Sharky zieht gerade einen Zettel heraus und liest ihn. Jetzt greift er in seine Tasche und hat … eine Pistole in der Hand. Oh Mann, er hat eine Pistole dabei! Er legt sie auf dic Kieselsteine und nun holt er den Goldbarren hervor. Er legt ihn in das U-Boot und schaut sich um. Jetzt nimmt er das Boot und geht ein paar Schritte ins Wasser …«
»Das sehe ich auch!«
»… und lässt das Schiff ins Meer. Es fährt los. Und taucht ab. Noch kann ich es sehen. Genial. Absolut genial, das muss ich zugeben! Der Erpresser schickt ein U-Boot. Er selbst erscheint gar nicht! Mr Unsichtbar legt uns rein! Sharky, Dick Perry und wir – alle glotzen in die Röhre.«

»Aber wo steckt der Erpresser?«, fragte Bob. »Irgendwo muss er das Gold doch in Empfang nehmen!«
»Unter Wasser wahrscheinlich«, antwortete Justus, während er mit dem Fernrohr sorgfältig die Wasseroberfläche nach verdächtigen Luftblasen absuchte. »Schade, dass wir keine Taucherausrüstung dabeihaben.« Er legte das Fernrohr zur Seite. »Mist. Nichts zu machen. Der Himmel spiegelt sich zu sehr auf der Oberfläche.«
»Es muss der gesunkene Fischkutter sein«, sagte Peter plötzlich. »Der Taucher wartet beim Kutter! Ich hatte doch so einen länglichen Kasten gesehen, als ich gestern in den Rumpf getaucht bin! Da war bestimmt das ferngesteuerte Boot drin. Ich könnte … vielleicht … hinschwimmen. Nicht zu nahe natürlich. Nur schauen, wer es ist.«
Justus und Bob sahen den Zweiten Detektiv entgeistert an. »Was ist denn mit dir los? Keine Angst?«
»Ich habe wegen der heruntergefallenen Glaskugel noch etwas gutzumachen«, sagte Peter leise. »Und ich will es jetzt wissen. Sonst geht uns der Täter noch durch die Lappen. Und Tom bleibt für immer verschwunden.«
Justus und Bob wechselten einen Blick.
Doch Peter redete schon weiter. »Passt auf, ich klettere ein Stück auf die andere Seite des Felsens, sodass Sharky mich nicht sehen kann. Dann schwimme ich los. Ich kann ziemlich lange die Luft anhalten. Bis ich an der Klippe bin, muss ich nicht mehr als vier- oder fünfmal auftauchen. Mit etwas Glück wird mich keiner entdecken.«
»Aber bis dahin ist der Erpresser doch längst über alle Berge!«, warf Bob ein.
»Denke ich nicht. Sharky hat seine Ware noch nicht.«
»Vorauskasse«, bestätigte Justus. »Den Goldbarren ist er los. Ich bin gespannt, ob er bekommt, was ihm zusteht.«

Peter warf Bob seinen Geldbeutel und den Autoschlüssel zu. »Nimm du das mal sicherheitshalber!« Er zog sich bis auf die Unterhose aus und ließ seine Klamotten einfach fallen, wo er stand. Allerdings blickte er nicht mehr ganz so entschlossen drein, als er damit begann, den Felsen hinunterzuklettern. Zum Glück war die Brandung nicht stark, so dass er sich problemlos ins Wasser gleiten lassen konnte.

»Hoffentlich geht das gut«, murmelte Justus, als Peter ihnen noch einmal zuwinkte.

Der Zweite Detektiv schwamm ein paar Züge. Als er auf Höhe der Landzunge war, holte er tief Luft und tauchte unter.

Sharky starrte immer noch auf das Wasser. Wenn nicht gleich etwas passierte, würde er Peter irgendwo Luft schnappen sehen. Zweifellos würde er ihn für den Erpresser halten. Was dann passieren würde, wagte sich Justus nicht auszumalen.

Nervös knetete der Erste Detektiv an seiner Unterlippe. Dick Perry war durch einen Felsen verdeckt. Wenigstens er konnte Peter vorerst nicht entdecken.

Justus nahm sich wieder das Fernrohr, um Sharky zu beobachten, der inzwischen unruhig am Strand hin und her lief.

»Bob, siehst du Peter?«, fragte Justus, ohne Sharky aus den Augen zu lassen.

»Er taucht gerade zum ersten Mal auf.«

»Mist!«

Doch in diesem Moment wurde Sharkys Aufmerksamkeit abgelenkt. Das U-Boot war wieder da. Ungeduldig stapfte der Mann bis zur Hüfte ins Wasser und zog es an Land. Jetzt erst ließ er einen Kontrollblick über die Wasseroberfläche schweifen. Zu spät, um Peter zu entdecken. Dann öffnete er die Klappe des U-Bootes. Justus hielt den Atem an.

Sharky nahm ein kleines Stoffbündel heraus und faltete es

auseinander. Der Inhalt glitzerte in der Abendsonne. Gold, Silber, Edelsteine. Es war Schmuck.

»Jetzt wird mir einiges klar«, entfuhr es Justus. »Wenn wir Sharky stellen, werden wir Inspektor Cotta damit einen großen Gefallen tun.«

»Und Peter?«

Sie wandten sich um. Über das sanfte Rollen der Wellen hatten sich plötzlich neue Geräusche gelegt. Ein Taucher war an die Oberfläche gekommen. In schnellen Zügen schwamm er auf die Küste zu. Das musste der Erpresser sein! Offenbar versuchte er, die Nachbarbucht zu erreichen, um von dort aus zu fliehen.

Justus fixierte ihn mit dem Teleskop: Doch der Taucher trug eine Schwimmbrille und war durch das Fernrohr nicht zu erkennen.

Der Erste Detektiv setzte das Glas ab und entdeckte den Grund für die Flucht: Ein Stück weit hinter dem Taucher kraulte Peter und nahm ihm Meter um Meter den Vorsprung. Sharky hatte die beiden ebenfalls bemerkt. Er hob seine Pistole und zielte. Doch dann schien er es sich anders zu überlegen. Schnell steckte er die Waffe wieder ein und kletterte auf den Felsen, der zur Nachbarbucht führte.

Justus sah, wie auch Dick Perry sein Versteck verlassen hatte und ihm folgte. Besonders aufzupassen brauchte Perry dabei nicht. Sharky kannte offenbar nur noch ein Ziel: sich den Erpresser zu schnappen.

Justus schob das Teleskop zusammen und steckte es in die Jackentasche. »Jetzt heißt es schnell sein, Bob.«

Perry schlägt zu

»Was ist, wenn Sharky glaubt, dass Peter mit dem Erpresser unter einer Decke steckt?«, rief Bob, als sie die Felsen hinunterrutschten, um die Verfolgung aufzunehmen.
»Dann ist es schlecht um ihn bestellt.«
»Wir müssen Peter warnen oder Sharky ausschalten!«, entgegnete der Erste Detektiv.
Als Justus und Bob kurze Zeit später auf den Kies der kleinen Bucht sprangen, war von Sharky und Dick Perry bereits nichts mehr zu sehen.
Nervös kontrollierte Justus den Abhang. »Cotta, wo bleibt nur Inspektor Cotta?!«
Obwohl sie bereits ziemlich außer Atem waren, begannen sie sofort den nächsten Felsen hochzuklettern.
Ein paar anstrengende Momente später hatten sie den Kamm erreicht, von dem aus sie in die nächste Bucht sehen konnten. Justus und Bob stockte der Atem.
Peter hatte die Taucherin fast eingeholt. Es war eine Frau, die da im flachen Wasser ihre Flossen abstreifte und dann die letzten Meter zum Ufer hechtete. Panisch drehte sie sich zu ihrem Verfolger um. Doch die Tauchermaske verdeckte ihr Gesicht.
Schon kraulte Peter heran. Jetzt hatte auch er Boden unter den Füßen. Die Frau rannte los und nahm Kurs auf den Pfad, der zum Plateau hinaufführte.
Peter hatte gerade den Strand erreicht, als ein rauer Ruf die Luft durchschnitt: »Halt! Alle beide! Sonst schieße ich!«
Hinter einem Felsen, keine zehn Meter von der Frau entfernt, erhob sich Sharky und drohte mit seiner Waffe.
Die Frau und Peter stoppten sofort. Sharky lachte hämisch.

Seine Pistole wanderte zwischen beiden hin und her. »Nettes Pärchen, das ich da erwischt habe. Noch hübscher sind ja die Badeshorts, die du da anhast, Junge!«
Peter blickte auf seine schlabberige, nasse Unterhose und verbiss sich eine Antwort.
»Aber ich kenne dich doch!«, schrie Sharky erbost. »Bist du nicht einer der beiden Kerle, die nach dem Putzjob gefragt haben? So ist das also. Ihr arbeitet zusammen! Her mit dem Gold!«
»Aber, wo sollte ich …« Peter zuckte hilflos mit den Schultern. Sharky bemerkte, dass Peter nichts weiter bei sich trug, und er wandte sich der Frau zu, die sich bisher nicht gerührt hatte. »Dann hast du wohl den Goldbarren, Hübsche! Und nimm mal deine Maske runter. Ich erkenne dich auch so, Meg! Rück das Gold raus oder ich knall euch beide ab!«
Justus zuckte zusammen. Sharky war bis aufs Blut gereizt. So aufbrausend, wie er den Mann kennengelernt hatte, war keinesfalls auszuschließen, dass er es ernst meinte.
Peter begann zu stottern. Justus musste etwas tun, um Sharky aus dem Konzept zu bringen. Er wollte gerade einen Schrei ausstoßen, als ihn Bob am Ärmel zog und nach unten zeigte. Unbemerkt von Sharky hatte sich Dick Perry angeschlichen. Jetzt setzte er zum Sprung an.
Sharky zielte auf Peter. »Na los! Eins, zwei …«
Da traf ihn ein Schlag auf die Hand. Die Pistole glitt zu Boden. Perry packte Sharky und hebelte ihn aus dem Gleichgewicht. Der Detektiv aus Santa Monica beherrschte sein Fach. Obwohl ihm Sharky körperlich weit überlegen war, hatte ihm Perry innerhalb weniger Sekunden ein paar Handschellen verpasst.
Sharky lag auf dem steinigen Boden und fluchte.
Justus sah die Situation mit gemischten Gefühlen. »Jetzt müs-

sen wir dem bescheuerten Detektiv auch noch dankbar sein«, grummelte der Erste Detektiv und setzte sich in Bewegung. Bob war das egal. Hauptsache, Peter war gerettet.

Doch einen Augenblick lang hatte niemand auf die Taucherin geachtet. Sie wollte die Gelegenheit nutzen, um sich unauffällig zu verdrücken. Justus bemerkte es als Erster. »Die Erpresserin! Sie haut ab!«

Dick Perry schnappte sich die Pistole. »Stehen bleiben oder ich schieße!«

Doch unbeeindruckt kraxelte die Frau weiter den Abhang hoch. Offenbar war ihr jetzt alles egal. »Mist!«, rief Dick Perry und begann, ihr nachzuklettern.

Blitzschnell schätzte Justus ihren Fluchtweg ab. »Wir können über den Bergrücken abkürzen«, forderte er Bob auf. »Dann schnappen wir sie. Sogar noch vor Perry!«

Die Frau bemerkte, dass sie in die Falle lief. Ihre Bewegungen wurden immer langsamer; wahrscheinlich ließen sie auch allmählich ihre Kräfte im Stich. Auf halber Höhe gab sie schließlich auf.

Doch dieses Mal wollte Justus der Erste sein. Ohne Rücksicht auf seine Kleidung arbeitete er sich vorwärts. Die Steine rollten unter seinen Füßen weg, die Hose war an den Knien bereits zerrissen. Bob konnte kaum noch folgen.

Von unten näherte sich Dick Perry, nicht minder von Ehrgeiz getrieben.

Es war knapp. Sehr knapp. Aber der kleine Detektiv aus Santa Monica hatte die Nase vorn. Genau einen Schritt vor Justus trat er vor die Taucherin und legte ihr die Hand auf die Schulter. »Dick Perry. Detektei Santa Monica. Ich bringe Sie jetzt zur Polizei … Mrs Betty Sutton!«

»Betty Sutton?«, entfuhr es Bob, der inzwischen zu der kleinen Gruppe aufgeschlossen hatte.

Justus nickte stumm.
Perrys Augen hingegen blitzten. »Ja, dies ist Betty Sutton, ihr Superdetektive! Ich habe euch geschlagen! Ich habe Sharky und Betty gefangen.« Mit einem raschen Griff zog er der Taucherin die Maske ab.
»Detektive sind zum Kotzen«, sagte Betty und spuckte auf den Boden.
Dick Perry triumphierte. Er öffnete die Seitentasche ihrer Taucherjacke und fischte den kleinen Goldbarren heraus. Das Gold blitzte in den letzten Strahlen der Abendsonne. Perry lächelte und ließ den Barren in seiner Tasche verschwinden. »Dafür also die ganze Aufregung! Der Klumpen muss sehr viel wert sein!« Er nickte Betty Sutton zu. »Also los jetzt, gehen Sie runter zu Sharky!«
Der saß immer noch unten, bewacht von einem inzwischen vor Kälte schlotternden Peter.
»Betty Sutton!«, zischte Sharky der Frau finster entgegen. »Dieses Luder von Haushaltshilfe! Darauf wäre ich nicht gekommen! Ich hätte dich umbringen sollen!«
Dick Perry machte eine beruhigende Geste. »Immer sachte, Jack. Sie stecken selbst tief genug im Mist! Aber eine Frage ist noch offen.« Er wandte sich an Betty. »Wo haben Sie Tom versteckt? Vermutlich in Ihrer Wohnung?«
»Ich sage nichts«, erklärte die Frau störrisch.
Je länger Perry sprach, umso mehr ging er Justus auf die Nerven. Mit seinen Erkenntnissen war der Erste Detektiv inzwischen längst genauso weit wie Dick Perry. Nur leider war der Konkurrent aus Santa Monica im entscheidenden Moment einen Schritt schneller gewesen. Doch Justus wollte zeigen, dass auch er auf der Höhe der Ermittlung war, und ergriff kurzerhand das Wort, als Perry Luft holte.
»Sie trieben ein schlimmes Spiel, Betty«, begann er und fixier-

te Betty Sutton. »Als Haushaltshilfe schlichen Sie sich bei Mr Sharky ein. Ihm gehören fünf alte Fischkutter, die er verleiht. Sehr viel kann er damit nicht verdienen. Doch er wohnt in einem luxuriösen Haus. Das passt nicht zusammen, dachten Sie sich und Sie kamen schnell hinter sein Geheimnis: Für viel Geld erledigt Sharky dunkle Botendienste. Er transportiert gestohlenen Schmuck auf das Meer und übergibt ihn dort an weitere Mittelsmänner, welche die heiße Ware vermutlich außer Landes bringen. Inspektor Cotta hat mir von den vielen spektakulären Diebstählen berichtet, die sich in letzter Zeit im Raum Los Angeles zugetragen haben.«

»Die Polizei wird jetzt die ganze Bande ausheben«, warf Perry süffisant ein. »Das dürfte nicht schwer sein, da Sie, Mr Sharky, jetzt endlich gefasst sind.«

»Doch eines Tages lief eine Botenfahrt schief«, fuhr Justus fort. »Bei Sturm und schlechtem Wetter streiften Sie das Riff. Die *Cutty Sark* ging unter und Sie konnten sich gerade noch retten.«

»Aber auch der Schmuck war versunken«, klinkte sich Perry ein. »Als Sie ihn am nächsten Tag holen wollten, war bereits ein anderer schneller gewesen.«

Justus deutete auf Betty. »Nämlich Mrs Sutton. Sie hatte sich den Schmuck heraufgeholt. Doch mit gestohlener Ware konnte sie nichts anfangen. Sie wusste nicht, wohin damit. Also erpresste sie Sie, Mr Sharky: Schmuck gegen Gold. Damit hatte sie sogar noch mehr in der Hand als das Foto, das sie von Ihnen geschossen hatte, als Sie mit einem Koffer voll Schmuck Ihr Schiff betraten.«

»Diebesbanden, deren schöner Fang im Meer versinkt, können sehr unangenehm werden«, fuhr Perry mit einem kritischen Seitenblick auf Justus fort.

»Aber auch Betty hatte ein Problem«, dozierte Justus unbeein-

druckt weiter. »Es hieß Meg Baker. Sharkys Frau. Sie stocherte ebenfalls in Sharkys dunklen Geschäften herum. Sie durfte Betty nicht in die Quere kommen.«
»Genau«, fiel Perry schnell ein, dem Justus' Erklärungen augenscheinlich zu weit gingen. »Betty, Sie freundeten sich mit Mrs Baker an, wenn auch nur zum Schein. Sie arrangierten das mit den Quallen, um Mrs Baker unter Druck zu setzen. Sie sollte dem gesunkenen Schiff fernbleiben, das Ihre Basis für die Geldübergabe war.«
Justus hatte wieder Luft geholt. »Ich vermute sogar, Mrs Sutton, Sie verbanden das eine mit dem anderen und wollten sich als große Retterin von Mrs Baker zugleich auch noch eine hübsche Erbschaft erschleichen. Nun, das hat ja auch fast funktioniert!«
Betty drehte sich weg. »Dieses Detektivgeschwätz geht mir auf den Geist! Zwei von der neunmalklugen Sorte sind absolut unerträglich!«
»Finde ich nicht«, polterte Sharky dazwischen und funkelte die Frau böse an. »Gewisse Teile des eben Gesagten sind sehr erhellend! Aber was ist mit den Jungen? Die waren nicht dabei?«
»Wir sind ebenfalls Detektive«, erklärte Peter schlotternd.
»Eigentlich suchen wir Tom Wood«, fuhr Justus fort. »Auch ein Opfer von Betty Sutton. Denn noch etwas lief schief: Unserem Mitschüler Tom gelang es, sich auf dem Computer von Mrs Sutton einzuloggen. Dort fand er Dateien, die Mrs Sutton als Erpresserin enttarnen mussten. Doch Betty bemerkte den unerwünschten elektronischen Besuch. Irgendwie verfolgte sie ihn zurück und machte Tom ausfindig. Sie fuhr zu ihm, nahm die Daten mit und entführte den Jungen.« Er sah Betty Sutton direkt in die Augen. »Wo steckt Tom, Mrs Sutton?«

»Ohne meinen Anwalt sage ich keine Silbe!«
»Das brauchen Sie auch nicht …«, begann Dick Perry.
»… weil wir alles erläutern können«, vollendete Justus. Er lächelte überlegen. »Wir fahren einfach zu Ihrer Wohnung, und ich bin sicher, dass wir dort fündig werden.«
Betty schnaubte.
»Tut das, Jungs«, sagte Dick Perry mit einem Seitenblick auf Betty. »Schätze, ihr werdet ihn dort finden. Aber ich stelle fest: Ich, Dick Perry, habe den Fall geklärt. Auch wenn du, Dickerchen, gar nicht mal so schlecht mitkombiniert hast. Vielleicht wird sogar irgendwann einmal ein Detektiv aus dir. Was soll's. *Will dir einer an den Kragen – musst du halt … doch Dick Perry fragen!*«
Er lachte auf und blickte in die Runde, aber keiner verzog auch nur eine Miene. Perry zuckte mit den Schultern und fuhr fort: »Die Befreiung von Tom, die schenke ich euch. Und die Übergabe dieses Raufboldes da ebenfalls.« Er deutete auf Sharky. »Aber Mrs Sutton, das Herzstück des Ganzen, die liefere ich selbst bei der Polizei ab.«
»Inspektor Cotta müsste in Kürze hier eintreffen«, bemerkte Justus.
»Cotta? Rocky Beach?« Angewidert verzog Dick Perry das Gesicht. Er sah aus, als hätte er in eine saure Zitrone gebissen. »Nein, nein, vergesst es, Jungs: In Santa Monica spielt die Musik. Ich arbeite dort mit Inspektor Taylor zusammen. Euer kleines Nest wird diesen Erfolg leider nicht für sich verbuchen können.«
Er schnappte sich die Pistole und stieß Betty Sutton vorwärts. »Auf geht's. Zum Auto. Gib Gas, Lady, sonst mache ich dir Beine!«

Des Rätsels Lösung

Niedergeschlagen blickten die drei ??? den beiden hinterher. Dick Perrys Sprüche waren schwer zu verdauen. »Seine Arroganz gegenüber Rocky Beach kann er sich sparen«, schimpfte Justus. Es ärgerte ihn maßlos, dass der Detektiv aus Santa Monica das Rennen gewonnen hatte. Immerhin war Tom noch nicht gefunden und darum mussten sie sich jetzt kümmern.

Auch Bob hatte an Tom gedacht, war jedoch auf eine andere Frage gestoßen: »Was ist eigentlich mit Toms Rätsel? Wie passt das auf Betty Sutton?«

Peter stöhnte auf. »Müssen wir das wirklich jetzt klären? Ich friere!« Der Seewind war stärker geworden und Peter bestand fast nur noch aus Gänsehaut. »Hättet ihr mir nicht wenigstens meine Klamotten mitbringen können?«

Bob sah ihn mitfühlend an und streifte sein T-Shirt ab. »Hier, zieh dir das erst mal über. Ich schlage vor, wir klettern hoch zum Parkplatz, setzen uns ins Auto und warten auf Cotta. Inzwischen kann ich dir dann deine Kleidung holen. Wenn der Inspektor noch nicht eingetroffen ist, bis ich wieder zurück bin, bringen wir Mr Sharky selbst auf die Polizeistation.«

Peter und Justus waren einverstanden. »Los, Mr Sharky!«

Es dauerte eine Weile, bis die drei ??? Sharky endlich zum Parkplatz befördert hatten. Dick Perrys Auto war längst verschwunden. Peters MG und Sharkys Wagen standen einsam auf dem kleinen Platz. Die Dämmerung hatte eingesetzt und der Wind wurde immer kräftiger. Sie verstauten Sharky auf der Rückbank des MG und Peter setzte sich erleichtert auf den Fahrersitz.

Gerade als er Bob daran erinnern wollte, seine Kleidung zu

holen, sah er, wie sich ein paar Autolichter durch die Dämmerung bohrten.
»Vielleicht ist das der Inspektor«, hoffte Peter. Er traute Sharky nicht und wollte ihn so schnell wie möglich loswerden.
Zwischen ein paar Hügeln tauchte ein Wagen auf. Langsam holperte er die Sandstraße entlang.
Peter atmete auf. Es war tatsächlich Cottas Dienstfahrzeug.
Die Räder knirschten auf dem Sand, als das Auto wendete, genau auf Peter zuhielt und dann stoppte.
Cotta stieg aus. Man sah ihm an, dass er schlecht gelaunt war.
»Ich hoffe, ihr habt einen guten Grund, warum ihr mich gerufen habt! Gerade ist uns einer aus der Schmuckbande in die Fänge geraten! Den muss ich dringend verhören!« Dann entdeckte er Sharky auf der Rückbank des Wagens und verstummte.
Justus löste sich vom Kotflügel des MG, an den er sich gelehnt hatte. Wenigstens jetzt konnte er einen Erfolg verbuchen. »Das passt doch ausgezeichnet, Inspektor! Denn wir präsentieren Ihnen den Boten, der die gestohlene Ware fortgeschafft hat: Mr Jack Sharky aus Santa Monica! Mit einem seiner Kutter hat er den Schmuck aufs Meer gebracht. Kleiner Nebenverdienst, um sich seinen Lebensstil zu sichern.«
»Tatsächlich?« Neugierig trat der Inspektor einen Schritt näher und spähte durch die Fensterscheibe. »Steigen Sie mal aus!« Er wandte sich wieder an Justus. »Wie seid ihr auf ihn gekommen?«
Während sich Sharky umständlich aus der Beifahrertür des Wagens quälte, fasste Justus zusammen, was sie herausgefunden hatten.
»Dann hat Betty Sutton also Tom entführt!«, sagte Cotta überrascht. »Und ich dachte schon, der Junge sei einfach nur von zu Hause abgehauen!«

Justus schüttelte den Kopf. »Die Mail von Tom an seine Mutter war gefälscht. Betty wollte sich damit die Polizei vom Hals halten, was ihr ja auch gelungen ist.«
»Und wo steckt diese Mrs Sutton jetzt?«, wollte Cotta wissen.
»Dick Perry bringt sie gerade auf die Polizeistation nach Santa Monica«, sagte Justus etwas kleinlaut. »Er hat sie sich geschnappt. Tom müssen wir noch befreien.«
»Dann hat euch Dick Perry also übertrumpft?«, wunderte sich Cotta. »Nun ja, es ist schon erstaunlich, dass Dick Perry nach einer Serie von Misserfolgen ... ich habe mich bei meinen Kollegen in Santa Monica erkundigt ...«
Sharky hatte sich inzwischen neben Cotta gestellt. »Was soll das alles?«, fragte er übel gelaunt. »Ist das hier eine Stehparty? Bin ich verhaftet oder was soll das alles? Vielleicht erklären Sie mir mal meine Rechte, Kommissar! Und dann erzähle ich Ihnen die Wahrheit über diese drei elenden Detektiv-Schnüffler da. Die haben versucht, sich in mein Haus einzuschleichen. Getarnt als Haushaltshilfen!«
»*Inspektor* Cotta«, sagte Cotta kühl. »Nicht *Kommissar*. Ihre Rechte erkläre ich Ihnen gleich auf der Rückfahrt. Und mit Justus, Bob und Peter unterhalte ich mich so lange, wie es mir gefällt.« Er deutete auf den MG. »Warum kommt Peter eigentlich nicht heraus?«
»Sein Outfit entspricht nicht ganz dem gewohnten Standard«, erläuterte Bob. »Die Details können wir vielleicht auf der Polizeistation besprechen. Aber erst sollten wir noch bei der Wohnung von Betty Sutton vorbeischauen. Ich denke, das eilt jetzt am meisten.«
Justus räusperte sich. »Nein, Bob, wir planen um!«, sagte er entschieden. Bob runzelte die Stirn. Was war mit dem Ersten Detektiv los? Er wirkte plötzlich wie ausgewechselt. Justus trat auf Mr Sharky zu und schob ihn in Richtung Polizeiauto. »In-

spektor, packen Sie den schon mal ein. Wir fahren nicht zu Betty Sutton. Unser Ziel ist der Hafen von Marina del Rey. Beeilen Sie sich, Inspektor! Es kommt auf jede Sekunde an!«
Inspektor Cotta sah Justus überrascht an. Er war ja einiges gewohnt von diesem Jungen, aber das jetzt …
Justus zwang sich zur Ruhe. »Vertrauen Sie mir einfach, Inspektor. Ich erkläre Ihnen später alles.« Er drückte Bob auf die Rückbank des MG und glitt auf den Beifahrersitz. »Gib Gas, Peter. Wir fahren schon mal vor. Der Hafen. Marina del Rey!«
Verdattert ließ Peter den Wagen an. Langsam holperte er über die Sandtrasse. »Bin ich dein Taxi?«, moserte der Zweite Detektiv.
»Schneller, schneller«, forderte Justus ihn auf.
Peter reagierte nicht. »Hör mal, du hast mein Auto schon genug demoliert! Soll ich mir jetzt auch noch die Stoßdämpfer ruinieren?«
»Mach schon«, sagte Justus, »es geht um Tom!«
Widerwillig gab Peter Gas. »Wenn du dich so in Schweigen hüllst, Erster, kannst du auf mich nicht zählen.«
»Nun fahr erst mal auf die Küstenstraße, dann sehen wir weiter.«
Als sie kurze Zeit später mit exakt der erlaubten Höchstgeschwindigkeit über die Straße rauschten, fand es Bob angebracht, dass Justus endlich seine Karten ausspielte: »Nun gib uns doch mal einen Hinweis!«
»Das Rätsel«, sagte der Erste Detektiv.
»Welches Rätsel?«
»Toms Rätsel.« Er schloss die Augen und zitierte:
»Er hat eine große Nase und ist kein Elefant,
Nichts bleibt verborgen, jeder Mief ist ihm bekannt,
Es gibt ihn überall, in jedem Land,
Willst du IHN finden, schau über deinen Rand.«

Bob zuckte mit den Schultern. »Ja, und? Wir waren doch bei der Hundespur, es hat was mit Bettys Rucksack zu tun. Vielleicht besitzt sie auch eine Homepage, die einen Hundenamen hat oder so was. Ach, Just, ich weiß es nicht.«
Peter musste abbremsen, da sie durch eine kleine Siedlung kamen. Dann gab er wieder Gas. »Du meinst, das mit dem Hund ist falsch?«, fragte er Justus und schaute in den Rückspiegel. Weit hinten tauchte Inspektor Cotta auf.
»Ganz genau.«
»Was kam noch mal alles infrage …«, überlegte Bob. »Ratten, Elefanten, Stinktiere …«
»Keine Tiere«, half Justus. »Nur in übertragenem Sinne.«
»Mief, Parfüm, Jauchegruben …« Peter wich geschickt einem Motorradfahrer aus. Sie kamen jetzt durch Santa Monica. Nach Marina del Rey war es nicht mehr weit.
»Blödsinn!« Justus holte Luft. »Nun strengt euch doch endlich mal an! Schließlich seid ihr Detektive!«
»Ach, ja? Und wer hat selbst tagelang das Rätsel nicht gelöst?«
»Aber jetzt weiß ich, was Tom gemeint hat«, betonte Justus nachdrücklich. »Und ich sage euch: Es ist ganz einfach! Jeder Krimileser wäre vermutlich längst draufgekommen, nur wir Trottel sind es nicht!«
Peter schoss durch eine Nebenstraße. »Just, weißt du eigentlich, wie entsetzlich du bist, wenn du uns auf die Sprünge helfen willst? Du solltest Mathelehrer werden, nicht Detektiv!«
»Fang mit Zeile zwei an«, sagte Justus unbeeindruckt und zitierte sie: *»Nichts bleibt ihm verborgen, jeder Mief ist ihm bekannt.«*
»Jemand, der seine Nase in alles steckt«, sagte Bob gedehnt.
»Genau! Weiter!«, rief Justus. *»Es gibt ihn überall, in wirklich jedem Land!«*

»Ein Schnüffler«, sagte Peter. Und plötzlich fügte er ganz aufgeregt hinzu: »Ein Detektiv! Die gibt es überall!«
»Treffer! Natürlich ein Detektiv! Als Sharky uns vorhin als Schnüffler bezeichnete, fiel es mir wie Schuppen von den Augen. Halt, hier musst du abbiegen!«
Gerade noch rechtzeitig konnte Peter bremsen. Fast hätte er die Straße zum Hafen verpasst.
»Willst du IHN finden, schau über deinen Rand!«
»Damit meint er dich, Justus!«, rief Bob. »Oder vielmehr uns. Wir sind Detektive. Wir sollen also über unseren Rand sehen, wenn wir *ihn* finden wollen. Über den Tellerrand.«
»Unser Gebiet ist Rocky Beach«, sagte Justus. »Wenn wir an der richtigen Stelle über unseren Tellerrand blicken, dann schauen wir nach …?«
»… Santa Monica!«, ergänzte Peter tonlos. Er hatte die Kreuzung erreicht, von der aus man hinunter an die Hafenbecken kam.
Justus deutete nach vorn. »Stell das Auto neben den Polizeiwagen. Von dort müssen wir zu Fuß weitersuchen.«
Cotta hatte inzwischen dicht zu ihnen aufgeschlossen. Jetzt blinkte er Peter mit der Lichthupe an, überholte ihn und stoppte vor dem Polizeiwagen. Er stieg aus, sprach mit dem Polizisten und deutete auf Sharky, der auf der Rückbank des Wagens saß. Der Polizist nickte.
Auch Peter stellte den Wagen ab.
Mit forschen Schritten kam Cotta zu ihnen. »Ich habe mir zur Unterstützung einen Kollegen herbestellt. Und jetzt, ihr Detektive?«
»Jetzt suchen wir *IHN*«, antwortete Justus. »Den Detektiv, der in Toms Rätsel gemeint ist. Den, der das Detektivbüro Santa Monica führt.«
»Dick Perry«, sagte Bob.

Falsches Spiel

»Und wo finden wir Mr Perry?«, fragte Cotta.

»Wir müssen nach Perrys Schiff Ausschau halten. Es heißt Barbara.«

»Wie seine Assistentin«, erinnerte sich Cotta.

»Komm mit, Peter!«, rief Justus.

»So wie ich angezogen bin?«

»Egal! Das T-Shirt ist lang genug!«

Sie rannten los in Richtung Pier.

Im Laufen versuchte sich Justus einen Überblick darüber zu verschaffen, wo welche Schiffe lagen. Boote gab es hier mehr als genug und die meisten waren größer und teurer als das, wonach er suchte. Schließlich entdeckte er das Schiff zwischen mehreren kleineren Motorbooten. Dick Perry war gerade dabei, die Leinen loszubinden.

»Beeilt euch!«, rief Justus und drängelte sich durch eine Gruppe Touristen, die auf dem Steg standen.

In seinen Badeschlappen konnte ihm Peter kaum folgen; auch Bob und Inspektor Cotta waren nur unwesentlich schneller.

Dick Perry hörte Justus kommen und richtete sich auf. Noch hielt er die Heckleine in der Hand.

Keuchend blieb Justus vor ihm stehen.

»Was gibt's, Dicker?«, sondierte Perry vorsichtig und fixierte ihn aus zusammengekniffenen Augen. »Bist du gekommen, um mir zu gratulieren?«

Heftig schnaufend trafen Bob, Peter und der Inspektor ein. Perry wich einen Schritt zurück.

»Der Fall ist noch nicht geklärt«, sagte Justus. »Wo ist Betty Sutton?«

»Auf der Polizeistation natürlich!«

Justus schüttelte den Kopf und wollte gerade zu einer Erklärung ansetzen, als sich die Bootstür zur Kajüte öffnete. Bettys Kopf erschien. »Dick, warum kommst du nicht endl…?«
Sie entdeckte die drei Detektive und die Frage erstarb auf ihren Lippen.
»Hallo Barbara«, sagte Justus trocken.
Erstaunt sahen Peter und Bob ihren Freund an. »Barbara?«
»Barbara Stevens. Alias Betty Sutton«, stellte Justus vor. »Dick Perrys Assistentin. Inzwischen ist sie seine Geliebte. Entführung und Erpressung. Inspektor, Sie können das Pärchen verhaften.«
»Ähem, ja, Sie sind natürlich verhaftet«, murmelte Cotta, doch sein Gesicht bildete ein einziges Fragezeichen.
Dick Perry sah aus, als hätte ihn der Schlag getroffen. Jenes überlegene Lächeln war aus seinem Gesicht verschwunden.
»Erkläre dem Inspektor die ganze Geschichte«, sagte er matt.
Jetzt war es an Justus, seinen Triumph voll auszukosten. »Dick Perry und Barbara Stevens! Ich vermute mal, Sie waren früher ehrlich arbeitende Detektive. Ja, so muss es angefangen haben. Sie überwachten Verdächtige, klärten Fälle, bekamen heraus, was andere Menschen Dunkles trieben. Doch eines Tages veränderte sich etwas. Sie ließen sich dazu verführen, selbst Kapital aus den Fehlern der anderen zu schlagen und sie nicht mehr der Polizei auszuliefern. Ich weiß nicht, ob Sharky der erste Fall in dieser Richtung ist, jedenfalls bekamen Sie mit, dass er Dreck am Stecken hatte. Sie fotografierten ihn, wie er mit gestohlenem Schmuck sein Schiff betrat, um die Wertsachen außer Landes zu bringen. Unter dem falschen Namen ›Betty Sutton‹ schlich sich Barbara in sein Haus ein und spionierte ihn aus. Das Schiff ging unter und Sie erpressten ihn gemeinsam. Wir haben das ja bereits herausgearbeitet.« Er blickte sich um und schwieg.

Peter und Bob nickten.
»Betty entdeckte die Mail von Meg Baker an Sharky und der Plan geriet in Gefahr. Mrs Baker musste von dem gesunkenen Schiff ferngehalten werden. Sie starteten die Quallenaktion. Eines ergab sich aus dem anderen und Meg Baker geriet sogar selbst als Opfer in den Plan, in diesem Fall wäre es um die Erbschaft gegangen.«
»Was noch zu beweisen wäre«, warf Dick Perry kraftlos ein.
»Damit dabei nichts aus dem Ruder lief, wollte sich Dick Perry von Mrs Baker als Detektiv einstellen lassen. Dazu warf er einfach eine Werbebroschüre in ihren Briefkasten. Und Mrs Baker biss an. Ein tolles Doppelspiel! So hätten Sie alles unter Kontrolle gehabt. Wenn nicht … wir aufgetaucht wären!«
»In der Tat ein sehr unschöner Zug von euch«, murmelte Perry.
»Es gelang Ihnen zwar, uns bei Mrs Baker auszuschalten, doch dadurch, dass ich die Quallenmail an Tom Wood weitergeleitet hatte, kam der Fall ins Rollen. Als Sie herausfanden, dass er sich auf Ihrem Computerserver herumtrieb, mussten Sie ihn aus dem Verkehr ziehen. Geschickterweise übernahmen Sie auch hier gleich die Ermittlungen und hatten so alle Fäden in der Hand.« Justus machte eine kurze Pause und dachte nach. Es passte fast alles zusammen. »Was ich nicht verstehe, ist, warum Sie mit dem Killervirus unsere Festplatte gelöscht haben.«
»Ich befürchtete, dass ihr doch eine Nachricht von Tom Wood erhalten haben könntet. Und außerdem wollte ich eure Arbeit behindern … und euch etwas Angst einjagen.«
Justus nickte. »Wir waren Ihnen ein Dorn im Auge. Doch alles in allem hatten Sie uns jederzeit unter Kontrolle.«
»Das war nicht immer leicht«, murmelte Perry. Seine Augen hatten jede Listigkeit verloren.

Justus empfand beinahe ein wenig Mitleid für Dick Perry. »Tja, dass wir unser detektivisches Wettrennen jetzt auf diese Weise gewinnen, hätte ich mir auch nicht träumen lassen. Aber Hut ab, Mr Perry: Wie Sie uns vorspielten, Betty Sutton zu enttarnen, war wirklich ein Glanzstück. Wir haben es Ihnen voll abgenommen. Es war die eleganteste und frechste Möglichkeit, sich aus dem Staub zu machen. Ich schätze, Sie beide wären mit dem Gold verschwunden und nie wieder aufgetaucht.«

»Stimmt, denn sein Büro hat er bereits aufgelöst«, meldete sich plötzlich Inspektor Cotta zu Wort. »Das hat mir mein Kollege erzählt.«

Betty war inzwischen aus dem Boot gestiegen und hatte sich neben Dick Perry gestellt. »Wir hätten mit unserer Tour noch jahrelang weitergemacht«, erklärte sie trotzig. »Aber weil ihr uns dazwischengefunkt habt, mussten wir leider verschwinden.«

»Mr Perry, immerhin haben Sie mir das Leben gerettet«, fiel Peter ein. »Unten im Wrack. Warum eigentlich?«

Perry lächelte. »Ich könnte jetzt sagen, damit nicht noch mehr Aufmerksamkeit auf das Schiff gelenkt wird. Wir wollten es als Basis für die Geldübergabe nutzen. Aber das ist es nicht allein. Tote sind nicht unser Geschäft. Barbara und ich, wir arbeiten mit Tricks, aber wir setzen niemals menschliches Leben aufs Spiel.«

»Dann lebt Tom also?«

»Natürlich.« Perry nickte in Richtung des Boots. »Er ist da drin. Wir hätten ihn irgendwo freigelassen.«

»Sagen Sie das doch gleich!« Justus ließ die Gruppe stehen und sprang an Bord. Mit einem Griff riss er die Tür zur Kajüte auf und stolperte die Stufen hinunter. »Tom! Bist du hier? Tom!«

Er hörte Klopfzeichen. Justus blickte sich um. Sie kamen aus einem seitlich gelegenen Deckverschlag.
Justus trat näher, zog den Riegel zur Seite und klappte die Holztür hoch.
Das vertraute Gesicht Tom Woods erschien. Es wirkte ein wenig zerknittert, doch es strahlte. »Hi, Just! Das wurde aber höchste Zeit! Braucht ihr immer so lang, bis ihr ein Rätsel gelöst habt?«
Justus zögerte einen Moment. Dann antwortete er grinsend:
»Entdeckst du plötzlich ein Verbrechen –
sollst du besser Klartext sprechen!«

Die drei ???®

Stadt der Vampire

erzählt von Marco Sonnleitner

Die drei ???®
Stadt der Vampire

Die Geisterstadt	261
Dunkle Erinnerung	267
Das Geheimnis von Yonderwood	273
Seen von Blut	281
Die Vampirjäger	288
Und dann gabs keines mehr	295
… und da waren's nur noch neun	302
Wird man aus Schaden klug?	311
Jenseits der Wälder	319
Nacht des Grauens	325
Vollzählig	333
Das Jahr der Rache	337
Spurensuche	347
Die Gruft des Vampirs	354
Keine Zeit!	362
Der Schatz der Katze	368
Experimente	373
Ein linker Schurke	378

Die Geisterstadt

»Hier ruht Peter Shaw, begnadeter Detektiv, König aller Schlossknacker und Schwarm unzähliger Mädchen. Sein kurzes Leben gab er hin im aufopferungsvollen Kampf für die Gerechtigkeit!«

»Auch nicht schlecht, Bob«, meinte Justus anerkennend. »Vor allem deine inbrünstige Vortragsart. Echt theaterreif! Aber ich wüsste noch etwas. Wie wär's mit:

Den Peter raffte einst dahin
sein übertriebner Sportlersinn.
Er bot dem Fels die blanke Stirne
und schlug sich ein die hohle Birne!«

Bob klopfte sich lachend auf den Schenkel. »Super! Das ist klasse! Das schreiben wir auf den Grabstein!«

Peter klaubte ein Steinchen auf und warf es nach Bob. »Ha, ha, ha! Ihr seid ja sooo lustig. Könnt ihr euch überhaupt vorstellen, wie weh das getan hat?«

»Realiter, nein«, erwiderte Justus ernst, »aber du hast uns ja deinen Todeskampf die letzten zehn Minuten in den anschaulichsten und lebendigsten Farben geschildert. Insofern können wir deine Leiden zumindest intellektuell nachempfinden.«

»Was für 'n Liter?«, blaffte Peter.

»Realiter«, wiederholte Justus. »Das bedeutet so viel wie *in Wirklichkeit* oder *realistischerweise.*«

»Schön für dich«, ächzte Peter. Die komplizierte Ausdrucksweise, die Justus manchmal an den Tag legte, trug ganz offenbar nicht dazu bei, dass der hämmernde Schmerz in seinem Kopf nachließ.

»Wenigstens hast du dir einen ebenbürtigen Gegner für dei-

nen Kopfhärtetest ausgesucht«, sagte Bob und zeigte nach oben. »Da, seht euch das mal an.«
»Ich habe was?« Peter verdrehte die Augen und sah in die angegebene Richtung.
»Ist ja verrückt!« Justus ging ein paar Schritte zurück. »Das dort oben sieht aus wie ein überdimensionaler Hundekopf.«
Vor den Jungen schraubte sich ein über zwanzig Meter hoher Felsenturm in den Himmel, der in einem gewaltigen Brocken endete, dessen Form unverkennbar an den Kopf eines Hundes erinnerte.
»Nicht wahr? Verblüffend!« Bob zeichnete die Konturen mit dem Finger nach. »Schäferhund oder so etwas in der Art würde ich sagen.«
»Eher Dobermann«, meinte Justus.
Peter stöhnte. »Das interessiert euch. Na prima. Mir platzt fast der Kopf, und ihr diskutiert über Hunderassen!«
»Splittert«, sagte Justus trocken, ohne Peter anzuschauen. Aufmerksam betrachtete er weiterhin die Felsformation.
»Was?« Peter gaffte seinen Freund verständnislos an. »Wovon redest du?«
»Holz splittert, es platzt nicht.«
»Hä?« Peter schaute noch ein wenig verwirrter drein, und auch Bob schien nicht so recht zu wissen, worauf Justus hinauswollte. »Holz splittert? Sag mal, bin *ich* gerade gegen diesen Felsen gelaufen oder du? Was faselst du da für einen Unsinn von wegen *Holz* –«
Urplötzlich brach Peter ab. Von einer Sekunde auf die andere hatte er kapiert, was Justus meinte. »Jetzt geht's aber los!«, stieß er entrüstet hervor und hielt seinem Freund die geballte Faust entgegen. »Du Schwabbelmonster wagst es, meine edle Rübe mit einem *Holzkopf* zu vergleichen! Wenn ich nicht gerade um Haaresbreite dem Tode entronnen wäre und noch

einigermaßen bei Kräften wäre, würdest du jetzt die grausame Rache des Peter Shaw zu spüren bekommen!«

»Schwabbelmonster! Das muss ich mir merken!« Bob knuffte Justus lachend in die Schulter.

Aber der Erste Detektiv grinste ihn nur gekünstelt an. Er konnte es gar nicht leiden, wenn man ihn auf die paar Pfunde zu viel ansprach, die er nun mal mit sich herumschleppte.

Peter hingegen fühlte sich mit einem Mal bedeutend besser. Er hatte mit seiner Bemerkung bei Justus voll ins Schwarze getroffen. Der Schädel brummte zwar immer noch heftig, aber die Schmerzen waren plötzlich sehr viel erträglicher als noch vor ein paar Minuten. Dabei war der Rums wirklich nicht ohne gewesen und hätte leicht das Ende ihres kleinen Ausflugs bedeuten können. Die drei Detektive hatten sich nämlich für das Wochenende zu einer Tour verabredet, die sie durch das Hinterland der Küste führen sollte. Sie wollten mal wieder so richtig abschalten, nicht an die Schule denken, keine kniffligen Fälle lösen, kein Radio, kein Fernsehen, nichts. Bewaffnet mit ihren Rucksäcken, einem Drei-Mann-Zelt und den überlebenswichtigsten Ausrüstungsgegenständen wie Schokoriegel, Schokoriegel und Schokoriegel, waren sie am Morgen in Bobs gelbem Käfer aufgebrochen. Sie waren ein paar Meilen ins Landesinnere gefahren, hinauf in die Santa Monica Mountains, hatten den Käfer in einem kleinen Kiefernwäldchen stehen lassen und waren dann losmarschiert. Mittags hatten sie an einem Bach Rast gemacht und einige ihrer Schokoriegel verzehrt, und danach hatten sie sich stark genug gefühlt, einen längeren Anstieg zu erklimmen. Dort oben wollten sie nach einem geeigneten Platz suchen, wo sie für die Nacht ihr Zelt aufstellen konnten.

Und eben während jenes Aufstiegs war es passiert. Peter, das Sportass der drei ???, war wie schon die ganze Zeit vorausgeeilt und nahe an jenem steil aufragenden Felsenturm unter ein paar Büschen hindurchgeschlüpft. Doch dort hatte sich ihm plötzlich eine große, vorspringende Felsnase in den Weg gestellt. Der Zweite Detektiv bemerkte sie allerdings viel zu spät und knallte mit voller Wucht mit dem Kopf gegen den Felsen. Er konnte vor lauter Überraschung und Schmerzen nicht einmal laut schreien und sah für einige Minuten nur noch Sternchen. Als Justus und Bob ihn schließlich fanden, lag er immer noch wimmernd auf dem Boden und hielt sich den Kopf. Zuerst sah es auch wirklich schlimm aus, und Peter blutete sogar ein wenig. Doch bald stand für Justus fest, dass er höchstens eine dicke Beule davontragen würde und dass sie ihre Tour ohne Probleme fortsetzen konnten.

Peter jedoch wollte mehr Mitleid. Er jammerte ausgiebigst und sah sogar sein baldiges Ende kommen, weil er überzeugt war, sich irgendwelche inneren Kopfverletzungen zugezogen zu haben. Zuerst hatten ihn Justus und Bob noch angemessen bedauert, aber da Peter mit seinem Gejammere einfach nicht aufhören wollte, waren sie irgendwann dazu übergegangen, sich Grabsprüche für den Fall seines Ablebens zu überlegen.

»Ich glaube, es geht wieder.« Peter stand auf und befühlte noch einmal vorsichtig seine Beule. »Noch ein bisschen schwummerig, aber von mir aus kann's weitergehen.«

Justus schulterte seinen Rucksack und nickte. »Na, dann mal los. Aber nimm ab jetzt etwas mehr Rücksicht auf die Felsen hier in der Gegend, ja?«

»Ich werd's versuchen, Dickerchen«, erwiderte Peter lachend und lief sicherheitshalber ein paar Meter voraus.

Der Anstieg zog sich noch eine Weile hin. Vorbei an verdorrten Bäumen und dornigem Gestrüpp arbeiteten sich die drei Jungen über loses Geröll und manchmal auch blanken Fels den Abhang hinauf. Hin und wieder mussten sie sogar auf

allen vieren krabbeln, und nicht nur Justus kam ziemlich ins Schwitzen. Aber endlich hatten sie es geschafft.
Keuchend zog sich Peter als Erster auf das kleine Plateau, das sich auf dem Berggipfel ausbreitete. Kurz nach ihm folgte Bob, und einige Minuten später hatte auch Justus den Anstieg bezwungen.
»Geschafft!«, stöhnte Bob und ließ sich zu Boden gleiten. »War doch ziemlich heftig hier rauf.«
»Aber das Panorama entschädigt für alles!« Peter zeigte nach Westen, wo sich ganz in der Ferne das spiegelnde Band des Pazifiks ausbreitete, in den gerade die untergehende Sonne eintauchte. »Und da drüben! Ein Wasserfall! Ist das nicht schnuckelig?«
»Unser Romantiker!«, witzelte Justus. »Aber apropos schnuckelig. Bob, kannst du bitte mal auf der Karte nachsehen, wie dieses Dorf da unten heißt?« Der Erste Detektiv deutete nach Osten, wo sich ein kleiner Ort in ein enges Tal schmiegte. Er mochte ungefähr eine halbe Meile entfernt sein und bestand aus etwa vierzig Häusern, die sich längs der Hauptstraße wie an einer Perlenschnur aufreihten.
»Wenn das Nest überhaupt drauf ist«, antwortete Bob und kramte in seinem Rucksack nach ihrer Tourenkarte. Als er sie gefunden hatte, faltete er sie auseinander und legte sie auf den sandigen Boden. Dann begann er, mit dem Finger nach ihrem momentanen Standort zu suchen. »Das müsste es sein«, sagte er einige Augenblicke später. »Das hier ist der Bach, der sich dort drüben über die Felsen stürzt«, Bob zeigte hinüber zu dem Wasserfall, »und wenn mich nicht alles täuscht, dann ist der Ort dieser kleine Fleck hier.« Der dritte Detektiv tippte auf ein dunkelrotes, längliches Viereck und ging näher an die Karte ran. »Er heißt … Augenblick … Yonderwood.«
»Yonderwood?« Justus sah seinen Freund verwundert an.

»Ja, Yonderwood.«
»Komischer Name«, fand auch Peter. »Yonderwood, hm.«
»Na ja«, Justus zuckte mit den Schultern, »wie dem auch sei. Ich bin jedenfalls dafür, dass wir da nachher mal runtergehen. Wir kaufen ein paar Kleinigkeiten fürs Abendessen ein, oder vielleicht gibt's da sogar eine Kneipe. Dann müssten wir uns nicht mal selbst etwas aufwärmen. Irgendwie ist mir nicht so nach Erbsensuppe vom Gaskocher. Was meint ihr?«
»Gute Idee«, pflichtete ihm Bob bei.
»Von mir aus«, stimmte auch Peter zu, »obwohl das natürlich nicht besonders stilecht ist – mit Rucksäcken durch die Berge wandern und sich dann in irgendeinem Gasthaus ein Steak mit Pommes reinziehen.«
»Stilecht vielleicht nicht«, entgegnete Justus und zwinkerte Peter zu, »aber dafür umso leckerer!«
Doch als die drei Jungen etwa eine Stunde später am Eingang des Dorfes standen, hatte es nicht den Anschein, als gäbe es hier auch nur ein Stück Brot, geschweige denn ein Steak mit Pommes. Wie ausgestorben lag der Ort im schwindenden Dämmerlicht vor ihnen, und nicht das kleinste Anzeichen deutete darauf hin, dass hier irgendjemand lebte.
Zu allem Überfluss zog vom Landesinneren auch noch ein Gewitter auf, das sich mit einem unheilvollen Grollen und gespenstischem Wetterleuchten am Horizont ankündigte. Irgendwo schlug ein Fensterladen im Wind, der mit einem leisen Heulen durch die Hauptstraße strich und den drei ??? einen struppigen Wüstenbusch vor die Füße blies.
»Leute, ich sag's ja nur ungern«, flüsterte Peter beklommen, »aber ihr wisst sicher, wie man Orte wie diesen nennt.«
»Ein … Kaff?«, riet Bob.
»Nein.« Peter schüttelte den Kopf. »So etwas nennt man … eine Geisterstadt!«

Dunkle Erinnerung

Wie zur Bestätigung zuckte in diesem Moment der erste Blitz über den Himmel, der sich im Osten allmählich tiefschwarz verfärbte. Ein einzelner, wild gezackter Strahl schoss fast senkrecht aus den Wolken Richtung Erde und tauchte die Landschaft für den Bruchteil eines Augenblicks in ein unwirkliches Gleißen. Justus sah auf seine Armbanduhr und zählte stumm die Sekunden bis zum Einsetzen des Donners mit.

»Einundzwanzig«, sagte er schließlich leise, als ein drohendes Poltern über die Berge rollte. »Einundzwanzig Sekunden. Mal sehen, wie lang es beim nächsten Mal dauert, dann wissen wir, ob das Gewitter in unsere Richtung zieht.«

Und wie auf Bestellung riss in diesem Moment ein weiterer Blitz die dunkle Wolkendecke auf und jagte in bizarren Sprüngen quer über das Firmament. Fast gleichzeitig führten die drei Detektive ihre Uhren vors Gesicht und begannen zu zählen.

»… zwölf, dreizehn, vierzehn«, Peters Stimme wurde mit jeder Zahl lauter und zuversichtlicher, »fünfzehn, noch nicht, bitte, sechzehn, ja, sieb –«

Ein einziger, dumpfer Knall, dem ein tiefes Kollern folgte, ließ die Luft erbeben. Es hörte sich fast an, als würde irgendwo eine riesige Kanonenkugel einen Berghang hinabrollen.

»Es kommt näher!«, stellte Justus nüchtern fest. »Und zwar nicht zu langsam. Wir sollten sehen, dass wir uns irgendwo unterstellen können. Das könnte ziemlich ungemütlich werden. Ich würde vorschlagen, dass wir uns in eines der Häuser verkrümeln, bis das Schlimmste vorbei ist.«

»Du willst in eines der Geisterhäuser rein?«, fragte Peter entsetzt. Den Zweiten Detektiv gruselte es heftig bei der Vorstellung, eines der verlassenen Häuser betreten zu müssen.

»Du kannst gern hierbleiben«, antwortete Justus wenig rücksichtsvoll. »Wir holen dich dann später wieder ab und wringen dich aus.« Er tippte sich zum Abschied an die Stirn und ging schon einmal los.
»Setz dir besser 'n Hütchen auf!«, empfahl Bob Peter grinsend und folgte dem Ersten Detektiv.
Peter verdrehte die Augen, stöhnte einmal kurz auf und lief dann seinen Freunden hinterher. »Irgendwann«, sagte er, als er zu ihnen aufschloss, »werdet auch ihr einsehen, dass es Mächte zwischen Himmel und Erde gibt, die sich nicht mit bloßer Vernunft erklären lassen. Und dann werdet ihr wimmernd vor mir im Staub liegen und um Verzeihung winseln, dass ihr mich nie ernst genommen habt.«
Justus und Bob lachten, und dann liefen die drei Jungen auf das erste Haus an der Straße zu. Es war ein zweistöckiges Holzhaus, zu dem eine kleine Treppe hinaufführte. Die Fenster gähnten schwarz und schmucklos in den Wänden, und von der Tür blätterte der Lack ab.
»Hallo? Ist jemand da?«, rief Justus laut und klopfte dreimal kräftig an.
Die Jungen warteten ein paar Sekunden, aber nichts rührte sich.
»Ich sehe auch niemanden«, sagte Peter, der die Hände an die Scheiben eines Fensters hielt und ins Innere des Hauses spähte.
»Halloho?«, versuchte es Justus noch einmal. Aber wieder blieb alles ruhig. Schließlich zuckte er mit den Schultern und drückte vorsichtig die Türklinke nach unten.
»Abgeschlossen!«, sagte er und rüttelte ein wenig an der Tür. »Die haben abgeschlossen, logisch!«
»Peter, hast du dein Dietrichset dabei?«, fragte Bob.
Der Zweite Detektiv war bei den drei ??? für Schlösser aller

Art zuständig und hatte im Verlauf ihrer Arbeit schon so manche Tür geknackt. Aber diesmal konnte er nicht helfen.
»Mist!«, fluchte Peter und klopfte sich am ganzen Körper ab. »Ich glaube, ich hab das Etui in der anderen Hose gelassen, und die hängt zu Hause über dem Stuhl. Tut mir leid!«
»Na ja, halb so wild. Hier gibt's ja genügend andere leer stehende Häuser«, meinte Justus und stieg die Stufen hinab.
Die drei Jungen liefen über die Straße und versuchten ihr Glück bei dem gegenüberliegenden Haus. Mittlerweile fielen die ersten dicken Regentropfen vom Himmel und klatschten schwer auf den Asphalt. Immer kürzer wurden auch die Abstände, in denen die Blitze das Geisterdorf erhellten, und der vorige Donner war kaum verhallt, da rollte schon der nächste über den Himmel.
Diesmal war Bob als Erster an der Tür. Er sparte sich das Rufen, denn auch dieses Haus sah nicht so aus, als würde noch jemand darin wohnen. Stattdessen versuchte er gleich, die Tür zu öffnen.
Doch auch diese Tür ging nicht auf! Und auch nicht die des nächsten, des übernächsten und des überübernächsten Hauses. So verlassen die Häuser waren, so wenig waren sie doch überstürzt aufgegeben worden. Jedes Einzelne war im Gegenteil sorgsam zugesperrt worden, als seine Bewohner ausgezogen waren.
»So ein Pech aber auch!« Peter blickte finster in den Regen hinaus, der nun in wehenden Fahnen über die Straße peitschte. »Sollen wir eine Scheibe einschlagen und reinklettern?«
»Wäre vielleicht das Beste«, fand auch Bob.
Doch Justus schüttelte den Kopf. »Nicht nötig, Kollegen.«
»Wieso denn nicht?«, fragte Peter verwundert. »Du warst es doch, der sein Zuckerköpfchen in Sicherheit bringen wollte. Und jetzt sollen wir hier draußen absaufen?«

»Wir werden nicht absaufen, aber wir müssen auch keine Straftat begehen und Fenster demolieren«, entgegnete Justus und deutete quer über die Straße. »Seht mal da!«
Peter und Bob drehten die Köpfe und starrten angestrengt durch den dichten Regen auf die andere Seite. Zuerst wussten sie nicht, was Justus meinte, aber dann sahen auch sie es.
»Ich werd' verrückt!«
»Wer hätte das gedacht! Hier scheint's ja doch Leben zu geben!«
Diagonal gegenüber befand sich ein Haus, das sich auf den ersten Blick kaum von den anderen unterschied, die die drei Jungen bisher inspiziert hatten. Es war zweistöckig und aus soliden Ziegeln errichtet und wirkte mit seinen verschlossenen Fensterläden und dem verwitterten Putz genauso verlassen wie all die anderen Häuser in der Straße. Doch beim zweiten Hinsehen hatten Justus' scharfe Augen einen gravierenden Unterschied entdeckt: Zwischen den hölzernen Läden sickerte ein mattes, honiggelbes Licht hindurch!
»Und es ist sogar ein Gasthaus, wenn ich das Schild da richtig interpretiere.« Der Erste Detektiv zeigte auf ein goldfarbenes Emblem, das über dem Eingang des Hauses unruhig im Wind hin und her schaukelte. Es stellte einen Bären dar, der eben einen Krug zur Schnauze führte.
»Da steht auch was drunter.« Peter kniff die Augen zusammen und versuchte zu lesen, was unter dem Emblem in dunklen Lettern geschrieben stand. Aber die Entfernung war zu groß.
»Ich kann's nicht lesen von hier aus. Lasst uns mal rübergehen. Vielleicht ist es ja wirklich ein Gasthaus, dann wird's doch noch was mit dem Steak und den Pommes für unseren Ersten.«
Die drei Jungen liefen durch den strömenden Regen über die Straße. Drüben angekommen, drängten sie sich unter ein kleines Vordach und schauten zu dem Emblem empor.

»Golden Bear«, las Bob die Inschrift, die jetzt deutlich zu erkennen war. »Du hattest recht, Just, es ist wirklich eine Gastwirtschaft oder zumindest eine Kneipe. Und wenn mich nicht alles täuscht«, Bob lauschte aufmerksam an der Tür, »dann sind da auch ein paar Leute drin. Ich höre Stimmen.«

»Dann würde ich vorschlagen, wir gehen da mal rein«, sagte Justus und rieb sich erwartungsvoll die Hände. »Sonst saufen wir hier draußen nämlich doch noch ab.«

Der Erste Detektiv drückte die massive Türklinke hinunter und öffnete die Tür, die ihm mit einem leisen Knarren entgegenschwang. Peter schlüpfte an ihm vorbei und betrat eine halbkreisförmige Diele, die mit einem schweren, schwarzsamtenen Vorhang vom Rest des Gastraumes abgetrennt war. Bob folgte ihm, und als Justus hinter sich die Tür schloss, verstummte das rauschende Prasseln des Regens. Aber auch die Geräusche aus der Gastwirtschaft erstarben urplötzlich.

In den Sekunden ihres Eintretens hatten die drei ??? noch deutlich Stimmen vernommen. Leise zwar und gedämpft, aber doch Stimmen wie von Unterhaltungen. Doch jetzt hörten sie auf einmal gar nichts mehr außer dem blechernen Ticken einer Uhr, die irgendwo da drinnen an einer Wand hing. Peter schürzte die Lippen und sah seine Freunde erstaunt an. »Was ist denn jetzt los?«

Justus schüttelte ahnungslos den Kopf und wies auf den Vorhang. »Lasst uns reingehen«, flüsterte er.

Peter nickte, griff dort in die weichen Falten des Samtvorhanges, wo seine zwei Hälften ineinander übergingen, und zog eine Seite so weit zurück, dass Bob und Justus hindurchtreten konnten. Dann zwängte er sich selbst hinein.

»Guten Abend alle miteinander!«, rief er fröhlich in die Runde. »Was für ein elendes Schweinewetter da draußen. Da schickt man ja keinen Hund vor die –«

Urplötzlich hielt Peter inne und starrte mit offenem Mund in den Raum. Justus und Bob erging es nicht anders. Auch sie waren unfähig, irgendetwas zu sagen, und sahen sich nur verwirrt um.
Dabei waren es nicht so sehr die sechs oder sieben Gäste, die sie so in Erstaunen versetzten. Zwar sprach offenkundiges Misstrauen aus den düsteren Blicken, mit denen sie die Jungen beäugten, und keiner von ihnen machte auch nur die geringsten Anstalten, Peters Gruß zu erwidern. Aber das war es nicht, was die drei Detektive so verstörte.
Es war vielmehr die äußerst ausgefallene Dekoration in dieser Gaststube. Eine Dekoration, die nicht so sehr geschmacklos war oder hässlich, sondern ganz einfach … seltsam. An jeder Wand hing mindestens ein großes Kreuz, und überall im Raum, wirklich überall, hatte man endlos lange Ketten von – Knoblauchsträngen aufgehängt!
Wie überdimensionale Perlenketten schwangen sich die Stränge von Lampe zu Lampe, ringelten sich auf den Tischen und schmückten sogar die Kreuze an den Wänden. Es sah einfach lächerlich aus und doch zugleich auch sehr eigenartig und irgendwie beängstigend. Denn es erinnerte die Jungen dunkel an irgendetwas Unheimliches, etwas, das ihnen schon einmal begegnet war. Sie wussten nur nicht gleich, wo und wann.
Doch dann fiel es Peter ein. Urplötzlich wusste er, wo er das alles schon einmal gesehen hatte, und ohne weiter nachzudenken, platzte er unvermittelt damit heraus: »Das sieht ja hier drin aus wie in einem schlechten Vampirfilm! Überall Kreuze und Knoblauch! Fehlt nur noch so ’n Typ im schwarzen Umhang und mit langen, blutigen Eckzähnen!«
Peter hatte noch nicht fertig gesprochen, da stieß die Bedienung einen leisen, spitzen Schrei aus und ließ ihr Tablett scheppernd zu Boden fallen.

»Entschuld…, Entschuldigung«, stotterte Peter, »ich … ich wollte Sie nicht erschrecken.« Unsicher sah er zu der Bedienung hin, die sich schnell auf den Boden kniete, um Servietten und Besteck einzusammeln. Aber die junge Frau erwiderte Peters Blick nicht und antwortete ihm auch nicht, sondern hob nur hastig alles auf und verschwand dann durch eine Schwingtür in der Küche.
»Was wollt ihr?«, ertönte in diesem Moment eine unfreundliche Stimme. Sie gehörte dem Wirt hinter der Theke. Der etwas untersetzte, grobschlächtige Mann stützte sich mit seinen beiden muskulösen Armen auf den Spültisch und sah die drei ??? herausfordernd an.
»Wir, äh, wir, äh, wollten nur, wollten eigentlich nur –«
»… fragen, ob wir hier irgendwo ein paar Kleinigkeiten einkaufen können«, half Justus Peter aus der Klemme. Der Zweite Detektiv war immer noch reichlich durcheinander. Außerdem hatte sich Justus angesichts des merkwürdigen Empfangs, den man ihnen hier bereitet hatte, schnell umentschieden. Selbst wenn es hier das beste Steak in ganz Kalifornien geben sollte, konnte er doch getrost darauf verzichten. Er wollte keine Minute länger als nötig bei diesen feindseligen Menschen in diesem eigenartigen Gasthaus bleiben.
Einige der Gäste fingen an zu murren, und ein Mann schüttelte unmerklich den Kopf. Auch der grimmige Wirt zögerte mit einer Antwort. Dann wischte er sich mit dem Handrücken die Nase ab und sagte kurz angebunden: »Im Drugstore. Drüben, auf der anderen Straßenseite, 'n paar Häuser weiter.« Und ohne ein weiteres Wort zu verlieren, wandte er sich abrupt ab und begann, seine Gläser zu polieren.

»Vielen Dank«, antwortete Justus, vermied es aber, dabei allzu freundlich zu klingen. Dann drehte er sich um, packte Peter am Ärmel, und zusammen verließen sie den Schankraum.
Bob hingegen setzte ein gekünsteltes Lächeln auf und sagte übertrieben leutselig: »Schönen Abend noch alle miteinander. War nett, Sie kennenzulernen!« Doch als er seine Freunde unter dem Vordach traf, verdrehte er entnervt die Augen und stöhnte laut auf. »Mann! Was ein nettes Völkchen da drin! Und die Stimmung! Einfach sagenhaft! Die müssen alle unbedingt zu unserer nächsten Party kommen!«
Justus nickte, wirkte aber weniger verärgert als vielmehr sehr ernst. »Die Leute verhielten sich in der Tat äußerst merkwürdig. Und die Dekoration fand ich ebenfalls mehr als ungewöhnlich. Knoblauch und Kreuze! Warum schmücken die ihre Gastwirtschaft mit Knoblauch und Kreuzen?« Der Erste Detektiv hielt kurz inne, schüttelte den Kopf und sagte: »Ich kann mich des Eindrucks nicht erwehren, dass da etwas nicht stimmt. Zumal ich auch irgendwie das Gefühl hatte, als stünden alle da drin unter einer ungeheuren … Belastung, als bedrückte sie etwas ungemein. Das roch förmlich nach Problemen!« Justus deutete mit dem Daumen über die Schulter in Richtung Wirtschaft. »Ich bin mir sicher, Kollegen: Da ist etwas faul! In diesem ganzen Ort hier ist etwas faul!«
Bob zog die Lippen nach unten und zuckte mit den Schultern. »Wer weiß? Wenn wir in so einem Kaff leben müssten, verginge uns mit der Zeit vielleicht auch das Lachen.«
»Nein«, erwiderte Peter nachdenklich, der mittlerweile seine Sprache wiedergefunden hatte, »ich glaube, das meinte Just nicht. Die waren nicht einfach nur gefrustet oder schlecht drauf. Die waren irgendwie verstört, das habe ich auch gemerkt. Und ich hatte sogar einen Moment das Gefühl, dass die alle vor irgendetwas Angst haben! Irrsinnige Angst!«

Für ein paar Sekunden sagte keiner der Jungen etwas. Alle drei starrten sie nur hinaus in den prasselnden Regen, der in schwarzen Strömen über die asphaltierte Hauptstraße floss. Keine Laterne oder Lampe erhellte die düstere Szenerie, und nur ab und zu riss ein irrlichternder Blitz die verlassenen Häuser aus der rauschenden Dunkelheit.

»Lasst uns den Drugstore suchen«, sagte Justus leise und zog sich den Kragen seiner Jacke hoch. »Er soll irgendwo da drüben sein. Hoffentlich hat er auf.«

Nacheinander rannten die drei Jungen hinaus in den strömenden Regen. Er fiel so dicht und die Gewitterfinsternis war so groß, dass sie kaum die Hand vor Augen sahen. Mühsam tasteten sie sich voran und hangelten sich an der anderen Straßenseite an Verandabrüstungen und Hauswänden entlang. Ihre Kleidung war bald völlig durchnässt, und das Wasser lief ihnen in eisigen Rinnsalen den Rücken hinab und unten zu den Hosenbeinen wieder hinaus.

»Wo ist denn nun dieser verdammte Laden?«, knurrte Peter, wurde aber von einem mächtigen Donnerschlag übertönt.

»Der Laden!«, versuchte er es nochmals. »Seht ihr ihn? Oder hat's den schon weggewaschen?«

»Da!«, sagte Justus, der vor Peter und Bob herlief, »das sieht mir nach einem Drugstore aus. Großes Schaufenster und Glastür. Allerdings sind die Rollläden heruntergelassen.«

»Dann klingel!«, forderte Bob. »Oder klopf an! Ich will da jetzt rein, und wenn's nur für eine Minute ist. Mir wachsen schon Flossen!«

Justus ertastete einen runden Klingelknopf neben der Haustür, und obwohl das sonst nicht seine Art war, läutete er jetzt Sturm. Er hoffte einfach, dass der Besitzer oder die Besitzerin freundlicher sein würde als die Leute drüben im Golden Bear und Verständnis für ihre jämmerliche Lage hätte. ›Wenn es sein muss‹, so schwor sich Justus, ›kaufe ich auch den halben Laden leer, wenn ich dafür nur ein paar Augenblicke ins Trockene flüchten kann.‹

Es dauerte auch wirklich nicht lange, bis ein paar bleiche Lichtstrahlen durch die geschlossenen Jalousien drangen. »Ja, ja, komme ja schon!«, hörten die drei ??? kurz darauf eine jugendliche Stimme aus dem Inneren des Ladens. Dann drehte sich ein Schlüssel im Schloss, und als die Tür aufging, ergoss sich eine Flut von Licht in die nasse Dunkelheit.

»Nanu? Wer seid ihr denn?« Ein etwa sechzehnjähriges Mädchen mit großen, haselnussbraunen Augen und dichten schwarzen Locken, die sich lustig um ihr ausnehmend hübsches Gesicht kringelten, sah die drei Detektive überrascht an.

Justus strich sich mit einer unbeholfenen Bewegung schnell die klatschnassen Haare aus der Stirn und sagte dann: »Hallo, ich bin Justus, Justus Jonas, und das sind meine Freunde Bob Andrews und Peter Schön, äh Shaw.«

Ein kaum wahrnehmbares Lächeln spielte um den Mund des Mädchens, und Justus sah für einen Moment verlegen zur Seite. Ihr atemberaubendes Aussehen hatte den Ersten Detektiv doch ein wenig verwirrt.

»Die Leute im Golden Bear haben uns hier herübergeschickt«, ergriff Peter nun das Wort und drängte sich neben Justus. »Sie meinten, wir könnten hier vielleicht ein paar Sachen einkaufen. Habt ihr denn auf? Wir könnten im Moment zum Beispiel ein paar Handtücher sehr gut gebrauchen.« Der Zweite Detektiv konnte ungeheuer charmant sein und kam im Allgemeinen bei Mädchen auch recht gut an. Und auch jetzt zog er alle Register seines Könnens, setzte sein bezauberndstes Lächeln auf und strahlte das Mädchen an, während ihm das Wasser von den Haarspitzen tropfte.

Das Mädchen zögerte einen Augenblick und überlegte, aber

schließlich schien Peters Charme doch seine Wirkung zu tun.
»Kommt rein!«, lachte sie und ging einen Schritt zur Seite. »Wir haben zwar nicht geöffnet, aber ich kann euch ja schlecht wieder wegschicken, so bedauernswert, wie ihr ausseht. Ich bin übrigens Josy, Josy McDonaghough.«

»Danke, das ist wirklich sehr nett, vielen Dank«, sagte Justus und betrat den kleinen Laden. »McDonaghough! Ein schottischer Name, nicht wahr?«

»Ja«, nickte Josy, »das stimmt.«

»Ein toller Name!«, bemerkte Peter und zwinkerte Josy im Vorbeigehen zu.

»Und ich bin, wie gesagt, Bob. Das ist weder schottisch noch besonders toll.« Der dritte Detektiv grinste und trat dann ebenfalls ein.

Josy lachte kurz auf und schloss danach die Ladentür. Dann ging sie voraus und schlängelte sich an einem Regal vorbei hinter den Verkaufstresen. »So, was kann ich denn jetzt für euch tun?«, fragte sie und sah ein Fragezeichen nach dem anderen gespannt an. »Oder wartet. Ich habe gerade oben Tee gemacht für Großmutter und mich. Wollt ihr vielleicht erst mal 'ne Tasse schönen, heißen Schwarztee, um euch aufzuwärmen?«

»Oh, das wäre fantastisch!«, schwärmte Justus.

»Genau das, was ich jetzt brauche!« Peter schloss genießerisch die Augen.

»Genial, das wäre echt genial!«, freute sich Bob.

»Wartet hier einen Moment!« Das Mädchen drehte sich um und verschwand hinter einem Vorhang.

Die Jungen hörten, wie Josy eine Treppe hinauf- und eine halbe Minute später wieder herunterlief. Mit einer roten Thermoskanne und vier Tassen kam sie hinter dem Vorhang hervor.

»So!«, sagte Josy, stellte die Tassen auf den Tresen und begann damit, den dampfenden Tee einzugießen. »Dann erzählt mal. Was macht ihr eigentlich hier in dieser gottverlassenen Gegend? Hier kommen sonst kaum Touristen vorbei und bei so einem Hundewetter schon gar nicht.«
»Wir sind auch keine Touristen in dem Sinne«, antwortete Justus und legte seine verfrorenen Hände um die heiße Tasse. »Wir kommen aus Rocky Beach und wollten das Wochenende hier in den Bergen verbringen.«
»Aus Rocky Beach? Ah!«
»Kennst du Rocky Beach?«, fragte Peter.
»Ich habe, glaube ich, schon mal davon gehört«, überlegte Josy. »Es liegt doch irgendwo an der Küste, oder?«
In den folgenden Minuten versuchte jeder der drei Jungen, die Unterhaltung mit Josy möglichst in die Länge zu ziehen. Denn zum einen wollte keiner von ihnen so bald wieder in den Regen hinaus, und zum anderen waren sie alle höchst angetan von dem hübschen Mädchen. Daher erzählten sie Josy alles Mögliche über ihre geplante Bergtour, die Schule, in die sie alle drei gingen, Rocky Beach und natürlich über das Detektivunternehmen, das sie zu Hause auf dem Schrottplatz der Familie Jonas betrieben. Und sie selbst wiederum erfuhren, dass Josy hier zusammen mit ihrer Großmutter Eleonora lebte, der der Drugstore gehörte, dass ihre Eltern wie die von Justus bei einem Unfall ums Leben gekommen waren und dass Yonderwood wirklich so ein Kaff war, wie es den Anschein machte. Beim Thema Yonderwood musste Justus allerdings unbedingt auf eine Sache zu sprechen kommen.
»Sag mal«, begann er zögerlich und nippte erst noch einmal von seinem Tee, »das Gasthaus da drüben, der Golden Bear. Ist das irgendein seltsamer Brauch, den wir nicht kennen, oder haben die da immer diese merkwürdige Dekoration?«

Mit einem Mal veränderte sich der Gesichtsausdruck des Mädchens. Ihr liebenswürdiges Lächeln gefror ihr auf den Lippen, und sie vermied es, einem der drei Jungen in die Augen zu sehen. So offen und liebenswert sie bis vor einer Minute noch gewesen war, so verschlossen und abweisend wirkte sie auf einmal.

»Ich … ich möchte nicht darüber sprechen«, antwortete sie leise, aber bestimmt. Dann griff sie hastig nach einem Block, der auf dem Tresen lag, zwang sich zu einem Lächeln und sagte: »Ihr wolltet doch ein paar Dinge kaufen. Was soll es denn nun sein?«

Die drei ??? sahen sich verstohlen an. Jedem von ihnen war natürlich aufgefallen, welch seltsame Wandlung mit Josy vor sich gegangen war. Und als eingefleischte Detektive konnten sie gar nicht anders, als dieser Merkwürdigkeit auf den Grund zu gehen. Sie *mussten* einfach noch einmal nachhaken.

»Josy«, begann Bob und lächelte sie verständnisvoll an, »wir wollen wirklich nicht aufdringlich sein. Aber uns sind da vorhin einige komische Dinge aufgefallen, und deine Reaktion von eben erhärtet unseren Verdacht, dass in diesem Ort vielleicht etwas nicht stimmen könnte.«

»Nicht stimmen!« Josy prustete verächtlich los. »So kann man das auch sehen! Aber wie gesagt, ich möchte nicht darüber sprechen! Es ist einfach zu … lächerlich.«

Justus schaute Josy aufmerksam an und meinte dann: »Aber dafür, dass diese Sache, um was immer es sich handelt, nur *lächerlich* sein soll, haben alle hier in Yonderwood doch gehörig Angst davor. Das ist zumindest unser Eindruck. Und auch du wirkst auf mich nicht unbedingt so, als fändest du das alles wirklich komisch.«

Josy warf den Block auf den Tresen und fuhr sich mit beiden Händen übers Gesicht. Sie sah auf einmal sehr erschöpft aus.

»Es ist aber lächerlich«, sagte sie wie zu sich selbst, »und peinlich ist es auch. Aber es ist auch irgendwie unheimlich und beängstigend, obwohl ich an den ganzen Blödsinn nicht glaube, den die da drüben einem weismachen wollen.« Sie nickte in Richtung Golden Bear und fügte trotzig hinzu: »Ich *will* diesen Blödsinn einfach nicht glauben!«

»Welchen Blödsinn?«, drängte Bob.

»Ja, welchen Blödsinn?«, wollte auch Peter wissen. Wie Justus und Bob hatte auch er das Gefühl, dass Josy eigentlich doch über das reden wollte, worüber zu reden sie sich so hartnäckig weigerte. Sie wollte unbedingt etwas loswerden, etwas, das sie offenbar sehr bedrückte. »Was wollen die dir weismachen, Josy?«

Josy schwieg einen Moment und biss sich dabei auf die Unterlippe. Dann schüttelte sie langsam ihren schwarzen Lockenkopf, lachte gequält und begann zu erzählen: »Seit etwa acht Wochen verlässt ein Einwohner nach dem anderen Yonderwood. Hier lebten bis vor Kurzem hundert Menschen, jetzt sind es noch genau zehn, die es aber wohl auch nicht mehr lange hier halten wird, wenn das alles so weitergeht. Und alle, die schon gingen, taten das nur aus dem einen Grund. Einem Grund, an den ich nie, nie, nie glauben werde, weil er einfach lächerlich ist und peinlich und …«, Josy zögerte, »unheimlich.« Noch einmal hielt sie kurz inne und sagte dann kaum hörbar: »Es heißt, dass in Yonderwood … ein Vampir umgeht!«

Seen von Blut

»Was?«
»Ein Vampir?«
»O Gott!«, stieß Peter hervor. »Ich hatte recht! Ich hatte verdammt noch mal recht!«
»Jetzt mal langsam!« Justus hob beschwichtigend die Hände. »Keine voreiligen Schlüsse, Kollegen, ganz ruhig!« Dann wandte sich der Erste Detektiv wieder Josy zu und sah sie eindringlich an. »Ein Vampir, sagst du? In eurem Ort soll ein Vampir umgehen?«
Josy schlug müde die Augen nieder. »Das erzählt man sich, ja.«
»Aber wie kommt ihr bloß auf diese absurde Idee? Ein Vampir ist eine Sagengestalt, ein Mythos, ein Hirngespinst! Es gibt keine Vampire, das müsste sich doch mittlerweile auch bis zu euch herumgesprochen haben!«
»Das brauchst du mir nicht zu erzählen!«, entgegnete Josy unwirsch, aber Justus wusste, dass ihr Zorn nicht ihm galt.
Dennoch gefiel ihm ihre Antwort nicht. »Verzeih, wenn ich mich irre«, sagte er zu ihr, »aber auch du scheinst nicht völlig davon überzeugt zu sein, dass das alles nur Blödsinn ist, wie du vorhin gesagt hast. Du magst wütend auf die Leute sein, die diesen Unsinn in die Welt gesetzt haben, aber irgendwie hast auch du Angst, scheint mir.«
»Ja! Hab ich auch!«, fuhr Josy auf. »Weil nämlich alles darauf hindeutet, dass es doch stimmt, und ich keine auch nur halbwegs einleuchtende Erklärung für das habe, was hier passiert! Alle Anzeichen weisen auf einen Vampir hin, einen echten, sagenhaften, mythischen, hirngespinstigen, leibhaftigen Vampir! Deswegen habe ich Angst!«

Justus schluckte. Mit dieser heftigen Reaktion hatte er genauso wenig gerechnet wie Peter und Bob, die Josy verwirrt ansahen. Aber die drei Detektive waren nicht nur verwirrt, sie waren auf einmal auch irgendwie beunruhigt. Josys Aufbrausen hatte ihnen urplötzlich deutlich gemacht, dass es hier um mehr ging als um das abergläubische Gerede ein paar vorgestriger Hinterwäldler. Irgendetwas sehr Eigenartiges ging vor sich in Yonderwood.

»Und … was sind das nun für Anzeichen?«, fragte Bob nach einer Weile vorsichtig.

»Entschuldigt«, erwiderte Josy zunächst, »ich wollte euch nicht anschreien, tut mir leid. Aber ich halte das alles bald nicht mehr aus hier.«

»Schon gut.«

»Vergiss es.«

»Es begann, wie gesagt, vor etwa acht Wochen.« Josy sah an den drei ??? vorbei, irgendwohin, in eine weite Ferne. »Zuerst hat es den alten Black erwischt, unseren Bürgermeister. Er wachte eines Morgens auf und fand sein ganzes Kopfkissen voller Blut. Zuerst dachte er, er hätte sich im Schlaf irgendwo gestoßen. Aber als ihn Dr. Pleasance untersuchte, konnte er zunächst keine Wunde entdecken, die der Grund für das viele Blut hätte sein können. Aber dann fand er zwei dicht nebeneinanderliegende Einstiche«, Josy stockte kurz, »am Hals.«

»Die Bisswunde!« Peter sah Josy entsetzt an. »Die typische Bisswunde eines Vampirs! Die beißen immer in den Hals! Dahin, wo die Schlagader ist, weil sie da am leichtesten an das Blut herankommen!«

»Peter!« Justus schüttelte ungehalten den Kopf.

»Was?«, blaffte der Zweite Detektiv.

»Es gibt keine Vampire! Hörst du? Keine Vampire, alles klar?« Und zu Josy gewandt sagte Justus in gespielter Bekümmertheit: »Unser Peter lässt manchmal die nötige Kritikfähigkeit vermissen, musst du wissen. Vor allem, wenn es um die Existenz von Geistern, Zombies, Vampiren und die tausend anderen Spukgestalten geht, die seine lebhafte Fantasie bevölkern.«

»Ich bin sehr wohl kritikfähig!«, empörte sich Peter. »Aber wenn etwas, das es angeblich nicht gibt, anfängt zu beißen, dann hört bei mir der Spaß auf!«

Josy ging allerdings nicht auf die Auseinandersetzung der beiden Jungen ein. Sie schien sie nicht einmal mitbekommen zu haben, denn sie starrte nach wie vor in jene imaginäre Ferne und sprach nun einfach weiter: »Wir alle im Dorf rätselten zunächst herum, was der Grund für diese ungewöhnliche Verletzung von Jonathan Black hätte sein können. Manche meinten, ihn hätten Riesenmücken erwischt, andere vermuteten, dass der Alte nachts ein Haarnetz trüge und sich ein paar der Haarklammern in seinen Hals gebohrt hätten. Aber schon ein paar Tage später ereignete sich etwas, was die dummen Witze schlagartig verstummen ließ.« Josy hielt für einen Moment inne. Ein kaum merkliches Frösteln durchlief ihren Körper.

»Was? Was war es?«, drängte Bob atemlos.

»Es war etwas, das für mich schlichtweg Humbug ist, solange ich es nicht mit eigenen Augen gesehen habe. Aber die, die es seither gesehen haben, beschwören, dass es wahr ist. Und immer mehr Leute glaubten ihnen, wollten ihnen glauben, vor allem, als noch mehr Menschen morgens in einem See von Blut erwachten und die zwei roten Punkte an ihrem Hals hatten. Denn nun hatten sie eine Erklärung für die Verletzung von Jonathan Black. Eine schreckliche, furchtbare Erklärung zwar, aber die einzig mögliche, wie sie dachten.«

»Es wurden noch mehr Einwohner gebissen?«, hakte Justus nach.

»Was haben sie gesehen? Was haben sie denn jetzt gesehen?« Bob rang die Hände und starrte Josy bebend vor Ungeduld an.
»Seen … von … Blut!«, flüsterte Peter, der vor lauter Grauen schon ganz grün im Gesicht war.
Josys Blick kehrte aus der Ferne zurück. Leer und ausdruckslos sah sie die Jungen an und sagte: »Mehrere Einwohner haben seither über den Dächern von Yonderwood – eine riesige Fledermaus gesehen! Sie taucht nur nach Mitternacht auf und soll so groß wie ein erwachsener Mann sein!«
Die drei ??? schwiegen. Justus verzog dabei skeptisch das Gesicht, Bob schaute etwas unsicher, so als hätte er nicht richtig gehört, und um Peters Mundwinkel flatterte ein nervöses Zucken.
»Vampire … können sich doch angeblich in Fledermäuse verwandeln«, sagte der Zweite Detektiv schließlich mit wackeliger Stimme und wie zu sich selbst. »Das ist sozusagen ihr zweites Ich … hab ich mal gehört. Ist doch so, oder?«
»Hm.« Justus rümpfte die Nase und begann seine Unterlippe zu kneten. Das war seit jeher eine Art Spleen von ihm, der immer dann auftrat, wenn er besonders scharf nachdachte. »Lassen wir mal den Flattermann kurz beiseite«, meinte er schließlich ungerührt und ohne auf Peters Frage einzugehen. »Du sagtest vorhin, Josy, dass noch mehr Einwohner von Yonderwood gebissen wurden – wobei ich jetzt mal dahingestellt sein lasse, dass ich so meine Zweifel an einem Vampirbiss als Ursache für die Wunden habe. Wie viele waren es noch außer eurem Bürgermeister?«
Josy kniff die Lippen zusammen. Man sah ihr deutlich an, dass sie sich nicht gern an die zurückliegenden Ereignisse erinnerte. »Zwei«, antwortete sie nach einiger Zeit. »Zunächst traf es Miss Davenport. Die Arme!« Josy machte ein beküm-

mertes Gesicht. »Dabei hatte sie noch am Abend zuvor eine Auszeichnung verliehen bekommen für ihre besonderen Verdienste um Yonderwood! Sie war so überglücklich! Ihr hättet sie sehen sollen! Und dann wachte sie am nächsten Morgen in ihrem eigenen Blut auf und hatte diese scheußlichen Male an der Kehle.« Josy schüttelte angewidert den Kopf. »Sie hat Yonderwood noch am gleichen Tag Hals über Kopf verlassen und lebt jetzt bei ihrer Tochter in der Nähe von Santa Monica, soviel ich weiß.«

»Und der Zweite?« Justus sah das Mädchen aufmerksam an. Nach wie vor knetete er dabei an seiner Unterlippe herum.

»Patricia Hamilton. Am Morgen nach ihrem Geburtstag, es war vor etwa drei Wochen, kam sie über und über mit ihrem eigenen Blut besudelt aus ihrem Haus gelaufen und schrie wie am Spieß. Miles Black, der Sohn des Alten, hat sie sofort nach L. A. in eine Klinik gefahren, und seit zwei Wochen ist sie auf Kur in Malibu. Yonderwood hat sie allerdings seither nie mehr betreten.«

»Das ist ja grauenvoll!« Bob schaute Josy bestürzt an. »Mir wird schon vom Zuhören schlecht!«

»Grauenvoll ist gar kein Ausdruck!«, pflichtete ihm Peter bei. »Das ist Horror pur, was hier abgeht!«

Justus klopfte sich nachdenklich auf die Lippen. »Und die anderen Bewohner sind dann nach und nach weggezogen, weil sie nicht ebenfalls Opfer dieses *Vampirs*«, der Erste Detektiv dehnte das Wort übertrieben und verzog abfällig das Gesicht, »werden wollten, nehme ich an?«

»Ja, einer nach dem anderen«, bestätigte Josy niedergeschlagen. »Zuerst waren es nur ein paar, die gingen. Aber je mehr den Ort verließen, desto ängstlicher wurden die, die noch hiergeblieben waren. Mit Grandma und mir sind jetzt nur noch zehn Einwohner übrig.«

»Und warum sind gerade diese zehn noch hier?«, fragte Bob.
»Jeder, der jetzt noch hier ist, hat irgendeinen anderen zwingenden Grund dafür«, sagte Josy. »Doch Angst vor dem Vampir haben sie alle. Jeder glaubt daran, und irgendwann wird auch noch der Letzte von hier verschwunden sein.«
»Jeder glaubt daran außer dir«, wandte Peter ein.
Josy lächelte schwach. »Es spielt keine Rolle, woran ich glaube oder nicht. Ich muss hierbleiben, solange ich Großmutter nicht überzeugen kann, mit mir wegzuziehen. Denn allein zurücklassen kann ich sie in ihrem Alter nicht. Sie will aber keinesfalls von hier fortgehen, komme, was da wolle. Sie sagt, sie sei hier geboren und wolle hier auch sterben.«
»Mich wundert nur«, überlegte Justus, »dass wir davon noch nichts gehört haben. Ich meine, ein Dorf, in dem angeblich ein Vampir umgeht! So etwas spricht sich doch herum.«
Josy schüttelte den Kopf. »Mich wundert das nicht. Die meisten hatten einfach Angst, dass es sie trifft, wenn sie zu viel sagen. Manche hatten zwar nicht direkt Angst vor einem Vampir, waren sich aber sicher, dass sie besser den Mund halten sollten. Und wieder anderen war es einfach zu peinlich, zuzugeben, dass sie wegen eines Vampirs weggezogen sind.«
»Verstehe.« Justus nickte. »Und die Polizei? Habt ihr die schon informiert?«
»Nach der Sache mit Miss Davenport waren mal zwei Beamte aus Bakersfield hier«, antwortete Josy. »Doch niemand wollte so recht mit ihnen reden, und mir war es, ehrlich gesagt, auch zu blöd, ihnen die Geschichte vom Vampir zu erzählen. Schließlich fanden sie dann mit viel Mühe doch heraus, wovon die meisten Bewohner ausgingen. Aber danach waren sie sehr schnell weg, und ich kann mir gut denken, warum.«
»Sie hielten euch für … für …«, suchte Peter nach dem richtigen Wort.

»… völlig abgedreht und hinterwäldlerisch«, half ihm Josy. »Ich bin mir sicher: Die lachen sich heute noch krumm und buckelig.«
Plötzlich wandte sie den Kopf ab und schlug schnell die Augen nieder. Aber die drei ??? bemerkten dennoch die Träne, die ihr über die Wange rollte. Es war unverkennbar, wie sehr sie unter den absonderlichen Geschehnissen und der düsteren Atmosphäre, die ihr Dorf überschatteten, litt, obwohl sie sich nach Kräften bemühte, sich das nicht anmerken zu lassen.
»Wenn das nur endlich aufhören würde!«, brachte sie plötzlich mit zitternder Stimme hervor. »Ich kann einfach nicht mehr! Ich würde alles dafür tun, damit dieser Wahnsinn endlich ein Ende findet! Alles!« Dann brach sie in ein hemmungsloses Schluchzen aus.

Die Vampirjäger

»Hier, bitte!« Peter hielt Josy ein Papiertaschentuch hin, das er aus seinem Rucksack gekramt hatte.
»Danke! Vielen Dank.« Josy schnäuzte sich und wischte sich mit dem Handrücken über die verweinten Augen. »Entschuldigt bitte«, sie sog stockend die Luft ein, »ich bin eigentlich«, sie schniefte, »keine solche Heulsuse. Aber manchmal habe ich einfach keine Kraft mehr und weiß nicht mehr, was ich tun soll.«
Justus räusperte sich und warf Peter und Bob einen vielsagenden Blick zu. Bob nickte sofort, weil er genau wusste, was Justus vorhatte. Das galt zwar auch für Peter, aber der Zweite Detektiv war von Justus' Idee weit weniger begeistert. Dennoch zuckte er schicksalsergeben mit den Schultern und ließ ihn fortfahren.
»Fürs Erste«, wandte sich Justus wieder Josy zu, »müsstest du eigentlich gar nicht mehr tun, als uns in Yonderwood ein Zimmer zu besorgen, damit wir hier übernachten können.«
Josy wandte sich langsam um und sah Justus mit gerunzelter Stirn an. »Ich soll euch ein Zimmer besorgen?«, fragte sie verwundert.
»Hmhm, ganz genau. Ein Zimmer für Bob, Peter und mich.« Justus blinzelte ihr fröhlich zu.
»I-ich … verstehe nicht? Wieso denn das?«
Der Erste Detektiv fasste in seine Jackentasche und zog eine ihrer Visitenkarten daraus hervor. Mit einer schwungvollen Geste überreichte er sie Josy. »Deshalb!«
Josy nahm die Karte zögernd entgegen und drehte sie langsam in ihren Händen hin und her.

»Die drei Detektive«, las Josy, »wir übernehmen jeden Fall. Erster Detektiv, Justus Jonas, Zweiter Detektiv, Peter Shaw, Recherchen und Archiv, Bob Andrews.« Verwirrt sah sie von der Karte auf. »Das ist wohl die Karte von diesem Detektivunternehmen, von dem ihr mir vorhin erzählt habt?«

»Das ist sie«, bestätigte Justus lächelnd.

»Ja, aber was ... ich versteh immer noch nicht, worauf du hinauswillst.«

»Wir werden«, erwiderte Justus und richtete sich ein wenig auf, »vorausgesetzt, du möchtest das, uns die Ereignisse in diesem Dorf mal etwas näher ansehen. Ich finde nämlich, das alles riecht geradezu nach einem neuen Fall für die drei ???.«

»Unbedingt!«, pflichtete ihm Bob bei. »Wie geschaffen für uns.«

»Aber ihr seid doch Detektive«, wandte Josy überrascht ein. »Ihr jagt meinetwegen Dieben hinterher oder überführt Erbschleicher. Was hättet ihr denn mit Vampiren zu schaffen?«

»Zum einen«, erklärte Justus, »haben wir uns in der Vergangenheit schon mit etlichen Fällen befasst, deren Grundkonstellation zunächst ebenfalls mysteriös war oder gar übernatürlicher Art zu sein schien –«

»Bitte?«
»Er meint, wo's auch erst um Geister oder Ähnliches ging.«
Peter seufzte hörbar. Manchmal wusste Justus einfach nicht, wann er sich weniger geschraubt ausdrücken sollte.
»Und zum anderen«, Justus warf Peter einen giftigen Seitenblick zu, »stellte sich bei diesen Fällen am Ende bis jetzt immer heraus, dass die Ursachen für die anscheinend irrealen Vorkommnisse höchst irdischer und reeller Natur waren und durchweg rational nachvollzogen werden konnten.«
»Am Schluss war es immer ein echter Ganove, und jeder hat's kapiert.« Peter nickte nachdrücklich.
Während Justus Peter mit seinen Blicken ermordete, überlegte Josy. »Also mit anderen Worten«, sagte sie schließlich. »Ihr wollt den Geschehnissen auf den Grund gehen und herausfinden, was wirklich dahintersteckt, weil ihr denkt, dass das alles gar nichts mit einem Vampir zu tun hat?«
»Exakt«, stimmte Justus zu.
»Vorausgesetzt, du willst das«, ergänzte Bob.
»Klar, unbedingt will ich das!«, versicherte Josy schnell. »Und ich glaube, ich hätte auch ein Zimmer für euch. Oben, unter dem Dach. Es ist zwar keine Hilton-Suite, aber es ist sauber und trocken. Nur mit Betten sieht's schlecht aus.«
»Kein Problem!«, befand Bob. »Wir haben ja unsere Schlafsäcke und Isomatten dabei.«
»Ja dann … kommt mit!« Josy wollte sich schon Richtung Vorhang umdrehen, als sie plötzlich innehielt. Sie sah auf einmal sehr nachdenklich aus.
»Stimmt etwas nicht?«, fragte Justus.
Josy antwortete nicht sofort. Sie blickte unsicher umher und meinte schließlich zögerlich: »Und was … was ist, wenn sich am Ende eurer Ermittlungen herausstellt, dass … dass all die merkwürdigen Dinge, die in Yonderwood geschehen sind,

doch nicht mit dem gesunden Menschenverstand erklärt werden können und vielleicht nicht einmal … von dieser Welt sind? Was dann?«

Natürlich versuchte Justus, Josy zu beruhigen, was ihre Befürchtungen betraf. Auf dem Weg zu dem Zimmer, in dem sie die drei Detektive unterbringen wollte und das sich zwei Stockwerke höher unter dem Dach befand, legte er ihr lang und breit dar, dass es für alles noch so Merkwürdige auf dieser Welt eine wissenschaftliche und vernünftige Erklärung gab. Vielleicht, so räumte er ein, sei man in mancherlei Hinsicht noch nicht weit genug, um wirklich jedes sonderbare Phänomen zu deuten, aber das sei nur eine Frage der Zeit und noch lange kein Grund, an irgendwelche Schauermärchen zu glauben. Immer jedoch, das wolle er noch einmal betonen, seien zumindest am Ende *ihrer* Fälle äußerst einleuchtende und keineswegs übernatürliche Zusammenhänge zutage getreten, und das, so versicherte Justus mit fast gönnerhafter Entschiedenheit, werde auch diesmal ganz bestimmt wieder so sein.
Doch als sich Josy schließlich von den drei ??? verabschiedete, machte sie nicht den Eindruck, als hätten sie Justus' Ausführungen wirklich überzeugen können. Sie wirkte immer noch sehr niedergeschlagen, lächelte kaum und redete nur das Nötigste. Alle Fröhlichkeit schien sie verlassen zu haben. Sie nahm zwar das Angebot der drei ??? an, den Geheimnissen von Yonderwood auf den Grund zu gehen. Aber die Bitte, die sie zum Abschied an sie richtete, zeigte auf das Deutlichste, dass Justus mit seinen Bemühungen bei ihr wenig Erfolg gehabt hatte.
»Macht nach Mitternacht auf keinen Fall das Fenster auf!«, befahl sie den Jungen eindringlich. »Und geht nicht nach draußen, hört ihr! Bleibt hier drin, bis die Sonne aufgegangen ist. Ich werde euch dann zum Frühstück rufen.«

»Aber Josy! Es besteht wirklich –«
»Tu es einfach, Justus! Bitte!«, unterbrach das Mädchen den Ersten Detektiv jäh. »Das mit dem Vampir mag vielleicht Unsinn sein, aber irgendetwas ist da draußen. Also! Großmutter und ich schlafen sicher besser, wenn wir wissen, dass ihr euch an diese einfachen Regeln haltet.«
Justus nickte verkniffen. »Ist gut. Keine Sorge, wir bleiben hier drin.«
Josy sah die Jungen der Reihe nach ernst an. Für einen Moment schien es so, als bereute sie es, die drei in ihr Haus gelassen zu haben, als wüsste sie nicht, ob sie ihnen vertrauen konnte. Doch schließlich sagte sie: »Auf der anderen Seite des Flurs ist ein kleines Bad. Das könnt ihr benutzen. Also dann, gute Nacht und bis morgen früh.« Mit einem leisen Klicken schloss sie die Tür hinter sich und machte sich auf den Weg nach unten.
Peter wartete noch, bis ihre Schritte auf der Treppe verklungen waren. Dann warf er seinen Rucksack in die Ecke, breitete seinen Schlafsack aus und ließ sich zu Boden sinken. »Na, fantastisch! Anstatt jetzt irgendwo unter freiem Himmel an einem lauschigen Lagerfeuer zu sitzen, Kartoffeln zu grillen und den Mond anzuheulen, verbarrikadieren wir uns in einem engen Dachzimmer, weil uns sonst vielleicht ein Vampir heute Nacht das Blut aussaugt! Und morgen jagen wir diesem Typen auch noch hinterher!« Peter sah sich mit mürrischem Gesicht im Zimmer um. »Vielleicht sollten wir uns ein bisschen was von dem Zeug aus dem Gasthaus borgen und es hier drin aufhängen.«
Justus rollte seine Isomatte auf dem Boden aus und setzte sich ebenfalls hin. »Angesichts des beklagenswerten Zustandes, in dem sich Josy allem Anschein nach befindet, war es einfach angebracht, ihr unsere Hilfe anzubieten. Und zum anderen

darf ich dich daran erinnern, dass es draußen nach wie vor schüttet wie aus Eimern.« Er zeigte auf das Dachfenster, auf das der Regen unablässig eintrommelte und von dem er in verschwommenen Bahnen herunterfloss. »Das mit dem Lagerfeuer und dem Mondanheulen hättest du dir ohnehin abschminken müssen.«

»Hm«, grunzte Peter, während es sich nun auch Bob auf dem Dielenboden bequem machte. »Aber wie stellst du dir das mit dem Vampirjagen vor? Sollen wir uns morgen alle mit Holzpflöcken und Hämmern bewaffnen und jeden Sarg im Dorf aufbrechen, um nachzusehen, ob da ein Mann mit spitzen Eckzähnen drinliegt?«

Justus und Bob lachten.

»Nein«, sagte der Erste Detektiv, »nichts dergleichen. Zunächst einmal gilt es herauszufinden, was sich tatsächlich hier abgespielt hat. Wir kennen bisher nur Josys Version. Nicht, dass ich ihr nicht glaube, aber ich denke, es wäre gut, über die Vorkommnisse auch aus einem anderen Mund zu hören. Und vor allem sollten wir jeden Einzelnen der noch verbliebenen Einwohner näher kennenlernen. Wer weiß, vielleicht ergeben sich daraus dann schon die ersten Anhaltspunkte.«

»Du denkst, dass einer von ihnen hinter der Angelegenheit steckt?«, fragte Bob.

»Das könnte durchaus sein«, antwortete Justus. »Zumindest sollten sich unsere Ermittlungen zunächst einmal darauf konzentrieren. Es ist allerdings auch nicht ausgeschlossen, dass jemand für die Begebenheiten verantwortlich ist, der schon längst nicht mehr hier wohnt.«

»Jetzt wartet doch mal!«, protestierte Peter. »Angelegenheiten! Begebenheiten! Tut doch nicht so, als hätten wir es hier mit einer geklauten Handtasche zu tun, die jemandem im Schlussverkauf am Wühltisch gemopst wurde! Wie wir alle gehört haben, geht es vielmehr um drei Menschen, die angeblich von einem Vampir gebissen wurden, der sich nachts als gigantische Fledermaus herumtreibt! Ist euch eigentlich schon mal in den Sinn gekommen, dass hier unter Umständen tatsächlich Mächte im Spiel sind, mit denen wir uns besser nicht anlegen sollten?«

Justus setzte einen mitleidigen Blick auf. »Ach Peter!«, seufzte er. »Du bist im Grunde genommen so ein schlaues Kerlchen. Wieso vertraust du nicht einfach mal deinen geistigen Kräften und bedienst dich deines gesunden Menschenverstandes, anstatt dich immer gleich dem nächstbesten Aberglauben in die Arme zu werfen?«

Peter antwortete nichts hierauf und grinste Justus nur müde an. Er hatte diese oder ähnliche Diskussionen mit ihm schon sehr oft geführt und wusste daher, dass er den Ersten Detektiv nicht würde überzeugen können. Justus würde nie an den Regeln der Vernunft zweifeln und auch nur im Traum daran denken, dass es etwas gab, was sich nicht rational erklären ließ. So viel stand für Peter fest.

Aber eines Tages, dessen war sich Peter sicher, würde er eines Besseren belehrt werden. Und vielleicht war dieser Tag schon gar nicht mehr so fern …

Und dann gabs keines mehr

Peter tat in der folgenden Nacht kaum ein Auge zu. Immer wieder fuhr er aus dem Schlaf hoch, weil er irgendein verdächtiges Geräusch vernommen zu haben glaubte. Einmal knarrte die Treppe, dann quietschte irgendein Fensterladen, obwohl sich der Wind mittlerweile wieder gelegt hatte, und kurz nach drei Uhr morgens hätte er schwören können, dass jemand auf dem Dach war. Aber jedes Mal kehrte nach ein paar Sekunden wieder absolute Ruhe ein, sodass sich Peter doch nicht sicher war, ob er wirklich etwas gehört hatte oder ob ihm nur seine Fantasie einen Streich gespielt hatte.
Als Josy die drei ??? kurz nach Sonnenaufgang schließlich weckte, fühlte sich der Zweite Detektiv daher wie gerädert, weil er kaum geschlafen hatte. Aber auf der anderen Seite war er auch heilfroh, dass er die Nacht unbeschadet überstanden hatte.
Die drei Jungen trotteten müde die Treppe hinunter und halfen Josy beim Frühstückmachen. Erleichtert stellten sie fest, dass sich wie schon im übrigen Haus auch durch die Küche keine Knoblauchlianen schwangen. Zwar hing ein Kreuz an der Wand und über der Anrichte befand sich ein eingerahmter Bibelvers, doch der Aberglaube der McDonaghoughs schien sich tatsächlich in Grenzen zu halten.
»1 Makkabäer 2, 60«, las Justus den Bibelvers. »Weil Daniel unschuldig war, wurde er dem Rachen der Löwen entrissen.« Er drehte sich zu Josy um. »Hat der Vers eine bestimmte Bedeutung für euch?«
Josy zuckte die Schultern. »Der hängt da schon ewig. Er stammt, glaube ich, von Grandmas Urgroßvater. Aber nicht einmal Grandma weiß, was es damit auf sich hat.«

»So lange ist eure Familie schon hier in Yonderwood?«, fragte Peter überrascht.
»Ja, *zu* lange«, antwortete Josy, ohne aufzusehen.
Beim Frühstück lernten die drei Jungen dann auch Josys Großmutter endlich kennen. Mrs Eleonora McDonaghough war eine herzensgute und äußerst liebenswürdige alte Dame, die hocherfreut schien, dass mal wieder jemand zu Besuch in ihrem Haus war. Fröhlich plapperte sie drauflos und erzählte den Jungen eine Geschichte nach der anderen aus ihrer bewegten Vergangenheit.
Dabei bemerkten die drei ??? jedoch, dass sie von Zeit zu Zeit etwas wirr erschien und das eine oder andere durcheinanderbrachte. Justus zum Beispiel redete sie plötzlich mit *Richard* an, und Josy musste ihr erst erklären, dass Justus nicht ihr Großneffe war, der offenbar Richard hieß und entfernte Ähnlichkeit mit dem Ersten Detektiv aufwies.
Eleonora McDonaghough stutzte für einen Moment, schien sich plötzlich wieder zu entsinnen, wo sie war und mit wem sie es zu tun hatte, und entschuldigte sich daraufhin überschwänglich bei Justus. Ein paar Minuten später jedoch stellte sie die Teekanne in den Kühlschrank und befahl Bob, der auf einmal Dexter hieß, er solle jetzt endlich machen, dass er ins Büro komme …
»Deine Großmutter ist wirklich sehr nett«, sagte Peter nach dem Frühstück zu Josy. Eleonora hatte sich inzwischen wieder in ihr Zimmer zurückgezogen.
»Aber ein bisschen schrullig manchmal, ich weiß«, lächelte Josy. »Ich hätte euch vorwarnen müssen. Sie ist ein absoluter Schatz, und ich liebe sie über alles, aber in letzter Zeit gerät ihr immer häufiger etwas durcheinander.«
Justus leerte seine Tasse und fragte Josy: »Denkst du, wir können sie nach den Vorkommnissen hier im Ort befragen? Wir

hätten gern so viele Meinungen wie möglich dazu eingeholt, um so vielleicht den einen oder anderen Ansatzpunkt für unsere Nachforschungen zu finden.«

»Fragen könnt ihr sie schon«, erwiderte Josy, »ich weiß nur nicht, ob ihr mit ihren Antworten etwas anfangen könnt. Und eigentlich wäre es mir auch lieber, ihr würdet sie da raushalten. Grandma soll sich nicht mehr als nötig aufregen, zumal sich an ihrer Einstellung sowieso nichts ändern wird. Sie wird auf jeden Fall hierbleiben, egal, was noch geschieht.«

»Verstehe«, sagte Justus und überlegte einen Moment. »Wäre es dann vielleicht möglich«, fuhr er schließlich fort, »die anderen Bewohnern von Yonderwood kennenzulernen? Es wäre für unsere Ermittlungen wirklich wichtig, und die anderen sollten auch erfahren, was wir hier tun. Denn ohne ihre Unterstützung werden wir wohl nur sehr schwer vorankommen in diesem Fall.«

Josy begann, den Tisch abzuräumen. »Und wie soll das ablaufen?«, fragte sie. »Ich meine, soll ich euch jeden Einzelnen der noch verbliebenen Bewohner vorstellen, oder wie habt ihr euch das gedacht?«

»Gute Frage«, meinte Bob stirnrunzelnd. »Das sollten wir vielleicht erst mal klären.«

»Eben!« Peter schraubte den Deckel auf das Marmeladenglas. »Wir können ja schlecht jedem einen Besuch abstatten und sagen: Hallo, wie geht's? Wir sind übrigens die neuen Vampirjäger. Könnten wir vielleicht mal Ihre Eckzähne sehen?«

Bob lachte, Josy nicht, und Justus sah Peter erstaunt an. »Das ist gut, Zweiter!«, sagte er zur Überraschung aller. »Ja, das ist wirklich gut. Genau so machen wir's!«

»Äh, könntest du dich vielleicht etwas klarer ausdrücken?« Peter sah Justus fragend an, und auch Bob und Josy machten ein verwundertes Gesicht.

»Passt auf!«, sagte Justus entschlossen. »Josy. Glaubst du, du könntest alle Dorfbewohner heute Abend im Golden Bear zusammentrommeln? Sag ihnen, du hättest etwas Wichtiges mitzuteilen und die Anwesenheit jedes Einzelnen wäre erforderlich.«

Josy zog die Augenbrauen hoch. »J…a, schon. Aber … wozu? Und was sage ich?«

»Du sagst ihnen, dass du jemanden gefunden hättest, der sich eures Problems, nämlich des Vampirs, annehmen will, und dass das wir sind. Erzähl ihnen irgendetwas, wie wir von den Ereignissen in Yonderwood gehört haben und dass wir große Erfahrung im Umgang mit derartigen Phänomenen mitbrächten. Und dann stellst du uns vor.«

»Hm.« Peter wiegte skeptisch den Kopf. »Und was soll das bringen?«

»Zweierlei«, antwortete Justus. »Zum einen lernen wir so alle Bewohner kennen und können uns ein erstes Bild von jedem Einzelnen machen. Und zum anderen sorgen wir vielleicht schon mal für Unruhe beim Vampir!«

»Du meinst, wir scheuchen denjenigen auf, der hinter allem steckt, weil er weiß, dass wir ihm ab jetzt auf den Fersen sind?«, vermutete Bob.

»Genau!«, bestätigte Justus. »Und vielleicht macht er deswegen einen Fehler, der uns auf seine Spur bringt.«

»Das funktioniert aber nur, wenn der Vampir in irgendeinem Zusammenhang mit den verbliebenen Bewohnern steht«, gab Peter zu bedenken. »Und selbst wenn das der Fall ist, kann der Schuss auch nach hinten losgehen.«

»Wie meinst du das?«, wollte Josy wissen.

»Na ja, wenn wir unsere Klappe so weit aufreißen, sind wir vielleicht die nächsten, die den Vampir am Hals haben.«

Josy versprach, zu tun, was möglich war, und bat die drei ???, um sieben Uhr abends in den Golden Bear zu kommen. Zu diesem Zeitpunkt wollte sie alle Bewohner in die Gastwirtschaft bestellen.
Die Jungen packten daraufhin ihre Sachen zusammen, verabschiedeten sich bis zum Abend von Josy und machten sich auf den Weg zu Bobs Käfer. Gegen Mittag hatten sie den Wagen erreicht und fuhren zurück zum Schrottplatz nach Rocky Beach. Dort trafen sie noch einige Vorbereitungen. Denn nach einer eingehenden Lagebesprechung auf der Rückfahrt hatten sie sich dazu entschlossen, sich trotz Josys Warnungen in der folgenden Nacht in Yonderwood auf die Lauer zu legen, und dazu benötigten sie einige Dinge.
Als sie schließlich um kurz vor sieben im Golden Bear eintrafen, konnte ihnen Josy mitteilen, dass alle Bewohner außer ihrer Großmutter da seien und dass sie jeden Justus' Anweisungen entsprechend unterrichtet habe. Einige seien zwar mehr als skeptisch und nur schwer zu überzeugen gewesen, dass sie überhaupt heute Abend hierherkämen, aber letztendlich sei es ihr doch gelungen.
Doch die drei ??? merkten sehr schnell selbst, dass sie keinen leichten Stand haben würden. Josy stellte ihnen kurz einen nach dem anderen vor, und dann waren die drei Jungen an der Reihe. Aber das Misstrauen, das man ihnen entgegenbrachte, als sie ihre Absichten darlegten, war genauso mit Händen zu greifen wie jene unbestimmte Angst, die sie schon am Abend zuvor verspürt hatten.
»Wir hetzen den Vampir nur noch mehr gegen uns auf!« Otis Stamper, der bullige Wirt, sprach aus, was offenbar die meisten dachten. »Lassen wir ihn lieber in Ruhe! Vielleicht vergisst er uns dann und zieht weiter!«
»Richtig, Otis! Du hast vollkommen recht!« Silvester Pound,

ein abgehalfterter Schauspieler mit wehendem, schlohweißem Haar klopfte mit den Knöcheln auf den Tisch.
»Reizen wir ihn lieber nicht!«, war auch die Meinung von Miles Black, dem Sohn des Bürgermeisters. Er war ein blasser, unauffälliger junger Mann Mitte zwanzig, der noch im Haus seines Vaters lebte.
Pfarrer Clark hingegen hielt sich ebenso zurück wie ein Mann namens Homer Diesel, der sich selbst als Lebenskünstler ausgegeben hatte. Beide schienen erst einmal abwarten zu wollen, was die drei ??? noch zu sagen hatten. Klara Kowalski jedoch, eine schwarzhaarige Frau mittleren Alters, die in abenteuerlich bunte Fetzen gekleidet war, konnte ganz offensichtlich nichts sagen. Sie starrte die drei Jungen die ganze Zeit nur unheilsschwanger an und brabbelte dabei irgendetwas vor sich hin.
»Nun, meine Lieben«, meldete sich Jonathan Black, der Bürgermeister selbst, in diesem Moment zu Wort. »Ich bin da ganz anderer Meinung. Ich denke, wir sollten jede Hilfe annehmen, die wir bekommen können. Denn was ist, wenn der Vampir weiter unter uns wütet? Sollen wir wirklich warten, bis er einen nach dem anderen heimgesucht hat? Und was passiert, wenn man öfter gebissen wird, das wissen wir doch alle!« Jonathan Black hielt für einen Moment inne, um die Wirkung seiner Worte abzuschätzen. Und tatsächlich machte sich ein unruhiges Gemurmel breit.
»Er meint, dass man dann ebenfalls zu einem Vampir wird«, flüsterte Josy den drei Jungen zu.
»Ich weiß!«, erwiderte Peter tonlos und fügte hinzu: »Das erinnert mich alles irgendwie an den Krimi *Und dann gabs keines mehr* von Agatha Christie. Da waren's auch am Anfang zehn Leute, und von denen wurde dann einer nach dem anderen abgemurkst!«

»Was für ein Blödsinn!«, flüsterte Justus.
Black räusperte sich und fuhr fort: »Aber einmal angenommen, diese drei jungen Detektive haben recht und es steckt etwas ganz anderes hinter dem Spuk. Muss es dann nicht ebenfalls in unserem Interesse liegen, das so schnell wie möglich aufzudecken? Schaut euch doch um! Fast alle unsere Freunde und Mitbürger sind weggezogen. Unser Dorf geht zugrunde, liebe Freunde! Wir müssen etwas tun!«
Miles Black hob sein Glas. »Vater hat recht. Lasst uns auf die drei Jungen trinken! Schlimmer als im Moment kann es nicht werden, und vielleicht können sie uns ja wirklich helfen.«
Reihum stieß er mit jedem am Tisch an und zwinkerte Mary, der Bedienung, die zugleich Stampers Tochter war, aufmunternd zu. Die drei ??? hatten sie gleich wiedererkannt, denn sie war es gewesen, die gestern Abend nach Peters unbedachtem Scherz so maßlos erschrocken war. Schüchtern lächelte Mary zurück und nippte von ihrer Limonade.
Nur Diesel erhob sein Glas nicht. Er kramte sein Geld aus der Börse, warf es auf den Tisch und stand auf. »Du bringst uns noch *alle* ins Grab!«, fauchte er Jonathan Black wutentbrannt an und spie dabei das Wort *alle* förmlich aus. Dann schob er den Stuhl mit einem lauten Knarren zur Seite und schritt auf den Ausgang zu.

… und da waren's nur noch neun

»Warte!« Jonathan Black sprang ebenfalls auf. »Was willst du damit sagen, Homer?«
Diesel blieb stehen und drehte sich um. Ein grimmiger Zug spielte um seine Lippen. »Na was wohl, Jonathan?«
»Geht das schon wieder los? Kannst du nie damit aufhören? Du weißt genau –«
»Verschone mich mit deinem Geschwätz! Ich weiß, was ich weiß! Daran wirst gerade du sicher nichts mehr ändern!«
Josy beugte sich zu den drei ???. »Diesel glaubt, dass Black seine Frau auf dem Gewissen hat«, flüsterte sie.
»Was?«, entfuhr es Peter.
»Ich erzähl euch die Geschichte nachher.«
»Gib endlich Ruhe, Homer! Hörst du?« Jonathan Black atmete heftig.
»Und wenn nicht? Was dann? Hä?« Diesel lachte höhnisch. »Machst du dann mit mir eine Spritztour in deinem Wagen? Oder hast du jetzt eine andere Methode gefunden?«
Jonathan Black schnappte nach Luft. »Du bist doch völlig verrückt!«
Mary begann zu schluchzen, und Klara Kowalski versuchte sie zu beruhigen. Es war offenkundig, dass dem Mädchen der Streit der beiden Männer und die unverhohlen ausgesprochenen Anschuldigungen Diesels sehr zusetzten.
»Geh schon mal nach oben, Kind«, sagte ihr Vater besänftigend. »Ich komm hier gut allein zurecht. Ruh dich ein wenig aus.«
»Danke, danke, Daddy«, hauchte Mary und band sich mit zitternden Händen die Schürze ab. Sie trank noch ihre Limonade aus, und dann begleitete Klara Kowalski sie durch den

Hinterausgang aus der Gaststube. Mitleidig sahen ihr die drei ??? nach.

»Da siehst du, was du wieder angerichtet hast!«, rief Black, und sein Sohn nickte ihm bestätigend zu. Aber Diesel grinste nur gelangweilt.

»Armes, kleines Pflänzchen«, murmelte Silvester Pound und seufzte theatralisch. »Sie ist einfach zu zart besaitet für diese raue Welt. Erinnert mich immer ein bisschen an die große Elvira Lockhead. Die war auch so ein Seelchen.«

»Ach, Silvester! Verschon uns mit deinen ollen Kamellen!«, knurrte Diesel. »Zart besaitet! Dass ich nicht lache. Die Göre gehört endlich unter die Haube, das ist alles!«

Stamper fuhr herum. »Was soll denn das schon wieder heißen?«, blaffte er Diesel an. »Hast du vielleicht irgendein Problem mit meinen Erziehungsmethoden, Homer?«

»Nicht nur damit«, erwiderte Diesel und sah Stamper herausfordernd an.

»Ach ja? Nur raus damit! Komm schon! Was passt dir nicht?« Der Wirt erwiderte Diesels Blick und hob verächtlich das Kinn.

Bevor Homer Diesel jedoch etwas entgegnen konnte, erhob sich schnell Pfarrer Clark von seinem Stuhl. »Nun, meine lieben Brüder und Schwestern«, sagte er salbungsvoll, »ich denke, es war ein langer Abend, und wir sind alle ein wenig aufgebracht. Ich würde daher vorschlagen, dass wir uns nun zurückziehen, damit sich unsere erhitzten Gemüter beruhigen können.« Der Pfarrer blinzelte ein paarmal und lächelte lieblich in die Runde. »Und was unsere drei jungen Freunde hier betrifft«, er drehte sich um und nickte den drei Detektiven huldvoll zu, »so glaube ich im Namen aller hier Anwesenden sagen zu dürfen, dass wir uns sehr über euer Angebot freuen, uns in diesen gottfernen Tagen beistehen zu wollen. Seid versichert, dass wir euch gern bei euren Bemühungen unterstützen wollen, soweit dies in unseren bescheidenen Kräften liegt. Und jetzt«, Pfarrer Clark wandte sich wieder den anderen im Raum zu und faltete seine Hände wie zum Gebet, »lasst uns nach Hause gehen.«

Offenbar hatte das Wort des Geistlichen noch einiges Gewicht in Yonderwood. Denn tatsächlich zahlte nun einer nach dem anderen bei Stamper seine Zeche, und dann gingen alle an den drei ??? vorbei zum Ausgang. Diesel und der alte Black warfen sich zwar noch zornige Blicke zu und murrten irgendetwas vor sich hin, ließen aber ihren Streit auf sich beruhen. Auch Klara Kowalski, die mittlerweile wieder zurückgekommen war, entschwebte in ihren bunten Tüchern, und als Letzter verabschiedete sich Pfarrer Clark. Schließlich waren nur noch Stamper, Josy und die drei Jungen im Raum.

»Meine Güte!« Peter blickte staunend in die Runde. »Was war das denn eben?«

»Homers Frau kam vor etlichen Jahren bei einem Autounfall ums Leben, als sie mit Jonathan Black in die Stadt fuhr«, erklärte Josy, während Stamper sich hinter seiner Theke an den schmutzigen Gläsern zu schaffen machte. »Black blieb nahezu unverletzt, aber Mrs Diesel war sofort tot. Homer war von diesem Tag an nicht mehr derselbe. Er wurde jähzornig, verbittert, launisch und hat Black bis heute nicht verziehen, obwohl bald klar war, dass der nichts dafür konnte. Das Auto hatte einen Defekt. Und es gibt Tage wie heute, da legt sich Homer mit allen an, einfach so.«

»Und warum ist er nicht längst von hier fort?«, fragte Bob.

»Er liebte seine Frau abgöttisch und möchte einfach den Ort nicht verlassen, wo er die glücklichste Zeit seines Lebens verbracht hat«, antwortete Josy. »Das jedenfalls ist die allgemeine Meinung, denn Diesel redet natürlich nicht darüber.«

»Und was sollte das mit der *anderen Methode*?«, erinnerte sich Peter. »Glaubt Diesel im Ernst, dass Black hinter der Sache mit dem Vampir steckt?«
Josy machte eine verdrießliche Miene. »Wenn Homer so drauf ist wie heute, glaubt er alles. Aber im Grunde ist er auch der Meinung, dass wir es mit einem echten Vampir zu tun haben.«
»Es wird Zeit.« Justus sah auf die Uhr und stand auf. »Ich denke, wir haben heute Abend erreicht, was möglich war. Wir haben jetzt alle Einwohner etwas näher kennengelernt und können bei unseren Ermittlungen sogar auf ihre Hilfe zählen, wenn man den Worten eures Pfarrers glauben darf. Zumindest hat man es uns nicht verboten. Und jetzt, Kollegen, sollten wir uns auf die kommende Nacht vorbereiten. An die Arbeit!«
»Auf die kommende Nacht vorbereiten?«, fragte Josy verständnislos.
»Ja, sicher«, erwiderte Justus und wandte sich dem Ausgang zu. »Da sich euer Besucher ja nur nachts blicken lässt, müssen wir uns wohl oder übel ein paar der nächsten Nächte um die Ohren schlagen, wenn wir ihm begegnen wollen.«

Der Plan der drei ??? sah vor, sich nach Einbruch der Dunkelheit abwechselnd auf die Lauer zu legen. Bob sollte die erste Schicht bis kurz vor Mitternacht übernehmen, Justus anschließend die zweite bis drei Uhr morgens, und Peter war dann bis zum Morgengrauen dran. Jeder sollte sich während seiner Wache ein möglichst gutes Versteck suchen und Augen und Ohren weit offen halten. Vielleicht tat sich ja nachts in Yonderwood tatsächlich irgendetwas Merkwürdiges, dem sie so auf die Schliche kommen konnten. Für alle Fälle hatten sie ihre Walkie-Talkies dabei, damit derjenige, der gerade Wache

schob, die anderen beiden wecken und herbeirufen konnte, falls es nötig sein sollte.
Die drei Jungen holten noch ihre Sachen aus Bobs Käfer und gingen anschließend zusammen mit Josy zu deren Haus. Dort händigte Justus Peter und Bob je eines der Funksprechgeräte aus, und dann konnte es losgehen.
»Also, vergesst nicht, die Walkie-Talkies auf Empfang zu stellen, klar?«, erinnerte Bob seine beiden Freunde. »Nicht, dass ihr friedlich pennt, während mich eine Horde Vampire durchs Dorf jagt.«
»Keine Sorge«, versicherte Justus, »wir –«
»… werden live mitverfolgen, wie du dich dabei so schlägst«, nahm Peter dem Ersten Detektiv das Wort aus dem Mund und gab Bob einen freundschaftlichen Klaps auf die Schulter.
»Wehe!« Bob zog warnend die Augenbrauen nach oben. »Ich bin dann um Punkt Mitternacht bei euch und weck dich, Just.«
»Geht klar.«
»Also bis nachher!« Bob tippte sich zum Abschied an die Stirn und ging dann Richtung Dorfeingang davon. Dort wollte er sich sein Versteck suchen. Justus und Peter hingegen kamen mit Josy ins Haus, begaben sich aber sogleich in ihr Dachzimmer. Sie wollten möglichst viel schlafen, bevor sie geweckt wurden.
»Und ihr haltet das wirklich für eine gute Idee?«, fragte Josy skeptisch, als sie sich an der Treppe trennten.
»Unbedingt«, erwiderte Justus selbstgewiss. »Sei unbesorgt. Wir werden sicher schon bald um einiges schlauer sein, was euren nächtlichen Störenfried betrifft.« Dann gingen er und Peter hinauf ins Zimmer.
Doch Justus sollte sich täuschen. Diese erste Nachtwache brachte nämlich keinerlei greifbare Ergebnisse, was den Spuk

von Yonderwood anging. Nicht einmal der Schatten eines Vampirs ließ sich blicken und auch keine riesengroße Fledermaus, sodass jeder der drei ??? ziemlich langweilige und kalte Stunden in seinem Versteck verbrachte.
Aber dafür versetzte der folgende Morgen das Dorf und seine Bewohner wieder in Angst und Schrecken.
Gerade tasteten sich die ersten Sonnenstrahlen über den grauen Horizont, und Peter war eben auf dem Weg zu den McDonaghoughs, um ordentlich zu frühstücken, als ein markerschütternder Schrei die morgendliche Luft zerriss!
Peter fuhr herum und starrte hinüber zum Golden Bear, an dessen Seitenwand eine Außentreppe nach oben zu einer Tür führte. Und aus der stürzte in diesem Moment Mary Stamper! Mit ihrem wild zerzausten Haar und dem weißen Nachthemd sah sie aus wie ein Geist, der panisch vor der aufgehenden Sonne flieht. Aber noch viel furchteinflößender war etwas anderes. Ihr weißes Nachthemd war voller Blut!
Peter erstarrte förmlich bei diesem schrecklichen Anblick. Je näher ihm Mary kam, die einfach besinnungslos vor Angst drauflosrannte, desto mehr Blut sah er. Nicht nur das Nachthemd war blutverschmiert, wie Peter jetzt bemerkte, sondern auch ihr Gesicht, ihr Hals, ihre Hände. Überall war Blut, und es war kaum zu glauben, dass dieses Mädchen noch in der Lage war, schreiend und kreischend über die Straße zu toben. Sie musste doch schwer verletzt sein! Wie sonst waren diese Unmengen von Blut zu erklären?
Doch genau in dem Augenblick brach Mary mitten auf der Straße zusammen. Sie stöhnte noch ein letztes Mal, verdrehte die Augen und sank dann zu Boden.
»Hilfe!«, flüsterte Peter entsetzt und wankte benommen auf das leblose Mädchen zu. »Hilfe!«, sagte er lauter, immer noch verstört und die Augen weiterhin starr auf Mary gerichtet.

»HILFE!«, brüllte er jedoch schließlich mit aller Kraft, als er bei ihr war. »HILFE! Hierher! Kommt schnell!«
Binnen weniger Minuten war das ganze Dorf auf den Beinen. Justus, Bob und Josy waren als Erste am Ort des Geschehens, Stamper stürzte kurz nach ihnen aus dem Hintereingang des Golden Bear, Klara Kowalski flog in einem neongelben Sari heran, und Diesel, Pound und die anderen Männer kamen in ihren Pyjamas angerannt. Nur Eleonora McDonaghough war nicht anwesend. Sie schaute aber aus ihrem Küchenfenster.
Zunächst redeten alle einfach drauflos und durcheinander, waren entsetzt und verwirrt zugleich und einer wie der andere scheinbar völlig hilflos. Daher übernahm Justus kurzerhand die Initiative. Zusammen mit Peter und Bob trug er die bewusstlose Mary erst einmal zurück in ihre Wohnung. Von dort aus sollte man dann den Notarzt verständigen.
Doch kaum hatte Stamper die Tür aufgestoßen, entfuhr ihm ein erstickter Fluch: »Verdammt! Wo sind der Knoblauch und die Kreuze?«
Alle drängten sich ins Zimmer und sahen sich wie versteinert um. Nur die drei Detektive behielten einen klaren Kopf. Sie legten Mary vorsichtig auf ein Sofa, und Bob schaute sich nach dem Telefon um.
»Der Notarzt aus Bakersfield ist in zwanzig Minuten da«, sagte er nach einem kurzen Anruf.
Stamper nickte wie betäubt. »Ja, ja, danke.« Er stolperte zu seiner Tochter. »Mary? Mary, hörst du mich?«
Doch sie antwortete nicht.
Justus kniete sich neben Stamper und nahm Marys Handgelenk. »Der Puls ist schwach, aber regelmäßig, soweit ich das beurteilen kann«, sagte er nach einer Weile und betrachtete dabei die beiden Wundmale am Hals. »Sie ist zwar ohnmächtig, aber ich denke, es geht ihr einigermaßen gut.«

»Gott sei Dank!«, flüsterte Stamper und wischte sich den Schweiß von der Stirn. »Aber ich verstehe das mit dem Knoblauch und den Kreuzen nicht. Wer hat das weggetan?«
»Als ich sie gestern Abend hier heraufbegleitet habe, war alles noch, wie es sein soll«, jammerte Klara Kowalski. »Ich habe ihr nur beim Auskleiden geholfen und sonst nichts angerührt.«
»Sie kann es nur selbst gewesen sein«, meinte Pound. »Er kann das Zeug ja nicht anrühren.«
»Aber wieso sollte sie das tun?«, fragte Miles.
»Vielleicht hat er es ihr befohlen?«, vermutete sein Vater. »Wir wissen ja, dass Mary sehr leicht zu beeinflussen ist.«
»Es liegt alles hier drüben, in der Küche!«, rief auf einmal Pfarrer Clark aus einem der angrenzenden Räume. Sofort liefen alle hinüber.
Nach einem kurzen Blick in die Küche tippte Justus Peter und Bob auf die Schultern und winkte sie etwas abseits von den anderen.
»Was ist?«, fragte Peter leise.
Justus kniff die Lippen zusammen und machte ein unschlüssiges Gesicht. »Ich weiß nicht recht«, sagte er, »das ist tatsächlich alles irgendwie sehr merkwürdig.«
»Ach was!«, gab sich Peter überrascht. »Merkwürdig findest du das hier? Da bin ich aber jetzt platt!«
»Es ist wirklich alles so, wie man uns erzählt«, sprach Justus nachdenklich weiter. »Die Wunde am Hals weist die beiden besagten Punkte auf. Aber ich kann mir das alles hier einfach nicht erklären.«
»Was genau meinst du?«, wollte Bob wissen.
Justus sah seinen Freund erstaunt an. »Na, ich bitte dich! Sieh dich doch mal um! Hier sieht es, mit Verlaub, aus wie beim Metzger. Schau dir nur das Bett an!«

Peter und Bob sahen zu Marys Bett hinüber, dessen Kopfkissen in Blut getränkt zu sein schien.
»Es ist einfach viel zu viel Blut hier!«, sagte Justus verwundert. »Die Wunde ist viel zu klein, als dass Mary daraus so viel Blut hätte verlieren können! Aber es ist da, und ich frage euch: Wo kommt das ganze Blut her?« Der Erste Detektiv hielt inne. »Und dann die Sache mit dem Knoblauch und den Kreuzen: Das ergibt alles keinen Sinn. Das ergibt alles überhaupt keinen Sinn.«

Wird man aus Schaden klug?

Noch bevor der Notarzt kam, erholte sich Mary ein wenig. Sie war wieder bei Bewusstsein und hatte nach eigenem Bekunden keine Schmerzen. Allerdings war sie sehr verängstigt und auch verwirrt. Auf die Frage ihres Vaters, ob sie den Vampirschutz weggeräumt habe, wusste sie keine Antwort.

»Ich weiß noch, dass Klara mich aus dem Golden Bear gebracht hat«, hauchte sie kraftlos. »Aber dann erinnere ich mich an nichts mehr, bis ich heute Morgen in meinem Blut aufgewacht bin.«

Die drei ??? sahen sich nachdenklich an. »Und von dem schrecklichen Vorfall selbst haben Sie auch nichts mitbekommen?«, fragte Justus.

Marys Augen füllten sich mit Tränen, und ihre Lippen begannen zu zittern. »Nein, ich –«

»Das ist jetzt genug!«, ging Stamper dazwischen. »Mary muss sich erst einmal erholen!«, beschied er dem Ersten Detektiv. »Seht lieber nach, wo der Arzt bleibt!«

»Ja, natürlich«, sah Justus ein, obwohl ihm noch einige Fragen auf den Nägeln brannten.

Stamper packte ein paar Sachen zusammen, und als der Arzt angekommen war, half er zusammen mit dem Pfleger Mary die steile Treppe hinab. Auch die restlichen Dorfbewohner sowie die drei ??? verließen das blutige Zimmer.

Unten angekommen, verabschiedeten sich alle von Mary und wünschten ihr gute und schnelle Besserung. Homer Diesel drückte ihr sogar die Hand und quetschte ein verlegenes »Tut mir leid wegen gestern Abend« zwischen den Zähnen hervor. Mary lächelte ihm schwach zu, dann schob sie der Pfleger auf ihrer Trage in den Notarztwagen. Der Arzt setzte sich zu ihr,

und während der Pfleger nach vorn ans Steuer ging, holte Otis Stamper seinen Jeep aus der Garage. Hintereinanderher fahrend verließen die beiden Wagen schließlich Yonderwood in westlicher Richtung.
»Würde mich interessieren, was Stamper dem Arzt erzählt«, flüsterte Peter Bob zu.
Der dritte Detektiv nickte. »Über *Behandlung nach einem Vampirbiss* hat der sicher nichts in seinem Studium gelernt.«
Die anderen Dorfbewohner blieben noch eine kurze Weile vor dem Golden Bear stehen und unterhielten sich. Allen sah man ihre Betroffenheit deutlich an. Aber allmählich löste sich die kleine Versammlung dann doch auf. Klara Kowalski schlich als Erste bedrückt davon, nach ihr zog Homer Diesel ab, und auch Josy machte sich auf den Heimweg.
»Ich muss ein bisschen was im Laden arbeiten«, erklärte sie den drei ???. »Vielleicht sehen wir uns ja nachher noch.«
»Äh, ganz kurz noch«, hielt Justus sie zurück. »Wir hätten uns gern einmal die Häuser der anderen Opfer etwas genauer angesehen. Könntest du sie uns vielleicht noch schnell zeigen?«
»Tut mir leid«, erwiderte Josy, »ich habe jetzt im Moment wirklich keine Zeit. Ich kann Grandma nicht alles allein machen lassen. Aber fragt doch Bürgermeister Black! Wenn er das, was er gestern Abend im Golden Bear gesagt hat, ernst gemeint hat, wird er euch sicher weiterhelfen.«
Justus nickte, und Josy winkte den Jungen zum Abschied verhalten zu. Dann drehte sie sich um und entfernte sich in Richtung ihres Geschäfts.
»Okay, ihr habt's gehört. Versuchen wir unser Glück«, sagte Justus zu Peter und Bob. Gemeinsam gingen sie auf die Blacks zu, die sich immer noch mit Pfarrer Clark unterhielten.
Und Josys Vermutung sollte sich bestätigen. Der Bürgermeister war sofort bereit, die Jungen herumzuführen. Er schien so-

gar dankbar zu sein, dass jemand angesichts der dramatischen Ereignisse der letzten Stunde die Initiative ergriff. Schnell verabschiedete er sich von Pfarrer Clark und seinem Sohn und lotste die Jungen dann zu seinem Haus. »Kommt doch gleich mit rein!«, bot er ihnen an. »Ich zieh mir nur schnell etwas anderes an, dann bin ich bei euch! Und entschuldigt die Unordnung und das Gerümpel. Wir haben vor Kurzem renoviert.« Er führte sie durch einen Gang, der voll alter Möbel, Farbeimer und Tapetenrollen stand, in sein Arbeitszimmer und entschwand in seinem blau gestreiften Morgenrock.

Wenige Minuten später war er wieder zurück. »So! Dann wollen wir mal!« Black bemühte sich, einigermaßen gelassen zu wirken, aber seine Anspannung war immer noch deutlich zu spüren. »Also, ihr wollt die Häuser und Räume sehen, in denen es geschah, nicht wahr?«

Die drei ??? nickten.

»Gut, dann sind wir hier ja gleich richtig. Wie ihr vielleicht schon wisst, war ich das erste Opfer. Das war vor ungefähr zwei Monaten.«

»Ja, darüber hat uns Josy schon informiert«, bestätigte Bob. »Wo genau hat Sie denn der Vampir«, Bob stockte kurz, »hat sich denn das Unglück ereignet?«

»Oben, in meinem Schlafzimmer«, antwortete Black und ging voraus. »Ich kann es euch gern zeigen, aber ich fürchte, da gibt es nicht mehr viel zu sehen. Natürlich haben wir mittlerweile alles sauber gemacht, die Wäsche gewaschen, den Teppich gereinigt und so weiter.« Der Bürgermeister stapfte die Holztreppe hinauf, und die drei ??? folgten ihm.

»Darf ich Ihrer Aussage dann entnehmen, dass Ihr Schlafzimmer in etwa so ausgesehen hat wie eben das Zimmer von Mary Stamper?«, fragte Justus, der direkt hinter Black die Stufen hochging.

»Durchaus«, erwiderte der Bürgermeister. »Vielleicht war es sogar noch ein bisschen blutiger.« Er war jetzt oben angelangt, ging noch ein paar Schritte einen kurzen Gang entlang und öffnete dann eine Tür zu seiner Rechten. »Hier geht's rein.«
Die drei Jungen betraten den Raum und blickten sich neugierig um. Es war kalt, und es roch nach Mottenkugeln und vor allem Knoblauch. Denn auch dieses Zimmer war mit zahlreichen weißen Knollen geschmückt, und Kreuze gab es ebenfalls wieder zuhauf. An einer Wand stand ein großes Doppelbett, in dem sich wahre Berge von Kissen und Decken auftürmten, und an der anderen ein gewaltiger Kleiderschrank. Ansonsten befanden sich nur noch ein kleines Spiegeltischchen sowie eine niedrige Kommode im Zimmer.
»Dürfen wir?«, fragte Bob und deutete vage in den Raum.
»Natürlich.« Der Bürgermeister machte eine ausladende Handbewegung. »Aber wie gesagt: Ich kann mir nicht vorstellen, dass es da noch etwas zu sehen gibt.«
Während sich Justus und Bob schon einmal an die genauere Untersuchung des Schlafzimmers machten, wollte Peter noch etwas wissen, was ihn schon die ganze Zeit beschäftigte. »Mr Black«, begann er, »haben Sie von dem Vampir eigentlich irgendetwas mitbekommen? Haben Sie ihn gesehen oder den Biss gespürt?«
Black schüttelte den Kopf. »Nein, nichts, absolut nichts! Ich verbrachte einen ruhigen Abend zu Hause, las lange, trank wie immer etwas Wein und ging dann zu Bett. Und erst als ich in meinem eigenen Blut aufgewacht bin, habe ich gemerkt, dass etwas nicht stimmt.«
»Ah ja.« Peter nickte. »Und dann gibt es noch etwas, was ich nicht so ganz verstehe, nämlich warum Sie immer noch hier in Yonderwood sind. Ich meine, haben Sie denn gar keine Angst, dass Sie der Vampir ein weiteres Mal heimsuchen

könnte? Sie haben ja selbst angedeutet, was nach einigen Bissen passiert: dass man selbst zu einem Vampir wird.«
Der Bürgermeister schüttelte den Kopf und sagte dann mit würdevoller Stimme: »Selbst wenn ich wollte, so verbietet es mir doch mein Amt, Yonderwood im Stich zu lassen. Ich bin hier der Bürgermeister und habe die Pflicht, wie ein Kapitän auf seinem Schiff bis zum Schluss auszuharren. Und außerdem«, Black wies auf seinen diversen Zimmerschmuck, »habe ich vorgesorgt, wie ihr sehen könnt. Solange ich mich nach Einbruch der Dunkelheit in Räumen wie diesem aufhalte, bin ich in Sicherheit.«
»Zumindest vor einem Vampir«, flüsterte Justus Bob zu, ohne dass Black es hören konnte. Die beiden Jungen sahen sich vielsagend an und inspizierten dann das Zimmer weiter. Auch Peter schloss sich ihnen nun an. Die drei begutachteten insbesondere alle Möglichkeiten, wie man in das Zimmer gelangen konnte, und untersuchten daher das Fenster, die Tür und die Außenwand aufs Genaueste. Sogar die Decke klopfte Bob ab, aber sie entdeckten nichts Merkwürdiges oder Auffälliges.
»Hier gibt es wirklich nichts mehr, was uns irgendeinen Aufschluss bringen könnte«, sagte Justus nach etwa einer Viertelstunde. »Zumindest finden wir nichts. Dürften wir nun bitte auch noch die anderen Häuser sehen?«
»Selbstverständlich!«, antwortete Black und setzte dann fast flehentlich hinzu. »Wisst ihr, ich gäbe alles darum, wenn dieser Spuk endlich ein Ende fände. Yonderwood steht kurz vor dem Untergang. Keiner will mehr hier wohnen. Wenn das so weitergeht, müssen wir Yonderwood aufgeben. Dabei haben wir keine Ahnung, warum der Vampir gerade uns heimsucht.«
»Wir tun, was wir können«, versicherte Justus.
»Ja«, sagte Black niedergeschlagen, »ja, danke.«
Das Haus, in dem Miss Davenport von dem Vampir angegrif-

fen worden war, lag ein Stück die Straße hinunter. Genau gegenüber befand sich ein imposantes Denkmal in Form eines steinernen Löwen, auf das Black stolz hinwies. »Das ist eine Skulptur von Alexandru Zelea, dem Gründer unseres kleinen Ortes. Er war ein begnadeter Künstler.«
Die drei ??? nickten nur. Von einem Künstler dieses Namens hatte noch nicht einmal Justus gehört, was etwas heißen wollte. Der Erste Detektiv wunderte sich allerdings einen Moment, dass ein Mann mit solch einem fremdländisch klingenden Namen einen Ort in Kalifornien gegründet haben sollte, doch dann waren sie bereits an ihrem Ziel angekommen.
Auch an Miss Davenports Haus fanden sich keine Anzeichen eines gewaltsamen Eindringens. Die Tür war verschlossen und die Fenster alle unbeschädigt.
»Mr Black, haben Sie zufällig einen Schlüssel für das Haus?«, fragte Justus.
»Nein, tut mir leid.«
»Und wenn wir uns selbst Zugang verschaffen – könnten wir uns dann in Ihrem Beisein vielleicht dort drin umsehen?«
»Selbst Zugang verschaffen? Was meinst du damit?«
Peter holte sein Dietrichset aus der Tasche und lächelte andeutungsvoll.
Black machte ein skeptisches Gesicht. »Äh, ich weiß nicht, ob Miss Davenport das recht wäre.«
»Es wäre aber sehr wichtig für die Ermittlungen«, beharrte der Erste Detektiv.
Der Bürgermeister seufzte. »Na gut. Aber nur ein paar Minuten, und es darf nichts dabei kaputtgehen.«
Peter hatte keine Probleme mit der Haustür von Miss Davenport. Innerhalb weniger Sekunden hatte er das Schloss geknackt, und einer nach dem anderen trat ein.
Zunächst fiel den drei ??? nichts Ungewöhnliches auf. Alles

sah so aus, als wäre Miss Davenport nur für eine gewisse Zeit in den Urlaub gefahren und käme bald zurück. Aber im ersten Stock erregte dann doch etwas Bobs Aufmerksamkeit.

»Kollegen!« Er winkte seine Freunde zu sich. »Hier, seht mal.« Der dritte Detektiv wies auf vier Dellen, die sich im Teppichboden befanden.

»Hm.« Justus besah sich den Schrank, dessen Kugelfüße nur wenige Zentimeter von den Dellen entfernt ruhten. »Der hat wohl bis vor Kurzem da gestanden«, vermutete er und zeigte auf die Vertiefungen.

»Die Kommode wurde auch verschoben.« Peter kniete an der anderen Wand vor einem Teakholz-Schränkchen und fuhr über Kratzer am Boden. »Und von den Dielen hier sind einige ziemlich locker. Die könnte man sogar anheben.« Peter wackelte an ein paar Fußbodenbrettern, die bedenklich knarrten.

Im nächsten Zimmer fanden sich ebenfalls verrückte Möbel, im Dachgeschoss waren die Deckenpaneele an manchen Stellen beschädigt, und an einem Schreibtisch war das Schloss aufgebrochen. Und als die drei ??? kurz darauf Patricia Hamiltons Haus untersuchten, fanden sich ähnliche Spuren. Auch hier waren Gegenstände erst vor Kurzem umgestellt worden, manche Nägel hielten nicht mehr, was sie offenbar lange zusammengehalten hatten, und hier und da zeigte sich auch eine kleine Beschädigung.

»Merkwürdig«, sagte Justus, als sie wieder auf die Straße traten. Mit einem nachdenklichen Gesichtsausdruck wandte er sich an Black. »Lebten die beiden Damen allein in ihren Häusern?«

»Ja.«

»Und würden Sie sagen, dass sie dafür bekannt waren, viel selbst zu reparieren oder umzugestalten?«

Der Bürgermeister schüttelte den Kopf. »Das kann ich mir nicht vorstellen. Sie sind beide weit über siebzig und ziemlich gebrechlich.«

Jenseits der Wälder

Die drei ??? hatten für den Rest des Tages ein volles Programm. Bevor sie nach Rocky Beach zurückfuhren, ließen sie sich erst noch einmal von Josy sagen, wo genau sich ihres Wissens Miss Davenport und Mrs Hamilton im Augenblick aufhielten. Und als sie dann in Bobs Käfer saßen, verteilte Justus die Aufgaben, um die sich jeder bis zum Abend kümmern sollte.

»Also, Kollegen, ich habe mir Folgendes überlegt«, begann er. »Peter, du versuchst mal bitte, bei diesen beiden Damen so viel wie möglich über die Umstände ihrer Begegnung mit dem Vampir und über die Merkwürdigkeiten in ihren Häusern herauszufinden. Lass dir alles haarklein erzählen, und mach dir am besten auch Notizen. Jedes Detail könnte wichtig sein.«

»Ich tu, was ich kann«, erwiderte der Zweite Detektiv. »Nach Santa Monica fahre ich gleich nachher mit dem MG raus, und wenn ich mich beeile, schaffe ich es auch noch nach Malibu und zurück. Fraglich ist aber wohl, ob die beiden Frauen mir gegenüber so mir nichts, dir nichts, aus dem Nähkästchen plaudern werden.«

»Ach was«, gab sich Justus überzeugt. »Lass einfach deinen legendären Charme spielen, dann werden sie hinschmelzen wie Butter in der Sonne.«

»Du hast doch gehört: Die Dämchen sind steinalt!«, hielt Peter dagegen. »Wie stellst du dir das mit dem Charme vor? Soll ich mich als mein Uropa ausgeben?«

»Du machst das schon, Zweiter«, grinste Justus und wandte sich dann an Bob. »Dritter, du stöberst bitte mal in allen möglichen Archiven herum und trägst alles zusammen, was du

über Yonderwood findest. Seit wann es den Ort gibt, Sehenswürdigkeiten, Besonderheiten, wie hoch es liegt, wie tief, wie oft es regnet, wie lang im Durchschnitt die Sonne scheint und so weiter und so weiter.«
»Wie hoch und wie tief es liegt?«, fragte Bob verwundert.
Justus verdrehte die Augen. »Nimm das nicht so wörtlich. Ich meinte damit einfach, dass du jede Information über den Ort sammeln sollst, die dir zwischen die Finger gerät.«
»Verstehe.«
»Und ich selbst«, fuhr Justus fort, »werde mich mal mit den Leute etwas näher befassen, die jetzt noch in Yonderwood leben. Wir müssen unbedingt wissen, warum ausgerechnet sie noch dortgeblieben sind. Josy meinte ja, dass sie alle einen triftigen Grund hätten, warum sie Yonderwood nicht verlassen können oder wollen. Aber wir müssen herausfinden, was genau dahintersteckt. Das könnte unter Umständen der Schlüssel zu diesem Fall sein.« Der Erste Detektiv sah auf seine Uhr und sagte dann: »Es ist jetzt kurz vor halb elf. Ich würde sagen, wir treffen uns spätestens um fünf in der Zentrale wieder. Bis dahin sollte jeder einiges in Erfahrung gebracht haben. Einverstanden?«
»Geht klar«, antwortete Bob.
»Okidoki«, nickte Peter.
Die Zentrale, das war ein alter Campinganhänger, der auf dem Gelände des *Gebrauchtwarencenters Titus Jonas* stand und den drei ??? als Hauptquartier für ihr Detektivunternehmen diente. Von außen sah der Wohnwagen, der ohnehin fast völlig unter einem riesigen Schrottberg verschwand, zwar relativ unscheinbar und sogar etwas schäbig aus, aber im Inneren offenbarte er ungeahnte Schätze und beherbergte so ziemlich alles, was man für eine florierende Detektei benötigte.
Als die drei ??? Rocky Beach erreicht hatten, ließ sich Justus

von Bob dann auch gleich am Schrottplatz seines Onkels absetzen, weil er seine Recherchen von eben jener Zentrale aus durchführen wollte. Peter stieg auch mit aus, um sein Fahrrad abzuholen, das er gestern hier abgestellt hatte, und Bob fuhr dann allein weiter, um zunächst einmal dem Archiv der *L. A. Post* einen Besuch abzustatten. Dort arbeitete sein Vater, weswegen er ohne Probleme die umfangreichen Informationsbestände der Zeitung durchforsten konnte, wenn es ihre Ermittlungen erforderten.

Es war schließlich kurz vor fünf, als alle drei Jungen sich wieder in der Zentrale trafen. Justus hatte bis auf ein hinuntergewürgtes Mittagessen ohnehin die ganze Zeit in dem Wohnwagen verbracht, und Peter und Bob kamen fast gleichzeitig an und betraten kurz nacheinander das Hauptquartier.

»So, dann bin ich ja mal gespannt«, sagte Justus, während sich Peter erschöpft in den alten Sessel fallen ließ. »Wer fängt an?«

»Ich nicht«, sagte Bob knapp und machte dabei ein seltsam ernstes Gesicht. Ohne ein weiteres Wort zu verlieren, holte er sich eine Dose Cola aus dem Kühlschrank und lehnte sich dann an den Aktenschrank.

»Na … gut«, erwiderte Justus etwas verwundert, »dann du, Zweiter. Was hast du herausgefunden?«

»Mein Charme«, begann Peter und lächelte Justus süffisant an, »zeigte mal wieder Wirkung, obwohl die beiden Damen wirklich harte Nüsse waren. Anfangs weigerten sie sich strikt, mit mir über die Sache zu reden, aus Angst, der Vampir könnte sich an ihnen rächen. Irgendwann wurden sie dann zwar gesprächiger, aber viel weiter dürfte uns das auch nicht bringen. Beide haben von dem Vampir absolut nichts mitbekommen. Bei Miss Davenport endet die Erinnerung kurz nach der Auszeichnung, die sie am Vorabend vom Bürgermeister im Golden Bear verliehen bekam, und bei Mrs Hamilton setzte der Blackout nach ihrer Geburtstagfeier ein, die sie für das halbe Dorf bei sich zu Hause gegeben hatte. Und was ihre Häuser betrifft: Beide sagen, dass ihre Möbel schon seit Urzeiten da stünden, wo sie immer gestanden haben.«

Justus nickte. »Dann habe ich zumindest dafür nur eine Erklärung.«

»Da hat sich jemand umgesehen, nachdem die beiden Ladys ausgezogen waren?«, riet Bob.

»Und zwar gründlich«, bestätigte Justus.

Peter kratzte sich nachdenklich am Kopf. »Ein Einbrecher? Aber die Häuser waren äußerlich unversehrt.«

»Wir kamen ja auch rein, ohne Spuren zu hinterlassen«, gab Bob zu bedenken.

Justus schüttelte den Kopf. »Viel interessanter ist für mich die Tatsache, dass jemand da drin war, kurz nachdem der Vampir die Damen aus ihren Häusern getrieben hatte.«

»Du meinst, da gibt es einen Zusammenhang?«, fragte Bob und gab sich gleich selbst die Antwort. »Ja, das wäre denkbar.«

»Wenn wir uns ein oder zwei der anderen verlassenen Häuser ansehen, wüssten wir Bescheid«, schlug Peter vor.

Justus nickte. »Das müssen wir überprüfen. Jetzt zu meinen Ergebnissen. Ich habe heute Nachmittag noch einmal ausgiebig mit Josy telefoniert und danach ein bisschen im Internet herumgestöbert. Ich denke, ich weiß jetzt, warum diejenigen, die im Moment noch in Yonderwood sind, da nicht wegwollen oder wegkönnen.« Er sah auf einen Block, der vor ihm auf dem Schreibtisch lag und auf dem er sich einige Notizen gemacht hatte. »Was Josy selbst und ihre Großmutter betrifft«, fuhr er fort, »wissen wir ja schon Bescheid, und der alte Black hat uns seinen Grund ja auch genannt. Miles wiederum ist von Beruf Sohn, hat zu gar nichts Bock und liegt seinem Vater nur auf der Tasche. Der will ihn zwar schon seit geraumer

Zeit zum Arbeiten schicken, doch dagegen konnte sich Sohnemann bis dato erfolgreich wehren. Der alte Black ist darüber angeblich sehr erbost, weil er sich wirklich alles hart erarbeitet hat. Der Mann war laut Aussage von Josy schon alles Mögliche in seinem Leben, vom Kellner bis zum Manager. Aber Miles ist einfach nicht aus dem Haus zu kriegen und träumt nur in den Tag hinein.«

»Ich fand ihn auch ein bisschen weicheimäßig«, lästerte Peter.

»Weiter – Silvester Pound, der tatsächlich Schauspieler ist und früher mal in diversen Horrorfilmchen mitgespielt hat, und Stamper haben ganz ähnliche Gründe, warum sie noch da sind. Beide haben sie ihr Geld dereinst in ihr Haus in Yonderwood gesteckt, das sie jetzt aber nicht mehr losbekommen. Und beide sind auf den Verkaufserlös unbedingt angewiesen, weil sie sonst völlig mittellos sind.«

»Und Mary traut sich nicht allein in die große, weite Welt, richtig?«, vermutete Peter.

»Genau. Josy meint, sie sei zwar eine Seele von Mensch, aber doch ein bisschen unbeholfen und verhuscht. Sie bliebe wohl ihr Leben lang bei ihrem Vater, der sie übrigens ganz allein großzog. Die Mutter starb bereits, als Mary erst ein Jahr alt war.«

Justus blätterte auf die nächste Seite seines Blocks. »Bleiben noch Diesel, der Pfarrer und Kowalski. Dass Pfarrer Clark nicht geht, ist wohl nachvollziehbar. Er kann seine Schäfchen in dieser schweren Stunde nicht einfach allein lassen, um mal in seinen Worten zu sprechen. Und über Klara Kowalski meint Josy, sie sei zwar ein wenig durchgeknallt, aber harmlos. Sie ist Vorsitzende irgendeines magischen Zirkels und schwört darauf, dass Yonderwood eine besondere Aura habe, die ihren medialen Fähigkeiten zupasskomme.«

»Also so 'ne Art Geisterbeschwörerin?«, hakte Peter nach.

»Das würde doch hinhauen. Vielleicht hat sie den Kontakt zu dem Vampir hergestellt?«
Justus stöhnte entnervt auf. »Peter! Bitte! Es gibt keine Vampire! Finde dich damit ab!«
»Da wäre ich mir nicht so sicher«, meldete sich plötzlich Bob mit Grabesstimme zu Wort.
Justus und Peter fuhren herum.
»Was?«
»Bob?«
»Erzähl du erst einmal zu Ende, Just, dann sag ich euch, was ich herausgefunden habe.«
Justus schaute Bob für einige Sekunden verwirrt an. »Äh, ja, also – eigentlich war's das auch. Homer Diesels Geschichte kennen wir ja bereits. Ich habe alles, was den Unfall betrifft, noch einmal nachrecherchiert und kann bestätigen, was uns Josy erzählt hat.« Der Erste Detektiv sah von seinem Block auf und blickte Bob neugierig und auch ein wenig unsicher an.
»Gut!« Der dritte Detektiv biss sich zögernd auf die Lippen. »Folgendes habe ich herausgefunden: Yonderwood wurde im Jahre 1871 tatsächlich von einem rumänischen Einwanderer und Steinmetz namens Alexandru Zelea gegründet. Er dachte, es gebe hier Gold, aber außer ein paar Nuggets wurde nie etwas gefunden, weshalb Yonderwood immer recht klein und bescheiden blieb. Interessant ist nun aber etwas anderes, nämlich der doch ziemlich seltsame Name des Ortes. Yonderwood heißt ja übersetzt so viel wie *Jenseits der Wälder*. Übersetzt man nun dieses *Jenseits der Wälder* wiederum ins Lateinische, dann ergibt das das Wort«, Bob hielt einen Moment inne und sagte dann mit bedeutungsschwerer Stimme: »Transsylvanien! Von dorther stammt Zelea, und das ist, wie wir alle wissen, auch die Heimat des Grafen – Dracula!«

Nacht des Grauens

»Graf Dracula?« Peter sprang aus seinem Sessel auf und starrte Bob entsetzt an. »Dieser … dieser Alex Dingsda, der Yonderwood gegründet hat, kommt aus derselben Gegend wie Graf Dracula?«

Bob nickte unmerklich.

»O Gott!« Peter ließ sich wieder in seinen Sessel fallen und raufte sich die Haare. »Das ist die Erklärung! Natürlich! Wahrscheinlich haben die damals seine Frau abgemurkst oder seine Kinder oder ihn selbst. Und weil dieser Typ ein Nachfahre von Dracula ist, rächt er sich jetzt auf seine Weise an den Bürgern von Yonderwood! Ja! So muss es sein! Irgendetwas Schreckliches muss damals passiert sein!«

»Jetzt mach aber mal halblang, Peter!« Justus bemühte sich, so gelassen wie möglich dreinzublicken, obwohl es auch ihm nach Bobs Erklärung zunächst einmal die Sprache verschlagen hatte. »Nicht jeder, der aus Transsylvanien stammt, ist automatisch ein Nachfahre jenes blutrünstigen Grafen, der –«

»Es beißt aber auch nicht jeder, der aus Transsylvanien kommt, anderen Leuten in den Hals!«, fiel Peter Justus ins Wort.

»… jenes blutrünstigen Grafen«, fuhr Justus unbeirrt fort, »der zudem – bitte zuhören! – nur eine Figur aus der Horrorliteratur ist. Es gab zwar im 15. Jahrhundert einen walachischen Fürsten namens Vlad Tepeş, auch genannt *Der Pfähler*, weil er die Köpfe seiner besiegten Feinde immer an Pfählen aufspießen ließ –«

»Das wird ja immer besser!«, kommentierte Peter sarkastisch.

»… und dieser Fürst erhielt damals auch den Beinamen *Dracula*, aber das –«

»Siehst du! Den mein ich!«, unterbrach Peter Justus abermals. »Es gab eben schon einen echten Dracula, und sein Urururwasweißichenkel ist dieser Zelea! Und der geht jetzt in Yonderwood um!«
Justus sagte erst einmal nichts mehr und dachte kurz nach. Er wusste, dass Peter schwer zur Einsicht zu bringen war, wenn er sich einmal in die Idee verrannt hatte, dass irgendetwas Übernatürliches hinter den Dingen steckte. Aber auch er selbst war einigermaßen verunsichert. Die seltsamen Zusammenhänge, die sich ihnen auf einmal offenbarten, nagten zwar nicht an seiner vernünftigen Urteilskraft, hatten aber doch einen neuen Gedanken in ihm aufkommen lassen. »Also gut«, sagte er schließlich. »Ich schlage Folgendes vor: Wir fahren ja jetzt wieder zurück nach Yonderwood und beobachten das Dorf heute Nacht erneut. Aber morgen versuchen wir, so viel wie möglich über die Vergangenheit dieses Ortes herauszufinden. Vielleicht liegt des Rätsels Lösung ja tatsächlich in längst vergangenen Zeiten.«

Peter war natürlich alles andere als begeistert, dass sie jetzt, wo für ihn zweifelsfrei feststand, mit wem sie es zu tun hatten, überhaupt noch einmal nach Yonderwood zurückkehrten. Und dann sollten sie auch noch diesem leibhaftigen Vampir in der Nacht auflauern! Nachts! Zu seiner Zeit! In seinem Element!
Zwar sah der Zweite Detektiv auch ein, dass es sich nicht vermeiden ließ. Sie konnten die Bewohner nicht einfach im Stich lassen, sie mussten etwas unternehmen. Doch genau das warf für ihn ein neues Problem auf, ein Problem, das ihm auf der ganzen Fahrt nach Yonderwood unentwegt im Kopf herumging und das ihm erst jetzt so richtig bewusst wurde.
»Äh, Kollegen«, begann Peter daher, als sie nur noch wenige

Meilen von Yonderwood entfernt waren. »Das mit dem nachts Wachehalten finde ich ja im Prinzip ganz sinnvoll, um Genaueres zu erfahren. Aber habt ihr euch schon mal überlegt, was wir machen, wenn wir finden, wonach wir suchen? Ich meine, was ist, wenn da wirklich ein Vampir sein Unwesen treibt? Was tun wir dann?«

»Zum hundertsten Mal, Peter«, antwortete Justus leicht gereizt, »es gibt keine Vampire!«

»Soll ich ihm *das* sagen, wenn er vor mir steht?«, fragte Peter unschuldig. »Und denkst du, er glaubt mir das dann auch? Sagt vielleicht noch: ›Entschuldigung, dann habe ich mich wohl geirrt‹, und flattert davon? Doch, ja, das ist wirklich genial!«

Justus drehte sich zu Peter auf der Rückbank um. »Es ist zunächst einmal völlig egal, wen oder was wir da möglicherweise entdecken«, erklärte er ihm. »Wir beobachten nur und ziehen dann unsere Schlüsse daraus, wie wir das immer getan haben. Danach sehen wir weiter. Auf keinen Fall aber legen wir uns mit dem- oder derjenigen an, wenn er oder sie denn auftauchen sollte, schon gar nicht nachts. Wenn du also einigermaßen vorsichtig bist, wirst du auch nicht in die Zwangslage kommen, mit einem Vampir über seine Identität diskutieren zu müssen.«

»Das wollte ich nur wissen«, sagte Peter scheinbar beruhigt und etwas spöttisch. »Nicht, dass es dann hinterher heißt: Warum hast du dich denn nicht auf den Vampir gestürzt, ihm das Kreuz in die Stirn gebrannt und den Pflock ins Herz geschlagen?«

Zufrieden mit seiner Antwort lehnte sich der Zweite Detektiv zurück und sah aus dem Autofenster. Aber in Wirklichkeit war Peter alles andere als ruhig oder zufrieden. Er durfte gar nicht daran denken, was war, wenn sich sein Verdacht tat-

sächlich bestätigte. Dann nämlich, dessen war er sich sicher, würde keiner wissen, was zu tun war. Justus nicht, Bob nicht, und er am allerwenigsten. Er konnte nur hoffen, dass das Schlimmste nicht eintraf und dass ihn das dunkle Gefühl trog, dessen Schatten sich wie die Schwingen einer riesigen Fledermaus über sein Herz breiteten.
Als die drei ??? schließlich Yonderwood erreichten, ging gerade die Sonne unter. Die letzten blutroten Schleier zerfaserten über dem westlichen Horizont und machten einer kalten, grauen Dämmerung Platz.
Bob lenkte seinen Käfer hinter das Haus der McDonaghoughs und stellte den Motor ab. Die drei Jungen stiegen aus, holten ihre Sachen aus dem Auto, und Justus verteilte wie am Vorabend die Walkie-Talkies. Dann verabschiedete sich Bob zu seiner Wache, und Justus und Peter klingelten an der Hintertür. Im Umdrehen sah der dritte Detektiv, wie Josy ihnen öffnete, und winkte ihr noch kurz zu.
Während sich nun Justus und Peter in die Küche begaben, wo sie sich noch eine Weile mit Josy und ihrer Großmutter unterhielten, suchte sich Bob seinen Beobachtungsposten. Er wählte diesmal ein leer stehendes Haus, das sich gegenüber dem befand, in dem Klara Kowalski lebte. ›Wer auch immer hier umgeht‹, sagte sich der dritte Detektiv, ›wird es dort tun, wo noch jemand wohnt.‹
Doch Bob harrte vergebens aus. Klara Kowalski ging zwar zeitig zu Bett, sodass der große Unbekannte bis Mitternacht genügend Zeit gehabt hätte, sich ihr und ihrem Haus zu nähern, aber nichts passierte. Kein Vampir kletterte die Hauswand hoch, keine Fledermaus landete auf dem Dach, und auch kein gewöhnlicher Sterblicher störte Klara Kowalski in ihrem Schlaf. Unverrichteter Dinge verließ Bob Punkt zwölf seinen Posten und ging Justus wecken.

»Just, wach auf!«, flüsterte er ihm zu, als er oben im Dachzimmer angekommen war. Sachte rüttelte er ihn in seinem Schlafsack wach.
»Ja, ja, ist gut«, sagte Justus schlaftrunken und zog den Reißverschluss auf. Dann schlüpfte er in seine Schuhe, nahm sich im Dunkeln seine Jacke und tastete sich auf den Gang hinaus. Als er unten die Hintertür vorsichtig ins Schloss drückte, sank Bob oben bereits in den Schlaf.
»Mann, ist das kalt!«, murmelte Justus, und ein Frösteln durchlief ihn. Er überlegte kurz und lief dann zu einer alten Scheune, die neben dem Haus von Homer Diesel stand. Die Tür war unverschlossen, wie er wusste, und wenn man auf den Heuboden stieg und die Luke ein wenig öffnete, hatte man einen guten Blick auf Diesels Haus und einen großen Teil der Straße. Und außerdem saß man im Heu einigermaßen warm und weich.
Aber auch in Justus' Schicht tat sich nichts. Einmal, so gegen zwei Uhr morgens, ging zwar das Licht bei Diesel an, aber nur, weil der Mann aufs Klo musste. Justus konnte das in der stillen Nacht an eindeutigen Geräuschen zweifelsfrei feststellen. Um drei Uhr kletterte der Erste Detektiv schließlich wieder von seinem Heuboden hinunter, schlich sich zu seinen beiden Freunden hoch und weckte nun seinerseits Peter auf.
Der Zweite Detektiv war sofort hellwach. »Hast du ihn gesehen?«
»Nein, du bist dran.«
Peter schluckte die aufkommende Angst hinunter und stand auf. Dann schnappte er sich seine Sachen und stahl sich strumpfsockig die Treppe hinunter.
Er wusste schon ganz genau, wohin er wollte. Das hatte er sich bereits auf der Herfahrt überlegt. Schräg gegenüber den McDonaghoughs stand die alte Dorfkirche mit ihrem kleinen

Friedhof, und auf der anderen Seite des Totenackers erhob sich ein monströser Wasserturm. Dort hinauf führte eine eiserne Leiter, die Peter nun ohne große Mühe erklomm, um sich dann auf einer Plattform, die oben rund um den Wasserspeicher verlief, niederzulassen. Er konnte von dort das halbe Dorf überblicken und, wenn er um den Turm herumlief, sogar noch weit in das angrenzende Tal schauen.
Aber zu seinem Missfallen ließ das diese Nacht kaum zu. Zwar würde es bald Vollmond geben, sodass es im Grunde nachts im Moment recht hell war, aber das Wetter spielte nicht mit. Immer wieder schoben sich riesige Wolkenfetzen vor den Erdtrabanten, und dann übergoss pechschwarze Dunkelheit das Dorf. Verzogen sie sich, sickerte für ein paar Sekunden das fahle Mondlicht durch die Dunstschleier, bis die nächste Wolkenwand nahte und den Schalter erneut ausknipste.
»Ist ja toll«, schimpfte Peter vor sich hin. »Wie soll man da vorsichtig sein, wenn man nichts sieht?« Er hockte sich im Schneidersitz auf die Balustrade, zog sich die Jacke um die Schultern und starrte in die Finsternis hinaus.
Etwa eine halbe Stunde lang passierte nichts. Es war absolut ruhig, so ruhig, wie es nur in diesen letzten Stunden vor Sonnenaufgang sein kann.
Doch plötzlich – Peter wollte gerade seinen Standort wechseln – hörte er etwas. Das Geräusch war nur ganz kurz zu vernehmen. Es klang wie ein … Schaben, ein dumpfes Scheuern. Kurz darauf kehrte wieder absolute Stille ein.
Der Zweite Detektiv kniete sich hin und hielt die Luft an, um noch besser hören zu können. Gerade hatte sich wieder eine dicke, schwarze Wolke vor den Mond gelegt, sodass man nur ganz undeutlich die Konturen der Häuser ausmachen konnte. Ansonsten war es dunkel, stockdunkel.
»Sicher eine Katze«, sprach sich Peter Mut zu.

Fünf Minuten tat sich nichts mehr. Dann hörte er wieder etwas. Es war ein Kratzen, und jemand ... stöhnte!

Peter zuckte zusammen. Von wo kam das Geräusch? Von wo? Angsterfüllt sah er sich um. Er hob das Walkie-Talkie an den Mund, legte den Finger auf die Sprechtaste und – in diesem Augenblick brach die Wolkendecke auf! Blasssilbriges Mondlicht überströmte Yonderwood, floss vom Ortseingang her zur Mitte des Dorfes, erfasste den steinernen Löwen, beschien Peter auf seinem Wasserturm und entriss nun den Kirchturm der Dunkelheit.

Und da stand sie! In einer Fensterhöhlung des Kirchturms! Hoch aufgerichtet, drohend, beinahe majestätisch breitete eine riesige, mannsgroße Fledermaus ihre mächtigen Schwingen aus, schlug zweimal, zerteilte rauschend die bleiche Luft und stieß sich dann ab in den von Wolken zerrissenen Nachthimmel! Fast lautlos schwebte sie nach unten. Nur ein leises Surren war zu hören.

Peter folgte ihr wie gelähmt. Die Fledermaus segelte quer über die Dorfstraße, breitete zur Landung ihre Schwingen aus und kam wenige Meter vor einem Haus auf dem Boden auf. Es war das Haus der McDonaghoughs!

Dunkelheit! Schlagartig war es wieder finster geworden. Doch Peter starrte immer noch dorthin, wo er gerade das Unglaubliche gesehen hatte, das, wovor er am meisten Angst gehabt hatte, das, was es eigentlich nicht geben durfte!

Es dauerte eine ganze Minute, bis er sich aus seiner Starre so weit lösen konnte, dass er in der Lage war, in sein Sprechfunkgerät zu hauchen: »Ha...hallo! Er war da! Er war ... da!«

Wenige Sekunden später knackte es am anderen Ende der Leitung. »Peter? Bist du das?«, fragte Justus schläfrig.

»Er war da!«, wiederholte der Zweite Detektiv heiser.

»Was sagst du? Red lauter! Ich hör fast nichts. Wer war da?«

»Der … Vampir … er ist gerade –« Unvermittelt hielt Peter inne. Wie ein Stromschlag durchfuhr ihn die Erkenntnis. »Der Vampir ist im Haus!«, brüllte Peter in das Walkie-Talkie. »Er ist bei euch!« Und ohne ein Antwort abzuwarten, stürzte er die Leiter hinab, rannte über die dunkle Straße und jagte auf das Haus der McDonaghoughs zu.

Vollzählig

»Erster? Bob?« Peter stolperte atemlos ins Zimmer. »Seid ihr unverletzt? Wie geht es euch?«
»Was ist denn eigentlich los?« Justus und Bob waren inzwischen aufgestanden. Die letzte Minute hatten sie versucht, mit Peter über das Funksprechgerät zu reden, aber durchgedrungen waren nur ein gehetztes Atmen und schnelle Schritte. »Was hast du denn?«
»Ihr seid okay?«
»Ja. Wieso?« Bob schaute Peter alarmiert an.
»Er ist hier! Der Vampir!« Peter fuhr herum, als Josy zur Tür hereinkam.
»Was macht ihr denn für einen Lärm? Es ist vier Uhr morgens!«
»Ich hab den Vampir gesehen! Als riesige Fledermaus!«, stieß Peter hervor und sah Josy aufgewühlt an. »Er flog vom Kirchturm und landete genau vor eurem Haus!«
»Er flog vom Kirchturm?«, fragte Bob ungläubig.
»Ja doch! Ich kann's immer noch nicht fassen! Stand da oben und hob ab! Einfach so!«
Justus musste keine Sekunde überlegen. »Los! Scheucht die Leute aus den Betten. Wir müssen wissen, ob jemand fehlt! Und nehmt die Taschenlampen mit!«
»Ich seh nach Grandma«, beschied Josy.
»Okay.« Justus nickte. »Aber passt auf euch auf!«
In weniger als einer Minute waren Justus und Bob in ihre Sachen geschlüpft, und dann rannten die drei Jungen die Treppe hinunter. Unten angekommen, teilten sie sich auf.
»Ich weck die Blacks auf«, sagte Bob.
»Gut.« Justus sah kurz die Dorfstraße rauf und runter. »Dann

nehme ich Pound und die Kowalski, und du, Peter, läufst zu Diesel und Pfarrer Clark. Die Stampers sind ja immer noch in Bakersfield. Wir treffen uns dann alle bei dem Steinlöwen, in Ordnung?«

»Geht klar.«

»Aye, aye.«

Die drei ??? stürmten los. Aber es dauerte doch einige Zeit, bis sich sämtliche Bewohner an Zeleas Kunstwerk eingefunden hatten. Als Letzter kam Silvester Pound, der sich noch im Herbeieilen seine Jacke überstreifte.

»Tut mir leid«, entschuldigte er sich, »ich konnte meinen linken Schuh nicht finden.«

»Er war sofort an der Tür«, flüsterte Justus seinen Freunden zu, da er ihre skeptischen Blicke bemerkt hatte.

Homer Diesel räusperte sich lautstark. »Könntet ihr jetzt vielleicht mal mit der Sprache herausrücken? Was ist eigentlich los?«, blaffte er. »Wieso reißt ihr uns mitten in der Nacht aus dem Schlaf?«

»Ja. Was ist passiert?«, fragte Miles Black fast ein wenig ängstlich.

Peter trat einen Schritt vor. »Ich habe vor einer Viertelstunde eine riesige Fledermaus gesehen.«

»Was?«

»Eine Fledermaus?«

»Wo?«

Die Nachricht schlug ein wie eine Bombe. Allen fuhr der Schreck in die Glieder. Klara Kowalski schrie leise auf und klammerte sich an Silvester Pound.

Der Zweite Detektiv deutete zur Kirche. »Dort oben. Sie stand in dem großen Fenster, das nach Westen zeigt, und flog dann hinunter ins Dorf. Sie landete genau vor dem Haus der McDonaghoughs.«

»O mein Gott!«
»Wie groß war sie?«
»So groß wie ein ausgewachsener Mann.«
Klara Kowalski war einer Ohnmacht nahe. Nur mit Mühe hielt sie sich noch auf den Beinen.
»Die Abstände werden immer kürzer!«, stöhnte Pound.
Homer Diesel ergriff wieder das Wort. »Und jetzt habt ihr uns alle schnell zusammengetrommelt, weil ihr dachtet, einer von uns ist der Vampir und fehlt vielleicht?« Er sah Justus grimmig an. »Ist doch so, oder?«
Der Erste Detektiv nickte. »Ja. Das trifft durchaus zu, und ich hoffe, Sie verstehen diese Maßnahme. Würde jetzt wirklich jemand von Ihnen fehlen, hätten wir einen handfesten Hinweis.«
»Es fehlt aber niemand«, sagte Jonathan Black. »Außer den McDonaghoughs.«
»Die sind oben«, erklärte Bob. »Wir waren gerade noch bei ihnen.«
»Also?« Jonathan Black sah die drei ??? gespannt an.
Justus zuckte die Achseln. »Es war nur ein Versuch. Vielleicht hat sich der- oder diejenige in der Zwischenzeit seiner Maskerade entledigt und stieß dann zu uns.«
»Unsinn!«, regte sich Jonathan Black auf. »Es ist niemand von uns. Seht das doch endlich ein! Hier sind andere Mächte am Werk!«
Die Bewohner nickten einhellig und stimmten ihrem Bürgermeister zu. Nur Diesel hielt sich zurück.
Justus kniff die Lippen zusammen. Er wollte darauf nichts antworten. Ihm war klar, dass Leute, deren Häuser voller Knoblauch hingen, so denken mussten. »Tut uns leid«, sagte er stattdessen. »Es war, wie gesagt, nur ein Versuch. Sie können jetzt alle wieder zu Bett gehen.« Und mit einem unmerk-

lichen Anflug von Ironie setzte er hinzu: »Heute wird Ihnen auch nichts mehr geschehen. Jeden Moment müsste die Sonne aufgehen.«

Murrend und grummelnd verzogen sich die Bewohner. Am Ende standen nur noch die drei ??? vor dem Löwen.

»Also irgendwie kann ich sie verstehen«, meinte Peter nach einiger Zeit.

Justus verdrehte die Augen. »Lasst uns noch einen Blick auf den Kirchturm werfen. Aber genauer untersuchen werden wir ihn erst, wenn es hell ist. Sonst verwischen oder übersehen wir vielleicht entscheidende Spuren.«

Die drei Detektive liefen zu dem Turm und ließen die Strahlen ihrer Taschenlampen nach oben gleiten. Doch das Licht reichte kaum bis zum Glockenturm hinauf.

»Von dort aus, oder?« Justus strich mit dem fahlen Strahl über eine große Spitzbogenöffnung.

»Ja.« Peter nickte. »Und dann flog er dorthin.« Der Zweite Detektiv zog mit seinem Lichtstrahl die Flugbahn der Fledermaus nach.

Justus besah sich die Stelle, wo die Fledermaus gelandet war. Sie lag tatsächlich keine zwei Meter vom Hauseingang der McDonaghoughs entfernt. Aber er konnte nichts Auffälliges entdecken. Da waren nur ein großes Schaufenster, ein Ring, an dem man Hunde während des Einkaufs anbinden konnte, und ein alter, verrosteter Fahrradständer.

Auch Bob schüttelte den Kopf. »Nicht einmal brauchbare Fußspuren.«

»Machen wir morgen weiter«, sagte Justus erschöpft. »… Ich meine, nachher.«

Das Jahr der Rache

Die Jungen beschlossen, gleich nach Rocky Beach zu fahren, um sich noch ein paar Stunden in ihren eigenen Betten auszuschlafen. Mittags hatte Peter dann eine Verabredung mit seiner Freundin Kelly, und Bob musste nachmittags einiges für seine Mutter erledigen. Erst am frühen Abend waren sie wieder in Yonderwood. Als sie die Küche der McDonaghoughs betraten, saßen Josy und ihre Großmutter schon beim Abendessen.

»Setzt euch!«, begrüßte Eleonora die Jungen. »Und nehmt euch tüchtig von den Kartoffeln! Nur du, Richard, solltest ein bisschen kürzertreten.« Sie klopfte sich leicht auf den Bauch und grinste Justus schalkhaft an.

Der Erste Detektiv wurde knallrot, und Peter und Bob verkniffen sich mühsam ein Lachen. Grimmig sah Justus seine Freunde an und setzte sich. »Hallo.«

»Hallo!« Josy hob schnell die Serviette vor den Mund, aber in ihren Augen blitzte es fröhlich. »Greift zu!«

Eleonora McDonaghough war an diesem Abend besonders aufgeräumt. Eine Anekdote um die andere erzählte sie den Jungen, und sie mussten eine ganze Weile warten, bis sich die alte Dame zurückzog und sie Josy über die Vorgänge der letzten Nacht informieren konnten.

»Also waren alle da«, fasste Josy zusammen, nachdem die Jungen ihren Bericht beendet hatten.

»Was ja, wie gesagt, nichts heißen muss«, wiederholte Bob Justus' Überlegungen.

»Und jetzt?« Josy sah die drei fragend an. »Wie wollt ihr weiter vorgehen?«

Justus legte das Besteck auf seinen Teller. »Jetzt sehen wir uns

zunächst einmal den Kirchturm genauer an, solange es noch hell ist. Und: Wer kennt sich mit der Vergangenheit eures Ortes gut aus? Vielleicht verbirgt sich da ja etwas, was Licht in die gegenwärtigen Vorkommnisse bringt.«
»Pfarrer Clark«, sagte Josy spontan. »Der weiß 'ne ganze Menge über Yonderwood.«
»Na, das trifft sich ja prima«, erwiderte Justus. »Dann statten wir dem doch gleich einmal einen Besuch ab. Wir lassen uns ein bisschen was über die Vergangenheit von Yonderwood erzählen, und dann kann er uns den Turm zeigen.«
»Und wir dürfen nicht vergessen, noch ein paar der anderen Häuser unter die Lupe zu nehmen«, erinnerte Peter.
»Stimmt«, bestätigte Justus.
Josy sah verwundert von einem zum anderen. »Wieso das? Habt ihr irgendeine Spur?«
Justus erzählte ihr in aller Kürze, was sie in den Häusern von Miss Davenport und Mrs Hamilton entdeckt hatten und welche Schlussfolgerungen sie daraus gezogen hatten.
»Hm.« Josy überlegte. »Aber bei den Blacks habt ihr nichts Derartiges bemerkt?«
Justus sah sie mit großen Augen an. »Nein! Jetzt, wo du's sagst! Stimmt! Da ist uns nichts aufgefallen, oder, Kollegen?«
Peter und Bob schüttelten die Köpfe.
»Und Mary wurde ja erst vorletzte Nacht gebissen«, murmelte Josy mehr zu sich selbst.
Bob pfiff anerkennend durch die Zähne. »Alle Achtung! Du würdest einen prima Detektiv abgeben!«
»Detektivin!«, lächelte Josy.
»Just«, wandte sich Bob an seinen Freund. »Josy hat recht. Wir sollten auch das Haus der Stampers begutachten. Auch wenn wir die ganze letzte Nacht Wache geschoben haben – man weiß ja nie.«

»Unbedingt! Doch jetzt erst einmal auf zu Pfarrer Clark!«
Die drei Jungen standen auf. Sie halfen Josy noch, den Tisch abzuräumen, und machten sich dann auf den Weg.
»Geht über den Friedhof zur Kirche«, riet Josy ihnen, »dann kommt ihr direkt am Pfarrhaus vorbei und könnt bei Pfarrer Clark klingeln.«
»Machen wir!«, sagte Justus. Dann verließen sie das Haus durch den Laden, überquerten die Straße und hielten auf den Eingang zum Friedhof zu.
»Pfarrer Clark erscheint mir fast etwas zu jung, um viel über die Geschichte Yonderwoods wissen zu können«, meinte Justus, als sie vor das große, schmiedeeiserne Tor des Friedhofs traten. »Er ist sicher noch nicht allzu lang hier.«
»Seh ich auch so«, sagte Bob. »Außerdem macht er mir nicht den Eindruck, als würde er sich allzu sehr für weltliche Dinge interessieren. Irgendwie wirkt er auf mich doch sehr vergeistigt und sogar ein bisschen überfromm. So wie unser alter Pater Parsley, den wir in der vierten Klasse hatten, wisst ihr noch? Der schwebte vor lauter Andacht auch immer einen halben Meter über dem Boden.«
Justus und Peter lachten, weil sie sich noch gut an den strenggläubigen Geistlichen erinnern konnten. Dann öffnete Justus mit einem lauten Quietschen das Tor, und die drei Jungen betraten nacheinander den sorgsam bekiesten Hauptweg.
»Da drüben ist das Pfarrhaus.« Bob wies nach rechts auf ein kleines Backsteinhäuschen, das von Wildem Wein überrankt war. Unwillkürlich hatte er sehr leise gesprochen, und auch die anderen beiden Fragezeichen merkten, wie das typische Friedhofsgefühl in ihnen hochkroch. Es war eine Mischung aus Beklemmung, Zurückhaltung und Ehrfurcht, die bei jedem von ihnen unterschiedlich ausgeprägt war.
Schnell legten sie die paar Meter bis zum Pfarrhaus zurück

und klingelten an der Haustür. Einige Augenblicke später öffnete ihnen Pfarrer Clark.

»Meine jungen Freunde!«, empfing er sie herzlich. »Seid gegrüßt! Was führt euch denn an diesem betrüblichen Tag des Herrn zu mir?«

»Guten Abend. Wir würden uns nach dem Vorfall heute Morgen gern einmal das Innere des Kirchturms ansehen«, sagte Justus. »Ist der im Moment begehbar? Und außerdem hat uns Josy berichtet, dass Sie sich sehr gut mit der Vergangenheit Yonderwoods auskennen.«

»In der Tat.« Pfarrer Clark lachte leutselig.

»Nun«, fuhr Justus fort, »wir haben uns überlegt, ob es vielleicht irgendetwas in Yonderwoods Geschichte gibt, das eine Erklärung für all die seltsamen Vorgänge liefern könnte.«

Pfarrer Clark winkte bekümmert ab. »Darüber, mein Sohn, habe ich mir auch schon Gedanken gemacht. Gottes Ratschlüsse sind ja bekanntlich unerforschlich, und vielleicht, so meine Vermutung, haben sich Bürger von Yonderwood in der Vergangenheit etwas zuschulden kommen lassen, wofür uns der Herr heute bestraft. Doch ich bin bei meinen Nachforschungen auf nichts gestoßen, was eine derartige Annahme erlauben würde. Unsere Bürger waren stets vorbildliche Christenmenschen.« Der Geistliche nahm einen schwarzen Überrock vom Garderobehaken und schloss die Tür. »Aber lasst uns doch zur Kirche gehen. Auf dem Weg dorthin werde ich euch gerne von Glanzlichtern der yonderwoodschen Vergangenheit berichten. Ich freue mich immer, wenn ich wissbegierigen jungen Leuten etwas über die Geschichte unseres Ortes erzählen kann. Und was unsere Kirche betrifft – ihr werdet sehen: Unser Gotteshaus ist ein echtes Schmuckstück. Hier entlang bitte.« Er betrat den Kiesweg zu seiner Linken und wies mit der Hand voraus.

Die drei Detektive hätten die Kirche zwar lieber auf eigene Faust erkundet, aber sie konnten den Geistlichen ja schlecht wieder in sein Haus zurückschicken. Und die Auskunft über die Vergangenheit von Yonderwood hatten sie sich auch anders vorgestellt. Wie ein Buch plapperte der Pfarrer auf dem Weg zur Kirche über alles, was sich in weit über hundert Jahren Dorfgeschichte an verdienstvollen und rechtgläubigen Taten in Yonderwood angehäuft hatte, gab zahllose erbauliche und gottgefällige Geschichten zum Besten und blieb dabei an fast jedem zweiten Grab stehen, um etwas Löbliches über seinen Bewohner zu sagen.
»Hier ruht, Gott hab ihn selig, Master Beeverman.« Pfarrer Clark schlug andächtig ein Kreuz über einem sorgsam gepflegten Grab. »Er verbrachte Anfang des letzten Jahrhunderts lange Jahre als Missionar in Indien. Ah ja, und da ruht«, er ging drei Gräber weiter, »Gott schenke ihr die ewige Ruhe, Misses Ashley. Sie organisierte die erste Romfahrt unseres Ortes.«
In der Art ging das nun immer weiter, bis sie endlich am Vordereingang der Kirche angelangt waren. Die drei ??? waren vom Zuhören schon sichtlich ermattet und schöpften gerade Hoffnung, dass die Totenführung nun beendet sei, als es noch schlimmer kam.
»Wartet, meine jungen Freunde!«, sagte Pfarrer Clark und ließ die Tür zur Kirche wieder zufallen. »Wenn ihr wollt, führe ich euch auch noch in den alten Teil des Friedhofs, da, hinter dem Turm.« Er drehte sich um und zeigte auf eine Ecke des Friedhofs, die wie ein verwunschener Märchengarten aussah. Wild wachsende Kriechpflanzen wucherten ungebändigt über Gräber und hangelten sich an Kreuzen empor, knorrige Bäume krümmten sich mühevoll dem Licht entgegen, und schiefe Grabsteine ragten wie riesige graue Zahn-

stummel aus dem feuchten Erdboden. »Folgt mir!« Gut gelaunt winkte der Geistliche die drei Jungen hinter sich her, die alle Mühe hatten, sich ihre Unlust nicht anmerken zu lassen. Aber sie waren noch keine zehn Schritte gegangen, als Bob plötzlich stehen blieb. »Entschuldigen Sie!«, rief er Pfarrer Clark zurück und zeigte auf einen verwitterten Grabstein. »Hier ruht aber nicht *der* Ken Hanson, oder? Ich meine jenen Einbrecherkönig, der besser unter dem Namen *Ken die Katze* bekannt ist. Die Lebensdaten würden nämlich ungefähr hinkommen.«
Pfarrer Clark sah missgestimmt zur Seite. »Doch, das ist jene unglückliche Kreatur.«
»Der hat hier gelebt?« Natürlich kannte auch Justus den berühmt-berüchtigten Gauner.
»Nein, er wurde nur hier begraben, weil er in Yonderwood seine letzten zwei Lebenstage verbracht hat.« Man sah dem Pfarrer deutlich an, dass er über dieses Thema nicht sprechen wollte.
Peter runzelte die Stirn. »Gibt es da nicht das Gerücht, dass er bis zum Ende seines Lebens enorm viel Beute angehäuft hatte, die aber nie gefunden wurde?«
»Mag sein.« Pfarrer Clark setzte ein gekünsteltes Lächeln auf. »Aber kommt doch weiter. Es gibt hier noch eine Menge zu sehen.«
Nur widerstrebend rissen sich die drei Jungen von dem Grab des Einbrechers los. Sie hätten gern noch mehr über Ken die Katze erfahren.
»Lasst uns nachher noch einmal hierherkommen«, flüsterte Justus, der immer noch reichlich verwundert über ihren Fund war.
Doch die eigentliche Überraschung stand ihnen erst noch bevor.

Clark hatte sie gerade in die entlegenste Ecke dieses Teils des Friedhofs geführt, wo er ihnen offenbar etwas zeigen wollte, als Peter es sah. Zunächst realisierte er gar nicht, dass es irgendwie von Bedeutung sein könnte, was er da entdeckt hatte. Aber dann jagte ihm die Erkenntnis einen eisigen Schauer den Rücken hinab.

»Die … die Grabplatte«, stammelte er und deutete hektisch auf eine Stelle am Boden. »Die Grabplatte! Sie ist ein ganzes Stück verschoben! Das Grab ist … offen!«

»Bitte, Peter?« Pfarrer Clark schien den Zweiten Detektiv nicht gleich verstanden zu haben. Aber im nächsten Moment erfasste er doch, was Peter gesagt hatte. »Was?«, rief er erschrocken und schoss herum. Auch Justus und Bob schauten alarmiert dorthin, wohin Peters zuckender Finger wies.

»Da, die Grabplatte!«, wiederholte er mit heiserer Stimme.

Sie standen im Augenblick alle vor einem offenbar uralten Grab. Ein Grabstein fehlte, und die Grabstätte selbst war nicht mit Erde bedeckt, sondern mit einer schweren Grabplatte, die stark verwittert war und fast zur Gänze unter grünlich grauen Moosflechten verschwand.

Und diese Grabplatte war tatsächlich verschoben! Nicht nur ein wenig, so als hätte die eine oder andere Erdbewegung im Laufe der Jahrzehnte die massive Granittafel ein Stück verrückt. Nein, ein klaffender Spalt tat sich dort auf, der mindestens einen halben Meter breit war und den Blick in ein unheimliches, dunkles Loch voll böser Vorahnungen sog.

»Das Grab ist geöffnet worden!« Pfarrer Clark erbleichte. »Dann ist … ist es … wahr! … O Herr, steh uns bei!«, flehte er und barg sein Gesicht in seinen Händen.

»Was … was meinen Sie?«, fragte Bob unsicher.

»Er denkt«, antwortete Peter ihm tonlos anstelle des Pfarrers, »dass … dass der Vampir diesem Grab entstiegen ist!«

»Der Vampir? Ist diesem Grab entstiegen?«, rief Bob entsetzt. »So ist es!«, hauchte Pfarrer Clark. »Das ist die Strafe Gottes! Der Herr bestraft uns für unsere Sünden!«
Justus hatte sich unterdessen am Kopfende der Grabplatte niedergekniet und versuchte nun, die Inschrift zu entziffern. »Es ist Zeleas Grab«, sagte er langsam, »Alexandru Zelea ist hier begraben, und wenn ich mir diese Platte so ansehe, dann glaube ich auch nicht, dass die von allein verrutscht ist. Da wurde nachgeholfen! Die ist viel zu schwer! Und noch etwas ist seltsam.« Justus zögerte, bevor er weitersprach: »Der Inschrift zufolge starb Zelea – vor genau hundert Jahren!«
»Vor genau hundert Jahren?«, fragte Bob überrascht.
»Ja. Deshalb sieht es für mich noch mehr danach aus, dass das hier kein Zufall ist!«
»Du meinst«, Peter sah Justus schreckensbleich an, »dass Zelea genau hundert Jahre gewartet hat, um sich an Yonderwood zu rächen? Dass das sein Jahr der Rache ist?«
Justus stand wieder auf und klopfte sich den Dreck von der Hose. »Dass es ein Jahr der Rache sein könnte, wie du das nennst, möchte ich nicht abstreiten, Zweiter. Aber wer sich hier an wem warum rächt und ob es überhaupt darum geht, könnten wir unter Umständen erfahren, wenn wir«, wieder machte Justus eine kurze Pause, in der er sich nun zu Pfarrer Clark umdrehte, »dieses Grab hier ganz öffnen und sehen, wer oder was sich in ihm befindet! Oder auch nicht befindet.«
»Du willst das Grab öffnen?«, entfuhr es Peter.
Justus nickte. »Wenn Sie es erlauben, Pfarrer Clark? Es ist ja ohnehin offensichtlich, dass wir nicht die Ersten wären, die das tun.«
Der Geistliche schien zunächst maßlos erschrocken über Justus' unglaublichen Vorschlag und wollte schon aufs Heftigste widersprechen. Aber plötzlich ließ er die Arme wieder sinken,

schaute ausdruckslos vor sich hin und meinte: »Du hast recht, mein Sohn. Wir müssen uns dem Bösen stellen. Nur so werden wir Gewissheit haben.«
Während Pfarrer Clark mit geschlossenen Augen zu beten begann, schoben die drei ??? nun mit vereinten Kräften die wuchtige Grabplatte Stück für Stück zur Seite. Es kostete sie enorme Mühe, und alle drei ächzten und stöhnten. Aber nach einigen Minuten hatten sie es geschafft. Die Öffnung war nun so groß, dass genügend Tageslicht in die feuchte, muffige Grube fiel. Und auf deren Grund erblickten sie einen großen hölzernen Sarg!
»Der ist ja auch offen!«, rief Bob im nächsten Moment fassungslos. »Da, der Deckel liegt ganz schief drauf!«
»Irgendwie überrascht mich das nicht«, murmelte Justus und sagte dann lauter: »Kommt, helft mir mal. Ich will mir das genauer ansehen.«
»Du willst auch noch in die Grube rein?« Peter machte ein entgeistertes Gesicht und schüttelte schon einmal vorsorglich den Kopf, weil er sich nicht vorstellen konnte, dass Justus das ernst gemeint haben könnte. Aber Justus meinte es ernst.
»Sicher«, sagte der Erste Detektiv ungerührt und fügte grinsend hinzu: »Haltet schon einmal die Holzpflöcke bereit!«
Justus setzte sich an den Rand der Grube, und Bob und Peter ließen ihn dann an den Armen ganz langsam auf den Sarg hinab. Unten angekommen, stellte sich der Erste Detektiv in einen kleinen Spalt zwischen Sarg und Grubenwand und klappte den hölzernen Deckel des Sarges zur Seite. Oben hielten Bob und Peter die Luft an, während Pfarrer Clark noch etwas lauter betete.
»Kein Vampir!«, sagte Justus nüchtern, als sich ihnen der Inhalt des Sargs offenbarte. »So viel steht fest! Das ist ein ganz normales, sozusagen handelsübliches Skelett.«

»Just!«, zischte Peter. »Lass die Scherze! Und komm da sofort wieder raus! Wir haben jetzt gesehen, was drin ist.«
»Einen Moment noch«, erwiderte der Erste Detektiv und beugte sich zu dem bleichen Skelett hinab. Er inspizierte es von oben bis unten in der Hoffnung, dass ihm irgendetwas Ungewöhnliches auffiele. Aber da schien nichts zu sein. Im Sarg waren einfach nur ein paar zerfallene Kleidungsreste und ein Skelett, dessen Knochen nicht mehr alle ganz ordentlich beieinanderlagen. Doch plötzlich stutzte Justus.
»Was ist denn das?«, rief er erstaunt und holte etwas vom Boden des Sargs, das er in Höhe des knöchernen Brustkorbs gefunden hatte.
»Was hast du da?«, fragte Peter ungeduldig und starrte zusammen mit Bob in die Grube hinab. »Sag schon!«
Langsam drehte sich Justus um und streckte seinen beiden Freunden mit spitzen Fingern einen kleinen, metallisch glänzenden Gegenstand hinauf. Es war die Kugel irgendeiner Waffe!
»Sieht ganz so aus«, meinte Justus nachdenklich, »als wäre Zelea keines natürlichen Todes gestorben!«

Spurensuche

»Dann ist es …«, ächzend zog Peter zusammen mit Bob Justus aus der Grube, »… doch genau so, wie ich … das vorher gemeint habe. Zelea wurde … umgebracht, und zwar vor genau hundert Jahren!«
Justus stand mittlerweile wieder neben dem Grab und betrachtete mit gerunzelter Stirn die Kugel.
»Und jetzt«, fuhr Peter fort, »ist er dank seines Vampirbluts aus seinem Grab hervorgekrochen und rächt sich nun an jedem einzelnen Bewohner von Yonderwood, weil ihn damals alle im Stich gelassen haben oder das ganze Dorf den Mörder gedeckt hat – oder so.«
Justus warf Peter unbemerkt von Pfarrer Clark, der gerade ängstlich in die Grube hinabsah, einen ernsten Blick zu. »Wir reden nachher drüber! Okay?«, sagte er streng.
Peter hob erstaunt die Augenbrauen, und auch Bob schaute den Ersten Detektiv irritiert an. Aus irgendeinem Grund wollte Justus die Sache im Augenblick nicht weiter diskutieren.
»Los, Kollegen!« Justus beugte sich zu der Grabplatte hinab. »Rücken wir dieses Monstrum wieder hin, und dann sehen wir uns mal die Kirche an.«
Peter und Bob packten mit an. Als die mächtige Platte wieder an Ort und Stelle lag, lächelte Justus Pfarrer Clark freundlich an und meinte: »Sie müssen uns nun aber wirklich nicht mehr weiter begleiten, Hochwürden. Wenn Sie sich nach diesen aufwühlenden Entdeckungen ein wenig ausruhen wollen, haben wir dafür vollstes Verständnis. Ich bin mir sicher, wir finden uns in der Kirche allein zurecht.«
Pfarrer Clark nickte müde. »Das wäre mir durchaus lieb«, sag-

te er erschöpft. »Ich muss meine Brüder und Schwestern über diesen unfassbaren Fund informieren. Denn jetzt ist es gewiss: Wir haben gesündigt und werden dafür bestraft. Und dann werde ich für uns beten. Wenn ihr mich also entbehren könntet, wäre ich euch sehr dankbar.«

»Natürlich«, erwiderte Justus zögerlich. Er hätte die Informationen gern zurückgehalten, konnte es aber dem Pfarrer nicht verbieten, sie weiterzugeben. »Und wenn wir Sie noch brauchen sollten, wissen wir ja, wo wir Sie finden.«

»Ja … ja, also«, murmelte der Geistliche. »Gott schütze euch, meine jungen Freunde, Gott schütze uns alle!« Dann schlich er mit hängenden Schultern davon.

Peter wartete, bis der Pfarrer außer Hörweite war, und fragte dann ungeduldig: »Was ist denn jetzt eigentlich los, Just? Gibt es irgendetwas, das du uns sagen willst, oder was sollte dieses«, Peter schaute besonders grimmig drein, als er Justus' Satz mit tiefer Stimme wiederholte, »›Wir reden nachher drüber! Okay?‹«

Justus wiegte zweifelnd den Kopf. »Ich weiß noch nicht so genau, ob es wirklich etwas Wichtiges gibt. Dazu müsste ich erst in der Zentrale einiges überprüfen. Aber ich hielt es für besser, davon nicht zu sprechen, solange irgendjemand aus Yonderwood in unserer Nähe ist – auch nicht Pfarrer Clark.«

»Und was ist es jetzt?«, wollte Bob wissen.

»Sag ich euch, wenn wir in der Zentrale waren«, erwiderte Justus, »ich möchte mir erst sicher sein.«

Peter stöhnte entnervt auf: »War ja klar! Das ist jetzt mal wieder die Ich-lass-euch-zappeln-weil-ich-der-geniale-Oberhäuptling-bin-Tour!«

Justus hatte manchmal die Angewohnheit, seine Freunde länger als nötig auf die Folter zu spannen, wenn er irgendetwas wusste, was sie noch nicht begriffen hatten. Und Peter war der

Meinung, dass er diese Marotte gerade jetzt wieder einmal auslebte. Aber dem war nicht so.

»Nein, ist es nicht«, lachte Justus. »Ich weiß es wirklich noch nicht.« Und augenzwinkernd fügte er hinzu: »Obwohl ich tatsächlich der geniale Oberhäuptling bin!«

»Du bist der –«, brauste Peter auf.

»Und jetzt sehen wir uns alle die Kirche an!«, fiel ihm Justus mit süßlicher Stimme ins Wort. Dann lief der Erste Detektiv lachend voraus in Richtung Kirchenportal.

In der Kirche war es kalt und ziemlich düster, denn die wenigen Spitzbogenfenster waren sehr schmal und lagen in relativ großer Höhe. Nur wenig Licht drang daher in das Gotteshaus. Außerdem roch es penetrant nach Weihrauch und erloschenen Kerzen.

Die Dorfkirche von Yonderwood war auch nicht besonders groß. Links und rechts des Mittelgangs erstreckten sich etwa fünfzehn Bankreihen bis vor zum Altarraum. An dessen linker Wand führte eine Holztreppe hinauf zur Kanzel, und seitlich hinter dem Altar befand sich der Eingang zur Sakristei.

»Da geht's wahrscheinlich zum Turm hoch«, flüsterte Bob und zeigte auf eine andere Tür rechts von ihnen.

»Gut, dann nichts wie rauf«, antwortete Justus.

Nacheinander passierten sie die Holztür und stiegen die Stufen zum Glockenturm hinauf.

Die alte Treppe verlief an den Innenwänden des Turms steil nach oben und ließ in der Mitte ein annähernd quadratisches Treppenauge frei.

»Da geht's aber mächtig runter«, keuchte Bob, als sie schon beinahe oben angelangt waren und er einen vorsichtigen Blick nach unten geworfen hatte. »Das sind mindestens dreißig Meter.«

»177 Stufen genau«, verkündete Peter, als sie vor dem niedri-

gen Einlass zum Glockenraum standen. »Pro Stufe ungefähr zwanzig Zentimeter macht rund 35 Meter.«
Justus schaute auf seine Uhr. »Wir haben ungefähr zehn Minuten, Kollegen«, sagte er, »dann schlagen die Glocken zur vollen Stunde. Bis dahin sollten wir da unbedingt wieder raus und auch unten sein, sonst ruinieren wir uns die Trommelfelle. Also, schaut euch genau, aber flott um! Und achtet auf jede Kleinigkeit! Sie könnte sich am Ende als entscheidend erweisen!« Dann trat er als Erster durch die Behelfstür.
»Hier sieht's ja aus«, stellte Peter verblüfft fest, als alle in dem engen Geviert standen. In dem annähernd quadratischen Raum lagen überall rohe und gehobelte Bretter und Balken sowie alles mögliche Schreinerwerkzeug herum. Der Boden war bedeckt mit Sägespänen, die sich hier und da zu kleineren Häufchen auftürmten.
»Die bessern die Holzverstrebungen aus«, sagte Bob und deutete nach oben. Dort, neben der riesigen Glocke, waren bereits einige neue Balken zu erkennen, die erst kürzlich eingepasst worden waren.
Die drei ??? begannen sich umzusehen. Gewissenhaft durchstöberten sie den ganzen Raum nach irgendwelchen Hinweisen. Doch sie fanden nichts Aufschlussreiches. Erst als sich Justus aus dem westlichen Glockenfenster lehnte, entdeckte er etwas Interessantes.
»Kollegen!«, rief er. »Seht euch das mal an!«
Peter und Bob liefen zu ihm.
»Meinst du den Stahlhaken?« Peter wies auf den gewaltigen Haken, der knapp über dem Fenster in das Mauerwerk gedreht worden war und im Licht der untergehenden Sonne rötlich schimmerte.
»Genau.«
»Wahrscheinlich für die Motorwinde«, vermutete Bob. »Die

müssen die Bretter und Balken ja irgendwie hier heraufbekommen.«
»Dafür eignet er sich auch«, erwiderte Justus undurchsichtig und sah hinunter zur Straße.
»Woran denkst du?«, fragte Peter.
Justus zeigte auf seine Uhr. »Erklär ich euch unten. Jetzt sollten wir zusehen, dass wir hier rauskommen.«
Die Jungen verließen den Raum und hasteten nach unten. Auf halber Strecke begannen die Glocken zu läuten. Der Lärm war auch hier noch ohrenbetäubend, und die Schwingungen ließen den ganzen Treppenstuhl vibrieren. Die drei ??? erhöhten das Tempo.
»Geschafft!«, japste Justus, als er unten aus dem Glockenturm stürzte. Schwer atmend blieb er vor dem Eingang stehen. Seine überschüssigen Pfunde machten sich nach solchen Anstrengungen immer besonders negativ bemerkbar.
»Na, geht's noch, Oberhäuptling *Der mit dem Bauch tanzt*?«, flachste Peter. Durchtrainiert, wie er war, konnte ihn nichts so schnell außer Atem bringen.
»Klappe!«, hechelte Justus, während die Glocken über ihnen allmählich wieder verstummten.
»Gut, dass wir da oben rechtzeitig raus sind«, meinte Bob und stützte sich mit den Händen auf den Knien ab, um etwas zu verschnaufen. »Ich wäre sonst jetzt sicher stocktaub.« Er atmete kräftig aus und – stutzte. »Nanu?« Er sah noch genauer auf den Boden vor sich und ließ seinen Blick nach rechts Richtung Altarraum wandern. »Hier liegen ja auch Sägespäne herum«, sagte er verwundert und deutete auf eine feine Spur der Holzreste.
»Na klar«, antwortete Justus, der immer noch ziemlich heftig atmete, »die Arbeiter müssen ja irgendwie runter vom Turm, und dann kommen sie eben hier durch.«

»Nein, seht doch!«, widersprach Bob. »Die Spur führt nicht zum Ausgang, sondern in die Kirche hinein! Du willst mir doch nicht weismachen, dass die Arbeiter nach Feierabend, dreckig, wie sie sind, erst einmal in die Kirche zum Beten gehen!«
Justus richtete sich auf. »Das ist allerdings merkwürdig, Dritter, da gebe ich dir recht.«
Wie Spürhunde mit der Nase zum Boden gerichtet, verfolgten die drei Jungen die schwache Spur von Sägespänen im dämmrigen Licht des Kirchenschiffs. Jeweils im Abstand eines oder manchmal auch zweier großer Schritte lagen immer ein paar Krümel des Holzmehls auf den Steinfliesen.
»Sieht ganz so aus, als wären die Späne jemandem beim Laufen nach und nach aus dem Schuhprofil gefallen«, meinte Peter.
»Die Spur führt genau zum Altarraum«, sagte Justus.
Die drei ??? liefen weiter durch den Mittelgang und über die Stufen zum Altarraum hinauf. Doch vor dem Altar selbst endete die Spur urplötzlich.
»Äh«, wunderte sich Peter. »Und jetzt? Wo ist er hin, wer auch immer?«
»Vielleicht sind die Sohlen genau hier an dieser Stelle sauber gewesen?«, mutmaßte Bob.
»Glaube ich nicht.« Justus zeigte auf das letzte Häuflein, das sie gefunden hatten. »Das hier sind noch eine Menge Krümel. Würde mich wundern, wenn das wirklich der ganze Rest auf einmal gewesen sein sollte, der aus dem Profil fiel.«
Peter ließ sich zu Boden sinken und lehnte sich mit dem Rücken an den Altar. Es war ein bisschen unbequem, weil die Frontseite des Altartischs mit einem Relief aus allerlei Gesichtern und Symbolen geschmückt war. Aber schließlich fand er doch eine Stelle zum Dagegenlehnen. »Dann ist er

vielleicht denselben Weg zurückgegangen«, überlegte er. »Er kam bis hierher, blieb stehen, drehte sich um und –«

Mitten im Satz entfuhr dem Zweiten Detektiv ein erstickter Laut der Überraschung. Irgendetwas in seinem Rücken hatte nachgegeben, und in der nächsten Sekunde war ein hässliches Knirschen zu hören. Peter sprang auf, schoss herum und beobachtete wie Justus und Bob mit offenem Mund, wie der ganze Altar langsam nach hinten fuhr.

Die Gruft des Vampirs

»Was ist das?«, rief Peter. »Was passiert da?«
Zentimeter für Zentimeter glitt der gewaltige Altarstein rückwärts und gab allmählich den Blick frei auf eine schmale Steintreppe, deren Stufen jedoch bald in einer schwarzen, bodenlosen Finsternis verschwanden.
»Du musst einen Geheimmechanismus ausgelöst haben«, sagte Justus atemlos. »Da vorn«, er zeigte auf die Stirnseite des Altars, »muss irgendein Knopf oder so etwas sein, den du hineingedrückt hast.«
Plötzlich hörte der riesige Opfertisch auf, sich zu bewegen. Nach etwa einem Meter war er zum Stillstand gekommen, und aus dem Eingang, der sich vor ihm auftat, wehte eine abgestandene, modrige Luft zu den drei ??? herauf.
»Denkt ihr auch, was ich denke, wo es dort hinuntergeht?«, flüsterte Bob.
»Das … das ist der Eingang zu einer Gruft, nicht wahr?«, sagte Peter stockend. »Zu einer Gruft, die unter dieser Kirche liegt.«
»Und im Hinblick auf diesen äußerst merkwürdigen Mechanismus würde ich vermuten, dass es nicht allzu viele Leute gibt, die von der Existenz dieser Gruft wissen.« Justus ging um das Loch im Boden herum und besah sich die Frontseite des Altars genauer. »Sie ist mit Sicherheit genauso geheim wie der Mechanismus, der sie öffnet.«
Der Erste Detektiv berührte nacheinander einige der steinernen Tierköpfe und Symbole, die dort abgebildet waren. Und plötzlich, als er auf die Schnauze eines Stiers gedrückt hatte, ertönte das gleiche Knirschen wie vorhin, und der Altar begann, wieder nach vorn in seine Ausgangsposition zu gleiten.

»Ha, da haben wir's schon!«, sagte Justus triumphierend. »Es ist dieser Stier hier, der den Geheimgang öffnet, wenn man seine Schnauze ein Stück hineinschiebt.« Er betätigte den Mechanismus ein weiteres Mal, und der Altar stoppte in seiner Vorwärtsbewegung und rutschte wieder schleifend nach hinten.

Bob kniete sich derweilen hin und untersuchte die ersten Stufen des Grufteingangs. Nach ein paar Sekunden nickte er und richtete sich wieder auf. »Die Spur führt wirklich dort hinunter«, sagte er leise. »Auf der ersten und dritten Stufe liegen ganz links außen wieder Sägespäne.«

Justus zog neugierig die Augenbrauen hoch. »So?«, sagte er. »Genau da? Interessant.« Dann nahm er sich drei der dicken, weißen Altarkerzen und verteilte sie. »Na, dann wollen wir doch mal sehen, was unseren großen Unbekannten dort hinuntergeführt haben könnte. Hat jemand von euch ein Feuerzeug oder Streichhölzer dabei?« Er sah Peter und Bob fragend an.

»Muss das sein?«, stöhnte Peter und kramte in seinen Jackentaschen herum. »Müssen wir da runter? Es wird bald dunkel.«

»Dort unten ist es immer dunkel«, entgegnete Justus und fügte beschwichtigend hinzu: »Keine Sorge, deine Stammesbrüder sind mit dir, Häuptling *Kleiner Hasenfuß*!«

»Ha, ha!«, machte Peter spöttisch. »Das war mein Gag!«

»Hier! Ich hab eines!« Bob zündete seine Kerze an und reichte das Feuerzeug an den Ersten Detektiv weiter.

Justus entzündete seine und Peters Kerze. Dann stellte er sich auf die erste Stufe der schmalen Grufttreppe, sah sich noch einmal kurz um begann langsam, die glatten Steinstufen hinabzugehen. Die zitternden Flämmchen der Kerzen fraßen unregelmäßige Bruchstücke aus der Dunkelheit. Links und rechts des Treppenabgangs befand sich rohes Mauerwerk,

und unten erwartete die Finsternis die drei ??? wie ein großer, schwarzer Sumpf.
Immer weiter tanzten die drei mattgelben Lichterkreise die Stufen hinab, und einmal ging es sogar um eine Ecke herum. Aber endlich war das Ende des Abgangs erreicht. Die Jungen stellten sich am Fuß der Treppe nebeneinander auf und vereinigten das Licht ihrer Kerzen, um sich einen ersten Überblick zu verschaffen.
»Ist ja ziemlich groß«, sagte Bob leise. Das unterirdische Gewölbe, das vor ihnen lag, sog die Laute förmlich auf und ließ seine Stimme dumpf und unwirklich klingen.
»Ich würde vorschlagen, wir gehen einfach mal geradeaus weiter. Dann können wir ungefähr abschätzen, wie groß die Gruft ist.« Justus wies mit der Kerze voraus.
»Mich interessiert weniger, wie groß das Ding ist, sondern vielmehr, wer hier wohnt!«, wisperte Peter.
Langsam tasteten sich die drei Jungen weiter voran. Sie stellten bald fest, dass das Gewölbe in regelmäßigen Abständen von dicken, gemauerten Pfeilern gestützt wurde, die nach oben hin halbkreisförmig ausliefen. Aber bis zum anderen Ende der Gruft, wohin es etwa dreißig Meter waren, stießen sie auf nichts Ungewöhnliches.
»Gut, jetzt nach rechts und dann an der Wand zurück bis zum Eingang«, beschloss Justus.
Die drei ??? machten eine 90-Grad-Wendung nach rechts und liefen zunächst ein Stück an der hinteren Mauer entlang. Nach zehn Metern trafen sie auf die Seitenwand und bogen wieder nach rechts ab. In der Aussicht, dass es bald wieder hinausginge, schob sich Peter vor seine Freunde und lief schließlich sogar voraus. In der rechten Hand hielt er dabei die Kerze, und mit der linken tastete er sich an der kalten Mauer entlang.
Aber auf einmal war da keine Mauer mehr! Unsichtbar für

Peter hatte sich eine Nische aufgetan, und er hatte sich gerade in dem Moment wieder abstützen wollen, als die Wand aufhörte. Völlig überrascht ruderte er für eine Sekunde mit den Armen in der Luft, verlor dann das Gleichgewicht und kippte mit einem erstickten Schrei zur Seite.

»Peter!« Justus und Bob sprangen nach vorn und leuchteten mit ihren Kerzen in die Ecke, in der Peter verschwunden war. Lautes Gepolter hallte ihnen entgegen, fast so, wie man es beim Bowling hören kann, wenn jemand alle Kegel abräumt.

»Was ist das hier?«, rief Peter heiser. Seine Kerze war beim Sturz erloschen, und er rappelte sich blind wieder hoch.

»Ich würde sagen«, Justus streckte seine Kerze noch ein Stück nach vorn, »das *war* mal eine Schädelstätte!«

»Was? O Gott!« Peter fuhr herum. Schaudernd betrachtete er eine große Anzahl von Totenköpfen, die wirr durcheinander auf dem Boden lagen.

»Das hat man früher manchmal gemacht«, erklärte Justus sachlich, »vor allem, wenn zu einer Zeit viele Menschen auf einmal gestorben sind, wie zum Beispiel nach einer Seuche oder einem Krieg, und auf dem Friedhof nicht genügend Platz war. Anstatt jeden Leichnam einzeln zu begraben, hat man dann nur die Köpfe aufeinandergestapelt.«

»Wie … praktisch!« Peter schüttelte sich vor Grausen. Bei der weiteren Erkundung der Gruft hielt er sich von jetzt an immer hinter seinen Freunden auf.

Aber die nächste Entdeckung sollten sie alle drei fast gleichzeitig machen. Sie hatten die rechte Seite der Gruft ohne weiteres Ergebnis erkundet und waren auch die linke Wand fast bis zum Ende abgelaufen, als er im flackernden Schein der zwei Kerzen – Peter hatte seine natürlich nicht mehr aus dem Totenkopfberg geholt – auftauchte.

»Ein Sarg!«, entfuhr es ihnen im Chor.

»Ein … großer Sarg!«, stotterte Peter. »Das … ist er … das muss er sein!«
»Wer?«, hauchte Bob.
»Der Sarg des Vampirs! Hier … schläft er tagsüber.«
»Ach was!«, sagte Justus und ging forsch auf den Sarg zu. »Ich habe irgendwie das Gefühl, dass uns der bei unserem Fall sehr viel weiterbringen könnte.«
Es war ein unscheinbarer schwarzer Holzsarg, der dort in der hintersten Nische der Gruft lag. Ohne Verzierungen oder eine Inschrift stand er einfach nur auf dem lehmigen Boden und wirkte wie ein Möbelstück, das jemand hier abgestellt hatte. Eine Sache war allerdings auffällig.
»Der ist ja brandneu!«, sagte Justus und ließ den Schein der Kerze über den Sargdeckel wandern. »Und kaum ein Staubkrümelchen! Der steht hier sicher nicht einfach so rum!«
»Meine Rede!« Peter deutete auf die schwarz glänzende Totenkiste. »Der wird täglich benutzt, und zwar zwischen Sonnenaufgang und Sonnenuntergang!«
»Das werden wir ja gleich sehen!« Justus platzierte seine Kerze so neben dem Sarg, dass sie nicht umfallen konnte und einen möglichst großen Bereich ausleuchtete, und Bob tat es ihm an einer anderen Stelle nach. Dann fasste der Erste Detektiv den Deckel am Kopfende an und sagte: »Helft mir eben, Kollegen! Werfen wir mal einen Blick da rein!«
Bob legte die Hände an die Mitte des Sargdeckels, und Peter begab sich zum Fußende. Allerdings blieb er dem Sarg so fern wie möglich und packte mit weit zurückgebeugtem Oberkörper und ausgestreckten Armen und Fingern zu.
Justus gab das Signal. »Okay, und jetzt langsam öffnen!«
Zusammen hoben sie den Deckel ein Stück an. Er war nicht verschlossen und ließ sich ohne Probleme aufmachen, er knarrte nicht einmal. Stück für Stück öffneten sie die schwere

Holzabdeckung, Peter kniff die Augen zusammen. Er wollte nicht sehen, wovon er überzeugt war, dass es sich ihnen gleich offenbaren würde. Und auch Bob konzentrierte sich nur auf den Deckel und vermied es zunächst, ins Innere des Sargs zu blicken. Nur Justus linste neugierig hinein, als der Spalt groß genug war.

»Na, sieh mal einer an!«, sagte er und klappte den Deckel vollends zurück. »Was haben wir denn da?«

»Ist er … es?«, fragte Peter atemlos. Immer noch hielt er seine Augen geschlossen.

»Nein, der Hausherr ist nicht da, falls du den meinst«, erklärte Justus wie nebenbei und murmelte dann interessiert: »Aber er hat ein paar Sachen hiergelassen.«

»Sachen? Was für Sachen?« Peter öffnete ganz langsam das linke Auge und schielte auf den Sarg hinab.

»Ein Seil zum Beispiel und einen Rollengleiter!«, sagte Justus. »Richtig eingesetzt, kann man damit leicht von hier nach da schweben, wenn ihr wisst, was ich meine.«

»Der Haken!«, erinnerte sich Bob.

»Und vermutlich der Anbindering für Hunde«, ergänzte Justus. »Mal sehen, was wir hier noch haben.« Der Erste Detektiv griff in den Sarg und holte drei vergilbte Zettel daraus hervor. »Bibelverse!«, murmelte er erstaunt.

»Bibelverse?«, echote Peter ungläubig.

»Offenbarung 1,15, Chronik 4,11 und«, Justus nahm den letzten Zettel zur Hand, »2 Salomon 3,8.« Er überflog die Zeilen. »In den Versen ist jeweils ein Wort unterstrichen: Wasserfall, Gotteshaus und Hundskopf. Und auf jedem Zettel finden sich unten Initialen: R.D., F.H. und X.N.«

»Ein Vampir, der Bibelverse sammelt?« Peter war mehr als verwundert.

»Leute! Schlaftabletten! Und eine dicke Kanüle.« Bob hielt

eine rot-weiße Medikamentenschachtel und eine große Hohlnadel in der Hand.
Justus kniff die Augen zusammen. »Allmählich kommt Licht in die Sache.«
»Ich fass es nicht!« Auch Peter war inzwischen mutig genug, sich dem Inhalt des Sarges zu widmen. »Das ist doch ...« Mit einem leisen Rauschen entfaltete er ein riesengroßes Stück pechschwarzen Stoffs, das sich als ein prächtiges Kostüm entpuppte. »Das Kostüm einer gewaltigen Fledermaus! Dann ... war das«, stammelte er fassungslos.
»... der Flattermann, den du in der Nacht gesehen hast«, vervollständigte Justus den Satz. »Denn ich glaube ehrlich gesagt nicht«, ergänzte er mit einem verschmitzten Unterton, »dass er einer echten Riesenfledermaus gehört, die jetzt irgendwo splitterfasernackt und vor Kälte bibbernd in einer Ecke sitzt.«
»Ein Umhang also!« Bob befühlte den weichen, satinartigen Stoff. »Nicht zu fassen!«
»Und noch etwas liegt hier.« Peter drückte Bob den Umhang in die Hand. »Ein Buch.« Er hob ein altes, dünnes Büchlein aus der Kiste. »Ein Tagebuch eines gewissen Xavier Noir.«
»Was?« Justus sah auf einen seiner Bibelverse. »X. N.«, flüsterte er. »Was steht da?«, fragte er Peter aufgeregt.
»Hm.« Peter ging näher an eine der Kerzen heran. »Es ist schwer zu entziffern. Aber hier, warte. ›17.4.1881‹, heißt das, glaube ich. ›Ken versetzt die Stadt ... in Angst und Schrecken.‹ Und hier: ›18.4.1881: Gott sei Dank. Ken ist tot. Er fiel heute einfach –‹« Peter verstummte. Ein eisiger Windhauch war durch die Gruft gefahren und hatte die Kerzen zum Flackern gebracht. »Wieso geht hier auf einmal der Wind?«
Justus sah sich alarmiert um. »Das kann eigentlich nur passieren, wenn erstens jemand in die Kirche gekommen ist, und wenn es zweitens –«

»Da ist jemand in die Kirche gekommen?«, stieß Peter hervor.
»Dann aber nichts wie raus hier, Leute!«, rief Bob. »Wenn das der Falsche ist und die Gruft offen findet, sitzen wir in der Falle!«
Doch gerade als Bob loslaufen wollte, jagte ein noch kräftigerer Windstoß durch die Gruft und blies eine der Kerzen aus.
»Verdammt!«, keuchte Peter. »Schnell!«
»O mein Gott! Warum haben wir da nicht früher dran gedacht?«, entfuhr es Bob.
»Los! Rennt, Kollegen!«, rief Justus.
Die drei Detektive liefen los. Aber sie hatten erst etwa die Hälfte des Weges bis zum Ausgang zurückgelegt, als ein Geräusch die modrige Luft erzittern ließ, das ihnen nur allzu bekannt war.
»Der Altar!«, schrie Peter entsetzt. »Er schließt sich!«
»Schneller!« Bobs Stimme überschlug sich fast. »Schneller!«
Der rettende Schimmer am Ausgang verdunkelte sich mit jeder Sekunde. Der Altarstein schob sich Stück für Stück vor die Öffnung!
»Da! Die Treppe!« Peter war als Erster bei dem Treppenabsatz angekommen und jagte die Stufen hinauf.
»Klemm etwas in den Spalt!«, rief ihm Justus noch zu, der wie Bob einige Meter Rückstand hatte.
Doch gerade als Peter um die Ecke des Abganges hetzte, lähmte ein höhnisches, beinahe schon diabolisches Gelächter seine Schritte. Es kam von oben, von dort, wo der Spalt nur noch eine Handbreit offen war. Peter verharrte starr vor Entsetzen auf der Stelle. Unfähig, sich zu bewegen, sah er mit an, wie ein letzter Schwaden staubigen Lichts auf die Stufen sickerte und sich die Öffnung in einen dünnen Schlitz verwandelte. Dann verstummte das boshafte Lachen, und der gewaltige Altarstein verschloss mit einem dumpfen Poltern den Eingang zur Gruft.

Keine Zeit!

»Hey!« Peter stürzte die Stufen hinauf und drückte mit aller Kraft gegen den Stein. »Machen Sie auf! Lassen Sie uns raus!«
»Verdammt!« Bob zwängte sich neben ihn und presste ebenfalls. »Hallo! Hallo!«
»Kollegen, das bringt nichts.« Justus stand hinter seinen Freunden und leuchtete mit der Kerze die Unterseite des Altarsteins ab. »Selbst zehn Männer könnten den nicht bewegen.«
Peter drehte sich um. »Der hat uns tatsächlich lebendig begraben!«, schnaufte er. »Der will uns hier vermodern lassen!«
Bob raufte sich die Haare. »Wir sind so blöd! Wie konnte uns das nur passieren!«
Justus versuchte ruhig zu bleiben. Er setzte sich auf die Stufen und begann an seiner Unterlippe zu zupfen.
»Hast du eine Idee, Erster?« Peter ließ sich neben Justus nieder und sah ihn flehentlich an. »Bitte sag, dass du eine Idee hast!«
»Dieser Zugwind«, murmelte der Erste Detektiv. »Den konnten wir dort unten in der Gruft eigentlich nur spüren –«
»… wenn es irgendwo noch einen anderen Ausgang gibt!«, vollendete Peter den Satz. »Na klar! Erster, du bist genial!«
»Ich weiß nicht, ob es ein Ausgang ist«, dämpfte Justus die Hoffnungen, »aber eine Verbindung mit dem Freien muss es geben, ja.«
»Dann lasst uns schleunigst danach suchen!« Bob sprang auf.
Die drei Detektive entzündeten die zweite Kerze wieder und machten sich dann auf die Suche. Erneut schritten sie die Wände ab, begannen aber diesmal auf der rechten Seite. Und dort wurden sie schnell fündig. Als sie sich nämlich die dritte

Kerze aus dem Schädelhaufen holten, entdeckte es Bob im hinteren Teil der Nische.

»Da, Kollegen! Die Mauer dort hinten ist ein einziger Trümmerhaufen!«

Justus drängte sich neben ihn. »Das könnte die Verbindung sein.« Er leuchtete auf ein Chaos von Steinen, Ziegelbrocken und Erde. »Rührt womöglich von einem Erdbeben her. Aber wir müssen uns den Durchgang frei räumen. Das wird eine Heidenarbeit.«

Die Jungen machten sich sofort ans Werk. Da die Nische jedoch zu eng für alle drei war, konnten immer nur zwei den Schutt beiseiteräumen. Während Peter und Bob begannen, holte sich Justus das Tagebuch aus dem Sarg und versuchte im Schein der Kerze, die Eintragungen zu entziffern.

Die Arbeit ging quälend langsam vonstatten. Es wurde zwar immer wahrscheinlicher, dass sie wirklich einen Verbindungsweg ins Freie gefunden hatten, denn durch das Geröll drang immer mehr frische Luft in die Gruft. Aber die drei Detektive mussten mit bloßen Händen arbeiten, die Steine und Felsbrocken waren oft groß und schwer, und viele hatten sich so sehr ineinander verkeilt und mit Erde vermengt, dass es die Jungen alle Kraft kostete, den Durchgang Zentimeter für Zentimeter zu erweitern. Außerdem rutschten immer wieder Steine und Erde nach und verschütteten einen gerade mühsam frei geräumten Bereich.

Stunde um Stunde verging. Die drei ??? ächzten und schwitzten. Immer wieder wechselten sie sich ab, und immer wieder las einer von ihnen in dem Tagebuch.

Es war bereits kurz vor Mitternacht, als Justus mit einer Pause an der Reihe war. Er setzte sich auf den Boden und nahm sich die nächste Seite vor. Nach wenigen Minuten sog er plötzlich zischend die Luft ein. »Unglaublich!«, stieß er hervor und

blätterte hektisch eine Seite weiter. »Das ist doch … Ich fass es nicht!«
In diesem Moment kam Peter aus dem Stollen gekrochen. »Wir sind durch! Wir haben es geschafft!«, rief er mit schweißverschmiertem Gesicht. Hinter ihm tauchte Bob auf.
Justus sprang hoch. »Schnell! Lasst uns das Zeug aus dem Sarg mitnehmen und dann nichts wie zum Friedhof!«
»Zum Friedhof?«, echoten Peter und Bob. »Was ist denn auf einmal los?«
»Wir haben jetzt keine Zeit für Erklärungen. Wir müssen uns beeilen!«
Peter und Bob stellten keine weiteren Fragen. Unheil lag in der Luft, das spürten sie. Die Jungen packten die Sachen aus dem Sarg zusammen, schlugen alles in den Umhang ein, den sich Bob über die Schulter warf, und zwängten sich dann durch den Gang ins Freie. Sie kamen neben der Friedhofsmauer heraus, wo sie dunkle Nacht umfing.
»Genau richtig«, flüsterte Justus und hielt seine Kerze hoch, »Und jetzt sucht nach einem Grab, in dem ein Hank liegt, der 1881 mindestens 30 Jahre alt war.«
»Was? Ich verstehe nicht. Wir sollen –«
»Nicht jetzt!«, unterbrach Justus Peter aufgewühlt. »Jede Minute zählt!«
Peter und Bob sahen ihren Freund verwirrt an. Aber der schickte sie mit ihren Kerzen nur wortlos in jeweils eine andere Richtung los und begann dann selbst zu suchen. Nach fünf Minuten kam Bob auf Justus zugerannt.
»Ich habe einen Hank gefunden. Geboren 1843, gestorben 1899. Wohl Vorfahre des Wirts. Er heißt auch Stamper.«
Justus riss die Augen auf. »Das könnte passen! Ja!«
In diesem Moment kam auch Peter zurück. »Dort drüben liegt ein Hank. Er war 1881 44 Jahre alt.«

»Wie hieß er mit Nachnamen?«, drängte Justus.
Peter lächelte und sagte: »McDonaghough. Das könnte doch jener Uropa von Eleonora sein.«
»Mein Gott!« Justus zuckte zusammen. Im gleichen Augenblick begann die Kirchenglocke Mitternacht zu schlagen. »Wir müssen zu den McDonaghoughs! Sofort!«
»Aber was –?«
Justus riss seine Freunde einfach mit sich. Lautlos huschten sie über die verlassene Dorfstraße zum Haus der McDonaghoughs. Die Ladentür war verschlossen und unversehrt.
»Los, zum Hintereingang!«, flüsterte Justus und rannte um das Haus herum.
Die drei Jungen sahen es schon von Weitem. Statt einer Tür klaffte dort ein großes, schwarzes Loch. Die Tür stand weit offen!
»Hoffentlich kommen wir nicht zu spät!«, keuchte Justus und lief durch den dunklen Flur auf die Treppe zu, die hinauf zu den Wohnräumen führte. Peter folgte ihm auf den Fuß und dann Bob.
Oben verteilten sie sich und durchsuchten die Wohnräume. Doch als der dritte Detektiv in der Küche das Licht anmachen wollte, rammte ihn urplötzlich eine dunkle Gestalt, preschte an ihm vorbei und schoss die Treppe hinab.
»Hey!« Bob taumelte nach hinten. Er fing sich, ließ den Umhangsack auf den Boden fallen und nahm die Verfolgung auf. »Kollegen! Er ist hier! Hierher!«
Bob hastete die Treppen hinab und durch den Flur, rannte ins Freie und sah gerade noch, dass die Gestalt um die Hausecke lief. Er sprintete, so schnell er konnte, und jagte ebenfalls um die Ecke. Doch plötzlich baute sich ein schwarzer Schatten vor ihm auf. Bob konnte nur noch einen dumpfen Laut

hervorpressen, dann traf ihn die Faust. Während der dritte Detektiv zu Boden sank, hastete jemand keuchend davon. Fünfzehn Sekunden später waren Justus und Peter bei ihm.
»Verfolg den Kerl, ich kümmere mich um Bob«, sagte Justus und kniete sich zu seinem Freund auf den Boden. Peter nickte und hetzte los.
»Bob? Alles klar mit dir?«
Der dritte Detektiv stöhnte und hielt sich sein rechtes Auge. »Oh Mann, genau auf die Zwölf. Das gibt ein fettes Veilchen.«
»Konntest du jemanden erkennen?«
»Schwarzer Schatten, schnell, Mordshammer. Kennst du den?«
Justus musste lächeln. »Komm, ich helf dir. Steh auf.«
Peter kam zurück. »Weg. Keine Spur von dem Typen. Hat sich in Luft aufgelöst.«
Justus nickte. »Dann lasst uns jetzt nach den McDonaghoughs sehen. Hoffentlich ist ihnen nichts passiert.«
Sie fanden die beiden in ihren Zimmern. Sowohl Josy als auch ihre Großmutter waren geknebelt und ans Bett gefesselt. Die alte Frau war sichtlich angegriffen und starrte nur apathisch vor sich hin, nachdem die drei ??? sie befreit hatten.
»Dieses Schwein!« Josy saß neben ihrer Großmutter auf dem Bett und rieb sich die schmerzenden Handgelenke.
»Konntest du sehen, wer es war?« Bob hielt Josy ein Glas Wasser hin.
»Nein. Er hat das Licht ausgelassen.«
»Aber es war ein Er?«, fragte Justus nach.
»Glaub schon.«
»Und was wollte er?« Peter sah Josy besorgt an.
»Keine Ahnung. Nachdem er uns gefesselt hatte, hat er das ganze Haus mit einer Taschenlampe durchsucht. Mindestens eine Stunde. Dann habe ich euch gehört.«

Bob dachte nach. »Also, soweit ich das beurteilen kann, hatte der Typ nichts bei sich, als er vor mir davonlief. Geklaut hat er offensichtlich nichts.«
»Und du hast ihn in der Küche aufgeschreckt, sagst du?« Justus zupfte an seiner Unterlippe.
»Ja.«
»Hm.« Justus stand auf. »Ich muss mal was überprüfen.« Er ging hinüber in die Küche, und Peter und Bob folgten ihm.
Der Erste Detektiv machte das Licht an und sah sich um. Aber schon nach wenigen Sekunden hatte er Gewissheit.
»Dacht ich's mir doch.« Er ging auf den Küchentisch zu.
»Was? Was dachtest du dir?« Peter sah Justus ratlos an.
Der Erste Detektiv hob einen Gegenstand auf, der auf dem Tisch lag. Es schien ein kleines, gerahmtes Bild zu sein. Justus drehte es so, dass es auch Peter und Bob sehen konnten.
»Der Bibelvers?«, riefen beide verwundert.
»Ja, der Bibelvers.«

»Und was hat das zu bedeuten?« Peter verstand gar nichts mehr. »Wieso hat der den Vers von der Wand genommen? Und woher wusstest du das?«
Justus winkte angespannt ab und ließ sich auf einen Stuhl fallen. »Auch das kann ich euch jetzt nicht erklären. Wenn wir schnell sind, bekommen wir den Typen noch.« Er stützte den Kopf in die Hände und dachte konzentriert nach. »Wasserfall, Gotteshaus, Hundskopf«, murmelte er, »weil Daniel unschuldig war, wurde er dem Rachen der Löwen entrissen. Wasserfall, Gotteshaus, Hundskopf. Weil Daniel – Löwe! Ja, Löwe! Bob!«, fuhr er auf einmal auf. »Wo haben wir unsere Karte?«
Bob überlegte. »Sie müsste oben im Zimmer liegen.«
Justus sprang auf. »Los, kommt mit!«
Der Erste Detektiv hetzte die Treppe hinauf. Peter und Bob sahen sich schulterzuckend an und folgten ihm. In dem kleinen Dachzimmer durchwühlte Justus Bobs Sachen und holte dann die Landkarte aus dem Rucksack. Als Peter und Bob eintraten, hatte er sie schon auf dem Boden ausgebreitet.
»Kollegen, helft mir mal. Ich suche den Fels, an dem sich Peter an jenem Abend die Birne angehauen hat. Wo war der noch mal?«
»Der Abend, als wir zum ersten Mal nach Yonderwood kamen?«, fragte Bob.
»Ja.«
»Der so aussah wie ein Hundekopf?« Peter schaute mit auf die Karte.
»Genau.«
Bob tippte auf eine Stelle. »Müsste ziemlich genau hier gewesen sein.«

»Und da, westlich davon ist der Wasserfall.« Justus zeigte auf eine schmale, blaue Linie. Dann wanderte sein Finger zu einem Gebäude in Yonderwood, das mit einem Kreuz gekennzeichnet war. »Gotteshaus.« Der Erste Detektiv wurde immer aufgeregter. »Und wo, schätzt ihr, steht der Löwe?«
»Der von Zelea?«
»Ja.«
Peter fuhr mit dem Finger die Hauptstraße von Yonderwood entlang. »Ungefähr da, würde ich sagen.«
»Hätte ich auch gesagt.« Justus stand auf. »Einen Stift. Ich brauche einen Stift.« Er fand einen in seinem Rucksack, der neben dem Schlafsack lag. Sofort ließ er sich wieder neben der Landkarte nieder. »So, diese vier Orte geben Aufschluss über einen bestimmten Punkt. Aber wie, hm?«
»Ein Viereck?«, riet Bob, schüttelte aber gleich den Kopf. »Viel zu ungleichmäßig.«
»Linien, die sich kreuzen!« Peter fuhr die Strecke zwischen der Kirche und dem Löwen nach.
»Nein, die kreuzt sich nicht mit der anderen Linie«, widersprach Justus. »Die Linien kreuzen sich nur, wenn wir den Löwen mit dem Wasserfall und die Kirche mit dem Hundskopf verbinden. Und dann kommen wir …«, Justus zeichnete die beiden Geraden ein, »genau hier heraus.« Er umkringelte einen Punkt auf der Karte.
»Das liegt etwas außerhalb des Dorfes«, stellte Bob fest.
»Ja, und da müssen wir hin. Sofort. Vielleicht haben wir diesmal mehr Glück.«
»Aber wieso, Just?« Peter bebte fast vor Neugier. »Was ist da?«
»Ich erkläre es euch auf dem Hinweg. Aber jetzt kommt!«
Die drei ??? fragten noch einmal bei Josy nach, ob alles in Ordnung sei. Dann rannten sie aus dem Haus. Unten auf der Dorfstraße orientierten sie sich nach Norden.

»Also Kollegen, hört zu. In Kurzform das Wichtigste«, sagte Justus, während sie im Schatten der Häuser die Straße entlangliefen. »Im Tagebuch stand …«
In den nächsten drei Minuten erfuhren Bob und Peter, worauf Justus im Tagebuch gestoßen war. Die Geschichte war so unglaublich, dass die beiden am liebsten stehen geblieben wären, um Näheres zu erfahren. Aber Justus drängte weiter. Sie mussten sich den Kerl erst schnappen.
Außerhalb des Dorfes breitete sich eine kleine Ebene aus, die bereits nach einigen hundert Metern in die angrenzenden Hügel überging. Die Ebene war übersät mit gewaltigen Felsbrocken, und hier und da standen auch vereinzelt große Bäume, vor allem Eichen.
»Wir müssen noch ein Stück weiter, glaube ich«, flüsterte Justus. »Aber lasst uns die Felsen und Bäume als Deckung nehmen. Ich würde den Typen gern auf frischer Tat ertappen.«
»Okay.«
Geduckt und jede Deckung nutzend, schlichen die Jungen in die Ebene hinaus. Der Himmel war diesmal nicht so stark bewölkt, sodass das fahle Mondlicht genügend Helligkeit spendete. Leise rauschte der Wind, und in weiter Entfernung heulte ein Kojote.
»Der große Felsen da vorn könnte es sein«, raunte Peter.
»Ich tippe eher auf die Eiche daneben«, meinte Justus.
Bob ließ seinen Blick schweifen. »Von dem Typen ist aber weit und breit nichts zu sehen.«
»Vielleicht kommt er noch?«, überlegte Peter.
»Oder er war schon da«, sagte Justus. »Wir müssen auf jeden Fall mal nachsehen.«
»Wo nachsehen?« Bob schüttelte den Kopf.
Justus deutete nach vorn zu dem alten Baum. »Betrachtet den Stamm. Dieser große, schwarze Fleck zwei Meter über dem

Boden könnte ein Loch sein. Vielleicht weist der Stamm einen Hohlraum auf. Sehen wir's uns an.«
Die drei ??? kamen langsam aus der Deckung, sahen sich um und lauschten. Nichts. Gebückt huschten sie zu der Eiche und blickten dabei immer wieder über die Ebene. Doch allem Anschein nach waren sie die Einzigen hier draußen.
»Es *ist* ein Loch im Stamm!«, raunte Justus, als sie unter der Eiche standen. »Okay, Bob. Wir beide machen eine Räuberleiter, und du, Peter, siehst nach, ob da ein Hohlraum ist und ob etwas drin ist.«
Justus ergriff Bobs Hände, und beide gingen ein wenig in die Hocke. Peter stieg mit dem rechten Fuß auf die ineinander verschränkten Handflächen und stieß sich mit dem linken ab. Mit den Händen stützte er sich am Stamm ab. Justus und Bob erhoben sich, sodass Peter nun mit dem Gesicht genau vor dem Loch schwebte. Mit der rechten Hand griff er in den Hohlraum.
»Da … ist nichts.«
»Bist du sicher?«
Peter tappte im Inneren des Stammes herum. »Das Loch ist nicht allzu groß, und hier ist definitiv – wartet!«
»Hast du etwas gefunden?« Bobs Stimme zitterte vor Aufregung.
»Ja! Einen … Sack. Ganz hinten. Aus Leder.«
»Das muss es sein!«, keuchte Justus. Seine Hände schmerzten, aber jetzt würde er nicht aufgeben.
»Ich«, Peter ächzte, »hab ihn gleich. Er ist höllisch schwer. Nur noch ein Stück. Jetzt! Ich hab ihn! Lasst mich runter!«
Justus und Bob setzten Peter ab.
»Lass sehen! Was ist da drin?«
Plötzlich klickte es hinter ihnen.
Die drei ??? fuhren herum und erstarrten. Eine dunkle Gestalt

hielt schweigend eine Pistole auf sie gerichtet. Das Gesicht war wie bei den Bankräubern früherer Zeiten mit einem Tuch maskiert, das bis unter die Augen gezogen war. Unmissverständlich winkte die Gestalt mit der Waffe.
Justus räusperte sich. »Wir werden Ihnen diesen Schatz nicht aushändigen«, sagte er und bemühte sich, seiner Stimme einen festen Klang zu geben.
»Spinnst du?«, raunte Peter.
Der Fremde knurrte und wedelte noch heftiger mit der Waffe.
Justus griff nach dem Sack. »Ich kann mir denken –«
Ein Schuss krachte durch die Nacht und schlug knapp über den drei Detektiven in den Baumstamm ein.
»Alles klar.« Peter holte aus und warf dem Ganoven den Sack vor die Füße. »Bitte sehr.«
Der Fremde nahm den Sack in die rechte Hand und entfernte sich dann Schritt für Schritt nach hinten, die Pistole immer auf die drei ??? gerichtet. Als er weit genug weg war, drehte er sich um und lief in Richtung Yonderwood.
»Wir hätten wieder erst nachsehen sollen, wer in Yonderwood nicht in seinem Bett liegt«, murrte Bob. »Das wäre ungefährlicher gewesen.«
»Ich wollte aber nicht, dass sich der Typ den Schatz unter den Nagel reißt und ihn womöglich unauffindbar versteckt«, erwiderte Justus und fügte dann missmutig hinzu: »Und außerdem weiß ich jetzt, wie wir den Kerl schnappen.«

Experimente

Am folgenden Abend versammelte Josy im Auftrag der drei Detektive die Bewohner von Yonderwood im Golden Bear. Während Peter erst später dazustoßen wollte, erwarteten Justus und Bob die Ankömmlinge in der Gaststube. Einer nach dem anderen tröpfelte ein, und sogar Eleonora kam diesmal mit. Skeptisch beäugten die Einwohner beim Eintreten die beiden Detektive, denn Josy hatte niemandem gesagt, worum es gehen sollte. Und als Justus und Bob dann verkündeten, das Rätsel von Yonderwood lösen zu wollen, wuchs der Argwohn. Doch nachdem die beiden ihren Bericht beendet hatten, kippte die Stimmung schlagartig.

»Was erzählst du uns da?« Homer Diesel sprang auf. Er konnte kaum glauben, was er da eben gehört hatte.

Den übrigen Bewohnern erging es nicht anders. Jeder von ihnen war vollkommen fassungslos.

»Die Beute von diesem Einbrecher war im Baum versteckt? Seit 120 Jahren? Und deswegen der ganze Spuk?« Diesel ließ sich wieder stöhnend auf seinen Stuhl fallen.

»Noch einmal ganz langsam«, ergriff Pound das Wort. »Vor ungefähr 120 Jahren starb also dieser Ken die Katze hier bei uns im Ort, so viel ist klar. Dann fanden der damalige Pfarrer und vier Männer in seinem Zimmer einen Beutel voller Goldstücke, der ein Vermögen wert war.«

»Aber keiner wusste, wem das Zeug gehörte«, übernahm Stamper, der mittlerweile wieder im Ort war. Allerdings ohne Mary. Die lag noch im Krankenhaus. »Man hörte sich um, forschte nach, aber jeder schrie: Das ist meines!‹, sodass man nicht sicher war. Daraufhin beschloss der Pfarrer, das Geld an sich zu nehmen, bis sich der wahre Eigentümer fand.«

»Aber dann lag er fünf Jahre später im Sterben«, fuhr Jonathan Black fort, »und man wusste immer noch nicht, wem das ganze Gold gehörte. Da fasste der Pfarrer einen Plan. Er versteckte das Geld an einem sicheren Ort und gab den vier Männern, die damals dabei waren, jeweils einen Hinweis in Form eines Bibelverses. Und nur alle vier Verse zusammen gaben Aufschluss über das Versteck, es konnte also keiner einen Alleingang machen.«

»Aber sie hätten die Beute doch unter sich aufteilen können«, bemerkte Klara Kowalski.

Justus schüttelte den Kopf. »Laut Tagebuch bestand diese Gefahr nie. Die Männer waren alle absolut verlässlich und unbescholten. Der Pfarrer wollte einfach eine Sicherung einbauen, um keinen von ihnen in Versuchung zu führen.«

»Gut. Weiter«, sagte Miles. »In den Versen waren nun vier Orte angegeben, die auf Punkte hier in der Gegend Bezug nehmen: die Kirche, der Löwe, der Wasserfall und der Hundskopf. Und wenn man die richtigen Verbindungslinien zieht, kommt man bei der alten Eiche raus, wo ihr den Schatz gefunden habt.«

»Den uns der Ganove aber gleich wieder abgenommen hat«, murrte Bob.

»Aber woher«, fragte Diesel, »wusstet ihr von dem vierten Vers? In dem Sarg habt ihr ja nur drei gefunden.«

»Der Tagebuchschreiber hat die Vornamen der Männer vermerkt, die Verse bekamen«, erklärte Bob. »Und da auf den Versen im Sarg Initialen waren, die auf die Männer hinwiesen, konnten wir schlussfolgern, dass uns noch ein Hank fehlte. Davon gab es im passenden Alter auf dem Friedhof jedoch nur zwei: Hank Stamper und Hank McDonaghough.«

»Und da der Vampir die Stampers schon heimgesucht hatte, wollten wir zunächst sichergehen, dass den McDonaghoughs nichts passiert.« Justus zögerte eine Sekunde. »Was uns dann ja leider nicht gelungen ist. Aber dort fand sich dann der vierte Vers.«

Stamper machte ein grimmiges Gesicht. »Der Typ hat sich übrigens tatsächlich auch bei uns umgesehen, als wir nicht da waren. Wenn ich dieses Schwein in die Finger kriege!« Zornig ballte er die Faust.

Pfarrer Clark räusperte sich. »Aber ich verstehe den Zusammenhang zwischen dieser Geschichte und dem Vampir immer noch nicht so ganz. Also, irgendjemand hat dieses Tagebuch entdeckt und fand heraus, wo er die Bibelverse suchen musste. Und dann gab er sich als Vampir aus, um die Bewohner zu vertreiben, deren Häuser er nach den Bibelversen durchsuchen wollte?«

»Genau.« Justus nickte. »Der Täter nutzte den Umstand aus, dass Ihr Ort von einem Rumänen gegründet wurde, der nicht nur aus derselben Gegend wie Graf Dracula stammte, sondern diesen Ort auch nach dieser Gegend benannte: Yonderwood. Und um dem Spuk genügend Nachdruck zu verleihen, ließ er sich einige, wie ich zugeben muss, gut ausgedachte Details einfallen. Er täuschte nicht nur die Heimsuchungen durch einen Vampir vor, sondern ließ sich auch ab und zu als riesige Fledermaus blicken und manipulierte Zeleas Grab, um eine Erklärung für das Umgehen des Vampirs zu liefern: Rache.«

»Und du sagst, Zelea starb gar nicht vor hundert Jahren?«, hakte Pound nach.

Justus verneinte. »Er starb vor 106 Jahren. Die Zahlen auf der Grabplatte wurden bearbeitet. Und die Kugel im Sarg, die ein Gewaltverbrechen vortäuschen sollte«, der Erste Detektiv lächelte andeutungsvoll, »war brandneu und aus einer modernen Waffe. Sie wurde wahrscheinlich einfach in den Sarg gelegt. Aber dazu vielleicht nachher mehr.«

»Aber von all diesen Zusammenhängen wussten wir doch gar nichts, bis uns Pfarrer Clark gestern informierte«, wandte Diesel ein.
»Es war auch nicht nötig, dass Sie sofort im Bilde waren. Die Zusammenhänge mussten nur irgendwann ans Licht kommen, um die Vorkommnisse zu erklären. Und dass das geschehen würde, war nur eine Frage der Zeit«, sagte Bob. »Das war alles genau vorbereitet.«
»Zeig mir bitte noch einmal die Kanüle«, bat Miles Bob, und der dritte Detektiv reichte sie ihm. »Mit solchen Nadeln hat er also den Opfern die Hautverletzungen beigebracht? Und das ganze Blut soll Schweine- oder Rinderblut gewesen sein?«
»Das vermuten wir, ja.« Bob nickte. »Und dass die Opfer nichts gemerkt haben, lag daran, dass er ihnen zuvor ein starkes Schlafmittel verabreicht hat.«
»Aber wie?«, fragte Diesel, und alle stimmten ihm zu. »Ich schluck doch nichts, was mir jemand einfach so hinhält.«
Justus hob beschwichtigend die Hand. »Würde ich auch nicht. Aber stellen wir das noch ganz kurz zurück. Denn um dem Täter auf die Schliche zu kommen, würde ich gern mit Ihnen jetzt ein kleines Experiment machen.«
Für zwei Sekunden herrschte verblüfftes Schweigen. Aber dann brach das reine Chaos aus. Alle redeten auf einmal, sprangen auf und sahen sich an.
»Du meinst, der Täter ist unter uns?«, fragte Jonathan Black aufgewühlt.
Justus nickte nur.
»Unmöglich! Ganz unmöglich!«, regte sich Pfarrer Clark auf.
»Niemals!« Miles winkte entschlossen ab.
Aber Justus und Bob blieben völlig gelassen. Sie stellten eine alte Blechdose in die Mitte des Raumes und traten ein paar Schritte zurück.

»Bitte!«, versuchte Justus den Tumult zu übertönen. »Bitte. Wir möchten nicht mehr, als dass nun einer nach dem anderen von Ihnen diese Dose in Richtung Ausgang kickt.«
Verblüfft erstarben die Gespräche.
»Wir sollen was?« Pound klopfte sich an die Stirn.
»Bitte. Einfach kicken«, wiederholte Justus freundlich.
Die Bewohner zauderten. Es war offensichtlich, dass sie sich absolut keinen Reim auf das Experiment der beiden Jungen machen konnten.
»Was soll der Blödsinn?«, murrte Diesel.
»Bitte!«
Pfarrer Clark trat zögernd hervor. Er positionierte sich, lüpfte seine Soutane und schoss die Dose in den schwarzen Vorhang, der vor dem Eingang hing. »So?«
Justus lächelte. »Danke. Vielen Dank. Der Nächste, bitte.«
Als Nächster überwand sich Miles, dann Pound, die Kowalski brauchte zwei Anläufe, weil sie beim ersten Mal danebentrat, danach schoss Diesel, wenn auch mit einem sehr griesgrämigen Gesicht. Inzwischen betrat Peter die Gaststube. Er hatte seinen Rucksack um und nickte seinen Freunden nur kurz zu. Anschließend verfolgte er die Versuche der restlichen Schützen.
Als alle fertig waren, sah Justus Peter und Bob kurz an. Während die beiden hinter ihren Rücken herumnestelten, begab er sich zu der Dose und hob sie langsam auf. Alle Augen waren erwartungsvoll auf ihn gerichtet, als Peter plötzlich »Miles!« und Bob »Mr Pound!« rief.
Die beiden fuhren herum, und in diesem Moment warfen ihnen Peter und Bob je einen Tennisball zu. Die gelben Bälle sausten auf die beiden zu. Pound hob seine rechte Hand und holte den Ball aus der Luft, und Miles ließ seine linke Hand hervorschießen und fing den Ball ebenfalls sicher.

Ein linker Schurke

Miles runzelte die Stirn. »Was … was sollte das?«, fragte er ärgerlich.
»Ja. Was war das?«, wollte auch Pound wissen.
»Das«, sagte Justus liebenswürdig, »war nur ein weiterer Beweis dafür, dass«, er zögerte kurz, »Sie, Miles, unser Mann sind! Sie stecken hinter allem!«
Ein Raunen ging durch die Anwesenden, und Miles schnappte nach Luft. »Seid ihr … wahnsinnig?«
»Das geht jetzt zu weit!«, protestierte der alte Black.
»Geben Sie uns ein paar Minuten, dann erklären wir alles«, fuhr Justus unbeeindruckt fort. »Einige Aspekte haben wir bis jetzt verschwiegen.«
»Ich soll derjenige – ihr seid doch völlig bekloppt!« Miles winkte verächtlich ab, und die anderen nickten zustimmend.
»Lassen Sie es uns doch erklären!«, forderte Bob.
Die Bewohner von Yonderwood beruhigten sich nur langsam. Mit feindseligen Blicken musterten sie die drei ???. Lediglich Josy zwinkerte ihnen aufmunternd zu.
»Wir haben Ihnen ja davon berichtet«, begann Justus, als alle endlich zuhörten, »wie wir die Spur zur Gruft gefunden haben und dass sie der Ganove wahrscheinlich hinterlassen hat, nachdem er in der Nacht zuvor schnell das Seil vom Kirchturm hatte verschwinden lassen.«
»Da muss er übrigens sehr flott gewesen sein«, warf Diesel ein. »Kirchturm rauf, Seil abnehmen, Kirchturm runter, umziehen und nach Hause. Und das in ein paar Minuten.«
Der Erste Detektiv nickte. »Das stimmt. Deswegen kommt auch nur jemand infrage, der einigermaßen in Form ist. Doch zurück zu der Spur. Auf der Treppe hinab in die Gruft haben

wir die Späne auf den sozusagen ungeraden der insgesamt zehn Stufen ganz links außen gefunden. Jeder Mensch betritt nun aber eine Treppe fast immer mit seinem starken Fuß, egal, ob er hinauf- oder hinuntergeht. Das heißt, wir suchen einen Linksfüßer, und unser kleines Experiment eben hat zweifelsfrei ergeben, dass Sie, Miles, einer sind.«

Miles grinste herablassend. »Das ist ja ganz toll.«

»Zwar ist Mr Pound auch ein Linksfüßer«, sprach Justus weiter, »aber Sie sind auch noch Linkshänder, wie wir gerade sehen konnten, als Sie den Ball gefangen haben.«

»Und da mein Veilchen rechts ist«, Bob deutete auf sein blaues Auge, »muss mir das ein Linkshänder verpasst haben. Außerdem hat der Schurke, der uns bei der Eiche bedroht hat, die Waffe mit links gehalten.«

Miles Black schnaubte. »Es gibt Millionen Linksfüßer und Linkshänder.« Beifall heischend sah er sich um. Aber nicht mehr alle pflichteten ihm bei. Manche wirkten auf einmal auch sehr nachdenklich.

»Richtig!« Justus blieb betont freundlich. »Doch das war bei Weitem noch nicht alles. Der Vampir bereitete seine Attacken immer sehr gut vor. Er gab jedem seiner Opfer am Abend vorher ein Schlafmittel in sein Getränk. Dazu musste er jedoch günstige und vor allem unauffällige Gelegenheiten abwarten, weswegen sich der Spuk über Wochen hinzog. Bei Miss Davenport nutzte er die Auszeichnung hier im Golden Bear, bei Mrs Hamilton ihren Geburtstag und bei Mary wahrscheinlich die Limonade, als wir alle hier zum ersten Mal versammelt waren. Danach wartete er bis nach Mitternacht und vollendete sein Werk – wobei er bei Mary erst noch den Knoblauch und die Kreuze verräumen musste, sonst hätte ja keiner mehr an den Vampirspuk geglaubt.«

»Nur bei den McDonaghoughs war diese Vorgehensweise

kaum möglich«, warf Bob ein. »Denn zum einen waren sie zu zweit, und zum anderen würde Eleonora nie von hier fortgehen, wie jeder wusste.«
»Aber es gab noch ein Opfer«, fuhr Justus fort, »und dieses Opfer ist das einzige, das am Abend vorher nicht unter Leuten war und in dessen Haus sich übrigens auch keinerlei Spuren einer intensiven Suche fanden: Jonathan Black. Von dort, Miles«, Justus sah den jungen Mann herausfordernd an, »mussten Sie ja niemanden vertreiben und dort mussten Sie auch nicht suchen, da Sie durch Zufall schon gefunden hatten, was alles ins Rollen gebracht hat: das Tagebuch Ihres Vorfahren!« Der Erste Detektiv machte eine kurze Kunstpause und fügte dann wie nebenbei hinzu: »Vermutlich haben Sie es bei den Renovierungsarbeiten in Ihrem Haus entdeckt.«
Die Dorfbewohner schwiegen, aber Miles brach in überschwängliches Gelächter aus und applaudierte. Doch das Lachen klang hohl und unecht. »Und meinen Vater habe ich dann trotzdem gebissen, ja?«, fragte er dann amüsiert.
Peter zuckte die Achseln. »Ja, denn einfacher konnten Sie den Vampirspuk nicht beginnen.«
Pfarrer Clark meldete sich nachdenklich zu Wort. »Was meintet ihr gerade mit *Vorfahren*? Wer soll der Vorfahre von Miles Black gewesen sein?«
Justus hob das Tagebuch und schlug die erste Seite auf. »Hier.« Er deutete auf einen Schriftzug. »Es ist das Tagebuch eines gewissen Xavier Noir. Er war, wie schon gesagt, einer der vier Männer, zudem ein Einwohner Yonderwoods der ersten Stunde und vermutlich französischer Abstammung. Und da es heute in Yonderwood keine Noirs mehr gibt und sich auf dem Friedhof die Spur der Noirs vor etwa 90 Jahren verliert, liegt die Vermutung nahe, dass sich die Noirs irgendwann namenstechnisch an ihre neue Heimat angepasst haben.«

»Übersetzen Sie nun *Noir* ins Englische«, übernahm Bob, »dann bekommen Sie –«
»Black!«, hauchte Klara Kowalski.
»Exakt!«
Das Schweigen der Bewohner ging in aufgeregtes Raunen und Flüstern über. Erste misstrauische Blicke fielen auf Miles Black. Doch der saß immer noch beinahe gelangweilt auf seinem Stuhl und bestellte demonstrativ gelassen ein weiteres Bier bei Stamper.
»Das ist eine wirklich tolle Geschichte, die ihr euch da zusammengebastelt habt. Aber diesen Unsinn wird euch niemand abnehmen. Ich soll als Vampir umgegangen sein, um mir einen Schatz unter den Nagel zu reißen? Ihr träumt!« Miles machte eine wegwerfende Geste.
Justus nickte Peter unmerklich zu, und der Zweite Detektiv trat unverzüglich in Aktion. »Ach ja, apropos Schatz. Da wäre noch eine Kleinigkeit«, sagte er spöttisch und nahm seinen Rucksack von den Schultern. »Als Schlossknacker unseres Detektivunternehmens habe ich mir erlaubt, mich während dieser Versammlung in Ihrem Haus ein bisschen umzusehen. Ich bitte um Verzeihung, aber besondere Umstände erfordern manchmal besondere Maßnahmen.« Peter sah Miles direkt in die Augen.
Miles schnellte hoch. »Du hast was? Das ist Einbruch!«
Sein Vater blieb allerdings sitzen und sah Peter ausdruckslos an. Die Angst vor weiteren Enthüllungen stand ihm deutlich ins Gesicht geschrieben.
»Und offenbar unterschätzen Sie uns gewaltig. Dass nur Sie oder Ihr Vater als Täter infrage kommen, war uns angesichts der erwähnten Fakten eigentlich schon klar. Und dass Sie Linkshänder und Linksfüßer sind, lenkt den Verdacht vollends auf Sie. Aber den endgültigen Beweis liefert das, was ich

vor wenigen Minuten unter Ihrer Matratze gefunden habe!«
Peter holte denselben Lederbeutel aus seinem Rucksack, den er schon aus dem Baumloch gefischt hatte. Triumphierend hielt er ihn in die Höhe. »Der Schatz von Ken der Katze!«
Jetzt war der Tumult perfekt. Die Kowalski kreischte zum wiederholten Mal, Pfarrer Clark schlug ein Kreuz und fing an zu beten, Diesel und Pound schossen in die Höhe, Stamper brüllte: »Du Hund!«, und selbst Eleonora begann lauthals zu schimpfen. Nur Josy und der alte Black blieben ruhig. Josy, weil sie schon alles wusste, und Jonathan Black, weil er vor Scham in sich zusammengesunken war.
Aber bevor jemand etwas dagegen unternehmen konnte, stand Miles auf einmal mit gezogener Waffe im Raum!
Alle erstarrten.
»So schlau seid ihr wohl doch nicht, hm?«, höhnte Miles. »An die Waffe müsstet ihr euch doch noch erinnern, nicht wahr?«
»Der hat die Pistole mit hier hereingenommen!«, keuchte Peter.
»Ja, das habe ich, Schlaumeier! Los, her mit dem Beutel!«
Plötzlich blitzte in Justus' Augen ein schwacher Funke auf, und auch Bob und Peter entspannten sich unmerklich.
»Ich wette, dass die Kugel in Zeleas Sarg auch aus dieser Waffe stammt. Habe ich recht?« Der Erste Detektiv lächelte milde.
Miles schaute irritiert. »Das … das kann dir doch jetzt völlig egal sein.«
»Und zu dem Schatz wollte ich noch sagen, dass mittlerweile Klarheit über ihn herrscht.« Obwohl Miles einen Schritt näher kam, blieb Justus weiterhin erstaunlich gelassen. »Ken hat die Beute aus zahllosen Einbrüchen bei einem Hehler verhökert und sich dafür Goldmünzen geben lassen. Er wollte sich offenbar zur Ruhe setzen, weil ihm die Polizei bedrohlich nahe gekommen war.«

»Was laberst du hier herum? Los, gebt mir den Beutel! Ich sag's nicht noch einmal!« Miles wurde immer wütender.
»Äh, ich hätte auch noch eine Frage«, meldete sich Peter zu Wort und bemühte sich, nicht an Miles vorbeizusehen. »Glauben Sie eigentlich selbst an diesen ganzen Vampirschmus?«
Miles gaffte verdattert. »Jetzt reicht's!«, knurrte er und zielte genau auf den Zweiten Detektiv. »Ich zähle jetzt bis drei und dann knallt's. Eins ...«
»Miles!« Josy sprang auf. »Hör auf! Das kannst du nicht tun!«
»Zwei!«
Eine Knoblauchknolle flog durch die Luft und landete weit weg von den drei ??? in einer Ecke des Gastzimmers. Miles fuhr herum und richtete instinktiv die Waffe dorthin.
»Drei!«, rief Stamper hinter ihm in diesem Moment und schlug ihm mit einem der Kreuze auf den Kopf.
Miles sackte sofort bewusstlos zu Boden. Die Pistole fiel klappernd aus seiner Hand.
»Das war für Mary, du Ratte!«, knurrte der Wirt und hängte das Kreuz wieder dorthin, von wo er es entfernt hatte.
Alle im Raum atmeten erleichtert auf. Diesel klopfte Stamper auf die Schulter, und Justus nahm die Waffe an sich.
Jonathan Black dagegen war mit den Nerven am Ende. Er kniete sich zu seinem Sohn auf den Boden und sah einen nach dem anderen niedergeschlagen an. »Entschuldigung«, wimmerte er leise. »Es tut mir so leid.«
»Siehst du!« Peter knuffte Justus ausgelassen in die Seite. »Die alten Schauermärchen stimmen doch!«
Der Erste Detektiv schaute seinen Freund verwirrt an. »Ich fürchte, ich kann dir nicht ganz folgen.«
»Na, Knoblauch und Kreuze!«, sagte Peter fröhlich. »Sie helfen *doch* gegen Vampire. Man muss nur wissen, wie!«
Justus verdrehte die Augen. »Oh, Peter!«